LE RENDEZ-VOUS DE MARIE-GALANTE

Jean-Jacques Antier

LE RENDEZ-VOUS DE MARIE-GALANTE

Roman

Production Jeannine Balland

PRESSES DE LA CITÉ

ISBN 2-258-04631-9

Pour Yvette

1

— Non ! Tu n'épouseras pas Marie Goulwen ! La fille de Morgana Goulwen ! Une cabaretière de Recouvrance !

— C'est un passé révolu, père. Morgana est la propriétaire d'une auberge respectable, fréquentée par des officiers de marine. Quant à Marie, elle n'a jamais connu le passé de sa mère...

— On ne sait même pas qui est son père !

— Marie affirme que c'est un noble officier de marine. Sa mère a promis de ne jamais révéler son nom. Ce fut la condition de sa prise en charge, cette éducation raffinée chez les sœurs ursulines de Brest, qui fait de Marie une jeune fille exemplaire et...

— Pas de père connu, une bâtarde ! Une mère ancienne servante de taverne ! Et... pas de dot digne de ce nom !

L'essentiel était dit. C'eût été d'une banalité affligeante s'il n'y avait eu ce mystère : « née de père inconnu ». Révolté, se contenant à grand'peine, Gaël Trémeur attendait debout devant le bureau Louis XV où trônait le notaire, dans ce cabinet décoré de tapisseries rares représentant de verts paysages flamands où s'ébattaient des nymphes.

Gaël reprit son souffle. Dix-huit ans, grand, un peu dégingandé, un beau visage mince éclairé par des yeux étincelants d'un bleu profond qui, lorsque la colère le submergeait, virait au noir. Sa chevelure blonde tombait en cascade sur sa nuque. Ses sourcils épais lui donnaient un air un peu sauvage. On n'imaginait pas qu'il puisse être le fils de ce notaire gras et rond, autoritaire et vaniteux, sûr de lui et dominateur, coiffé d'une perruque à l'ancienne, un personnage tout droit sorti d'une comédie de Molière. Ce corps trop lourd semblait vouloir faire éclater le justaucorps d'intérieur richement brodé et la chemise à jabot et revers de dentelle.

Gaël eut un mouvement de recul. Un vent puissant l'éloignait de ce père qui ne l'avait jamais compris et qu'il ne comprenait pas davantage. Son regard erra sur les murs décorés de chastes nudités et s'arrêta sur un délicieux pastel représentant une jolie jeune femme au teint clair, poudrée, frisée, au sourire d'une douceur incomparable. Une femme dont les amis et le personnel de l'étude vantaient les qualités : généreuse, attentive à tout et à tous, passionnée, musicienne et mystique. Adeline Trémeur était morte quelques années après sa naissance, en mettant au monde un second fils, qui n'avait pas survécu.

Cette perte brutale, inexplicable pour l'enfant, l'avait traumatisé à jamais. Révolté. A dix-huit ans cette révolte ne l'avait pas quitté, et ses amis l'avaient surnommé « l'Insurgent », en référence à ces insurgés d'Amérique très à la mode en 1781, ces colons français, irlandais et anglais qui, ne supportant plus le joug pesant de l'Angleterre, avaient proclamé leur indépendance républicaine, sous le nom d'Etats-Unis d'Amérique.

A regret, le regard de Gaël se détacha du pastel. Le notaire, troublé par cet échange muet, n'avait pas bougé. Adeline avait été le bonheur de sa vie, le seul amour de cet homme égoïste et dur, la seule pause dans sa quête insensée de l'argent, des honneurs et du pouvoir. En la perdant, il avait perdu l'essentiel. Mais à l'inverse de Gaël il avait rompu avec cette part de lui-même qui aurait pu donner une chance au rêve de transcendance qu'Adeline avait suscité en lui par sa seule présence.

Gaël se retourna vers l'étroite et haute fenêtre qui ouvrait sur le port de Brest et contempla l'agitation inhabituelle qui animait les quais le long de la Penfeld. La flotte de l'amiral de Grasse appareillait le lendemain pour l'Amérique, après des mois fiévreux d'armement, et cet événement le bouleversait. La rivière était encombrée de corvettes, de frégates, de barques marchandes et de modestes bateaux sans nom, voués au service des nobles vaisseaux du roi. A bord comme à quai régnait l'effervescence des veilles d'appareillage. De lourds chariots, tirés par des chevaux ou par des bœufs, apportaient les approvisionnements frais, le pain, les légumes, les barriques d'eau potable que l'on chargeait à la dernière heure.

Au quai du Commerce, des chaloupes embarquaient des coffres et des ballots divers, des panières d'osier chargées de vêtements, de livres, d'objets de toilette, voire d'instruments de musique, destinés aux officiers des vaisseaux mouillés en rade. Les porteurs se croisaient et se heurtaient en jurant, houspillés par leurs maîtres. Dames-jeannes, barils, malles et paniers s'entassaient sur le quai. Des canots-majors tentaient d'accoster pour recevoir les officiers qui arrivaient de la ville dans des chaises à porteurs.

Toutes catégories sociales mêlées, des femmes aux visages empreints de tristesse, le bas de leur robe balayant les pavés, se hâtaient aussi vers le quai, suivies de leurs enfants excités. Tout le haut de la Grande Rue, qui monte vers le plateau, était encombré de paysans joyeux en *bragou-braz*, culotte bouffante et large chapeau, venus contempler le spectacle après avoir livré la volaille et le bétail vivant que l'on avait embarqués sur d'énormes chaloupes. Des domestiques en livrée toisaient le menu peuple. Ceux qui avaient l'honneur de suivre leur maître à bord se rengorgeaient.

Dans les hunes et sur les vergues des frégates, les gabiers s'activaient, vérifiant le libre jeu des ralingues, des boulines et des cargues. Du haut de la dunette, les officiers, épée au côté, perruque argentée pour les plus âgés, chevelure naturelle tirée en arrière par un simple ruban de soie pour les jeunes, lançaient des ordres hachés dans leur porte-voix de bronze, que répétaient les maîtres sur le pont, appuyés de coups de sifflet stridents.

La vue d'une jolie fille éplorée qui serrait son marin dans ses bras ramena Gaël à son drame personnel. Celle qu'il aimait s'appelait Marie Goulwen. Elle venait d'avoir quinze ans. On l'avait surnommée Marie-Galante. Galante, c'est-à-dire courageuse et gracieuse, avec cette exquise politesse qui vient du cœur, et une touche inquiète de sensualité en éveil.

Grande, svelte, elle n'était pas comme les autres filles fières de leurs hanches rondes et de leurs beaux seins galbés. Marie-Galante balançait avec grâce son long corps mince presque androgyne et d'autant plus troublant. Sous son épaisse chevelure châtain presque noire scintillaient des yeux gris tourterelle, passion et douceur mêlées.

A nouveau, la voix du notaire, chargée de colère et de violence, s'en vint briser le rêve :

— Tu épouseras Adélaïde de Kerzouvanec !

Gaël se retourna d'une pièce et fit face à son père. Il allait lâcher, comme un boulet, ce « jamais ! » qui lui brûlait les lèvres. Il vit son visage congestionné, les tempes saillantes où battait l'artère, le cou violet qui émergeait d'un flot de dentelles blanches. Non. Il ne discuterait pas avec lui. Leur dissension n'avait plus d'importance. Il savait maintenant qu'il allait partir, fuir cette étude où il apprenait laborieusement le métier de clerc, se jeter dans la grande aventure maritime qui faisait éclater son cœur à l'échelle de la planète. Un départ dont l'évidence et l'urgence s'imposaient brusquement à lui, avec la vision grandiose de l'appareillage de la flotte. Mais n'était-il pas trop tard ?

Cependant, son cœur ne pouvait se résoudre à cette séparation. Face à ces contradictions, sa raison chavirait et il demeurait muet. Devant ce silence, le notaire se méprit. Il se calma, reprit espoir. Une fois de plus, il tenta d'expliquer, de convaincre le fils rebelle :

— Tu es mon fils unique, appelé à me succéder en cette étude fondée par mon père, comme en témoigne ce médaillon sculpté dans la pierre au-dessus de l'entrée. Tout sera à toi un jour : l'hôtel particulier, avec cette charge enviée de notaire royal, la première à Brest en ancienneté et pour le volume des affaires, mais non encore en *noblesse*, c'est pourquoi tu dois t'allier à la noble famille des comtes de Kerzouvanec...

Ce mot, « noblesse », parut insolite dans la bouche du petit homme gras, mais Gaël se maîtrisa. Le notaire poursuivait :

— Je sais que la demoiselle n'a pas la beauté sensuelle ni la hardiesse de ta Marie-Galante !

Gaël sursauta. Son père n'avait jamais vu Marie et il l'imaginait selon son propre désir ! Le notaire ajouta :

— De robuste santé, Adélaïde nous donnera de beaux enfants. Obéissante et généreuse, aussi, puisqu'elle renonce à épouser un aristocrate de son milieu, pour permettre à sa famille de se redresser financièrement...

— Dites que vous l'achetez !

Ce mot injurieux ne déplut pas au notaire. Il ne raisonnait qu'en termes comptables : achat, vente, crédit, débit, solde. Sa devise était : « Je paye, donc je suis ! » Pour lui, un mariage était une affaire comme une autre, et ici beaucoup plus importante que les autres puisqu'il s'agissait de son fils unique et de l'avenir de l'étude.

Maître Trémeur fignolait déjà la reconnaissance de dette : « Je consens à Adhémar de Kerzouvanec un prêt de cinquante mille livres tournois [1], sans intérêts, majoré seulement du taux de la dévaluation, avec garantie sur ses meubles et immeubles en notre bonne cité de Brest, quartier des Sept-Saints, et promesse de voir ce capital converti en dot dans un délai de... cinq à dix ans, à débattre... au profit de sa fille Adélaïde, devenue l'épouse de mon fils Gaël... »

Avait-il parlé tout haut ? Devant cette combinaison insolite, ingénieuse, généreuse au fond, il eut un gros rire satisfait.

— Certes, nous perdrons de l'argent par défaut d'intérêts. Mais quels profits en dignité ! Nous entrerons dans la bonne société de la noblesse de Bretagne. Tu le vois, Gaël, c'est pour toi et pour tes enfants que je travaille, et je ne suis pas aveuglé, comme toi, par un joli minois !...

Gaël avait frémi : cinquante mille livres ! Le prix d'un chargement d'esclaves ! Il savait d'où venait ce bel argent : traite des Nègres d'Afrique, usure et spéculation immobilière. Sous des apparences légales, un mélange inavouable dans lequel le notaire était passé maître, malgré le devoir de réserve que lui imposait sa charge.

En dépit de ses confrères jaloux, maître Trémeur se vantait même des profits qu'il plaisait à Dieu de lui donner en dehors de ses activités notariales, qu'il estimait mal rémunérées. Il possédait une plantation à Saint-Domingue et des parts de vaisseaux marchands. Ces bricks assuraient le lucratif trafic triangulaire entre Nantes, le Sénégal et les Antilles, chargeant le « bois

1. Voir en fin d'ouvrage l'équivalence des mesures.

d'ébène » à l'île de Gorée, pour le transporter aux Antilles. Là, les colons s'arrachaient sur enchères publiques, comme bestiaux en foire, cette main-d'œuvre noire indispensable, qui ne pouvait pas se plaindre puisqu'en recevant le baptême elle sauvait son âme !

Puis le brick repartait, la cale nettoyée et parfumée, riche de son nouveau fret, ce rhum, ce sucre de canne et ces épices si appréciés en métropole. Une seule expédition, qui pouvait durer un an, rapportait le prix du bateau. Le grand art était de jouer sur la dévaluation qui affligeait la livre tournois, moyen détourné pour le roi de financer sur le dos de ses sujets les expéditions coloniales, les guerres et les dépenses somptuaires de la cour.

Ces énormes profits étaient réinvestis en prêts spéculatifs dont le tabellion s'était fait une spécialité, au taux fabuleux de cinquante à cent pour cent, selon les risques. Lui-même n'achetait jamais ces terres des Antilles. Il prêtait aux nobles aventuriers qui abondent dans les ports de Bretagne, souvent des cadets de famille, jeunes officiers de marine et même capitaines chevronnés. Il prenait de gros risques.

Si la plantation prospérait, le notaire, qui fournissait aussi des esclaves, récupérait le double de sa mise. Une seule fois il avait failli perdre. Perspective intolérable. Faisant jouer la garantie hypothécaire, il avait alors mis la main sur une grande terre à demi inculte, au Cap-Français de l'île Saint-Domingue, le Morne-Gris. Grâce à un gérant habile et honnête, cet immense domaine produisait aujourd'hui le sucre, le rhum, les épices, le cacao et l'indigo.

Ces énormes revenus lui permettaient de vivre sur un pied d'égalité avec les bourgeois les plus nantis de la ville, et très au-dessus de bien des aristocrates. Ce qui lui attirait de grosses jalousies, surtout de la part des deux autres notaires, royaux et besogneux. D'où le désir de maître Trémeur de céder sa charge à son fils pour se retrouver tout à fait libre de placer sur des vaisseaux négriers son bel argent « à la grosse », faire des commissions pour les îles du Vent et, connaissant la valeur du jour de la pièce étalon d'achat du Nègre sénégalais, trafiquer avec le « bois d'ébène ».

Aussi menait-il grand train dans son luxueux hôtel particulier bâti en 1750 par son père au pied de la colline dominant la Penfeld. Le dimanche, il rejoignait une « folie » à la campagne, du côté de Lambézellec, dans un parc à la française où le gazouillis des oiseaux se mêlait au bruissement des fontaines. C'est là qu'il se retirerait — le plus tôt serait le mieux —, dans la considération et l'opulence, après avoir cédé l'étude royale à Gaël.

Mais Gaël n'en voulait pas. Rejet incompréhensible ! Son intérêt était *ailleurs*, et dans sa tête blonde échevelée, bourrée de rêves, ce mot se prolongeait en résonances infinies. *Ailleurs*...

Avec les conquêtes coloniales, il voyait s'ouvrir le vaste monde. La marine royale, grâce à une politique hardie de constructions navales et à l'alliance avec l'Espagne, pouvait à présent affronter l'Angleterre sur toutes les mers du globe. La France de Louis XVI revendiquait sa part des richesses mondiales, des Indes-Orientales, confiées à M. de Suffren, aux Indes-Occidentales, les Antilles, au comte de Grasse.

Mais coloniser des terres lointaines avec le désir de s'enrichir en exploitant le « bois d'ébène » scandalisait Gaël. L'Insurgent voulait être marin, non pour se battre sur mer et conquérir des îles, mais pour explorer le vaste monde à la manière des capitaines Cook, La Pérouse et Bougainville. Et s'il fallait se battre, que ce soit pour une grande et généreuse cause, comme l'indépendance américaine.

Maître Trémeur s'était naturellement opposé aux rêves maritimes de son fils unique. Notaire ou marin, il fallait choisir. Le notaire demeure, élément fondateur et stabilisateur de la cité. Le marin est par nature et vocation un éternel errant, un aventurier soumis aux flux et reflux de l'histoire, au bon plaisir du roi, aux ambitions de son gouvernement.

Les raisons du notaire ne manquaient pas de poids. N'étant pas né dans l'aristocratie, Gaël ne pouvait prétendre à une grande carrière d'officier au service du roi. Seuls les officiers du grand corps, avec au moins quatre quartiers de noblesse, pouvaient espérer un commandement. Une « carrière » que maître Trémeur considérait d'ailleurs avec mépris. Un capitaine de vaisseau ne gagnait que trois mille livres par an après trente ans de services, moins que le second clerc de l'étude ! Et le roi payait souvent avec des mois de retard. Combien de fois maître Trémeur avait-il rédigé des reconnaissances de dettes gagées sur les bijoux de famille d'officiers désargentés, vivant au-dessus de leurs moyens pour soutenir leur rang !

Autre sujet d'exaspération, cette Marie-Galante, dont Gaël lui avait jeté par défi le nom à la figure dès qu'il avait mentionné celui d'Adélaïde.

C'est vrai, Gaël ne connaissait rien de ses origines. Il lui suffisait de la savoir belle, intelligente et sage, malgré l'environnement douteux qui avait entouré sa naissance. Naissance ô combien mystérieuse ! A l'étude, qui se passionnait pour l'affaire, on chuchotait :

« Vous la connaissez, la mère, Morgana Goulwen ?

— On dit qu'elle vient de la campagne, du côté de Saint-Trégonec... A vingt ans elle n'était qu'une petite servante d'auberge, à Recouvrance, *Au chat gourmant*, plus tard *Au chat gourmet*, nuance ! et fondée en 1740 par un ancien maître-coq de la Royale !... »

Cet homme porté par le génie de la cuisine avait compris que si l'avenir était « aux épices », le poivre et le piment n'avaient pas pour unique objet de masquer l'odeur d'une viande douteuse. Aussi la qualité et l'originalité de sa cuisine attiraient-elles les officiers, que par ailleurs ne laissait pas indifférents la gentillesse peu farouche des servantes. Parmi lesquelles Morgana tranchait non seulement par sa beauté, mais aussi par ses bonnes manières, une intelligence vive et un désir irrépressible de sortir de sa condition. Au fil du temps, *le Chat gourmet* devint une hostellerie respectable où l'on traitait les gens de qualité. Morgana se consacrait désormais au canard normand, au ragoût de truffe au jambon, au brochet beurre blanc et, pour les nostalgiques des îles, au crabe farci sur aspic de mangue arrosé de *ti punch* !

Il était une chose, toutefois, dont les habitués auraient fait des gorges chaudes s'ils en avaient eu vent : un certain César d'Escragnole, lieutenant de vaisseau du roi, de noble famille provençale, qui venait de perdre sa jeune femme quelques années après la naissance de leur fils Olivier, s'était violemment épris de la jeune Morgana et lui avait fait un enfant, qu'elle avait prénommé Marie.

L'officier, fort riche et destiné à hériter de la fortune et du titre de marquis de son père, avait décidé de pourvoir à tous les besoins de l'enfant et plus tard à son éducation, à condition que le secret de sa naissance fût strictement respecté. Marie ne devait jamais voir son père, ni même connaître ou soupçonner son nom, sinon son existence.

Les années avaient passé. La petite Marie devenait une fillette charmante au caractère franc et spontané. Morgana ne s'était jamais mariée, pour se consacrer plus librement à elle. Devenue indispensable au vieux patron du *Chat gourmet*, elle gardait une conduite irréprochable pour ne pas porter ombrage à l'avenir de sa fille, son trésor.

Après la mort de son père, César d'Escragnole avait mûri lui aussi, gérant sa terre provençale tout en menant une brillante carrière maritime. Engagé dans toutes les campagnes des îles d'Amérique, il avait gravi les échelons de la hiérarchie. Capitaine de vaisseau à quarante ans, il commandait en 1781 le superbe vaisseau de ligne *l'Intrépide*, dans la nouvelle flotte que le roi venait de confier à l'amiral de Grasse.

Veuf, en adoration devant son fils Olivier, devenu un jeune homme plutôt fragile, hypersensible mais très doué, il rêvait parfois de cette fillette clandestine qu'il n'avait jamais vue. Cependant, le poids des traditions familiales et la crainte de choquer son fils unique lui interdisaient la démarche à laquelle son cœur aspirait : la reconnaissance de Marie, et ce bonheur impossible : la serrer dans ses bras.

Morgana n'avait jamais revu son bel amant. Mais le marquis était loyal, il avait tenu toutes ses promesses, et au-delà, puisque Morgana, son patron s'étant retiré fortune faite, avait pu racheter l'auberge *Au chat gourmet*, qu'elle avait rebaptisée *l'Aristochat*. Devenue une femme mûre mais toujours attirante, elle s'était efforcée d'accentuer le caractère gastronomique et respectable de l'établissement, que fréquentaient les officiers du roi et quelques aventuriers pittoresques en mal d'expéditions exotiques.

C'est dans cette ambiance parfumée de cannelle et de rhum qu'avait grandi la petite Marie, dont le charme et la gentillesse naturelle séduisaient les usagers, qui l'avaient surnommée Marie-Galante.

Ce nom faisait rêver la fillette lorsque les marins qui la prenaient sur leurs genoux lui contaient qu'il existait au-delà des mers, aux Antilles, une île toute petite et toute gracieuse comme elle et qui portait ce nom, Marie-Galante, entre la Grande Terre de la Guadeloupe, La Désirade et l'île de la Dominique.

Jusqu'à onze ans, Marie-Galante avait vécu à l'auberge, sous la surveillance vigilante de sa mère, à laquelle, toutefois, il lui arrivait d'échapper. Quittant alors sa longue jupe de serge bleue et son bonnet de coton, elle revêtait un pantalon étroit de garçon, un feutre à larges bords qui cachait sa chevelure serrée en chignon, et partait explorer les remparts de Recouvrance, osant pousser au-delà jusqu'à la rade, à l'estuaire de la Penfeld. Aimant fouiller les rochers de la grève voisine de Laninon, elle y avait rencontré le jeune Gaël Trémeur, de trois ans son aîné. Godillant sur un esquif de sa fabrication, il explorait lui aussi les rivages. Il l'avait d'abord prise pour un garçon, jusqu'à ce jour d'été torride où les deux enfants s'étaient baignés nus dans la mer. Leur amitié s'était alors transformée. Les tendres liens des amours enfantines, empreintes de gravité, avaient rapproché étroitement ces deux orphelins.

Mais un jour Morgana Goulwen avait mis fin aux vagabondages de l'enfant, en lui fermant l'univers merveilleux de la liberté et même celui de l'auberge marine, pour la mettre en pension de l'autre côté de la Penfeld, chez les ursulines de Brest, une institution renommée fréquentée par les filles de la haute bourgeoisie.

Très indépendante, Marie, qui avait dû oublier même son surnom, s'était d'abord rebiffée. Mais Morgana ne s'était pas laissé attendrir. L'idylle avec le fils unique du notaire royal comblait ses vœux. Avec fermeté, elle exposa à Marie que sa seule chance d'entrer dans la famille du notaire était, avec la belle dot qu'elle lui préparait, de recevoir une parfaite éducation.

Seul l'amour portait et emportait Marie. Si Gaël avait été le fils d'un pêcheur de crabes ou d'un aide-calfat de la Penfeld, elle l'eût aimé avec la même passion. Elle accepta donc les raisons de sa mère. Malgré la tristesse de la séparation, Gaël acquiesça. Marie se laissa enfermer chez les ursulines, qui heureusement témoignaient d'un esprit ouvert. A quatorze ans, elle prit goût aux bonnes manières et aussi à la dévotion, qui éveillait en elle tout un monde inconnu.

Ainsi séparés, les deux adolescents s'étaient juré fidélité. Leur amour, renforcé par l'absence, attisé par le désir, devenait plus charnel, plus délicieux aussi. Ils arrivaient furtivement à se voir à l'occasion des rares sorties de Marie. Mais plus question de courir les rivages de Laninon, ni de hanter les coins obscurs des remparts de Recouvrance, derrière la poudrière royale ! Morgana veillait sur sa fille, avec d'autant plus de vigilance qu'elle connaissait tous les dangers de la jeunesse et ses pièges. Dans ce jeu complexe, il s'agissait d'entretenir l'attachement du garçon, de consolider les liens avec Marie, mais sans jamais consentir à des abandons qui eussent compromis l'approche difficile du notaire.

Hélas, de ce côté-là, rien n'allait plus. Gaël se retrouvait face à son père, plus intransigeant que jamais.

— Tu vas sur tes dix-huit ans et tu es riche de deux années de pratiques notariales, qu'il faudra compléter par des études à l'université pour acquérir les diplômes. Après quoi je suis décidé à te confier ici des responsabilités. Dans quelques années je me retirerai et tu seras alors *le notaire royal.* Grâce à ton brillant mariage, tu seras présenté au roi à l'occasion d'une de ses visites à Brest. Tu pourras garder la tête haute face à notre confrère maître Adhémar de Kérascoët, qui se croit ici le premier, comme si seul il existait !

Cette rivalité tourmentait maître Trémeur. A quoi lui servaient sa puissance et son argent si un simple petit noble avait sur lui la préséance, ce qui ne manquait pas de se produire à toutes les cérémonies officielles où les trois notaires royaux étaient conviés ?

Une certaine exaltation anima ses traits bouffis. Pour un peu, il se serait mis dans la peau de ces pères exemplaires qui cèdent à cinquante ans la place au fils impatient de leur succéder. En vérité, toutes ces paperasses, « grosses » et autres « actes authentiques », ennuyaient maintenant le notaire. La traite des Nègres et la spéculation sur les épices et sur les terres lointaines avaient fait de lui une sorte d'aventurier en chambre. Cette charge officielle de notaire royal héritée de son père le limitait, le brimait, l'empêchait de donner libre cours à son génie des affaires. Mais il ne pouvait pas renoncer à une charge héréditaire, seul titre honorable pour sa famille. Que Gaël le remplace un jour à l'étude et il pourrait alors se livrer sans mesure à sa passion de l'argent et du négoce. Il rêvait aussi de politique. Le titre d'échevin, à défaut de marquis, lui irait parfaitement, lui donnant enfin la préséance sur son confrère Kérascoët.

Fixant Gaël droit dans les yeux, il enchaîna :

— Il te faudra donc épouser Adélaïde de Kerzouvanec pour entrer dans la bonne société. Ce qui te permettra d'aspirer un jour à la fonction de notaire greffier des échevins...

Gaël sentit qu'il allait exploser. Puis la paix se fit en lui. Tout lui parut simple. Il était jeune, il était fort et il savait ce qu'il voulait.

— Père, pardonnez-moi de ne pouvoir entrer dans vos projets. Je n'épouserai que la femme que j'aime !

Le notaire s'agita sur son fauteuil de velours rouge.

— Epouse en justes noces Adélaïde de Kerzouvanec et aime toutes les femmes que tu voudras !

Il s'interrompit brusquement. Son regard se posa sur le pastel bleu et rose de sa femme. Il n'avait aimé qu'elle ! Mais l'amour, depuis longtemps, ne tenait plus de place dans sa vie. Etait-il possible qu'un homme change ainsi et se renie ?

La voix de Gaël le fit sursauter.

— Et je ne serai jamais notaire ! Ce métier ne m'intéresse pas !

— Qu'oses-tu dire d'une charge de notaire royal, jeune insolent ?

— Je n'ai aucune des capacités que requiert cette charge éminente.

Soudain on entendit, au-delà des baies vitrées, le trille d'un sifflet de maître de manœuvre sur une frégate en partance. Gaël y vit comme un signe.

— Je serai marin, père ! Si Dieu le veut...

— Mais, petit innocent, c'est beaucoup plus difficile d'être marin que notaire, plus dangereux et moins rémunérateur !

— Adieu, père !

La porte capitonnée de cuir se referma derrière Gaël. Dans la salle commune où travaillaient en silence une dizaine de clercs, de comptables et de copistes, penchés sur leur écritoire, il vit toutes les têtes se tourner vers lui et lui sourire. On l'aimait bien à l'étude, Gaël, car il n'était pas fier. Mais, du copiste au premier clerc, on ne pouvait comprendre ses velléités de liberté. Fils unique, enfant gâté ? Mais cela ne devrait pas exclure une conscience calculée de ses véritables intérêts et de ceux de sa famille. Ici, l'argent était roi, la fonction reine.

Gaël sortit de l'étude et se retrouva dans le hall, devant l'escalier monumental qui menait à l'étage. Il ne pouvait pas *partir* sans aller prendre là-haut un objet qui lui tenait à cœur. Il gravit les vingt degrés de marbre rose et entra dans sa chambre qui ouvrait sur le port. La cellule monacale, aux murs blancs, tranchait sur la somptuosité de l'hôtel notarial.

— De l'air ! De l'espace !

Il se dirigea vers la fenêtre, l'ouvrit, respira l'odeur de goudron chaud, de bois brûlé. Devant lui, le quai du Commerce bordait la rivière aux eaux chargées de tous les rêves d'évasion des hommes.

L'hôtel particulier du notaire était édifié non loin de l'Intendance générale, la Maison du roi. On apercevait à droite, sur l'autre rive, le chantier naval de Pontaniou. En se penchant par la fenêtre, on voyait à gauche, derrière l'énorme machine à mâter, la masse imposante de la citadelle, dont la tour César, les pieds dans l'eau, commandait l'estuaire. Juste en face se dressaient les pentes et la falaise de Recouvrance, l'église Saint-Sauveur, des magasins, des casernes, des auberges... Et Marie-Galante.

A nouveau il se sentit déchiré. Il ne pouvait pas partir ainsi sans la revoir, sans la toucher, sans lui expliquer.

Tant de souvenirs l'attachaient à Recouvrance ! Le village appartenait jadis aux ducs de Brissac. Brest se trouvant à l'étroit derrière ses remparts, l'intendant du roi l'avait annexé. Mais à cause des hautes mâtures des vaisseaux, aucun pont ne l'unissait à la ville, et le bourg se sentait à l'écart. Et c'était aussi le drame de sa vie : nul pont familial n'unissait les Trémeur et les Goulwen ! L'amour de Marie et de Gaël serait-il plus fort que les préjugés des hommes ?

Mais il fallait d'abord la quitter pour se réaliser. Quitter aussi pour la première fois cette ville et ce port incomparables.

De sa fenêtre, Gaël ne pouvait rien voir de la cité haute de Brest, édifiée par Vauban sur le plateau. La cité civile ne comptait que vingt-deux mille habitants. Les vrais maîtres des lieux étaient les militaires en garnison, les dix mille ouvriers de l'arsenal qui s'étirait tout au long de la rivière, les marins embarqués, dont le chiffre dépassait ce printemps quarante mille hommes ! On comptait pour rien les trois mille forçats asservis à l'arsenal, véritables esclaves à la peau blanche.

Brest, c'était la marine, la guerre, le large et l'aventure. Gaël, enfant de Brest, se sentit soudain un être libre qui éprouvait la « démangeaison des ailes » ! Corderies immenses, voileries, magasins du roi, chantiers de réparation où l'on armait la flotte, tout invitait au

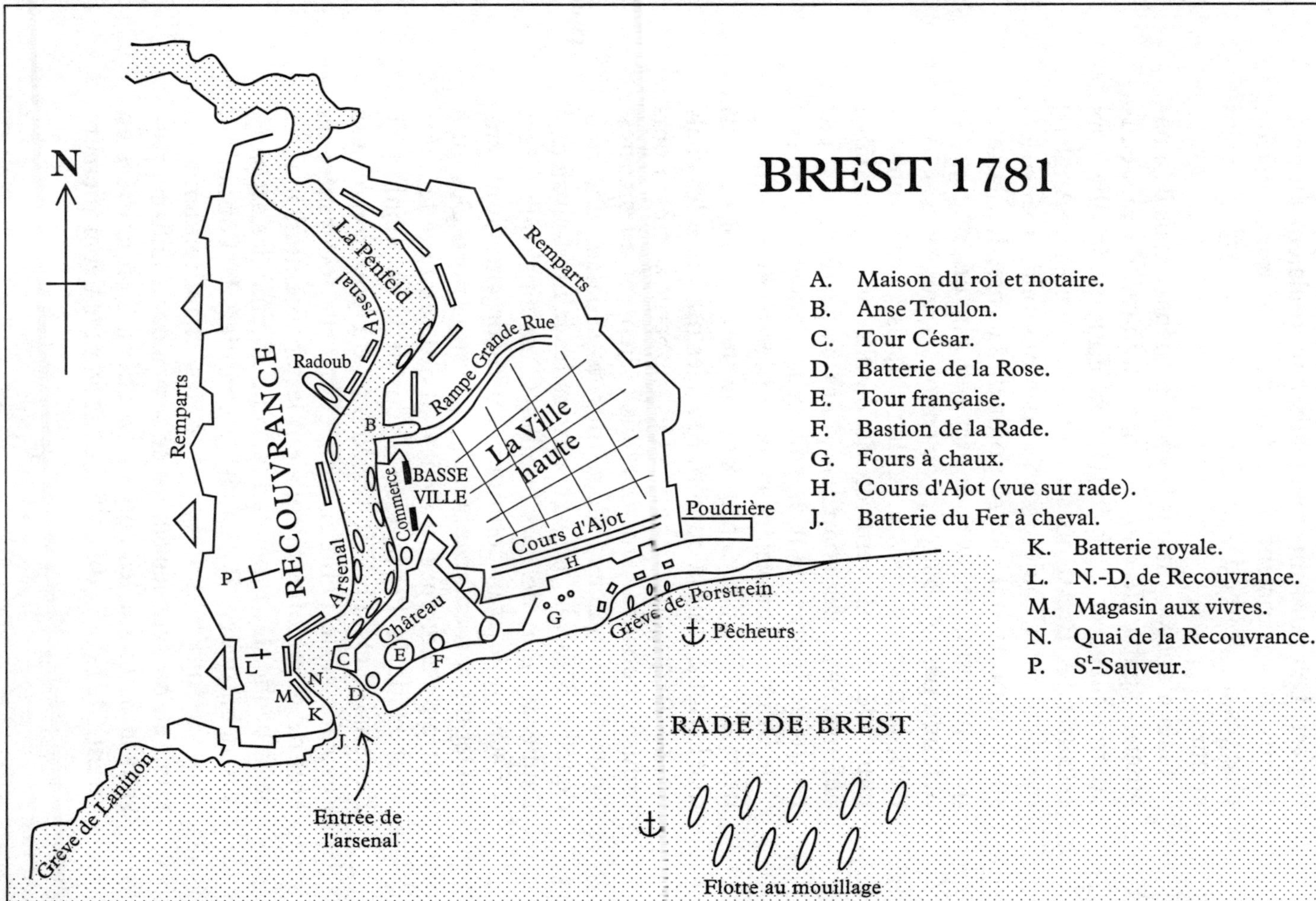
BREST 1781
A. Maison du roi et notaire.
B. Anse Troulon.
C. Tour César.
D. Batterie de la Rose.
E. Tour française.
F. Bastion de la Rade.
G. Fours à chaux.
H. Cours d'Ajot (vue sur rade).
J. Batterie du Fer à cheval.
K. Batterie royale.
L. N.-D. de Recouvrance.
M. Magasin aux vivres.
N. Quai de la Recouvrance.
P. St-Sauveur.
N
La Penfeld
Remparts
Rampe Grande Rue
La Ville haute
BASSE VILLE
Commerce
Cours d'Ajot
Poudrière
Radoub
Arsenal
RECOUVRANCE
Château
Grève de Porstrein
Pêcheurs
RADE DE BREST
Entrée de l'arsenal
Grève de Laninon
Flotte au mouillage

départ. Les puissants vaisseaux appareillaient au printemps et revenaient à la fin de l'automne, parfois chargés de gloire, des boulets anglais incrustés dans les coques.

Gaël n'apercevait pas la rade immense, mais il l'imaginait, capable de contenir des centaines de vaisseaux au mouillage et d'abriter les évolutions de plusieurs escadres. A Brest, on se sentait à l'abri des Anglais, qui pouvaient toujours effectuer des raids meurtriers sur n'importe quel autre point de la côte. Ici, la rade ne communiquait avec la mer que par un long goulet défendu par des batteries de canons à feux croisés. Au-delà, la mer elle-même, la mer d'Iroise, constituait les jours de grand vent et de houle une formidable défense, avec ses chapelets d'îles et de récifs où, par temps de brume, tant de vaisseaux s'étaient éventrés.

A Brest se côtoyaient ceux qui restaient et ceux qui partaient. On y vivait au rythme de l'arsenal et selon que la flotte était là ou non. Mais les marins et les civils ne se fréquentaient pas. Les auberges, très nombreuses, constituaient toutefois le lien entre les castes. Si quelques officiers d'âge mûr possédaient une résidence à Brest, la plupart, et tous les jeunes, vivaient à l'auberge, loin de leur famille. C'est ainsi que César d'Escragnole avait connu et aimé Morgana Goulwen.

Depuis son enfance, Gaël respirait le port. Dès qu'il avait pu s'échapper, il avait d'abord remonté le cours sinueux de la Penfeld où s'activait la population de l'arsenal dans l'odeur obsédante du goudron chaud des calfats, de l'étoupe brûlée, et celle, odorante, du bois de chêne que travaillaient les charpentiers maîtres de la hache. Il se mêlait à la foule affairée des artisans, des débardeurs. Il visitait le chantier de Pontaniou, dans la fumée des forges et des chaudronneries. Il tâtait au passage les câbles énormes de mouillage, passant la main sur les coques de chêne bien grattées en attente de la poix du calfat, observant le débarquement d'un canon du ponton-grue, ou le roulement d'une brouette à bombes transportant un énorme boulet.

Remontant encore la Penfeld, franchissant les dépôts de barriques, barils, tierçons, quarts, boucauts et futailles, Gaël s'arrêtait à hauteur du méandre, entre le bagne et l'hôpital maritime. Au-delà, vers Kervallon et l'anse du Moulin-à-Poudre, il découvrait le monde étrange des vaisseaux désarmés et le cimetière des bateaux. Sur les pontons déclassés, à la poupe aux dorures passées, souvenir d'une gloire oubliée, dernier témoin de leur splendeur, des marins anglais prisonniers, accablés, évoluaient comme des ombres, en marge de l'histoire.

A regret, Gaël referma la fenêtre. Ouvrant un tiroir, il s'empara de ce qui était comme le prolongement de lui-même : sa flûte à bec en bois des îles, petit objet précieux que lui avait offert Marie pour remplacer le modeste fifre de son enfance. Avec amour, il en caressa le bois. Que de fois, ayant donné rendez-vous à Marie-Galante dans une crique déserte de Laninon ou dans un petit bosquet des hauts de Recouvrance, derrière la poudrière royale, il s'était annoncé avec quelques mesures de *La Tempesta di mare* de Vivaldi. A cette seule évocation sa chair frémissait et son cœur battait plus fort, une lumière s'allumait dans sa tête et un feu dans tout son être.

Gaël glissa la légère flûte sous sa ceinture, puis il quitta la chambre en refermant doucement la porte, avec seulement une pensée très tendre pour sa mère.

Il descendit l'escalier. Sans un regard pour le médaillon de pierre sculptée où s'affichait, au-dessus de l'entrée monumentale, le regard sévère de son grand-père, il se retrouva à l'air libre sur le quai de l'Intendance. Alors il sentit à nouveau, impérative, la démangeaison des ailes.

2

La marée atteignait sa plénitude et l'eau léchait presque les pavés du port. Une plénitude vitale envahit aussi le corps et l'esprit du garçon. *Il était libre !* Il était peut-être fou, mais il était libre !

Une animation extraordinaire régnait sur le quai, où se trouvait amarrée une frégate de 30 canons. Tout parut facile à Gaël. Il suffisait de franchir cette échelle de coupée, de se présenter au capitaine. « Vous appareillez pour les Amériques ? Je suis des vôtres ! »

Puis il se rappela qu'il n'était ni marin, ni soldat. La flotte de l'amiral de Grasse allait traverser l'Atlantique pour livrer bataille aux Anglais, reconquérir les îles antillaises, prêter main-forte aux Espagnols de la Jamaïque et aux Insurgents du général Washington. Qu'avait-on besoin d'un clerc de notaire ?

Franchi pour la dernière fois le seuil de la maison paternelle, Gaël gardait deux points d'appui à Brest. L'auberge de Morgana Goulwen paraissait le plus sûr. A *l'Aristochat*, il pourrait rencontrer des officiers du roi. Grâce à la recommandation de Morgana, il obtiendrait peut-être un emploi à bord.

Mais il se ravisa. Morgana serait consternée, voire scandalisée d'apprendre sa fugue, sa folie. Elle cherchait pour sa fille un homme établi en ville, un bourgeois considéré, aisé ; pas un aventurier, mal payé de surcroît !

Même l'impétueuse Marie-Galante désapprouverait ce coup de tête. Si éprise qu'elle fût de Gaël, elle était comme toutes les femmes : désireuse d'être mère, de fonder un foyer, de s'établir dans la durée et la sécurité. Elle ne minimisait pas les obstacles qui s'opposaient à son mariage avec Gaël. Mais elle faisait confiance à l'avenir, à la patience, à sa gentillesse, à son charme, qui finiraient bien par toucher le redoutable notaire. Maître Trémeur tenait à ce que son fils unique lui succède. Il y aurait fatalement des concessions réciproques. Gaël accepterait de prendre sa suite à l'étude. En contrepartie, le notaire renoncerait à ses idées de grandeur : lui faire épouser une aristocrate ! Les temps n'étaient d'ailleurs plus à l'aristocratie. Sous les coups répétés des nouveaux philosophes, Diderot, Montesquieu, Rousseau, la vieille société inégalitaire craquait de toutes parts. De nouvelles forces vives montaient de la bourgeoisie et du peuple.

Ces calculs raisonnables n'effleuraient même pas Gaël, qui souhaitait sans se l'avouer une rupture radicale avec ce père avec lequel il n'avait jamais ressenti d'affinités.

Il se tourna vers la rivière et respira l'air salé qui venait de la rade, cette rade immense où mouillaient près de deux cents vaisseaux en attente d'appareillage. Par l'échancrure de l'estuaire, on n'apercevait que le haut des mâts, une véritable forêt, dans un entrelacs de haubans et de drisses ponctué par les flammes multicolores des pavillons déployés. La flotte allait appareiller, il n'y avait pas une minute à perdre !

Repoussée l'idée de demander l'aide de Morgana Goulwen, restait une possibilité.

— Je vais aller voir le Vieux des Grèves !

Cet ancien maître canonnier, il en était sûr, connaissait tous les marins de Brest...

En dehors de Marie, il n'avait d'autre ami que lui.

Au bout du quai de l'Intendance se dressait la muraille énorme du château. Le Vieux des Grèves habitait de l'autre côté, sur la rade, la grève de Porstrein, l'un des rares endroits de ce littoral que la marine du roi n'avait pas encore annexés. Les pêcheurs s'y étaient regroupés. L'endroit n'était pas abrité, il n'y avait même pas de quai. Quand soufflait le vent d'ouest chargé de pluie, on se réfugiait dans des cabanes de planches ou sous de vieilles coques retournées. Mais aujourd'hui, le vent était au nord-est, le vent du départ !

Entre le bloc massif de la forteresse royale et la ville perchée sur la falaise se faufilait, dans un petit ravin, un escalier de pierre qui grimpait vers le plateau. Gaël l'emprunta. Longtemps, il chemina à travers les ruelles étroites de la vieille cité, où grouillait une population misérable en partie clandestine. La flotte allait appareiller, les équipages étaient déjà consignés à bord, les tavernes tiraient leurs volets, les servantes épuisées montaient s'étendre sur leur lit et s'endormaient pesamment.

Lorsqu'il atteignit le rempart du couchant, il s'attarda sur l'immense terrasse qui domine la rade, le cours d'Ajot, le belvédère de la mer. Le prodigieux spectacle des flottes réunies lui coupa le souffle : les trois escadres des vaisseaux de ligne hérissés de canons énormes de l'amiral de Grasse, l'escadre, plus modeste, du commandeur de Suffren et un peu à l'écart, au mouillage du banc de Plougastel, la masse imposante mais encore inorganisée du convoi marchand, cent cinquante vaisseaux.

« Nous y voilà ! songea Gaël. Tous ces vaisseaux de guerre à deux et trois ponts, ces frégates royales, ces corvettes et ces bricks, sont d'abord destinés à escorter, à travers l'océan et le dédale des îles, d'innombrables vaisseaux marchands ! Ce matin, leurs coques presque vides sont lestées de galets. Le retour sur Brest sera plus glorieux, avec toutes les richesses des Antilles, pour le profit des marchands, des banquiers et des notaires qui ont su judicieusement placer leurs louis et leurs piastres dans les plantations de canne à sucre, de coton et d'épices ! »

Puis Gaël se retourna. Au-delà du plateau où la cité se concentrait, s'étendait un promontoire rocheux que le génie des hommes de guerre avait transformé en une imprenable citadelle, avec ses tours, ses bastions, ses enceintes. Au pied de ces remparts truffés de canons et de mortiers coulait, entre deux falaises, la rivière Penfeld. Elle donnait accès à l'arsenal, la raison d'être et l'âme de Brest, où tout avait été conçu pour équiper, approvisionner, réparer et armer les escadres.

Enfin, Gaël laissa tomber son regard à la verticale du rempart. En contrebas, entre l'énorme muraille et la grève de Porstrein, se serraient les maisons des pêcheurs et des artisans de marine. Familier des lieux, Gaël s'engagea dans un petit chemin, une *ria* étroite et tortueuse, qui se glissait dans une échancrure de la falaise et du rempart, permettant d'accéder à la mer et à l'immense grève de sable et de rochers de Porstrein.

A mi-pente, le regard aigu du garçon fouilla la multitude des barques de pêche tirées sur le rivage. La mer descendait. Certaines barques appareillaient, malgré l'encombrement monstrueux qui régnait sur la rade. D'autres pêcheurs, plus prudents, se laissaient échouer sur le sable.

Gaël reconnut enfin la vieille coque retournée du harenguier qui servait d'abri au Vieux des Grèves. Un sourire illumina son visage. Une curieuse histoire le liait à cet homme énigmatique. Yvon Tadou (mais qui se souvenait encore de son nom ?) avait perdu un bras et un œil en 1747, à la bataille du cap Ortegal, où il exerçait, à bord de *la Gloire*, la noble fonction de maître canonnier. Désormais inapte à servir sur un vaisseau de guerre ou dans quelque forteresse, se sentant toujours bouillonnant de vie, il avait refusé « les invalides », la maigre retraite dont se contentaient les marins du roi exclus du combat.

Contre toute prudence, il avait offert ses services à un flibustier des Antilles, Typhon le Rouge, qui, sous couvert de boucanerie, armait un brick opportunément baptisé *la Pompe à rêves* ! En principe, on n'attaquait que les Anglais. A ses côtés, Yvon avait aimé cette vie d'aventures dans la mer des Antilles et les Caraïbes peuplées d'îles qui le fascinaient. Derrière chaque cap pouvait surgir le lourd vaisseau marchand qui apporterait la fortune, ou la frégate du roi, synonyme de mort par pendaison.

Là s'était passé un événement étrange. C'était la partie la plus secrète de sa vie, dont il ne parlait pas, sinon parfois et à mots couverts, à Gaël, qu'il considérait comme un fils. Mais rien n'était clair dans les discours du Vieux, où se mêlaient l'histoire et la légende. Les uns prétendaient qu'il avait trouvé un trésor, et lui-même, comme pour brouiller les pistes, se gardait de démentir. Mais alors, de retour en Bretagne, pourquoi s'était-il installé sur cette grève battue par les vents, pas même dans l'une de ces cabanes en galets et bois d'épave que les pêcheurs se bâtissent ? Une vieille coque retournée l'avait accueilli.

C'est là que Gaël, au cours de ses errances sur les grèves, l'avait rencontré, trois ans auparavant. Il venait de se disputer avec son père et se sentait très seul. Un grain brutal l'avait contraint à s'abriter sous la vieille coque, à l'invitation silencieuse du Vieux. Etrange confrontation. Yvon Tadou avait tendu vers lui son unique main, la droite, brûlée par la poudre des combats.

« Quel est ton nom, petit ?

— Gaël Trémeur, monsieur. Pour vous servir.

— On m'appelle le Vieux des Grèves. Cela suffit. »

Une pluie fine avait succédé au grain. Gaël avait sorti sa flûte et joué pour le Vieux l'andante du concerto de Telemann. Une bienheureuse plénitude les avait saisis. Gaël avait raconté sa vie. Puis, désignant la manche vide qui pendait de la vieille blouse de pêcheur, il avait demandé :

« Combat naval ?

— Bataille du cap Ortegal ! »

Ils entendirent le cri désespéré d'une mouette. Dans la pénombre, le vieillard et l'enfant se regardaient. Il y eut entre eux un échange mystérieux. Gaël en avait été bouleversé, comme s'il y reconnaissait ce qu'il avait toujours possédé sans pouvoir en jouir : les ailes que l'oisillon interloqué se sent pousser dans le nid, pour l'inviter à s'envoler.

Sous la coque, l'obscurité était maintenant presque complète. Le Vieux avait allumé la lampe-tempête suspendue à un barrot. Alors, Gaël avait remarqué, contre la paroi tribord de chêne vermoulu, une étrange vieille peinture sur parchemin, aux couleurs encore vives, un ensemble à la fois compliqué et parfait de cercles qui s'entrecroisaient. Un visage lumineux occupait le centre. Quatre autres visages se partageaient les points cardinaux. Gaël n'avait jamais rien vu de semblable et il ne comprenait pas cette émotion qui lui étreignait le cœur.

« Mais qu'est-ce que c'est ?

— Un *mandala*. Un cercle magique, truffé de symboles. Celui-ci vient de très loin, au-delà des mers. Si tu le peux, concentre-toi, rassasie-toi du message qu'il exprime.

— Un mandala ?

— C'est un terme sanscrit, la vieille langue sacrée de l'Inde. Il signifie "cercle", car ses éléments s'organisent dans une forme circulaire. Le cercle représente la perfection et l'unité. Les images qui s'y ordonnent symbolisent les forces cosmiques de l'univers. Qui perçoit la force du mandala voit s'ouvrir la grotte de son cœur et couler la source éternelle inépuisable. Comprends-tu cela ?

— Non, monsieur. Mais... »

Quelque chose en lui, d'éternel, reconnaissait le message !

Fasciné, Gaël se laissait conduire, il entrait dans le cercle. Et il ne posait plus de questions. Ouvrant son esprit et purifiant son cœur, il allait vers le mandala, vers le centre, comme un petit enfant perdu va vers son père, dans le visage duquel se résument toutes les réponses.

Il eut soudain une illumination et tout bascula dans sa tête. Un bonheur inouï le comblait, fait d'une joie intérieure, d'une plénitude, comme une source d'énergie illimitée, brusquement libérée. Cet éveil, cet éblouissement hors du temps et de l'espace, avait duré une seconde, ou un siècle. Quand il retrouva la pauvreté de la barque et la dureté du monde des hommes, il vit le visage du Vieux des Grèves, qu'une lumière étrange éclairait aussi. Le vieil homme murmura :

« Le mandala, le cercle magique, dessiné par un initié, constitue un mystère en soi. Qui le contemple en silence avec un cœur pur reçoit la lumière. Il s'établit alors au centre de la conscience, dans l'Essence. Puis il est transformé, apaisé. Il peut guérir.

— Guérir de quoi ?

— Du mal de vivre, né de l'ignorance. L'image symbolique du mandala appelle celui qui le regarde à dénouer ses tensions internes en prenant conscience de sa réalité intérieure, qui n'est autre qu'une manifestation de la Transcendance qui le fonde. C'est la seule réalité. *Je est un autre.* »

Sur cette parole mystérieuse, le Vieux s'arrêta, comme suspendu au-dessus d'un abîme. Gaël attendait, frémissant. Puis le Vieux se tourna vers le parchemin.

« Ceci est un mandala chrétien. Au centre, le Christ. Aux quatre points cardinaux, les évangélistes.

— Je n'ai jamais vu cela dans nos églises !

— Les prêtres, aujourd'hui, ne sont plus initiés. Ils se méfient. Le mandala, hérité des sages orientaux, était pourtant fréquent chez nous au Moyen Age. Ce mandala que tu vois est simple. Aussi l'énergie que tu as reçue ne t'a pas terrassé. Mais il existe ailleurs des mandalas plus puissants, qui savent intégrer le bien et le mal, la lumière et l'ombre, ces deux compagnes inséparables.

— Mais où l'avez-vous trouvé ?

— Aux Petites Antilles, dans une île perdue. Un ermite, ancien missionnaire chrétien de Chine, me l'a donné. Je l'ai vu et j'ai été purifié. Mon œil intérieur s'est alors ouvert... »

Le Vieux hésita. Il en avait trop dit. Cet enfant risquait de le trahir. Non, il venait d'être illuminé. Il avait franchi le mur de l'ignorance, il avait trouvé le passage !

La pluie avait cessé. Un rayon de soleil perçait derrière les nuages bas et éclairait la grève. Le Vieux y avait vu un signe. Il articula alors :

« J'ai ramené des îles bien des secrets, des trésors. Tu connais maintenant mon secret, Gaël. Sauras-tu te taire ?

— Je vous le jure ! »

Ayant serré la main du Vieux, il avait poussé la porte.

Puis, se retournant, il avait demandé :

« Mais pourquoi se taire ?

— Les hommes ne sont pas prêts. Peut-être, un jour... Va, Gaël. Et veille sur notre trésor ! »

Cette scène étrange s'était déroulée voici trois ans ; il lui semblait que c'était hier. Bouleversé, l'enfant avait quitté la grève et le rêve pour réintégrer le monde des hommes, le rationnel, l'étude notariale, qui lui paraissait bien terne, « terre à terre », alors qu'il avait plongé en plein ciel — ou en plein océan. La nuit, il rêvait du Vieux des Grèves et retrouvait alors son trésor, le mandala, et l'illumination, qui l'espace d'un instant éternel avait fait de lui un être illimité. *Je est un autre.* C'était si étrange, à la fois excitant et mystérieux ! Selon sa promesse, il n'en avait même pas parlé à Marie. Il lui avait seulement révélé l'existence d'Yvon Tadou, un sage retiré sur une grève, sous une vieille coque de harenguier, sans plus. Une sorte de recours sur lequel, en cas de malheur, on pouvait compter, absolument.

Tout cela bouillonnait aujourd'hui dans la tête de Gaël, tandis qu'il dévalait le sentier abrupt qui conduisait à la grève de Porstrein.

Retournée sur le sable, la grande coque bien galbée du harenguier devait mesurer huit mètres. Une petite ouverture fermée par une porte avait été découpée dans le bordage. L'étroite cheminée qui sortait au niveau de la quille fumait, comme celle de toute honnête maison de pêcheur. Il s'en dégageait une bonne odeur de poisson grillé.

Gaël prit sa flûte et commença à jouer quelques mesures. Aussitôt, le Vieux parut. Il lui sourit.

— Je t'attendais. Entre.

Il était près de midi et le Vieux faisait griller un beau poisson dans une poêle de fer. Sur la petite table basse, un pain de seigle embaumait. Ils se signèrent, partagèrent le poisson et le pain, et mangèrent en silence, en buvant du cidre mouillé d'eau. Enfin, le Vieux demanda :

— Alors, tu es parti, comme ça ? Tu as tout laissé tomber ?

— Comment le savez-vous ?

Un sourire mystérieux éclaira le visage du Vieux. Gaël avoua :

— Je me suis disputé avec mon père.

— Ah ! Tu lui as parlé de Marie-Galante !

— Oui. Et il s'est indigné. De longue date il mijote un projet de mariage avec une demoiselle de la bonne aristocratie bretonne. Ce matin, il m'a mis en demeure de m'engager et de choisir : le mariage et l'étude... ou rien.

Un sourire étonné éclaira son visage. Il répéta :

— Rien...

— Et tu es venu me demander ce que tu devais faire.

— Je sais ce que je dois faire...

— Tu sais seulement ce que tu ne dois pas faire...

L'Insurgent baissa les yeux et se calma. Sous le regard du Vieux, il redevenait un enfant.

— Je suis venu ici parce que vous êtes mon ami, père Tadou.

Un silence les unit. Du bout de son pied nu, le Vieux poussa la porte pour faire entrer un peu d'air et chasser la fumée. Par l'ouverture, on voyait le beau sable argenté où couraient des enfants.

Soudain, ils entendirent sonner des cloches. Une multitude de cloches, sur une seule note, dispersées dans la rade. Ce n'étaient pas des cloches d'église.

— On pique huit coups, dit l'ancien canonnier. Midi. Rappel au premier quart à bord des vaisseaux de Sa Majesté ! Mais il y a autre chose ! Le sens-tu ? On ne pique pas comme d'ordinaire !

Sa voix avait monté d'un ton. On y sentait à la fois une angoisse et un désir.

— Oui, dit Gaël. Après un mois de vents d'ouest contraires, la flotte va appareiller, enfin ! Si ce vent de nordet tient sa promesse, c'est sûrement pour demain matin. Sur le mât de pavillons du château, j'ai vu flotter le signal de partance, repris par tous les vaisseaux en rivière et sur rade, de proche en proche. Hier, Charles de La Croix, marquis de Castries en personne, et autres messieurs de Versailles sont venus au nom du roi saluer ceux qui vont partir ! Le comte d'Hector, commandant l'arsenal, les guidait.

— C'est une flotte immense, dit le Vieux. Vingt-huit vaisseaux de ligne, ce qui se fait de mieux au monde ; et des frégates, des corvettes, des cotres, des bricks, des bombardes ! Pendant des mois, en Penfeld, de l'aube à la mi-nuit, on a radoubé, calfaté, refait les doublages de cuivre des carènes, remâté à neuf, changé les grelins, les haubans, les drisses, les aussières, et les câbles des ancres de bossoir, dont dépend la sécurité au mouillage. On a remplacé toutes les voiles avec la plus belle toile de chanvre neuve, et leurs ralingues. Puis on a embarqué quantité de matériel de guerre livré par l'intendant munitionnaire du magasin général : les boulets, de 4 à 36 livres, les boulets ramés, les bombes, la mitraille et la poudre. Des tonneaux de belle poudre, noire et sèche, stockée à Recouvrance...

— Et les sacs de gargousses, père Tadou ! Des milliers de sacs à poudre, en serge, en toile et même en parchemin !

— Et enfin les vivres. Aujourd'hui, pipes, barriques, barils, tierçons, quarts, boucauts et futailles, pleins de vin, de rhum, d'huile, de farine, de lard, de fayots, de biscuit de mer et de viande fumée, remplissent les cales des vaisseaux ! Et l'eau douce ! Pour cent vingt jours de mer, telle est la règle. Trois cents tonneaux pour un vaisseau de premier rang ! De la belle eau claire puisée à la fontaine du Parc-aux-Vivres...

Son œil unique brillait. Il ajouta :

— Peut-être que l'amiral de Grasse, qui commande aujourd'hui l'armée navale, effacera les échecs de ses prédécesseurs. On dit que le roi, le recevant à Versailles, lui aurait ordonné, en lui remettant les épaulettes de lieutenant général : « Ce que je veux, monsieur, c'est une bataille décisive ! » Jusqu'à ce jour, les flottes se sont plutôt évitées, non ? Comme si leur énorme puissance effrayait les amiraux qui les commandent, et même les rois ! Tu imagines, petit ? Deux grandes flottes défilant par la contremarche ; deux mille coups de canons tirés à la fois !...

Cette fabuleuse perspective excitait l'ancien canonnier. Il fit chauffer de l'eau dans une petite casserole de fer et prépara le café. Mais on sentait sa tête ailleurs, comme absorbée par l'événement mondial qui se préparait sous ses yeux, là, dans cette rade immense. Une flotte de France prétendait ravir aux Anglais cette maîtrise des mers qu'ils détenaient depuis des siècles et qui faisait de l'Angleterre la première et la plus riche puissance du monde. Il ajouta :

— On ne parle que de l'appareillage, sur cette grève de Porstrein. Tous les gars valides se sont enrôlés. Ah ! si j'avais dix ans de moins et mes deux bras, je partirais !

Le Vieux regarda fixement Gaël.

— Et toi, qu'est-ce que tu attends ?

— Je ne pense qu'à cela, père Tadou ! J'ai même claqué la porte de mon père en lui disant que je serais marin. Mais je ne suis pas marin. Pas même soldat ! Que ferait un clerc de notaire sur l'un de ces vaisseaux ailés ? Il serait comme une volaille stupide au milieu des goélands, des mouettes et des sternes !

— Ils ont aussi besoin de clercs. Tu n'as pas un gros bras pour haler sur les drisses et les cargues. Tu n'as pas le pied gabier pour grimper dans les hunes. Tu n'as pas la force tranquille et le souffle des canonniers, ni le coup de main du charpentier ou du calfat. Ni la science des hommes affectés sur la dunette à l'observation des astres, à la navigation ou aux signaux. Mais on a aussi besoin de plumitifs à bord de ces énormes vaisseaux où s'entassent jusqu'à mille hommes dans un ordre parfait, qui vivent, mangent, jurent et tuent, car telle est leur besogne, Dieu nous pardonne ! Dans cette flotte immense, tu trouveras un emploi, car les défections de dernière heure sont nombreuses. L'année dernière, trente mois de campagne aux Indes-Occidentales ont épuisé les effectifs. Des milliers d'hommes, atteints par le scorbut ou par la fièvre vermineuse, sortent à peine de l'hôpital. Actuellement, les recruteurs du roi raflent n'importe qui dans les tavernes. Des paysans de l'intérieur venus vendre leurs volailles, des vagabonds sans aveu et autres colporteurs ! Or tu n'es pas n'importe qui, Gaël !

— Mais je n'ai pas l'âge...

— Tu as l'âge de faire un matelot novice. Et tu trouveras peut-être un emploi plus intéressant d'aide fourrier, ou de commis aux écritures. Et, pourquoi pas, de musicien ? Car tu joues joliment de la flûte, et tu sais gratter la viole...

— Sans l'autorisation de mon père, on ne m'acceptera pas.

— Oui, c'est un problème. Mais en ce moment, les maîtres recruteurs du roi n'y regardent pas de si près pour boucler les rôles d'équipage. Je me porterai garant pour toi. Je connais le maître d'équipage de *l'Intrépide*, un deux-ponts de 74 canons, un vaisseau qui fait honneur à la Royale...

Gaël se prit la tête dans les mains. Placé maintenant au pied du mur, soudain il avait peur. Les choses allaient trop vite. Dans quelle aventure irréversible s'engageait-il, et pour combien de temps ? Le visage lumineux de Marie-Galante envahit son esprit. Comment prendrait-elle ce départ ? Il releva la tête et échangea un regard avec le Vieux, qui sentit son angoisse. Maître Tadou l'avait si souvent éprouvée, cette angoisse, à chaque départ en mer, quand la terre chaude vous dit de rester ! Il murmura :

— C'est une grande et belle aventure, pour un jeune. Et tu n'as pas d'autre issue, sinon de réintégrer l'étude paternelle et d'épouser la demoiselle... comment s'appelle-t-elle ?

— Adélaïde de Kerzouvanec et autres lieux.

— Un joli nom.

— J'en sais un plus joli qui fait chanter mon cœur !

— C'est vrai. Il te faudra quitter Marie-Galante...

— Comment pourrait-elle souhaiter mon départ ? Un an d'absence, peut-être deux. Si on en revient !

— Les femmes préfèrent les hommes de caractère. Tu en reviendras, Gaël. Et d'une telle aventure, on revient toujours autre. Plus fort.

— Je vais lui parler...

— Tu n'auras pas le temps. D'ailleurs, je ne te le conseille pas. Elle n'acceptera jamais que tu partes. Elle voudra te cacher dans l'auberge de sa mère, voué à je ne sais quelle besogne vulgaire. Tu ne sais même pas faire cuire un poisson ou un œuf ! Au mieux te fera-t-on jouer de la viole le dimanche pour égayer une noce ! Voilà quel sera ton avenir, et tu le sais.

Son œil unique se planta dans l'œil droit du garçon. Sa voix se fit plus forte :

— Tu dois partir, Gaël. Tu n'as pas d'autre issue. Et quand tu rentreras au pays, auréolé par les victoires de l'amiral de Grasse, tu seras un homme, et rien ne s'opposera, pas même le notaire royal, à ce que tu épouses Marie Goulwen.

Soudain libéré, Gaël s'écria :

— Je partirai donc... si l'on veut de moi !

— Demain matin, nous irons à bord de *l'Intrépide*.

— Pourquoi pas maintenant ?

— La flotte n'appareille que demain. Il ne faut pas leur laisser le temps d'exiger une autorisation de ton père. Maintenant, écoute-moi. A mon tour, j'ai quelque chose à te demander.

— Je ferai n'importe quoi pour vous, père Tadou !

— La flotte appareille pour les Antilles, où elle restera au moins trois mois. Il s'agit d'abord de reconquérir les îles !

Son visage s'illumina. Son œil bleu brillait d'un feu étrange. Fasciné, Gaël répéta :

— Les îles !

— Jusqu'à ce jour, je ne voulais pas t'en parler, te livrer tout mon secret. Oui, j'ai laissé là-bas un trésor !

— Alors, c'est vrai, ce qu'on raconte ? Mais pourquoi ne l'avez-vous pas rapporté, ce trésor ?

— Tout seul, je ne pouvais pas le récupérer et le ramener. A qui faire confiance ? S'il avait seulement été question de partager avec des gens honnêtes, je l'aurais fait. Mais dans le milieu de pirates que je fréquentais alors, je ne voyais que des canailles. Le secret révélé, on m'aurait égorgé puis jeté aux requins. Maintenant, cet or, provenant sans doute de l'épave d'un galion espagnol, ne m'intéresse plus. Je suis heureux comme je vis. Avec le mandala chrétien que tu connais, j'ai trouvé le bonheur. Je voudrais seulement récupérer un vieux grimoire, un manuscrit chinois, *Le Secret de la Fleur d'or* ! Il permet d'aller plus avant dans la sagesse, de consolider à jamais ce que le mandala m'a révélé dans un éclair : *je est un autre* !

Gaël attendait, médusé. Le Vieux poursuivit :

— Toi, tu es jeune et tu as besoin de cet or. Si tu le trouves, il sera à toi. Pour me remercier, essaye seulement de me rapporter le manuscrit que l'ermite, peu avant sa mort, avait réussi à cacher dans une grotte marine, voisine de celle où il vivait.

Soudain, Gaël fut pris d'un doute.

— Vous m'avez d'abord parlé et vous m'avez montré le mandala chrétien, voici déjà trois ans. Je m'en souviens encore comme si c'était hier. Maintenant, cette histoire de trésor, ce manuscrit...

— C'était en 1761, je crois. Je naviguais dans l'archipel des îles du Vent à bord du brick pirate *la Pompe à rêves*. Notre capitaine, le sanguinaire Typhon le Rouge, a commis une grosse erreur, prenant, à la tombée de la nuit, une petite frégate du roi d'Angleterre pour une vulgaire flûte marchande espagnole. Après un combat sauvage, notre brick a pris feu, il a coulé. Les Anglais achevaient au mousquet les survivants dans la mer, comme on tire des requins. Moi, j'avais réussi à mettre à l'eau le petit canot et je m'éloignai du carnage à la faveur de la nuit. Je vis alors une forme qui se débattait dans la mer.

Le Vieux reprit son souffle. On entendait sur la plage les cris stridents d'une mouette et d'un cormoran qui se disputaient un crabe. Il poursuivit :

— C'était Typhon le Rouge, assez gravement blessé. Je l'aidai à se hisser à bord. Il me dit de ramer en suivant fixement une certaine étoile, qu'il appelait Bételgeuse. Je la vois encore, elle brillait au-dessus de l'horizon. Il comptait aborder une petite île presque déserte où nous serions secourus par un vieil ermite vivant dans une grotte sur la falaise de la côte. Je ramai pendant huit heures, jusqu'à l'épuisement...

— Avec un seul bras ?

— Je godillais avec un seul aviron. Quand je m'arrêtais, Typhon le Rouge se redressait et m'apostrophait : « Nage, nage, ou nous sommes perdus ! » Lorsque l'aube pointa à l'orient, je distinguai au ras de la mer les falaises blanches de l'île...

Le Vieux se versa une tasse de café, y ajouta une goutte de tafia, l'avala d'un trait et poursuivit :

— La mer était basse. Typhon me guida jusqu'à une petite crique entre deux récifs, puis il s'effondra au fond du canot, en murmurant : « Pour moi, c'est trop tard. Je n'aurais pas dû engager un manchot ! » Il avait perdu presque tout son sang. Je tentai de le ranimer. Alors, j'entendis ces mots sortir à grand'peine de sa bouche : « Va voir là-haut l'ermite Chrysostome. Il connaît le secret de la grotte marine. Là, tu trouveras un trésor. Il est à toi. » Puis il expira.

Le Vieux haletait. Gaël attendait la suite. Yvon Tadou reprit :

— J'ai mis le pied sur le récif, où je m'effondrai, épuisé, incapable d'atteindre le rivage. Bientôt, je sentis la mer montante qui me léchait les pieds. Le canot avait été emporté au loin, avec le corps de Typhon. Des nuées d'oiseaux de mer le dépeçaient. Une vision terrifiante...

L'œil du Vieux chavira. Mais il se reprit aussitôt :

— C'est alors que je vis en haut du rivage la silhouette décharnée de l'ermite, alerté par le vol compact et les cris des oiseaux. Il me traîna jusqu'à la terre ferme et, lorsque j'eus repris quelques forces, il me montra un sentier abrupt. Un peu plus tard, j'étais couché dans sa grotte. Il me réconforta et me soigna. La grotte portait le nom de Sainte-Magdeleine. Il m'y garda caché, car une petite garnison française tenait l'île, elle avait été avertie du combat et elle n'aurait pas hésité à me pendre si elle m'avait découvert, parce que Typhon avait rompu le pacte en s'attaquant aussi aux Espagnols, alliés de la France...

Le Vieux reprit son souffle. Gaël attendait, frémissant. Il savait qu'il allait maintenant connaître tout le secret. Yvon Tadou poursuivit :

— Cet ancien missionnaire connaissait effectivement Typhon le Rouge. Il avait même été son ami à une époque où l'île, alors abandonnée par les Français, était déserte et servait de cache aux flibustiers. Non pas dans la grotte Sainte-Magdeleine, trop facilement accessible, mais dans une grotte marine voisine, à l'accès totalement invisible, parce que immergé, sur un rivage bordé de hautes falaises.

— Pourquoi cet ermite frayait-il avec des pirates ?

— Quand le père Chrysostome, revenant de Chine, s'est installé dans l'île pour y parfaire et finir sa vie comme ermite, elle n'était qu'occasionnellement fréquentée par les pirates, qui furent d'abord d'honnêtes boucaniers fumant la viande de leur chasse et le poisson qu'ils pêchaient. Je ne sais pas comment une sorte d'amitié le lia avec Typhon le Rouge. Il planait très au-dessus de notre monde brutal. Pour lui, tous les hommes d'ici se valent. Les pirates, les Français, les Anglais, les Espagnols, gens du roi ou de sac et de corde, c'est de la même graine : des aventuriers violents et avides. L'esclavage institutionnel pratiqué par les uns n'a rien à envier à la piraterie sauvage des autres. Lui, il était bon avec tout le monde. C'est pourquoi les pirates le respectaient, profitant de ses dons de guérisseur. C'était avant tout un mystique, un *illuminé* au sens propre du mot, fasciné par la recherche de la vérité ultime.

— C'est pourquoi il s'intéressait aux mandalas ?

— Oui. Il avait rapporté de Chine, entre autres secrets, un mandala et un vieux manuscrit rédigé en ancien chinois, *Le Secret de la Fleur d'or.* Ayant vécu plusieurs mois avec lui dans sa grotte, je gagnai sa confiance et il me révéla le Secret. Enfin, une partie du Secret, dont l'ensemble m'était inaccessible. Cela peut paraître étrange qu'il se soit confié à un flibustier comme moi, sans loi sinon sans foi, mais il n'avait pas le choix : il allait mourir.

— Et il ne fallait pas que le Secret se perde ! *Le Secret de la Fleur d'or !* Quel est ce secret, père Tadou ?

— Il est encore détenu par quelques sages d'Extrême-Orient, cachés au fond d'ermitages dans les montagnes, et dans quelques monastères bouddhistes. Il n'était jamais parvenu en Occident et risquait de se perdre, car ce que les hommes de chez nous recherchent, qu'ils soient français, anglais, espagnols ou hollandais, gens du roi, commerçants ou flibustiers, ce n'est pas la vérité, ni même la sagesse, c'est l'or. L'or seul ! Il y a une histoire comme cela dans la Bible, lorsque Moïse descend du Sinaï où il a été illuminé par le Dieu unique et trouve sa tribu en train d'adorer le Veau d'or !

Gaël attendait. « Pourquoi moi ? » se demandait-il avec anxiété. Le Vieux devina son interrogation.

— Pas plus que moi, Gaël, tu n'es préparé à recevoir le secret de la Fleur d'or. Mais c'est ainsi. Il faut te soumettre à l'Esprit, comme je m'y suis moi-même soumis. Je ne crois pas qu'il y ait des hasards dans tout cela. Après moi, tu es le chaînon destiné à transmettre ce trésor : *je est un autre*. Mais qui est cet Autre, et comment le connaître ?

Le cœur de Gaël battait de plus en plus fort. Rêvait-il ? Soudain, il eut peur. Il tenta alors de se raccrocher à sa raison, de ramener le Vieux à une réalité plus prosaïque : le trésor, mais un trésor palpable qui lui permettrait un jour d'épouser Marie-Galante, avec ou sans la permission du notaire.

— Vous parliez d'un autre trésor. De l'or ? L'ermite en connaissait-il l'existence ?

— Oui. Il lui avait suffi d'observer le manège des pirates. Après le naufrage de *la Pompe à rêves* et l'extermination de son équipage, il restait avec moi dépositaire du trésor de Typhon le Rouge dont il se serait bien passé ! Il avait consacré sa vie à se dépouiller, ce n'était pas pour finir sur un tas d'or ! Il se sentait d'ailleurs plus en sécurité pauvre que riche. Seul les mandalas et le grimoire l'intéressaient. Cet ermite était très vieux. Le hasard ou la volonté divine a voulu que je l'assiste lors de sa mort. Il m'a livré le secret de la grotte marine et du trésor, des trésors, puisqu'il s'y trouvait caché le grimoire de la Fleur d'or, me conseillant de ne pas faire usage de l'or, mais de le donner aux pauvres, en rémission de mes péchés...

— Et alors ?

— A partir du moment où j'avais vu le mandala chrétien, l'or ne m'intéressait plus. Pourquoi chercherait-il de l'or, celui dont le cœur est purifié ?

— Soit. Mais pourquoi n'avez-vous pas rapporté *Le Secret de la Fleur d'or ?*

— Je n'ai pas osé pénétrer dans la grotte marine. J'ai seulement rapporté le mandala chrétien, que l'ermite gardait auprès de lui.

— L'ermite ne vous a jamais parlé du Secret ?

— A mots couverts. C'est... la découverte d'un nouvel état de conscience, inimaginable. Avec le mandala, qui est son illustration symbolique, il donne accès à la vérité ultime : *qui est cet Autre*. Le grimoire est rédigé en vieux chinois, que l'ermite avait commencé à traduire. Le peu qu'il m'en a dit, c'est du feu ! C'est fou !

— Oui, j'en sais quelque chose !

— Tu ne sais rien ! Tu n'as vu qu'un rayon de soleil. Tu n'es pas entré dans le soleil !

— Mais pourquoi n'êtes-vous pas entré, vous, dans la grotte marine ?

— J'ai essayé. Mais je ne pouvais pas y arriver. C'était trop difficile, trop dangereux. Avec un seul bras, comment affronter ce passage sous les eaux ? Une grotte marine ! Peut-être aussi avais-je peur d'affronter le Secret...

Gaël posa enfin la question qui lui brûlait les lèvres :

— Où est cette île, père Tadou ?

— C'est une petite île caraïbe, toute ronde, de quatre lieues de diamètre, située au cœur des Petites Antilles françaises, à quinze degrés quarante minutes au nord de la ligne équinoxiale, entre La Désirade, l'île Dominique et l'archipel des Saintes. Elle est habitée dans sa partie fertile, au sud, par quelques colons oubliés qui cultivent la canne à sucre pour faire un rhum dont ils consomment presque toute la production. L'île est aujourd'hui défendue par un petit fortin que tiennent quelques gens du roi, parfois très agressifs et parfois assoupis, selon qu'ils ont reçu ou non leur ration de tafia. La partie de l'île qui nous intéresse se trouve à l'opposé. Hostile et déserte, les barques l'évitent à cause des récifs et des falaises. Là vivait l'ermite, dans une grotte aujourd'hui sans doute abandonnée : la Sainte-Magdeleine.

— Et la grotte marine ?

— Elle est située non loin de là, entre le cap des Falaises et le cap du Nord. Sa seule entrée est un boyau sous-marin. Il ne se découvre qu'aux deux grandes marées d'équinoxe, au printemps et à l'automne, lorsque le niveau de la mer baisse de plus de dix mètres. Alors, cette entrée permet d'accéder au boyau qui remonte jusqu'à la grotte, elle-même toujours bien sèche. Pour un observateur ordinaire, qu'il soit planteur ou pêcheur, cette côte n'est accessible ni par la terre, ni par la mer. Elle ne présente d'ailleurs aucun intérêt.

— Un repaire idéal pour des pirates !

— De tout temps le problème des pirates, qui ne peuvent pas utiliser les banques, a été de cacher leurs richesses dans un lieu inexpugnable. Mais ici, il faut faire très vite, sinon on demeure prisonnier de la mer. Plus d'un pirate s'y est laissé prendre, dont on peut voir encore, m'a dit l'ermite, les ossements blanchis nettoyés par les crabes. A l'équinoxe, l'entrée de la grotte se découvre. Elle devient donc accessible, mais peu de temps, à l'étale de la basse mer. A la marée suivante, il est déjà trop tard...

— Vous avez un plan ?

— Oui. Retiens ceci : il faut débarquer discrètement dans la partie basse, habitée, de l'île, et cheminer le long du littoral, vers l'est. Passé le col de Fer, on trouve facilement la grotte Sainte-Magdeleine où vivait l'ermite. Puis le sentier du littoral franchit le cap Enragé. Au-delà de l'anse du Diable se dressent les falaises. On repère l'emplacement de l'entrée de la grotte marine grâce à deux grands arbres, centenaires, qui s'élèvent au-dessus des falaises...

— Deux grands arbres, dites-vous ? Et s'ils sont morts ? Si on les a coupés ?

— Alors, il sera difficile de trouver l'entrée de la grotte. Même à marée très basse elle se dissimule derrière un amas de rochers, tous semblables. Il faut vraiment avoir le nez dessus et savoir qu'il existe un passage. Cependant, on peut aussi se repérer par forte mer, même en dehors de l'équinoxe. Dans le va-et-vient des vagues, la mer s'engouffre à marée basse dans le vestibule du boyau, et alors on entend comme des coups de canon, provoqués par la détente de l'air comprimé. Mais dans ce cas, il est impossible à une barque d'accoster. Il n'y a pas de grève, alentour. Rien que la falaise abrupte et un chaos de rochers effondrés...

— Un dernier mot, père Tadou. Vous ne m'avez pas dit le nom de cette île.

Un sourire éclaira le visage du Vieux des Grèves.

— Marie-Galante !

Gaël sursauta. Le Vieux reprit :

— Il n'y a pas de hasard, fils. Non, il n'y a pas de hasard en ce monde, ni sans doute ailleurs. Tout est dans tout, et c'est ce qu'explique *Le Secret de la Fleur d'or.* Quand tu m'as dit que tu aimais Marie-Galante, j'ai su pourquoi tu m'étais envoyé.

— D'où vient le nom de cette île ?

— Va savoir ! Les marins de Christophe Colomb, dit-on, nommaient ainsi familièrement la *Santa Maria*, sa caravelle. A son deuxième voyage, lorsque en 1493 il découvrit l'île, il lui donna ce nom : *Maria-Galanda*, Marie la gracieuse...

— Marie-Galante !

Le père Tadou se leva et regarda Gaël droit dans les yeux.

— Nous aurons toute la soirée pour étudier mon plan. Maintenant, il est urgent que tu ailles en ville acheter ce qui te sera nécessaire au cours de cette longue campagne. Tu trouveras de quoi remplir ton sac dans n'importe quelle échoppe de fournitures pour gens de mer. Je te conseille *la Bonne Etoile*, rue de Siam. Ne prends que l'essentiel. Un marin ne doit jamais partir trop chargé.

3

Bien avant le lever du soleil, le canon de partance les réveilla. Un grondement sourd qui provenait de la forteresse, repris en rade par les vaisseaux des chefs d'escadre. On battait aussi la caisse dans le port.

Suivi par Gaël, le Vieux des Grèves bondit de sa paillasse de varech et sortit sur la plage. En rade, tous les vaisseaux hissaient le petit hunier en bannière. Gaël, dont le cœur se serrait, se rappela le dicton : « Le petit hunier paye les dettes du matelot et fait sangloter les fillettes. »

Le Vieux huma longuement la brise de terre.

— Ce vent pointu de nordet paraît bien établi. Cette fois c'est sûr, la flotte appareille !

— J'espère qu'il ne sera pas trop tard pour moi !

— Nous avons le temps. La journée entière sera nécessaire pour qu'une telle armada sorte du goulet à la queue leu leu. Heureusement, *l'Intrépide* appartient à l'escadre bleue d'arrière-garde du commandeur d'Espinouze.

— Ai-je le temps d'écrire un mot d'adieu à Marie-Galante, que je vous demanderais de lui porter ? Je vais aussi écrire à mon père.

— Oui. Moi, je m'en vais préparer un bon café. Tu trouveras dans le coffre tout ce qu'il te faut : une planchette pour écrire, du papier, un reste d'encre.

Pendant que le Vieux allumait son feu, Gaël se cala dans un coin et rédigea ses billets. Celui destiné à son père était simple et sans commentaires. Il lui promettait de bien se conduire. Mais il dut s'y reprendre à trois fois pour écrire à Marie-Galante, tant il était ému.

« Quand tu ouvriras cette lettre, Marie, l'Intrépide *s'engagera dans la mer libre et nous ferons route vers le grand large pour ce que Dieu voudra. Je ne sais pas encore si je serai plumitif, aide-cuisinier ou novice à tout faire dans les magasins ou la sainte-barbe ; peut-être, et ce serait le mieux, joueur de flûte pour distraire l'équipage. Mais je reviendrai fort et mûri pour t'épouser. Yvon Tadou t'expliquera. Je t'embrasse comme je t'aime ! »*

Gaël plia les billets en quatre et les confia au Vieux.

— Avale ton café, fils, mange ce bon pain de seigle avec ce beurre salé bigoudin, et filons !

— Si *l'Intrépide* est un deux-ponts de 74 canons, il ne peut pas mouiller à pleine charge dans la rivière. Comment le rejoindrons-nous en rade ?

— Le flux va atteindre son plein. On trouvera un pêcheur.

Moyennant un rouge liard, l'un d'eux, qui s'apprêtait à sortir pour relever ses casiers, accepta de les embarquer. Ils se trouvèrent bientôt mêlés à un flot d'embarcations diverses qui effectuaient le va-et-vient entre le port et la rade. Des baleinières regagnaient leur vaisseau, chargées seulement d'officiers, de maîtres et de commis, car depuis deux jours tous les matelots et soldats restaient consignés à bord, tant l'on craignait les désertions, une fois l'acompte sur salaire versé. Le Vieux héla une embarcation qui les dépassait.

— Oh, du canot ! Savez-vous où est mouillé *l'Intrépide*, de l'escadre bleue ?

Le patron tendit la main vers l'estuaire de la Penfeld.

— Il est affourché au droit de la batterie du Fer-à-Cheval.

Ils le repérèrent bientôt.

— Nous avons le temps, dit le pêcheur. Ils n'ont même pas commencé à relever leurs ancres de bossoir, et leurs voiles sont encore ferlées sur les vergues.

Dans la rade tout n'était que navettes de chaloupes sous voile, mouvements de bricks et de cotres, corvettes appareillant en avant-garde.

Ils accostèrent contre l'énorme muraille de chêne percée de sabords aux mantelets rabattus. Des échelles de cordage, réservées aux canotiers, pendaient ici et là à des tangons. On avait rentré les deux échelles fixes de coupée. Avec une autorité qui stupéfia Gaël, le Vieux héla un second-maître :

— Appelle-moi le bosco Quelquesgouttes !

Se tournant vers Gaël, il ajouta, en clignant de son œil unique :

— C'est le patron : Plouzanec, dit « Quelquesgouttes », réputé pour sa sobriété...

Le maître d'équipage arriva peu après et se pencha par-dessus le bastingage, qui dominait la mer de six mètres.

— Yvon Tadou ! *Ma Doué !* Quel bon vent t'amène, Vieux des Grèves ? Embarquerais-tu avec nous ? On me l'avait pas dit !

— Plaisante pas, Quelquesgouttes ! Suis trop vieux et trop cassé, mais c'est foutre pas l'envie qui me manque ! Vous amène un sujet exceptionnel qui veut connaître l'aventure !

— Trop tard, Yvon ! Les rôles sont bouclés... Enfin, si tu dis qu'il est exceptionnel... Montez toujours, on verra avec le premier lieutenant.

Ils ne se le firent pas dire deux fois et se hissèrent à l'échelle de corde. Le Vieux avec son seul bras ! Cela paraissait impossible et pourtant il le fit. De la dunette, le capitaine d'Escragnole, en tricorne sur sa perruque à catogan, redingote courte à basques, qui surveillait en personne les derniers embarquements, n'en croyait pas ses yeux. Le Vieux escaladait l'échelle de corde en agrippant tour à tour les barreaux avec sa main valide et en prenant appui sur son menton !

— Quel est ce vieil acrobate ? demanda-t-il au premier lieutenant.

— Je l'ignore, capitaine. Mais je doute qu'il soit sur les rôles de l'officier de détail. Et regardez ! Il lui manque aussi un œil !

— Allez voir ce qui se passe. Mon vaisseau n'est pas une annexe des Invalides !

Le premier lieutenant, baron Yves de Folgoat, qu'on appelait aussi « second capitaine », se précipita sur le pont et interpella le maître d'équipage :

— Quel est cet homme, chef ? Il est sur le rôle ?

— Monsieur, je vous présente mon vieux compagnon Yvon Tadou, ancien maître canonnier de *la Gloire*, héros de la bataille du cap Ortegal. Il nous amène un sujet exceptionnel qui souhaite embarquer. Rappelle-moi son nom, Yvon !

— Gaël Trémeur, natif de Brest, dix-huit ans.

— Un peu maigre et guère de muscles ! Quelle est ta spécialité ?

— Monsieur l'officier, je suis clerc de notaire.

— Quoi ?

Consterné, le maître d'équipage lançait des regards courroucés au Vieux, qui ne perdit pas son aplomb :

— Travaille en effet à l'étude de son père et souhaite connaître du pays, participer à la grande aventure de la reconquête des îles. Est très instruit pour son âge !

Le premier lieutenant n'en revenait pas :

— Un clerc de notaire ! Mais c'est providentiel ! L'officier de détail vient de m'apprendre l'indisponibilité du troisième secrétaire, retrouvé cette nuit poignardé chez son hôtesse, rue de Siam. Or, pour ce qui est des gens de plume, on est en sous-effectif, comme partout dès qu'il s'agit de naviguer !...

— Monsieur, avoua Gaël, je ne suis pas marin. J'ignore tout de la comptabilité et de l'administration d'un vaisseau de guerre...

— C'est évidemment regrettable, mais au cours de cette traversée qui durera un ou deux mois, vous aurez le temps de vous initier avec l'officier de détail, le troisième lieutenant, vicomte Edern de Rostelec. L'essentiel est que vous sachiez lire, écrire et compter.

Gaël avait remarqué que l'officier le vouvoyait et il en était flatté. Il s'enhardit :

— Je suis familier des inventaires et connaissements en usage à bord des vaisseaux marchands, monsieur. A l'étude, nous avons souvent des actes de ce genre à établir, en rapport avec les prises. A Brest, tous les notaires sont aussi un peu armateurs.

— Cela ira. Si vous écrivez comme vous vous exprimez, la marine du roi n'aura pas à se plaindre.

— Et il joue admirablement de la flûte ! s'écria le Vieux des Grèves.

— Vous jouez Mozart ?

— Mozart, Haydn, Vivaldi, Pergolèse, monsieur ! Et quelques autres.

— Alors, ce sera pour le château un bonheur, car en fait de musique classique, nos musiciens embarqués ne connaissent que des airs populaires. Le capitaine sera ravi, et aussi son fils, qui joue divinement de la viole de gambe et du clavecin.

— Vous avez un clavecin à bord, monsieur ?

— Et même un pianoforte ! Si le cœur vous en dit... Mais je vous quitte. Le capitaine me fait signe sur la dunette. Ah ! Voilà justement M. de Rostelec.

Le second capitaine interpella le troisième lieutenant, l'officier de détail chargé de l'administration à bord et du rôle d'équipage.

— Monsieur, réjouissez-vous. Le ciel nous envoie le secrétaire qui vous manque.

— Dieu soit loué, monsieur !

— Il n'a jamais mis les pieds sur un vaisseau, même marchand, et il ne doit pas reconnaître une vessie d'une lanterne de poupe. Mais il joue divinement de la flûte.

Laissant Rostelec médusé, le baron de Folgoat regagna la dunette. Prenant congé du Vieux des Grèves, le maître d'équipage Quelquesgouttes retourna lui aussi à ses affaires. Le Vieux serra Gaël contre lui, en lui soufflant à l'oreille :

— N'oublie pas *Le Secret de la Fleur d'or* !

Puis, devant les marins stupéfaits, il escalada le bastingage, fit trois pas au-dessus du vide sur la poutre du tangon et, agrippant de sa seule main un cordage de l'échelle, il se laissa tomber comme un singe dans la barque du pêcheur qui l'attendait dessous.

Gaël, intimidé, se retrouva seul face à son nouveau maître.

Le vicomte Edern de Rostelec était un officier d'une trentaine d'années, élégant, distingué, arrogant, assez distant. Il ne portait pas de perruque, mais ses cheveux longs étaient retenus en arrière par un nœud de soie. D'un air méfiant, il dévisagea le garçon.

— Que savez-vous des vaisseaux ?

— Pas grand-chose, je l'avoue. C'est mon premier embarquement.

— A quoi, selon vous, peut servir un vaisseau du roi ?

— C'est une batterie flottante.

— Bonne réponse ! Quelle est sa première qualité ?

— Il flotte.

— En dehors de la musique, que savez-vous faire ?

— Je sais rédiger des actes.

— Quels genres d'actes ?

— Je suis clerc de notaire, monsieur. Troisième clerc à l'étude de mon père, maître Trémeur.

— C'est d'un secrétaire de marine que j'ai besoin, pas d'un notaire ! Combien gagniez-vous à l'étude ?

— Cent livres par mois.

— Mon budget ne me permet pas de vous donner plus de vingt livres par mois. C'est le salaire d'un copiste.

— C'est le prix d'un mouton et cela me suffit, monsieur.

— Puis-je savoir ce qui vous motive à bord de ce vaisseau ?

— L'aventure, monsieur, et l'honneur de combattre pour le roi. Depuis des mois on n'entend parler à Brest que de la flotte du comte de Grasse, qui va courir sus aux Anglais et rétablir le pavillon fleurdelysé aux Indes-Occidentales.

— Pourquoi cet embarquement tardif ?

— J'ai tenté de me faire enrôler, mais les recruteurs du roi ne cherchent que des canonniers, des charpentiers, des voiliers, des calfats ou des gros bras à tout faire. La veille de l'appareillage, on m'a dit qu'il manquait un secrétaire à bord de *l'Intrépide* et j'ai tenté ma chance.

— Vous êtes diablement bien renseigné, monsieur Trémeur ! Moi, je ne le sais que depuis une heure ! A propos, quel âge avez-vous ?

— J'aurai dix-huit ans à l'Assomption, monsieur. J'ai l'autorisation verbale de mon père.

— Cela ne suffit pas. Il me faut une autorisation écrite.

Gaël blêmit. Déjà, il se voyait refoulé à terre, réintégrant piteusement l'étude du notaire.

Le premier lieutenant, qui passait, avait entendu.

— Laissez, Rostelec ! On n'aura pas le temps de demander le papier. Le maître d'équipage se porte garant du garçon et le capitaine est ravi d'avoir à bord quelqu'un qui joue de la flûte classique. Le marquis d'Escragnole exècre les fifres !

— Bien, monsieur. Je m'occupe de lui.

Le lieutenant de détail entraîna Gaël vers le gaillard d'arrière, la dunette, le quartier des officiers. Là, tout changeait. Ce n'était plus bois grossier, locaux bas et obscurs empestant le hareng salé et le goudron, parler vulgaire, odeurs de corps mal lavés puant le vin ou le cidre, mais parquets de chêne incrustés d'ébène, cuivres étincelants, grandes portes vitrées, boiseries et lambris gris perle, moulures blanches, tapis et meubles raffinés, uniformes bien coupés, visages rasés et poudrés.

Le local réservé aux écrivains et copistes se trouvait sous le carré des officiers.

— Voilà votre domaine, dit M. de Rostelec. Vous prendrez vos repas dans la première batterie, avec les tribordais. Ce soir, vous tendrez votre hamac à ces barrots. Mais vous ne serez pas à l'étroit, puisque le deuxième secrétaire se retire dans les appartements du capitaine. C'est son fils Olivier. D'ailleurs, le voici.

Un grand jeune homme dégingandé, d'une vingtaine d'années, venait d'entrer dans le local. Il affichait un air triste, mais loyal. Son visage maigre et tout son corps sans muscles dénonçaient une santé médiocre. Ses yeux noirs et son regard fiévreux ajoutaient à son air tragique.

Face aux jeunes aristocrates arrogants du poste des gardes-marine, Olivier d'Escragnole ne payait pas de mine. Ne s'étant jamais remarié, son père avait porté toute son affection sur ce fils unique qui, au-delà de sa réserve et de sa timidité, révéla bientôt une qualité d'âme peu commune, servie par une intelligence et une sensibilité exceptionnelles. Passionné de musique, il jouait de la viole de gambe et même du clavecin. Esprit curieux, fasciné par *L'Histoire naturelle* de M. de Buffon, il rêvait d'être botaniste-zoologiste. N'ayant pas le pied marin, il n'avait accepté de faire l'école des gardes-marine, puis de suivre son père au large, que par amour pour lui et dans l'espoir de découvrir dans le vaste monde quelque espèce nouvelle de plante ou de lépidoptère. Dès les premiers voyages, son inaptitude au métier des armes l'avait contraint à renoncer à faire carrière comme officier d'épée, et il était devenu un excellent officier de plume, que son père avait gardé auprès de lui.

— Monsieur d'Escragnole, je vous présente Gaël Trémeur, notre troisième secrétaire...

— J'en suis enchanté, monsieur de Rostelec ! Je n'imaginais pas que vous puissiez remplacer au pied levé notre malheureux camarade. Vous êtes très fort !

— Ne vous réjouissez pas trop tôt. En matière d'écritures, vous aurez tout à lui apprendre.

— Vraiment ? Mais que sait-il faire ?

— Il joue de la flûte, monsieur.

Leur tournant le dos, le troisième lieutenant regagna le pont gaillard d'arrière.

Olivier d'Escragnole et Gaël se retrouvèrent face à face. Aussitôt, un rire juvénile les souleva.

— De la flûte ! Vous jouez vraiment de la flûte ?

— Comme vous jouez de la viole de gambe !

— Comment le savez-vous ?

Gaël, soudain, redevint grave et silencieux. Sur quel bateau de fous était-il tombé ? Le visage d'Olivier avait aussi retrouvé cet air soucieux qui avait frappé Gaël au premier regard. Après que ce dernier eut raconté brièvement son histoire, Olivier entreprit de le préparer à sa future fonction.

Une vaste table surmontée de caissons bourrés de paperasses occupait tout un côté de la pièce. Sur la table, des gros livres de comptes, le rôle d'équipage, les inventaires. Sur le côté, des écritoires avec plumiers et encriers, des grattoirs, de la poudre à sécher et toute une variété de plumes d'oie, de corbeau, et autres oiseaux.

— Comme vous l'imaginez, dit Olivier, un énorme travail d'écriture est nécessaire à bord de ce vaisseau de ligne de sept cents hommes, auxquels s'ajoutent cent soldats de marine destinés à renforcer les régiments des Antilles. Rôles et états, inventaires du matériel de rechange et des réserves, tout ce qu'il faut emporter comme nourriture ! Le lard, les biscuits de mer, les haricots et la réserve d'eau potable, les barriques de vin pour l'équipage et les fines bouteilles pour le château. Si les vents sont contraires ou s'ils tombent, le vaisseau peut demeurer deux mois et plus en mer, sans aucune escale possible entre Brest et les Antilles. A cela s'ajoutent la poudre, les boulets, les gargousses, les munitions de la mousqueterie, les uniformes divers et vêtements de mer qu'il faudra remplacer...

Un bruit étrange se fit entendre contre la cloison.

— Ne vous inquiétez pas, reprit Olivier. Ce sont les timoniers qui essayent la barre à roue sur le pont. Les drosses qui aboutissent dans le faux-pont, où nous sommes, entraînent la barre franche du gouvernail, liée à son safran, qui glisse dans la tamisaille, son support en arc de cercle. Vous comprenez ?

— Non.

— Vous apprendrez et vous vous habituerez à ce bruit, qui empêche les novices de dormir. Où en étais-je ?

— Vous parliez des réserves.

— Le maître valet, un civil, et le commis aux approvisionnements gèrent les réserves avec le maître calier, mais sous notre contrôle. L'écrivain est aussi responsable du journal de bord, pièce officielle qui fixe tous les événements : la route, le temps, la rencontre d'un autre vaisseau, le combat naval... et le sort des hommes : bagarres, maladies et la mort.

— Et comme dans une étude de notaire, vous passez une bonne partie de votre temps à faire des copies...

— Quantité de copies : documents justificatifs pour le roi ou les intendants, dettes, billets aux malades... Et le courrier officiel du capitaine, ses rapports au roi qu'il dicte ou consigne rapidement et que l'écrivain recopie de sa belle écriture.

— Et vous manquez de personnel ?

— C'est peu dire. Tout le système est cassé. Et on n'a même plus de chef. Le vicomte de Rostelec, troisième lieutenant, qui en assume la charge, n'en a ni le goût, ni les compétences. C'est un officier d'épée. Il a été formé à Malte pour se battre, mais pas avec des plumes d'oie !

— Pourquoi dites-vous que le système est cassé ?

— Jusqu'à ces dernières années, il existait deux corps d'officiers : les officiers d'épée et les officiers de plume, c'est-à-dire les intendants et administrateurs. Le roi a supprimé leur corps. A bord il n'y a plus d'intendant ni de commissaire, d'officier de plume ni d'écrivain, mais un officier de détail comme M. de Rostelec, formé pour le combat et non pour la gestion. Il n'aime pas ce travail. Aussi, tout retombe sur les secrétaires ; c'est pourquoi l'indisponibilité de l'un d'eux, qu'heureusement vous remplacez, est catastrophique.

— Je ferai de mon mieux, dit Gaël. Mon métier m'y a en partie préparé.

— Au début, vous ferez surtout des copies. Vous servirez de relais entre l'officier de détail et le maître calier, qui a toujours tendance à ne rien lâcher. Et puisque vous êtes clerc de notaire, vous vous occuperez de rédiger les actes concernant la vie des hommes, et la mort, hélas ! Vous leur servirez d'écrivain, car aucun matelot ne sait lire ni écrire. En campagne, le courrier familial est capital pour maintenir le moral.

Maintenant, suivez-moi. Je vais vous faire visiter la dunette, le « château », que vous devez connaître parfaitement.

Gaël voyait enfin se réaliser son rêve !

Par un escalier extérieur et des « échelles », Olivier l'entraîna tout en haut. Là on dominait la mer et le pont supérieur du vaisseau.

— Voici le pont des pavillons, ainsi appelé parce que les gardes-marine de service hissent aux drisses du mât d'artimon les signaux, tout un jeu de petits drapeaux rangés dans ces casiers, sous la lisse de couronnement.

Au-dessus se dressait, entre les deux lanternes de poupe, le grand pavillon royal, blanc à fleurs de lys. Soudain, Gaël s'écria, stupéfait :

— Ma parole ! Ce sont des poules, là, dans cette grande cage !

— En effet. On y garde la volaille réservée à la table du capitaine et de ses officiers.

— J'ai vu aussi des bestiaux, à l'avant ! Des veaux, des moutons et des porcs !

— C'est le bétail sur pied qui nous donnera de la viande fraîche pendant une partie du voyage. Ensuite, la table du château sera soumise au même régime que celle de l'équipage : de la viande salée ou fumée. Vous verrez encore, dans le parc du gaillard d'avant, une belle vache dont le lait est réservé au capitaine et à l'infirmerie.

Olivier l'entraîna à l'étage au-dessous, au niveau du pont principal, une salle immense qui ouvrait sur la galerie de poupe.

— C'est la chambre du conseil, ainsi appelée parce que le chef d'escadre, lorsqu'il y en a un à bord, y réunit ses capitaines.

Tout l'arrière ouvrait sur la mer, grâce à de grandes baies vitrées donnant accès à la galerie de poupe, un balcon richement décoré.

Ils passèrent devant l'appartement privé du capitaine. Un marin portant hallebarde montait la garde. A l'autre extrémité de l'antichambre, une double porte permettait d'accéder directement à la timonerie.

— Voici la double roue du gouvernail, l'habitacle du compas et le banc de l'officier de quart.

— Que fait ce soldat ?

— C'est le fusilier de garde. Il veille aussi au grand sablier, qu'il retourne toutes les demi-heures. Il pique alors la petite cloche qui marque les quarts.

— Que contient cette grande jarre, au pied du mât ?

— C'est le charnier des officiers. Ils peuvent y puiser l'eau potable.

— Et ces portes, de chaque côté de la timonerie ?

— Quatre chambres, réservées à des officiers, des lieutenants de vaisseau, ou des officiers passagers, comme le capitaine des soldats de marine.

Olivier précéda Gaël vers le capot de la grande échelle qui donne accès à l'étage inférieur, au niveau de la batterie haute. Une salle aussi immense que la chambre du conseil ouvrait sur un autre balcon de poupe par de larges fenêtres à voussure, donnant une belle impression de lumière et d'espace. Une grande table carrée occupait le centre, avec des bancs.

— C'est la grand'chambre, le carré des officiers. Ils y prennent leurs repas. En dehors du service, ils s'y livrent à leurs distractions favorites : la lecture, la musique, le duel à l'épée mouchetée, la conversation devant un punch. Le jeu — cartes et dés — est prohibé.

— Ah ! je vois le clavecin ! Un bel instrument !

— Quand il est accordé !

— Qu'y a-t-il derrière ces grandes toiles ?

— Les chambres des officiers subalternes, enseignes de vaisseau, le chirurgien et l'aumônier. Ces toiles coulissent sur une tringle. On les replie au combat.

Une chambre, un sabord. Un sabord, un canon ! Ici, le canon est roi !

Un jeune officier sortait. Gaël vit alors le canon. Il occupait presque tout l'espace, écrasant le bureau à l'anglaise, le coffre et les livres épars. Partout, la vie côtoyait la mort.

— Où couche-t-il ?

— Ici, pas de couchette, mais un hamac, un peu plus confortable que ceux de l'équipage : il est monté sur un cadre et garni d'un matelas.

— Où se lave-t-on ?

— On ne se lave guère en mer. Seuls le capitaine et le second disposent d'une salle de bains particulière, avec baignoire, et même de toilettes privées, les « bouteilles ». Les autres officiers ont des bouteilles communes sur les côtés de la grand'chambre, avec une fontaine pour se laver les mains, quand l'eau douce n'est pas mesurée.

— Et l'équipage ?

— Il va à l'avant, sur un grand caillebotis qui surplombe la mer, les « poulaines ». C'est très inconfortable lorsque la mer est mauvaise ! Disons que l'on s'y fait rincer le cul ! Question d'habitude !

— Où sont logés les aspirants ? J'ai remarqué qu'ils étaient très nombreux à bord...

— Les gardes-marine logent sur le pont en dessous, au niveau de la batterie basse, appelée pont de gueules, à cause des gros canons de 32 livres. Ils se partagent une grande salle commune avec les canons de retraite. J'ai connu cela, c'est infernal. Ces jeunes messieurs sont bruyants et indisciplinés ; bien nés, mais insuffisamment fouettés !

— Où loge la maistrance ?

— Plus bas encore, au niveau du faux-pont, sous la ligne de flottaison.

— Et l'équipage, les soldats ?

— La plupart des marins du roi n'ont même pas le poste d'équipage des vaisseaux marchands. Au moment des repas, ils dressent des tréteaux entre les canons. Le soir ils y tendent les hamacs, qui sont rangés dans la journée le long du bastingage.

— Et la campagne dure un an !

— Oui, Gaël. Huit cents hommes entassés à bord de ce vaisseau, sur la poudre et les boulets ! Alors, tu es toujours décidé à rester ?

— Je n'ai pas le choix. Mais il me semble que, grâce à vous, la vie sera supportable.

— Maintenant, remontons sur le pont. L'appareillage est proche. Je le sens dans toutes mes fibres.

Il hésita, lança à Gaël un regard pathétique. Puis il baissa les yeux.

— Et j'ai peur !

— Peur de vous battre ?

— Non. De la mer. Vous ne savez pas ce que c'est, la mer !

La journée s'écoula dans une ambiance de plus en plus exaltante. Dès 10 h 30, le vent du nord-est soufflant frais et franc, avec courant de jusant, l'amiral de Grasse, dont le somptueux vaisseau, énorme, *la Ville de Paris*, se constellait de signaux multicolores, avait ordonné à l'escadre blanche et bleue, l'avant-garde du comte de Bougainville, d'appareiller. Sur tous les vaisseaux, le branle-bas était donné au son des fifres et des tambourins, les hommes ralliaient leur poste d'appareillage, sur le pont, dans la mâture ou aux cabestans, pour hisser les ancres. Un à un les lourds vaisseaux s'engageaient en ligne de file dans le goulet. Sur le littoral, de Recouvrance à la pointe du Minou, la foule enthousiaste des Bretons acclamait les marins. On pouvait lire à la poupe dorée des vaisseaux les noms de villes du royaume ou de provinces : *la Ville de Paris, le Marseillais, la Bourgogne, le Languedoc...*

Olivier d'Escragnole avait à nouveau entraîné Gaël tout en haut de la dunette, sur le pont des pavillons, d'où les aspirants, les « jeunes messieurs », observaient, sous le contrôle d'un vieux maître, les signaux de l'amiral et y répondaient.

— Pourquoi ces noms de villes et de provinces ? demanda Gaël.

— Les caisses de l'Etat ne suffisaient pas à construire, armer et entretenir les quelque soixante vaisseaux de ligne nécessaires pour une grande politique extérieure. Les provinces et la ville de Paris ont financé la construction de quinze vaisseaux de ligne.

Olivier désigna la ligne superbe des vaisseaux du corps de bataille de l'amiral de Grasse, l'escadre blanche, qui s'engageaient à leur tour dans le goulet. Gaël demanda :

— C'est quoi, une « grande politique extérieure » ?

— Le roi a signé un traité d'alliance avec l'Espagne, puis avec les Insurgents américains. Nos colonies d'Afrique et des Antilles respirent, le commerce maritime qui fait la fortune du pays reprend. Désormais occupée en Amérique contre les Insurgents, l'Angleterre relâche sa pression sur les Antilles et la France. La hantise des raids sur nos côtes s'éloigne, mais nous souhaitons une bataille décisive pour lui ôter la suprématie sur mer...

Un jeune garde-marine, commis aux signaux, avait entendu. Il renchérit :

— Oui, fini nos humiliations ! Effacé le temps où le cardinal de Richelieu devait emprunter des vaisseaux à la Hollande pour préserver nos côtes des raids britanniques ! Mais je vois monter aux drisses du *César* l'ordre à l'arrière-garde d'appareiller !

Il se pencha par-dessus la lisse de couronnement et cria vers le pont gaillard d'arrière, où se tenaient le capitaine et le pilote, près des énormes roues du gouvernail.

— Ordre à l'escadre bleue d'appareiller !

C'était l'arrière-garde du commandeur d'Espinouze.

— Aux cabestans ! cria le capitaine d'Escragnole.

Sur le gaillard d'avant de *l'Intrépide* on avait déjà mis en place les barres sur lesquelles soixante-dix hommes se mirent à pousser en tournant. Le câble énorme, gros comme le bras, s'enroulait en trois tours sur le tambour et retombait dans le panneau de la fosse aux câbles où des hommes le lovaient. Une puissante odeur de vase se répandit dans l'entrepont. Sur le pont, les musiciens — un fifre aigu et un tambourin — soutenaient la cadence.

La dernière embarcation, le canot-major, avait été hissée à la poupe. Un garde-marine apportait le courrier de Versailles qu'un officier, crevant son cheval, avait amené à bride abattue à Brest. Partout, on entendait ce cri :

— En haut, le monde !

En un flot continu, les hommes d'équipage jaillissaient des écoutilles pour gagner leur poste. Chaque groupe s'assurait d'un cordage : les cargues, les drisses, les bras et les écoutes. Des dizaines de gabiers s'élancèrent dans les haubans, escaladant les enfléchures pour s'étager sur les lourdes vergues : lorsque l'ordre viendrait, les ancres étant à pic, ils libéreraient les voiles. A l'avant, d'autres hommes s'apprêtaient à hisser les focs.

Les ponts grouillaient maintenant de matelots aux pieds nus, la poitrine large sous la chemine brune, les cheveux longs retenus en arrière par un bout de bitord. Sur les ponts et entreponts, les canonniers, à leur poste dans les batteries, vérifiaient les amarrages des pièces au poste de mer, mantelet ouvert, car on redoutait toujours, au sortir de la rade, de tomber sur une flotte anglaise alertée par l'un de ces maudits espions qui sévissaient dans les tavernes du port.

Sur la dunette et sur le pont, les fusiliers chargés de l'ordre avaient aussi pris position, le mousquet à la main. Ils refoulaient vers les entreponts les soldats des régiments embarqués, qui tentaient d'observer le branle-bas de l'escadre.

Rivé sur le pont gaillard d'arrière, devant la dunette et la timonerie, à côté de l'officier de quart, le capitaine César d'Escragnole, entouré des gardes-marine chargés de répercuter ses ordres, surveillait attentivement la manœuvre. L'ouvert du goulet était encombré et *l'Intrépide* devait prendre son poste entre deux vaisseaux de l'arrière-garde, ce qui exigeait d'appareiller au bon moment, ni trop tôt, ni trop tard. La moindre erreur de manœuvre risquait de provoquer un abordage, ou, pire, l'échouement sur la côte toute proche.

— Que dit la marée ?

— Elle baissera encore le temps d'un sablier, capitaine, avec un bon courant de jusant.

— Le vent ?

— Il est pointu et tient à l'est-nord-est, dix nœuds.

Les hommes peinaient encore au cabestan. Ils avaient relevé la première ancre et attaquaient la seconde. De leur gorge jaillit un chant sauvage où se mêlaient toutes les injures par lesquelles ils exprimaient de vieilles haines.

— Virez, les gars ! Virez de bon cœur ! Tous ensemble ! hurlait le maître de manœuvre.

On entendait claquer les linguets, le beau bruit d'appareillage. Soudain, les hommes s'arrêtèrent. La machine était bloquée, le câble tendu à craquer. Un garde-marine vint au rapport.

— Nous sommes parés à lever l'ancre, capitaine !

Instant décisif. Le vaisseau se trouvait encore immobilisé à la verticale de l'ancre, masse de cinq tonnes collée à la vase. Mais les efforts des hommes du cabestan étaient insuffisants pour l'arracher.

— Larguez le grand hunier ! ordonna le capitaine.

Sur la vergue du grand mât, les gabiers lâchèrent les garcettes de ferlage. L'immense voile carrée se déploya dans un bruit sourd d'étoffe défroissée.

— Bordez les écoutes ! Hors le grand foc ! Coiffez le petit hunier !

Les voiles prenaient le vent et se gonflaient. On sentit le navire vibrer de toutes ses membrures. Puis il fit un bond en avant et arracha son ancre. Comme des furieux, les hommes du cabestan avaient repris leur manège et l'ancre émergea, dégoulinante d'eau et de vase, toute chargée d'algues.

Un cri monta de l'avant, comme un signal :

— L'ancre est à pic !

— Paré à caponner !

— A larguer la tourne-vire !

— A crocher le garant de capon !

— Paré à traverser !

— A crocher la traversière !

— A passer la bosse dans la cigale !

— A embraquer le serre-bosse !

— A tourner au taquet !

— L'ancre est caponnée, monsieur.

Libéré, le vaisseau avançait, mais il n'avait pas encore assez d'erre pour gouverner ; les hommes de barre ne sentaient aucune résistance.

— Larguez la grand'voile et la misaine. Hissez le clinfoc et la trinquette !

— Aux bras, le monde ! Aux bras de bâbord devant ! Brassez ! Amarrez ! Amurez la misaine !

C'était parti. *L'Intrépide*, qui avait pris une légère bande, le vent à trois points sur sa hanche tribord, se dirigea vers le goulet, sa proue à moins d'une brasse de la poupe du *Marseillais*, son « matelot avant ». L'officier de quart fit son rapport :

— Les ancres de bossoir sont en mouillage, capitaine. Toute la toile est bien bordée, tendue, tirante. Nous faisons route sur le goulet.

— Merci, monsieur de Folgoat. Veillez bien notre matelot-avant.

La côte bretonne défilait lentement par tribord. On entendit alors les hurlements enthousiastes et les acclamations de la foule massée sur les hauteurs de Recouvrance et de Laninon. Brest vivait intensément la grande heure de l'appareillage. Ce matin, au fracas du canon et au roulement des caisses, la ville entière s'était réveillée et bientôt des milliers de sabots avaient heurté les pavés de Brest et de Recouvrance pour assister au départ de la flotte. Femmes en coiffe de dentelle, hommes en *bragou-braz* de toile blanche, un large feutre à rubans retenant les longs cheveux, s'écoulaient comme marée montante de la rue de Siam jusqu'à l'esplanade du château et le cours d'Ajot. Sur toutes les tours de la forteresse et des bastions, fonctionnaires et officiers du port et des garnisons assistaient avec soulagement au départ de ces escadres qu'ils avaient eu tant de mal à réarmer.

Ils étaient tous là, les femmes, les mères, les sœurs, les épouses, les maîtresses, les fiancées, les vieux et la marmaille, criant, riant, reniflant, sanglotant, les familles et les amis. Les voiles de dentelles et les grandes capes noires se gonflaient au vent. Des fichus de laine, de grands mouchoirs colorés, de larges chapeaux et les cannes des vieux s'agitaient en direction du vaisseau qui emportait l'être aimé vers les Amériques, vers l'aventure, les îles parfumées, les belles créoles, les girondes métisses, la bataille, la gloire et peut-être la mort.

Au-delà de Recouvrance, même les chemins à l'extérieur de la ville étaient encombrés de voitures bourgeoises et de charrettes paysannes, de cavaliers bousculant dans l'enthousiasme les carrosses des grands de la cour et de la noblesse locale. Tous se hâtaient vers les promontoires qui dominent le goulet : le Porzic, le Petit et le Grand Minou, Bertheaume et jusqu'à la pointe Saint-Mathieu, pour saluer la flotte en partance. Même les moines de l'abbaye étaient sortis de leur clôture et faisaient carillonner les cloches de l'église abbatiale.

Les mains accrochées à la lisse de la dunette, les mâchoires bloquées par l'émotion, les yeux brouillés de larmes, Gaël regardait cette foule, ce paysage tant aimé de la Bretagne de son enfance. Et soudain, au pied des remparts de Recouvrance, sur le toit de la batterie Royale qui commande l'entrée de la Penfeld, il la vit. Cette fille en longue jupe bleue plissée sur les hanches, chevelure noire dénouée sous la coiffe, cette fille en pleurs que serrait le bras protecteur de sa mère, c'était elle, Marie-Galante !

En voyant à leur côté le Vieux des Grèves qui agitait son bras unique, Gaël comprit. Yvon Tadou ne s'était pas contenté de remettre le message de Gaël à l'auberge. Il avait aussi prévenu Marie. Mais comment s'était-elle échappée de la pension pour venir assister au départ de la flotte ? Peut-être Morgana Goulwen, qui avait partagé tant de départs bouleversants, était-elle venue la chercher pour qu'elle vive à son tour cette première épreuve des femmes de marin.

Lorsque la poupe de *l'Intrépide*, engagé dans le goulet, ne fut plus qu'un point entre les terres, Marie sécha ses larmes et s'écarta de sa mère. Une volonté indomptable durcissait les traits habituellement si doux de son visage. Elle murmura, pour elle seule : « J'irai le rejoindre. Même au bout du monde ! Aux îles du Vent ! A Marie-Galante ! »

4

L'armée navale doubla la baie de Bertheaume. Puis elle sortit du goulet et franchit la mer d'Iroise, laissant à bâbord la chaussée de Sein et à tribord l'île d'Ouessant. Lorsque tomba la nuit, elle piqua vers la mer libre, naviguant sur trois colonnes : l'escadre blanche et bleue du comte de Bougainville, que venait de rendre célèbre son tour du monde sur *la Boudeuse*, l'escadre blanche ou corps de bataille du comte de Grasse, l'escadre bleue du commandeur d'Espinouze. L'escadre légère du commandeur de Suffren naviguait un peu en marge, à bâbord.

A l'arrière, le convoi marchand, hétéroclite, disparate, exaspérément lent, tanguait dans la houle de l'Atlantique. Depuis la sortie de Brest, on vivait dans la crainte d'un coup de main des Anglais, une escadre légère, donc rapide, fondant sur ce troupeau à la faveur de la nuit ou de la brume. Aussi les corvettes de l'amiral ne cessaient-elles de harceler les vaisseaux marchands retardataires pour qu'ils demeurent groupés sous la protection des canons. Trois ou quatre fois par jour, les puissants vaisseaux de guerre se voyaient contraints de masquer les huniers pour ne pas semer les traînards. Avec désespoir, les capitaines faisaient filer le loch : quatre nœuds !

Dès qu'ils eurent achevé d'« estroper la paperasse » — mise à jour du rôle d'équipage, des « facturiers » et autres livres comptables —, Olivier et Gaël montèrent sur le pont pour contempler la ligne imposante de l'armée navale. Gaël remarqua aussitôt que l'on avait rentré la toile haute. Comme il s'en étonnait, Olivier lui montra du doigt une forêt de mâts, à l'arrière.

— Le convoi marchand ! C'est notre hantise. Un marin du roi qui perd son convoi est passible de la peine de mort !

Aujourd'hui, le vaisseau marchand devenait pour Gaël une réalité vivante, et non plus, comme à l'étude, une énumération abstraite de marchandises, des achats spéculatifs, des reventes, des prêts, des faillites... Il demanda :

— Ces bateaux coûtent donc si cher ?

— Les plus gros, qui portent jusqu'à mille cinq cents tonneaux, coûtent près de deux millions de livres. Mais ce qu'ils transportent en retour est énorme. Un seul gros vaisseau peut rapporter à son armateur jusqu'à huit millions de livres dans ses dix ans de vie !

— Quel est l'intérêt du roi, dans tout cela ?

— Vingt pour cent avec les taxes sur les marchandises : sucre, coton, rhum, indigo, épices. En réalité, beaucoup plus. Toujours à court d'argent, le roi « invite » les armateurs à lui « prêter » la moitié du métal, or et argent, qu'ils rapportent. Ils sont même tenus à remettre à ses agents la totalité du métal importé, que la Monnaie royale frappe en exclusivité en louis et écus.

— Je suppose qu'ils s'exécutent de bon cœur en échange de la protection de la marine royale ?

— Non. La fraude est courante. Les capitaines marchands ne déclarent que le tiers des métaux précieux qu'ils transportent. Il est facile de cacher à bord un coffre de pièces d'or, et de le débarquer clandestinement la nuit dans une crique déserte...

— S'ils sont pris, c'est la corde !

— Une simple amende. La corde ou le bagne, c'est bon pour les croquants qui ont volé un pain ou braconné sur les terres du seigneur !

— D'où vient cet or, Olivier ? Les Antilles ne produisent pas d'or, que je sache ?

— Il vient de trésors cachés, jadis pillés par les conquistadores chez les Indiens du Mexique.

— Intéressant !

— Peut-être, Gaël... Moi, ce qui m'intéresse, ce sont les espèces nouvelles, végétales et animales.

— Mais dans vos explorations, si vous découvriez par hasard un trésor ? Vous le donneriez aux agents du roi ?

— Bien sûr, c'est la loi ! Vous posez de drôles de questions, Gaël !

Un cri tomba de la hune :

— Voile en vue à trois points par bâbord devant !

On croisa un voilier suédois qui revenait des Antilles. Le chef de l'armée navale l'invita courtoisement à s'approcher de *la Ville de Paris* et à naviguer bord à bord. Lorsqu'il fut à moins d'une demi-encablure, un dialogue s'engagea au porte-voix entre son capitaine et l'amiral, penché au-dessus de la lisse de couronnement de la dunette.

— Quelles nouvelles des Antilles ?

— L'amiral anglais Rodney a pris et pillé Saint-Eustache !

Les Français s'indignèrent. Les Anglais n'avaient même pas attendu pour attaquer cette riche île néerlandaise que leur déclaration de guerre à la Hollande parvienne au Nouveau Monde.

— Saint-Eustache était pourtant puissamment défendue...

Amplifiée par son « gueuloir », la voix déformée du capitaine suédois retentit comme un mauvais augure :

— Rodney est tombé sur les Hollandais en arborant leur propre pavillon ! Il a ainsi capturé deux cents navires et cent cinquante millions de livres de marchandises !

Le voilier suédois salua du pavillon et, virant de bord, reprit sa route à l'est-nord-est, en louvoyant contre le vent.

— Il est temps que nous intervenions aux Antilles ! gronda Grasse en regagnant ses appartements sous la dunette.

La puissance de sa flotte lui donnait confiance. Mais le lendemain, un vaisseau espagnol venant du nord-est transmit d'inquiétantes informations. Selon son capitaine, une escadre britannique avait appareillé le 14 mars de Portsmouth et faisait voile vers les Antilles. Avec huit jours d'avance sur la flotte française, et plus rapide, puisqu'elle n'était encombrée que d'un petit convoi, elle aurait largement le temps de se réunir à la flotte de Rodney, l'ensemble constituant un adversaire redoutable et imprévu.

A bord de *l'Intrépide*, Gaël avait d'autres soucis. Grâce à Olivier d'Escragnole, dont il s'était fait un ami, il s'initiait au métier de secrétaire et d'aide-fourrier, avec une rapidité qui faisait l'étonnement et l'admiration du lieutenant de détail, Edern de Rostelec. Le capitaine César d'Escragnole s'en réjouissait aussi. Il avait pris le jeune clerc en amitié, avec d'autant plus de plaisir que Gaël, passé le gros travail d'initiation, se joignait le soir au deuxième lieutenant, M. Lochrist, et à Olivier, pour former un trio de qualité au carré des officiers, Gaël à la flûte, Olivier au clavecin et le lieutenant au violon. Ainsi, chaque soir, les officiers se laissaient emporter par les accords de Haydn, Vivaldi, Telemann.

Puis Gaël, à l'invitation du capitaine, se lançait dans un solo de flûte improvisé. Les temps troublés et la menace anglaise étaient oubliés. Par les vastes baies vitrées de la grand'chambre on contemplait le sillage et la pyramide des voiles blanches du vaisseau qui suivait.

Désormais, le capitaine d'Escragnole traita Gaël comme son fils, ce fils maladif qu'il chérissait, son souci permanent au point que, veuf, il n'avait pu s'en séparer, malgré les réticences du garçon à embarquer.

— Je ne suis pas fait pour ce métier, confia Olivier un soir à Gaël, lorsqu'ils se retrouvèrent seuls ensemble. Dès que la mer se forme un peu, je suis malade ! Et bien incapable, même par temps plat, de grimper jusqu'à la première hune ! Si je n'étais pas le fils du capitaine, il y a longtemps que l'on m'aurait débarqué ! Mais que veux-tu ! Mon père et moi, après la mort de ma mère, nous sommes devenus inséparables.

— Vous avez bien de la chance, murmura Gaël en songeant à son propre père.

— Seule façon de ne pas se quitter : me faire marin. C'est ainsi que j'ai fait l'école des gardes-marine de Brest, qui ouvre la carrière aux officiers d'épée. J'ai obtenu mon brevet. Mais n'étant pas doué pour ce qui concerne l'art militaire, qu'il s'agisse de l'épée, du pistolet ou du canon, j'ai opté pour la spécialité moins noble des secrétaires, commis et écrivains de marine, au grand regret de mon père, qui a eu tout de même la consolation de me faire engager à son bord.

— Ce qui ne doit pas être de tout repos !

— En effet. Au combat, le secrétaire du capitaine ne le quitte pas sur la dunette, avec sa tablette et sa montre marine, pour noter toutes ses remarques et établir avec précision le journal de bord. Or, au combat, le tir des canons ennemis et des mousquets se concentre sur la dunette et sur le capitaine...

— Cela ne vous gêne pas d'être le fils du capitaine ? Vous devez être jalousé à bord...

— Sans doute. Mais c'est assez courant dans la marine royale de naviguer en famille. Sur la frégate *l'Oiseau*, le capitaine du Plat a embarqué comme second son propre père ! Quant aux gardes-marine, ils sont quatre cousins ! Moi, je n'ai pas cette chance, et les gardes-marine de *l'Intrépide* me tiennent à distance, parce que je ne suis pas, en fait, un officier d'épée. En quelque sorte, j'ai trahi le grand corps.

— Mais pourquoi, à bord, n'aime-t-on pas les commis ?

— A cause des inventaires. Tout ce qui entre à bord et qui en sort doit être enregistré par nous. Les abus sont faciles, qu'il s'agisse de la nourriture ou des effets, qu'on nous soupçonne injustement de détourner. Au pire, on affamerait l'équipage ! Comment comptabiliser la pourriture et ce qui est détourné... par les rats, qui pullulent dans les cales ?

— Mais qu'est-ce que vous auriez voulu faire ?

— A défaut d'être musicien, ce qui est impensable pour un fils de famille, je voudrais être botaniste-zoologiste, comme M. de Buffon. Aussi, je compte profiter de nos croisières aux Antilles et en Amérique du Nord pour herboriser, découvrir de nouvelles espèces d'insectes, peut-être de mammifères et d'oiseaux, et qui sait ? de nouvelles races d'hommes !

— Ce sera passionnant, et je vous aiderai !

— Tu peux me tutoyer, Gaël.

Peu à peu, l'amitié que les deux garçons éprouvaient l'un pour l'autre se renforçait. Gaël était resté très discret sur lui-même. Mais, pressé de questions par Olivier, il finit par lui raconter son histoire et l'amour impossible qui le liait à Marie-Galante, fille d'une aubergiste et d'un père inconnu. Olivier avait entendu parler de la fameuse auberge du *Chat gourmet*, devenue *l'Aristochat*, que son père, alors jeune officier de marine, fréquentait avec ses amis, tous épris de la belle hôtesse Morgana Goulwen.

Ainsi, un extraordinaire hasard avait fait embarquer Gaël sous les ordres du père naturel de celle qui serait peut-être un jour sa femme !

Gaël limita là ses confidences. Un autre secret lui pesait : le trésor de Marie-Galante, si toutefois ce trésor existait et ne venait pas de la seule imagination du Vieux des Grèves. L'île ronde, la pointe du Diable, la grotte Sainte-Magdeleine, la grotte marine... Il n'osait pas en parler à Olivier. Plus tard, peut-être. Mais il profita d'un passage dans la chambre du conseil pour jeter un coup d'œil sur une carte des îles du Vent, que le capitaine d'Escragnole avait déployée sur la table.

Elle était là, Marie-Galante, toute petite et toute ronde, mystérieuse comme un mandala, entre l'île Dominique, la Grande Guadeloupe et La Désirade ! Son cœur se mit à battre plus fort. Mais elle lui parut inaccessible. Dans le plan d'opérations de la flotte, dont il avait entendu parler le soir au carré des officiers entre une partita de Bach et un divertimento de Mozart, il était seulement question de la Martinique, de Tobago et de Saint-Domingue.

Passé le gros travail de la vérification des rôles d'équipage et l'inventaire des cales, Olivier, sur l'ordre du capitaine, entreprit de faire connaître à Gaël, après la dunette, les secrets de l'immense vaisseau, un monde inconnu du clerc de notaire, qui n'en avait vu jusqu'à ce jour que l'extérieur : une coque noire avec deux bandes jaunes, ponctuée par les sabords dont les mantelets se soulèvent pour découvrir la gueule des canons ; un pont encombré d'agrès — manœuvres dormantes et courantes —, de bouches à feu, de parcs à boulets, avec des hamacs rangés aux bastingages. Et, majestueux, les trois mâts et le beaupré chargés de toile, un univers aérien tendu de mille cordages.

Olivier expliquait :

— A l'arrière, le château de poupe, notre domaine... et celui du commandement. L'équipage occupe le reste du vaisseau.

— Il n'a pas le droit de venir à l'arrière ?

— Pas sans ordre et sans motif. A la mer, on redoute toujours des rébellions provoquées par la misère des hommes : promiscuité des postes insalubres, alcool de contrebande, nourriture insuffisante, si monotone après des semaines de mer. Et le travail harassant quand la mer est forte et le vent contraire. Sans parler des blessures, des maladies, des querelles... C'est pourquoi tu vois sur le pont gaillard d'arrière ces soldats de marine qui montent la garde, mousquet chargé...

Puis Olivier l'entraîna par une écoutille dans les profondeurs du bateau, encombrées de marins et de soldats.

— Ce vaisseau de 74 canons est divisé en quatre espaces horizontaux. De bas en haut, la cale, le faux-pont, la batterie basse, la batterie haute, enfin le pont supérieur en plein air. Nous sommes ici dans la batterie haute, sous le pont.

Sous le plafond bas, on voyait s'aligner les énormes canons sur leur affût roulant. Six hommes par pièce s'activaient déjà, briquant les tubes de fer, graissant les poulies des palans de recul, vérifiant le fonctionnement des mantelets des sabords, bousculant les soldats qui dormaient sur le pont.

— Dans cette batterie s'alignent trente canons à la serre, ou en vache s'ils sont élongés le long de la muraille. Des canons de 24 livres — le poids du boulet. A l'étage en dessous, la batterie basse porte vingt-huit canons encore plus gros, des pièces de 32, capables de percer des carènes, jusqu'à deux pieds de chêne massif. Mais quand la mer est trop forte, l'assaut des vagues oblige à boucler ces sabords bas. Si le vaisseau gîte, on ne peut ouvrir que le bord au vent. On compte encore seize pièces sur les gaillards du pont supérieur, dont deux canons longs de chasse, les coursiers, à la proue.

Il l'entraîna dans les fonds, seulement éclairés par des lanternes suspendues aux barrots.

— Ici, c'est le faux-pont, sous le niveau de la mer. On y trouve de tout, sauf des canons, puisqu'il n'y a pas de sabords : les énormes câbles des ancres, lovés en glène, sept câbles de six cent cinquante pieds de long pesant chacun quatorze mille livres. Au milieu, l'infirmerie, des parcs à boulets et les réserves de gargousses. A l'avant, la soute aux voiles, l'atelier du charpentier. A l'arrière, les poudres et la cambuse. Le plus incroyable est encore de loger huit cents hommes. Les postes sont trop étroits, les batteries encombrées. D'où les maladies si la croisière se prolonge, les querelles continuelles et parfois les rixes sanglantes, le vice, les vols, que l'on réprime par une discipline de fer...

— Mais où loge-t-on les soldats en surnombre ?

— On les a casés dans les batteries, entre les canons ! S'il devait y avoir un combat pendant la traversée, il est prévu de répartir ces hommes dans le faux-pont et dans la cale.

— La cale ?

— Oui. Je t'en ferai grâce aujourd'hui. Elle contient nos trésors : la nourriture et l'eau pour cent trente jours de mer — on envisage les calmes plats. Et la sainte-barbe, la soute aux poudres, stockées en barriques bien étanches.

Il n'échappait pas à Gaël que la voix de son ami s'altérait.

— Tu as peur des poudres ?

— Tout le monde en a peur, à bord. La sainte-barbe est le seul compartiment où il est interdit d'apporter une lanterne. Les hommes y travaillent à tâtons, avec pour seule lumière une lanterne fixe derrière une vitre épaisse. Lorsqu'il y a le feu à bord — bataille ou accident — on redoute toujours l'explosion des poudres.

— En dehors des combats, le risque est limité, non ?

— Détrompe-toi, Gaël. On ne peut pas empêcher les hommes de fumer dans les fonds, en cachette, car certains n'aiment pas la chique. Une lanterne peut tomber, se briser. Si elle s'éteint, il faut la rallumer. Le plus dangereux, c'est le remplissage des gargousses, ces étuis de toile qui contiennent la poudre et que l'on introduit par la gueule des canons. Chacune pèse le tiers du poids du boulet, près de onze livres pour une pièce de 32. Le pire, dans les pays chauds, c'est l'explosion spontanée des poudres ! Nous en emportons cinq cents quintaux, en barils de chêne cerclé, sans clous, dont on vérifie l'état chaque semaine. Certaines poudres vieillissent mal.

— Je me souviens, enfant, sous le rempart de la citadelle de Brest, je jouais à la guerre et je tentais de fabriquer de la poudre avec du salpêtre, du soufre et du charbon de bois. Mais ça ne brûlait jamais !

— Tes proportions étaient mauvaises. Il faut 6/8 de salpêtre, 1/8 de soufre et autant de charbon de bois, bien sec.

Cette longue visite s'acheva dans la petite chambre d'Olivier, qui lui était réservée sous la dunette, à côté de celle de son père.

— Un bol de chocolat nous fera du bien. Il nous vient de Saint-Domingue, où mon père possède une petite plantation de cacaoyers.

Quand ils eurent repris des forces, Olivier se leva, ouvrit un placard :

— Je vais te montrer mes trésors.

Il lui tendit un in-folio relié.

— Quel est cet ouvrage ? demanda Gaël, dont le cœur battait plus fort à la seule vue d'un livre.

— C'est le *Florae* de maître François Bonamy, le savant régent de la faculté de médecine de Nantes. Il connaît les secrets des plantes et affirme qu'elles contiennent les éléments pour nous guérir de tous les maux !

Ses yeux brillaient d'enthousiasme. Il poursuivit :

— Tu peux me croire, Gaël. L'avenir appartient aux botanistes ! Quand nous rentrerons à Brest, je te montrerai la folie champêtre que mon père s'est fait construire à Bohars. J'y entretiens une serre et un petit jardin exotique où poussent les plantes les plus rares ramenées des Antilles et des Indes.

Olivier remit le livre à sa place et en tira un autre.

— Le *Florae* n'est pas mon seul trésor. Regarde celui-ci... Non, ce ne sont pas les *Contes licencieux* de M. de La Fontaine, ni *les Bijoux indiscrets* de M. Diderot, ou *les Dames galantes* de Brantôme ! Je les ai, mais pas ici !

Il lui tendit un petit ouvrage broché, passablement écorné.

— Je le connais ! s'écria Gaël avec enthousiasme. Qui n'a pas lu et relu *la Nouvelle Héloïse* de M. Rousseau ?

Une conversation animée s'engagea sur le retour à la nature et sur la paix universelle des peuples, dialogue bien étrange au cœur de ce vaisseau bourré de canons, d'armes diverses, de mousquetaires et de marins, tous animés des intentions les plus belliqueuses.

Bien qu'élevé chez les Oratoriens, Olivier d'Escragnole lisait aussi *le Mercure de France, le Journal encyclopédique* et les gazettes hollandaises et suisses qui propageaient les idées subversives des philosophes à la mode.

Alors qu'avec l'âge le capitaine d'Escragnole devenait plutôt janséniste, Olivier, lui, se passionnait pour les sciences et les idées nouvelles. A son retour d'Amérique, il comptait se faire admettre à la loge maçonnique de Brest. Il rêvait de l'âge d'or. Gaël, qui partageait ses généreuses utopies, était fait pour s'entendre avec lui et rompre le douloureux isolement qu'il éprouvait vis-à-vis des marins et des guerriers.

Très large d'esprit, le capitaine tolérait les goûts de son fils, peu orthodoxes dans l'aristocratie. Des idées que l'on retrouvait toutefois chez le jeune marquis de La Fayette. Il avait levé une légion de volontaires et combattait en Amérique avec le comte de Rochambeau, chef du corps royal expéditionnaire que Louis XVI avait envoyé au général Washington pour aider les treize colonies qui avaient proclamé leur indépendance.

Ainsi, tout les ramenait à la guerre.

— Sais-tu, Gaël, d'où vient la révolution américaine ? De Londres. Depuis le début du siècle, des philosophes anglais subversifs contestent l'absolutisme du roi et la mainmise sur les terres par l'aristocratie et par l'Eglise. On évoque les droits naturels de l'homme et la souveraineté du peuple. Ces idées font progressivement leur chemin.

— Comme chez nous en France ! Voltaire est mort il y a trois ans, et Rousseau la même année. Mais leurs idées restent vivantes. Un peu comme ta poudre, qui, dans les cales de ce vaisseau, ne demande qu'à servir !

— Ne parle pas de poudre, Gaël ! Les idées ne s'allument pas comme une traînée de poudre fulminante. Elles ont la lenteur des germinations. Chez nous, la révolution n'est pas pour demain.

— Voire... As-tu lu Montesquieu ?

— J'ai lu ses *Lettres persanes* ! s'écria Olivier. C'est du feu ! Il prêche aussi la tolérance religieuse...

— Je préfère Jean-Jacques Rousseau. Partant de l'égalité sociale voulue par Dieu, il prône une société fraternelle dans laquelle le peuple serait souverain. Et il aime la nature...

La porte s'entrouvrit et le capitaine d'Escragnole passa la tête.

— De quoi parliez-vous, jeunes gens ?

— Oh, de rien, père ! De la nature. J'ai déjà hâte de revoir notre terre de Bohars ! Les fleurs et les arbres me manquent, et l'oiseau, et l'insecte... Ici, il n'y a que du bois mort !

— Allez plutôt prendre l'air à la proue et respirer les embruns !

Ils ne se le firent pas dire deux fois.

Le soir tombait. La flotte avait enfin trouvé les alizés portants et naviguait à bonne allure, toutes voiles dehors, sauf les cacatois et les bonnettes. Le convoi suivait vaillamment. Parfois, on entendait le coup de gueule de M. Lochrist, l'officier de quart :

— Gouvernez en route, sacrebleu ! Vous êtes d'un bon demi-degré sur tribord !

Les vents étant réguliers, les marins prenaient quelques loisirs. Sur le pont s'éparpillaient des corps au repos, parmi lesquels errait une chèvre en quête de larcins. On lavait son linge à l'eau de mer. Avec une pinte d'eau douce on lavait le corps, aussi, nu sous la caresse du vent chaud. Certains dansaient au son du fifre et du tambourin.

En voyant ces hommes au corps musclé, hâlés par le soleil, noircis par la poudre et les tatouages, souvent couverts de cicatrices, Gaël murmura :

— J'aimerais jouer pour eux. Autre chose que ces airs de folklore. Mozart a aussi écrit pour le peuple !

Olivier le regarda avec surprise.

— Ce n'est pas ta place parmi l'équipage, Gaël. Etant de l'arrière, tu es des nôtres.

Gaël sursauta. Que restait-il des grands discours égalitaires des philosophes ? Olivier était fils unique d'aristocrate. Un jour, il hériterait de son père le titre de marquis, le château et ses terres en Provence avec ses serviteurs et ses paysans ; le domaine des Antilles avec ses esclaves. Et lui, Gaël Trémeur, il était le fils unique de ce grand bourgeois de Brest enrichi par la traite, dont il hériterait aussi un jour. Il sentait aussi dans toutes ses fibres qu'il était un privilégié, par la culture, l'éducation, tout un monde à jamais étranger à ce peuple de la mer qu'il côtoyait sur ce vaisseau, peuple à la fois si proche et si lointain, hommes rudes, avec leurs espoirs, leurs passions, aussi explosifs que leur poudre à canon.

Les deux amis gagnèrent l'avant du vaisseau, au-dessus de la figure de proue, qui représentait une sirène à l'opulente poitrine, et vinrent s'asseoir près du bossoir de l'ancre tribord. Elle pendait, énorme, à l'extérieur. On entendait le bruit profond de l'étrave qui fendait la mer, rejetant de part et d'autre un éblouissant jaillissement d'écume. Si près de la mer, un frisson d'angoisse souleva Olivier.

— C'est vrai, Gaël. Je ne suis pas et ne serai jamais un marin. Ma première expérience a été catastrophique. C'était il y a trois ans, en 1778. J'étais embarqué comme garde-marine à bord de ce même *Intrépide*, que commandait alors le comte de Grasse, simple capitaine de vaisseau, dans la flotte du lieutenant général d'Orvilliers. On avait appareillé pour combattre la flotte anglaise, qui croisait insolemment au large des côtes normandes et bretonnes, mais le roi avait exigé qu'on ne prenne pas de risques. Aussi la bataille d'Ouessant qui s'ensuivit, très favorable pour nous, demeura une occasion perdue, faute d'avoir été exploitée. Et le retour à Brest fut dramatique...

Le regard d'Olivier se perdit dans le lointain. Son visage se crispa.

— On débarqua à Brest huit mille malades. A court de vivres, on avait dû imposer des rations de famine, aussi le scorbut exerçait ses ravages. Sur sept cents hommes, *l'Intrépide* débarqua cinq cent trente malades, parmi lesquels je faisais piètre figure. Le chirurgien me donna pour mort. Si je n'avais pas été un élève-officier, on aurait jeté mon corps à la mer.

— Pourquoi me racontes-tu cela, Olivier ?

— Ces cas extrêmes font ressortir les responsabilités majeures de l'intendance. Et puis je pense à notre chef, l'amiral de Grasse. Quelles sont ses instructions ? Souffre-t-il des mêmes affres que le comte d'Orvilliers ? Ou au contraire est-il libre d'agir ?

Ils restèrent longtemps silencieux. Un ordre retentit :

— Les hommes à leur poste pour empanner à l'artimon !

Puis la cloche de la timonerie piqua trois coups.

Entre le passavant bâbord et la fosse des embarcations, on entendait la voix patiente d'un maître de manœuvre qui tentait d'inculquer des notions techniques à un groupe de novices :

— Le ton est la septième partie de la longueur d'un mât, depuis les jottereaux jusqu'au tenon, sur lequel est capelé le chouquet. C'est simple, non ?

— Oui, maître...

— C'est en embrassant le ton que se capèlent les haubans, étais, galhaubans et pendeurs...

Le regard d'Olivier se fixa sur le mât de beaupré, le seul à bord qui ne fût pas vertical. Il pointait à l'avant, hors de la coque, comme un doigt vers l'horizon, surplombant la mer, dominant l'étrave.

Soudain, Olivier se leva. Il franchit le caillebotis et s'avança lentement vers le mât, jusqu'à l'à-pic de la mer. Il se pencha. Au-dessous, il voyait et entendait le torrent impétueux des flots que le taillemer de la proue ouvrait dans un énorme brassage d'écume, la violence des remous qui heurtaient la proue en bec.

Puis, lentement, il s'engagea sur le mât de beaupré.

— Olivier ! Que fais-tu ?

— Laisse. Il y a longtemps que j'en rêvais.

— Tu vas tomber !

Il dépassa le chouquet, se retourna et s'arrêta juste au-dessus de la vergue de civadière, cette grande voile rectangulaire qui se déploie au ras des eaux. On avait rentré le filet qui habituellement protège les gabiers contre une chute éventuelle.

Luttant contre sa peur du vide et de la mer, Olivier, livide, contemplait maintenant la figure de proue, qui semblait lui sourire et l'encourager. Il se retourna et poursuivit en tremblant son ascension jusqu'à la seconde vergue, la contre-civadière. On ne pouvait aller plus loin.

Gaël, qui se sentait incapable de le rejoindre, n'osait lui parler tant il craignait de le voir tomber. A ses pieds un double torrent d'eau fuyait de chaque côté de la coque en grondant.

Olivier se cala sur la bouline du petit perroquet. Son regard s'éleva. Il admira la splendeur immaculée des focs et la pyramide des voiles carrées du mât de misaine. Sur la barre de perroquet du grand mât, le mousse de veille ne le quittait pas des yeux.

Le regard fier d'Olivier rejoignit son ami. Pour la première fois, il avait vaincu sa peur de la mer.

5

A quelques encablures à bâbord de *l'Intrépide* naviguait *la Ville de Paris*, énorme vaisseau de 104 canons, l'un des plus prestigieux du monde, portant la marque de François-Joseph de Grasse, lieutenant général, commandant l'armée navale de l'Atlantique.

De la vaste chambre du conseil ouvrant sur le balcon de poupe richement décoré, l'amiral contemplait la cathédrale de voiles du *Sceptre*, qui naviguait dans le sillage.

Impressionnant par sa taille, Grasse était de loin le plus grand amiral du monde : six pieds et trois pouces (plus de deux mètres). Et son brillant uniforme de lieutenant général ajoutait à sa stature : justaucorps bleu de roi à parements d'or doublé de serge rouge, culotte et gilet écarlates, bas blancs, souliers de cuir noir à bouts carrés et talons rouges, privilège des gentilshommes qui avaient été présentés au roi.

Un galonnage compliqué de broderies d'or marquait son grade aux épaulettes et sur les revers du justaucorps. Sous le gilet, il portait une chemise de soie blanche à manchettes de dentelle et une ample cravate blanche, torsadée. Un baudrier écarlate, piqué de fils d'or, barrait sa poitrine. Il était coiffé d'une petite perruque argentée. Son regard profond aux yeux sombres, globuleux, difficile à soutenir, son menton volontaire, un peu empâté, son nez puissant comme un taillemer révélaient son caractère autoritaire et intransigeant sur les principes.

Un officier qui portait le même uniforme du grand corps, avec aux épaulettes le grade de capitaine de vaisseau, se tenait à ses côtés, lui aussi fasciné par le spectacle imposant de la flotte naviguant sous l'alizé.

Agé de cinquante et un ans, le marquis Antoine de Saint-Cézaire avait mené au service du roi une carrière exemplaire, que couronnait le commandement de *la Ville de Paris*, qui portait la marque du chef de l'armée navale, son oncle le comte de Grasse.

— Vous paraissez soucieux, amiral. Quand nos forces se seront réunies aux Antilles, vous commanderez pourtant la plus belle flotte de guerre que la France ait alignée depuis le Roi-Soleil ! Et nous faisons voile en escortant cet immense convoi marchand qui, grâce à vous, a toutes les chances de revenir en France sain et sauf, chargé des richesses des Antilles. Situation impensable voici quelques années...

Il ne pouvait s'empêcher de calculer mentalement : cent cinquante vaisseaux marchands rapportant chacun dans ses flancs, en moyenne, une cargaison d'un million de livres tournois ! Cent cinquante millions, c'était trois ou quatre villes du royaume sauvées de la misère, les intérêts des dettes de l'Etat épongés pour un an. Mais les soucis de l'amiral de Grasse étaient autres :

— Je suis vieux et fatigué, mon cher Antoine. Et surtout, je ne me sens pas vraiment *libre* face aux responsabilités qui sont les miennes.

Les deux officiers qui devisaient ainsi sur la dunette de *la Ville de Paris* étaient étroitement liés, à la fois par la carrière et par le sang, tous deux apparentés à leur grand ancêtre François de Grasse, prince d'Antibes, descendant provençal des maisons souveraines de France, de Navarre et d'Espagne.

Beaucoup plus complexes et dangereuses avaient été la vie et la carrière de François-Joseph de Grasse. Dernier d'une famille de dix enfants, orphelin de père à un an, tempérament turbulent préférant la bagarre au latin, il avait été dirigé dès l'enfance vers la marine. Page de Malte à onze ans, chevalier à quinze, il avait navigué sur les galères de l'Ordre, puis sur les vaisseaux de Louis XV. Il avait reçu le baptême du feu au large de Toulon contre les Espagnols, guerroyé aux Caraïbes et aux Indes et participé en 1747, sur *la Gloire*, comme Yvon Tadou, à la terrible bataille du cap Ortegal. Leur petit vaisseau de 40 canons, pris sous le feu croisé de deux cents canons anglais, avait dû se rendre, mâts abattus, munitions épuisées. Sur la dunette, l'enseigne de Grasse était tombé, blessé, à côté du corps décapité de son capitaine.

Ensuite, il s'était battu pour le roi aux Indes, en Méditerranée et aux Antilles. A quarante-deux ans capitaine de vaisseau, Grasse s'était fait relever de ses vœux de chevalier de Malte pour se marier, au prétexte que « mieux vaut faire race que d'être le figuier stérile de l'Evangile ». Père de nombreux enfants, il avait continué à naviguer. Cette carrière riche de combats sur toutes les mers du globe l'avait amené à se battre sous les ordres des plus prestigieux chefs d'escadre du royaume : d'Orvilliers, du Chaffault, d'Estaing, Guichen, carrière couronnée par les épaulettes de chef d'escadre à cinquante-cinq ans.

De l'interminable campagne aux Indes-Occidentales, Grasse était rentré en France en 1780, épuisé. A cinquante-huit ans il se considérait en fin de carrière. Il n'aspirait plus qu'à se consacrer à sa famille, dans ce délicieux petit château de Tilly, en Ile-de-France, qu'il avait acquis en 1764 et que Louis XV érigera plus tard en marquisat, en reconnaissance de ses services.

Sa vie familiale était aussi richement remplie que sa carrière militaire. Sa première femme, Antoinette

Accaron, décédée en 1773, lui avait donné cinq enfants. Remarié en 1775 à Catherine de Pien, une riche veuve qui lui avait donné deux enfants, il l'avait perdue en 1780. Elle leur laissait une grosse plantation à Saint-Domingue, s'ajoutant à celle qu'il y possédait déjà, avec des revenus considérables mais une gestion accaparante.

Le 11 février 1781, un événement imprévu était venu relancer son destin. Un courrier royal à cheval l'avait surpris à Tilly, au milieu de ses rosiers. Le roi le convoquait à Versailles, toutes affaires cessantes. Ayant passé sa vie en mer ou dans les ports, François-Joseph était le contraire d'un officier carriériste ou d'un courtisan, malgré la proximité de la cour. N'avait-il pas eu l'audace de répondre à un jeune aspirant qui sollicitait son appui à la cour : « Je vous présenterai à l'ennemi, monsieur, mais jamais à la cour ! Il faut prendre un parti. Ou se déclarer courtisan, ou s'acquitter de son devoir, quand on est officier » ?

Aussi est-ce avec appréhension qu'il se présenta devant Louis XVI.

« Monsieur de Castries nous a rappelé, monsieur, vos états de service. Réorganisant le haut commandement de notre marine, il nous a plu de vous attribuer celui d'une armée navale qui ira aux Antilles pour rétablir la liberté des mers. Vous porterez aussi en Amérique du Nord toute l'aide que réclament les Insurgents.

— Mais, sire, je rentre d'une épuisante campagne de deux ans, avec quatre batailles navales. Ma santé est ébranlée par un demi-siècle passé sur mer à guerroyer pour Votre Majesté, après m'être battu pour votre grand-père, notre bien-aimé Louis XV. Sans doute un autre que moi serait-il plus digne de bien commander aux vaisseaux de Votre Majesté...

— Allez, monsieur. Notre choix est fait. Je sais que vous ne le décevrez pas. »

Décontenancé, gêné de le dominer de sa taille gigantesque, Grasse dévisageait le roi. C'est vrai, il ne serait jamais un courtisan. Et pourtant, il était prêt à donner sa vie pour cet homme et pour ce qu'il représentait. N'avait-il pas, à l'égal du Roi-Soleil, ressuscité la marine ?

« Sire, je suis à vos ordres, pour ce que Dieu voudra. »

Le roi demeura interloqué devant cette réponse sibylline, puis il sourit. N'était-il pas le représentant de Dieu sur terre ?

« Merci, monsieur. Le marquis de Castries vous donnera mes instructions. »

Dans le cabinet doré du secrétaire d'Etat à la Marine, Grasse s'était vu confirmer sa nomination :

« Vous commanderez donc la plus puissante armée navale du royaume, après l'avoir réarmée à Brest. Le comte d'Hector, intendant royal de Bretagne, a reçu les ordres et les crédits. La campagne d'Amérique devra être engagée sans délai, car le temps presse et il faut obtenir la victoire avant le prochain hiver. Le roi signera entre-temps votre nomination de lieutenant général[1]. J'oubliais... Sa Majesté vous fait commandeur de Saint-Louis. »

La plus haute distinction du royaume... Le ministre se leva.

1. Sous l'Ancien Régime, les fonctions héréditaires d'amiral (un amiral de France et trois vice-amiraux) étaient, sauf exception, purement honorifiques, données à des princes du sang bien en cour. Les commandements à la mer étaient assumés par des capitaines de vaisseau chefs d'escadre (équivalent au grade actuel de contre-amiral), les flottes étant commandées par des lieutenants généraux. Le titre d'amiral — comme celui de comte — était donné à Grasse, cadet de famille, par courtoisie. Devenu depuis 1767 marquis de Tilly, il portait en 1781 le titre officiel de lieutenant général des armées navales.

« Allez, mon cher comte. J'attends votre rapport sur la remise en état de la flotte et des approvisionnements.

— Des marins, monsieur ! Ce sont les hommes qui nous manquent !

— Vous les aurez, venus de tous les ports du royaume. Mais rappelez-vous ! Le roi, le gouvernement et l'opinion attendent de vous *une bataille décisive* ! »

L'amiral de Grasse s'arracha à sa longue rêverie et contempla les files interminables des vaisseaux qui naviguaient sur quatre lignes, suivis du lourd convoi marchand que harcelaient les corvettes, chiens de garde de ce troupeau. La voix claire d'Antoine de Saint-Cézaire s'éleva :

— Vous dites que vous n'êtes pas libre, amiral ? Mais une fois aux îles, qui pourrait entraver vos initiatives, alors que les ordres de la cour mettront des semaines pour nous parvenir ? Que vous opériez de Fort-Royal de la Martinique, ou du Cap-Français de Saint-Domingue, vous serez le maître de la situation. Les deux gouverneurs des îles sont placés sous vos ordres et tous les vaisseaux disponibles dans les mers américaines vous rallieront...

— Peut-être, Antoine. Mais je n'oublie pas l'affaire de Cadix, l'année dernière, avec le comte d'Estaing, qui commandait cent vaisseaux de ligne, la plus grande flotte coalisée du monde. Elle se dispersa finalement sans combattre. Le roi veut une bataille décisive. Soit, et je ferai tout pour la gagner. Mais s'engager à fond dans une bataille navale implique une terrible responsabilité : celle de voir écraser notre propre flotte. Je mesure maintenant à sa juste valeur la prudence de mes prédécesseurs, qui ont préféré attendre l'occasion la plus favorable...

— Qui n'est jamais venue !

Le capitaine de Saint-Cézaire hocha la tête. Ayant la lourde charge de capitaine de pavillon[1] de l'amiral de Grasse, il ne participait qu'indirectement à la stratégie de l'état-major. La conduite de l'énorme trois-ponts l'accaparait totalement.

— C'est en effet, amiral, une responsabilité écrasante.

— C'est pourquoi je ne me sens pas libre.

— Que comptez-vous faire ?

— Contrairement à mes prédécesseurs, dont la principale préoccupation était de ménager la flotte, donc de ne pas la risquer dans une bataille décisive, je tenterai tout. Je reconquerrai les îles. Je rétablirai la liberté des mers pour que nos villes puissent s'enrichir, l'Etat payer les intérêts de ses dettes et le roi recevoir sa juste gloire. Je redonnerai la Jamaïque au roi d'Espagne et j'aiderai les Insurgents d'Amérique à conquérir leur indépendance en leur apportant l'aide dont ils ont tant besoin. C'est à cette occasion que notre armée navale se heurtera à la flotte anglaise et qu'il faudra remporter une victoire décisive en la détruisant. Ce qui nous permettra ensuite de ramener sans risque notre convoi marchand à Brest.

— Tout cela en sept mois ? C'est impossible !

— Cela paraît tel en effet, Antoine. Mais nous le ferons, avec l'aide de Dieu. Vous connaissez ma devise !

— *Domine responde pro me.*

On frappa à la porte. Sans attendre, un jeune garde-marine — habit bleu roi doublé d'écarlate — entra, se dirigea vers l'amiral, retira son tricorne et annonça :

— Monsieur le comte, le *Héros* signale : « Pour le chef de l'armée navale : 38 nord, 20 ouest. »

1. On appelle ainsi l'officier qui commande le vaisseau amiral.

— C'est en effet notre position actuelle, dit Grasse en souriant. Puis, se tournant vers le capitaine de Saint-Cézaire :

— Toujours exact et précis, monsieur le commandeur de Suffren Saint-Tropez ! Ce message nous rappelle simplement qu'il est temps pour l'escadre légère que lui a confiée le roi de faire route vers sa destination.

— Les Indes-Orientales ! Ce n'est pas avec cinq vaisseaux qu'il pourra rétablir la liberté des mers dans l'océan Indien ! Les Anglais y sont puissants, là comme ailleurs, et l'amiral Hugues tient les côtes indiennes avec de nombreux vaisseaux. Monsieur de Suffren ne franchira pas le cap de Bonne-Espérance !

— Qui sait ? Suffren est un marin remarquable et un tacticien hors pair. Je l'ai bien connu en 1765, lorsque je commandais la frégate *l'Héroïne*, de l'escadre du Chaffault, engagée contre le roi du Maroc en personne devant Salé. Suffren, déjà gros comme une barrique à cause de ses abus de bonne chère, commandait *le Singe*, un chébec rapide placé sous mes ordres. Il fallait le voir, la chemise à l'air, le tricorne de travers, gueulant ses ordres sur le pont en provençal : *« O tron de Diéu ! Très gros bastimen tout dre nous arribo ! Alerto, pichoun ! Li canoun en ribo ! Que taston d'abord li figo d'Antibo, n'i'en pourgiren piei d'un autre panié*[1] ! »

Le garde-marine, un jeune Breton de dix-huit ans, avait écouté, bouche bée.

— Monsieur le comte, que faut-il répondre au commandeur de Suffren ? osa-t-il enfin demander.

— Qu'il approche son *Héros* de *la Ville de Paris*, pour que j'aie le plaisir de le saluer au passage. Et dites à mon valet de m'apporter mon tricorne d'apparat !

1. *« Oh, tonnerre de Dieu ! Trois gros vaisseaux devant ! Branlebas, enfants ! Les canons aux sabords ! Qu'on leur fasse d'abord tâter des figues d'Antibes, nous leur en offrirons ensuite d'un autre panier ! »*

Ils montèrent en haut de la dunette, sur le pont des pavillons. En poupe flottait fièrement, par faveur royale, le pavillon frappé aux armes de Paris.

L'officier de service donna un ordre, et bientôt des pavillons multicolores claquaient à la drisse d'artimon. On vit aussitôt *le Héros* se détacher de sa division.

Lorsqu'il rangea *la Ville de Paris* à moins d'une encablure, Grasse souleva son tricorne en poil de vigogne, brodé d'or, plumet de soie bleue, cocarde blanche, et l'agita en signe d'adieu.

Sur la dunette du *Héros*, Suffren fit de même, longuement, avec son vieux tricorne de castor, délavé par les embruns. Puis, après avoir regagné sa division et regroupé sept vaisseaux marchands, s'éloignant de la flotte, il piqua plein sud.

Grasse se tourna vers l'écrivain, qui l'avait rejoint.

— Ecrivez, Jacou : « Ce jour, 29 mars 1781, l'escadre légère du commandeur de Suffren, comprenant *le Héros, l'Annibal, l'Artésien, le Vengeur* et *le Sphinx*, avec sept vaisseaux marchands, se détache de l'armée navale et fait route sur le cap de Bonne-Espérance. »

Grasse, Suffren. Leurs routes bifurquaient ici. Chacun naviguait vers son propre destin.

Les jours se suivaient et ne se ressemblaient pas. A bord de *l'Intrépide*, Gaël Trémeur, tout en s'initiant aux complexes tâches d'un commis d'écrivain, s'interrogeait sur l'avenir. Olivier d'Escragnole ne rêvait qu'à la plante rare et au papillon inconnu qui porteraient son nom latinisé, l'*escragnolus* ! L'amiral de Grasse ne pensait qu'à son encombrant convoi et aux multiples missions que lui avait confiées le roi. Le capitaine de Saint-Cézaire vivait pour son bateau. Les hommes rêvaient à la prochaine escale.

En plein océan, les rencontres étaient rares, car la puissance de la flotte éloignait toute voile. Enfin, le

5 avril, on vit une frégate, toutes voiles dessus, remonter sans crainte le corps de bataille, après l'échange réglementaire des signaux de reconnaissance.

Grasse, qui se tenait sur le pont à côté de l'homme de barre, ne la quittait pas du regard dans sa lorgnette. Enfin, il s'écria :

— C'est bien *la Concorde* du comte de Barras ! Je reconnais sa marque. Il vient prendre le commandement du *Sagittaire*. Dites-lui de monter à bord de *la Ville de Paris* et mettez en panne.

Par-devers lui, il pensait : « Voilà encore un grand marin provençal ! » Le capitaine de Saint-Césaire devina sa pensée et prononça la vieille devise :

— « Noble comme les Barras, aussi anciens que les rochers de Provence ! » Son neveu est embarqué sur *le Héros* de Suffren, comme capitaine d'infanterie [1].

Une heure plus tard, le chef d'escadre escaladait l'échelle de coupée de *la Ville de Paris*. Grasse, qui l'attendait sur le pont, lui fit rendre les honneurs au sifflet et l'entraîna vers sa chambre.

— Je vous attendais, monsieur. J'ai en main les ordres du roi à votre sujet. Vous prenez le commandement du *Sagittaire* et vous faites voile vers l'Amérique du Nord, sur Newport, Rhode Island pour être précis, devant laquelle combat le général de Rochambeau à la tête du corps expéditionnaire que le roi a envoyé pour soutenir la cause des Insurgents. Vous escortez trente de nos vaisseaux marchands, la 8e division, transportant six cent soixante fantassins et un important matériel de guerre. Quelles sont les nouvelles d'Amérique ?

— Mauvaises, mon cher comte. Les Anglais ont partout le dessus. Rochambeau est contenu au nord, Washington au centre. Au sud, en Virginie, La Fayette est menacé d'écrasement. Voici déjà deux ans que l'es-

1. Il s'agit du futur conventionnel de la Révolution française.

cadre du chevalier de Ternay, trompant la surveillance des Anglais, a conduit en Amérique l'armée française de Rochambeau. Grâce à cet apport, les Insurgents ont tenu, mais ils n'ont remporté aucune bataille décisive. Monsieur de Ternay est mort et son corps a été déposé dans le cimetière de l'église de la Trinité, à Newport. Le roi m'a nommé à sa place, mais ce n'est pas avec les dix vaisseaux qu'il me confie que je pourrai combattre l'escadre britannique, qui en compte au moins le double sur cette côte...

Il hésita, puis il demanda :

— Pourquoi ne faites-vous pas route vers l'Amérique du Nord ?

— Les ordres, mon cher comte. Les impératifs marchands. Il me faut d'abord conduire aux Antilles ce convoi. Ensuite, rétablir la liberté des mers, reconquérir quelques îles, et la Jamaïque pour les Espagnols !

— Cela fait beaucoup de missions !

— Et ramener en France le convoi, lorsqu'il aura fait le plein de richesses. Cependant, les ordres du roi sont clairs. Je dois intervenir en Amérique du Nord, et je le ferai, à condition que le sort des armes me soit favorable aux Antilles.

L'amiral sortit de sa poche une lettre qu'il venait de dicter à son secrétaire.

— Veuillez remettre ce message au comte de Rochambeau. Vous pouvez en prendre connaissance.

« Général, les forces dont je dispose sont suffisantes pour remplir les plans offensifs d'où sortira une paix honorable dans l'intérêt des puissances alliées. Je compte être le 15 juillet, au plus tôt, sur les côtes d'Amérique du Nord. En raison du bref délai où je séjournerai, de par la fin de la saison, il sera nécessaire que tout ce qui est indispensable au succès de vos projets soit prêt et que l'on ne perde pas un instant pour l'action. »

Le regard de Barras s'éclaira. Saluant l'amiral, il regagna le pont principal. Un vaisseau s'approchait, *le Sagittaire*. Il mit en panne, huniers à contre.

Après le départ de Barras, la flotte reprit sa route vers les Antilles. Grasse alla chercher vers le 25e parallèle le grand souffle de l'alizé qui pousse vers l'Amérique centrale. La flotte porta au sud-ouest quart de sud grand largue, et l'on filait aussi vite que le permettaient les transports marchands.

Le vent tourna bientôt à l'ouest. Il fallut serrer au plus près et les coques tanguèrent durement, tandis que les mâtures fatiguaient.

L'un après l'autre, les plus vieux marchands démâtaient de leurs mâts de perroquet et l'on cargua bientôt les voiles hautes, ce qui ralentit d'autant l'allure. Dans la brume et la bouscaille, le convoi s'étirait à perte de vue sur des lieues et il eût été vain de tenter de le regrouper davantage.

La nuit, le désordre était pire encore. Chacun perdait de vue les fanaux de poupe de son matelot avant. Désormais, chaque bateau naviguait à l'estime pour son propre compte. Le soleil levant éclairait un convoi éparpillé, qu'il fallait des heures pour regrouper. Grasse et le capitaine de Saint-Cézaire ne quittaient plus la timonerie, et la présence des chefs encourageait les équipages épuisés, qui devaient courir leur quart de quatre heures en six heures.

Un pli soucieux creusait le front de l'amiral de Grasse. Ce premier grand commandement, qui mettait sur ses épaules le poids écrasant d'une flotte immense et d'un convoi hétéroclite, ne se terminerait-il pas par une de ces grandes catastrophes qui tombent à l'improviste : la division anglaise légère et homogène qui fond à l'aube sur le convoi dispersé, l'épidémie qui transforme les vaisseaux en hôpitaux flottants, proies faciles pour l'ennemi qui attend, frais et dispos, dans les couloirs des îles ?

Le 13 avril, la mer redevint maniable, mais on redoutait toujours une tornade. La flotte coupa le tropique du Cancer. Les soldats, encore hagards à la suite des jours de tempête passés confinés sous les ponts, retrouvèrent l'air libre et se livrèrent avec les marins aux réjouissances rituelles du passage de la ligne.

Enfin, à l'aube du 15 avril 1781, les frégates d'éclairage virent surgir une haute terre à l'horizon, la pointe de l'île Samana, annonçant la grande île de Saint-Domingue [1].

Perle des Grandes Antilles, l'île constituait le terminus d'un tiers du convoi marchand. Sans s'y attarder, l'armée navale ainsi allégée remit à la voile, cap au sud-sud-est, pour lâcher sur la Guadeloupe une vingtaine de vaisseaux marchands, le reste du convoi étant réservé à la Martinique.

A la Guadeloupe, la flotte mouilla en baie de Pointe-à-Pitre. A bord de *l'Intrépide*, Gaël Trémeur, qui venait d'achever une longue lettre à Marie, ne tenait plus en place. Juste en face, à quelques lieues marines, une petite île presque plate émergeait à l'horizon. Marie-Galante !

1. Aujourd'hui Haïti.

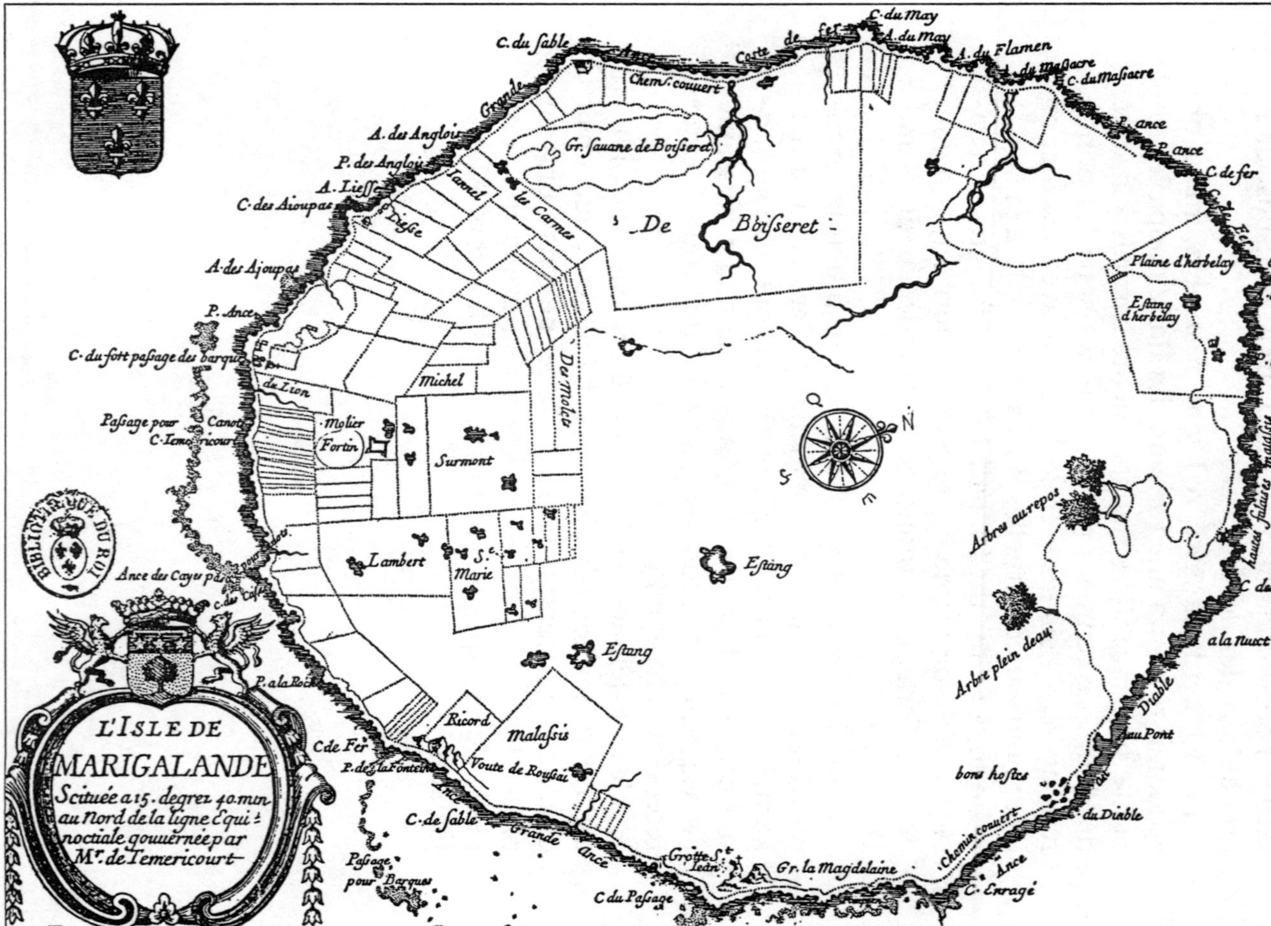

L'ISLE DE MARIGALANDE
Scituée a 15. degrez 40. min au Nord de la ligne Equi-noctiale gouuernée par Mr. de Temericourt
C. du Sable
Coste de fer
C. du May
A. du May
A. du Flamen
du Massacre
C. du Massacre
P. ance
C. de fer
Plaine d'herbelay
Estang d'herbelay
hautes falaises malassis
C. des
a la Nuict
Diable
au Pont
du Diable
Chemin couuert
Ance
C. Enragé
Gr. la Magdelaine
Grotte St. Jean
C du Passage
Grande Ance
C. de Sable
P. de la Fonteine
C de Fer
P. a la Roche
Ance des Cayes
Passage pour Barques
Passage pour Canots
C. Temericourt
C. du fort passage des barques
P. Ance
A. des Ajoupas
C. des Aioupas
A. Liesse
P. des Anglois
A. des Anglois
Grande
Chem. couuert
Gr. Sauane de Boisseret
De Boisseret
les Carmes
Jarnel
Disse
Michel
De Molet
du Lion
Molier
Fortin
Surmont
Lambert
St. Marie
Estang
Ricord
Malassis
Voute de Roussai
Arbres au repos
Arbre plein deau
bons hostes
BIBLIOTHEQUE DU ROI

6

Que faire ? La flotte ne demeurerait que trois jours à la Guadeloupe, le temps de débarquer les malades, de renouveler l'eau douce et d'embarquer des paniers de vivres frais. Gaël se décida alors à mettre Olivier d'Escragnole dans le secret du trésor.

Stupéfait, le fils du capitaine écouta l'incroyable histoire. D'abord, il douta. Mais Gaël avait l'air si sincère, si convaincu, qu'il finit par en être ébranlé, surtout après que le maître d'équipage Quelquesgouttes lui eut fourni les renseignements les plus élogieux sur Yvon Tadou.

Loyalement, il songea à mettre son père dans la confidence. Quelle autre solution, d'ailleurs, pour obtenir les moyens matériels qui permettraient une descente sur l'île au trésor ? Mais Gaël l'en dissuada. Le capitaine se sentirait obligé d'avertir son chef d'escadre, M. d'Espinouze. L'affaire leur échapperait.

— Et alors ? répliqua Olivier. Tu n'as pas l'intention de garder ce trésor pour toi tout seul ?

— Le Vieux des Grèves a exigé le secret. A ce propos, je t'ai caché quelque chose...

Et, avec des mots aussi simples que possible, Gaël lui raconta sa première visite au Vieux des Grèves. La barque retournée, le mandala, l'illumination, *je est un autre*. Olivier l'écoutait, d'abord incrédule, bientôt fasciné. En lui, tout un monde inconnu s'éveillait, en étroite connivence avec son amour de la nature. Gaël poursuivit :

— C'était très fort. Cela a fait irruption en moi. Une plénitude de lumière et d'amour.

— D'amour ? Pour qui ? Pour quoi ?

— C'est indescriptible. C'est d'abord une présence. Mais cela reste très personnel, comme si soudain on était révélé à soi-même, tout en se sentant autre. Soi-même, et relié à tout et à tous. La nature et chaque personne prenaient alors pour moi un sens différent. Je les voyais en profondeur...

— Tu me fais peur !

— J'ai eu peur, aussi. Une telle énergie se déployait ! Paradoxalement, j'éprouvais que je ne savais plus rien en regard de ce que je croyais savoir, « avant ». Et en même temps, je savais tout. Heureusement, cette peur a disparu très vite. Le bonheur me submergeait. Et la joie.

— Tu étais préparé à cela ?

— Non. Jusqu'à ce jour, je n'avais rien d'un mystique. Je ne m'attendais à rien. J'ai vu le regard illuminé du Vieux, j'ai vu le mandala. Quelque chose en moi de profond m'a soufflé : « Abandonne-toi, laisse-toi faire ! » Alors, cette Force est tombée sur moi avec une douceur enveloppante. Comme dans l'amour. J'ai été saisi, vidé, rempli. Je me suis senti vivre. Et je vivais pour la première fois. Je me voyais naître. Je vivais ma vraie nature. Je devenais enfin celui que j'avais toujours été. Je me sentais dans la plénitude de l'Etre infini.

— Dieu ?

— Oui. Je le ressens ainsi. Une invitation. Parfois discrète et parfois impérieuse.

— Mais enfin, une invitation à quoi ?

— J'ai ressenti comme une attente, presque une souffrance de la part de l'Etre qui se manifestait.

Comme si ouvrir ma conscience ordinaire pour me laisser pénétrer par la sienne pouvait lui être utile. C'est fou ! On nous a toujours dit que Dieu n'a pas besoin des hommes, qu'il les a créés gratuitement, par pure bonté. Mais tout démontre que ce n'est pas si simple, car il y a le mal et la souffrance, ce qu'un Dieu tout-puissant aurait pu nous épargner.

— Tu me fais peur, Gaël. Tu veux dire que Dieu ne serait pas tout-puissant ?

— Je ne sais pas. Je ne sais rien ! Sinon qu'à travers cette illumination, ce bonheur, cette promesse, j'ai reçu comme un appel.

— Tu as dit « bonheur » ?

— Un bonheur donné, et un appel. Comme si ce Quelqu'un me disait : « Donne-moi ton cœur et je te ferai connaître... »

— Connaître quoi ?

— « ... Ce que tu es en réalité. Et ce que tu es appelé à partager : mon amour. »

— Mais quel rapport avec Marie-Galante et son trésor ?

— A Marie-Galante, oui, il y a le trésor. Et aussi le trésor du trésor. Celui-là est le vrai trésor.

— Un autre mandala ?

— Un texte chinois, que le Vieux appelle *Le Secret de la Fleur d'or*. Puisant dans les plus anciennes traditions spirituelles d'Extrême-Orient, il donnerait des moyens d'accès à la vraie connaissance, la connaissance spirituelle.

— Et ce texte se trouve dans la grotte marine ?

— C'est ce qu'affirme le Vieux des Grèves.

— Etrange, ce mélange de trésor d'or, bien palpable, et de je ne sais quoi qui nous emporte au-delà de la convoitise ordinaire, comme si le second trésor nous invitait à tenir pour nul le premier !...

— Le Vieux des Grèves disait : « Voici ton trésor. Il y a dans l'âme une puissance qui ne touche ni au temps ni à la chair. Dans cette puissance Dieu verdoie et fleurit dans la joie. C'est pourquoi, si tu le veux, toutes choses et Dieu sont à toi. Détache-toi de toi-même et saisis-toi selon ce que tu es en Dieu. »

Ils demeurèrent longtemps silencieux, comme absorbés dans une autre dimension, hors de l'espace et du temps. La cloche de la timonerie les ramena sur terre, plus exactement sur le pont de leur vaisseau. Gaël murmura :

— Je me demande parfois si tout cela n'est pas un rêve. Mais si c'est une réalité qui transcende notre existence ordinaire, peut-on passer à côté en l'ignorant ?

Ils se séparèrent. La nuit tombait. Gaël regagna le local des écrivains pour y tendre son hamac.

Incapable de dormir, Olivier monta sur le pont supérieur de la dunette. La lanterne de poupe éclairait doucement le pont et la mer, qui lui parut obscure et menaçante. Il éleva alors son regard vers le ciel. Le cosmos resplendissait d'étoiles. Ce monde immense, peut-être illimité, semblait dialoguer éternellement avec l'homme et l'invitait à percer le mystère de la vie.

Le lendemain matin, Olivier retrouva Gaël dans le poste du secrétariat.

— Je vais essayer de convaincre mon père de nous laisser la petite baleinière pour la journée, sous prétexte d'aller herboriser à Marie-Galante.

Sachant l'intérêt que son fils portait à la botanique, le capitaine d'Escragnole ne fit aucune difficulté. Il avait redouté que cette longue traversée n'ébranlât la santé de son fils. Aussi était-il enchanté de le voir prendre plaisir à la découverte de Marie-Galante, en compagnie de Gaël. Tout juste s'étonna-t-il de l'intérêt que le garçon portait à une si petite île.

— Pourquoi ne pas herboriser à la Guadeloupe, où la végétation est d'une si grande richesse ?

— Cette île est depuis longtemps explorée, père, alors que la petite Marie-Galante a échappé jusqu'à ce jour aux investigations des naturalistes...

Il était hors de question que les deux garçons s'aventurent seuls sur la mer. Le capitaine fit donc armer la légère yole baleinière, embarcation étroite et rapide, avec deux marins de confiance commandés par un jeune garde-marine, Louis de Konogan, dont la famille connaissait quelques colons des îles du Vent.

L'embarcation hissa sa voile dès le lendemain à l'aube pour franchir le bras de mer. Au fur et à mesure qu'ils s'approchaient, l'île mystérieuse se révélait à eux, verdoyante au sud-ouest, protégée par la chaude mer des Caraïbes, sauvage au nord, face aux immensités océanes. L'île s'étendait, relativement plate, avec seulement quelques petites collines dénudées, les mornes.

Enchanté de montrer son érudition, Louis de Konogan racontait :

— L'histoire de Marie-Galante est liée à celle des îles du Vent, découvertes en 1493 par Christophe Colomb à son deuxième voyage. A l'époque, Marie-Galante, quatre lieues de diamètre, disparaissait sous une forêt splendide composée d'arbres inconnus qui portent à la fois leurs fleurs, leurs fruits et leur luxuriant feuillage. Au dix-septième siècle, des colons français ont défriché et planté la canne à sucre. En 1648, un nommé Charles Houel a bâti un fortin pour se garder des pirates. Le croirez-vous ? L'un de ses « gouverneurs », terme qui désigne le chef de la petite garnison, Constant d'Aubigné, a eu jadis le privilège d'être le père d'une certaine Françoise, qui deviendra la dernière favorite royale de Louis XIV, la marquise de Maintenon.

Le jeune aristocrate était intarissable sur ce sujet. Il prétendait même que Louis XIV, à la fin de sa vie, avait secrètement épousé Françoise d'Aubigné !

Olivier d'Escragnole, scandalisé, le ramena au sujet qui l'intéressait :

— Parlez-nous plutôt de la partie nord-est de l'île...

— Elle est sans intérêt. Quelques collines de six cents pieds s'élèvent entre des vallées incultes où pousse une épaisse broussaille, favorisée par les pluies torrentielles...

— C'est là où nous comptons aller, dit Olivier. Cette végétation tropicale sauvage m'intéresse. Et non pas les plantations de canne à sucre !

— Vous n'irez pas par la mer. Cette côte septentrionale, continuellement battue par la grande houle et les vents de l'Atlantique, demeure impraticable. De hautes falaises bordent le rivage. Il vous faudra utiliser le sentier côtier qui fait le tour de l'île, on l'appelle une *trace* en créole...

— Ecoutez ! s'écria soudain Gaël.

Ils tendirent l'oreille.

— Je n'entends rien, répondit le garde-marine. Sinon le bruissement de l'eau sous la coque et le vent dans la voile...

— Un vieux marin de mes amis, qui a bourlingué aux Antilles, affirme que, selon une ancienne légende, lorsqu'on approche de Marie-Galante au printemps, on entend comme une musique qui s'élève de l'île. Tous les œufs d'oiseaux prêts à éclore chantent.

— Comment des œufs pourraient-ils chanter ? demanda Konogan, interloqué.

— Il faut une « troisième oreille » pour l'entendre, comme il existe un « troisième œil » pour voir. Une oreille intérieure en harmonie avec l'univers...

— Je n'entends rien, répéta l'aspirant. Vous entendez, vous autres ?

— Je n'entends rien, répondit un matelot.

— Moi, j'entends ! dit l'autre.

Et un sourire d'enfant éclaira sa face rugueuse. Olivier, troublé, gardait le silence.

Après deux heures de navigation, ils franchirent par un étroit passage la barrière de récifs qui protégeait au sud-ouest un petit abri de pêcheurs, avec une plage et un embarcadère de planches mal jointes posées sur des pieux. Le fortin s'élevait à moins d'une demi-lieue, avec quatre vieux canons battant le rivage en tir croisé.

Leur arrivée ne passa pas inaperçue, d'autant plus qu'on avait vu à l'horizon la forêt des mâts de l'armée navale. Un petit groupe de cavaliers armés — uniforme blanc, jauni par le soleil, tricorne noir délavé — les attendait sur la plage. Olivier se présenta au jeune capitaine et lui tendit la lettre de recommandation du marquis d'Escragnole. L'officier se présenta à son tour :

— Marquis de Téméricourt, gouverneur du roi à Marie-Galante. Je serais heureux, jeunes gens, de vous recevoir à ma table dans ma modeste résidence.

Il désignait le petit fortin, bâti de grosses pierres, au-dessus d'une plantation de canne à sucre dont on voyait ondoyer les fleurs blanches sur les pentes d'un morne. Olivier répondit :

— Devant retrouver avant la nuit le mouillage de la Grande Terre, mon compagnon et moi ne disposons que de quelques heures pour herboriser sur la partie nord-est de l'île. Et nous avons prévu un en-cas pour nous restaurer en route. Veuillez donc nous excuser, monsieur, de décliner cette fois votre aimable invitation. Mais monsieur de Konogan se fera un plaisir de l'accepter...

— Je lui ferai déguster le meilleur rhum des Indes-Occidentales. Vous le regretterez !

Le garde-marine, que ne tentait aucunement une longue randonnée dans la partie déserte de l'île, sous un soleil vertical, acquiesça. Olivier et Gaël durent seulement accepter l'escorte d'un soldat. Le gouverneur leur fit donner trois mulets et ils s'engagèrent aussitôt sur le sentier du littoral, la « trace ».

Une forte odeur de rhum, mêlée à des parfums de cannelle, flottait dans cette partie riche de l'île, la moitié sud-ouest, que baignait la chaude mer des Caraïbes. De petites plantations de canne à sucre s'étageaient, avec quelques nobles habitations de planteurs français.

— Comment se déroule la récolte ? demanda Olivier.

— L'île connaît sa pleine activité en décembre. Pendant l'année, la canne fait son sucre. Lorsqu'elle atteint deux mètres de haut, on la coupe au ras du sol. Des *cabrouets* tirés par des bœufs circulent alors entre les plantations, amenant aux *sucrotes* les brassées de cannes qu'une armée d'esclaves noirs abattent au sabre. Les meules, actionnées par des moulins à vent ou par des bœufs, broient les cannes. Une gouttière recueille le suc brunâtre qui se déverse dans un bac. Après ce broyage, des négrillons récupèrent la *bagasse*, les déchets de cannes, qui serviront de combustible aux fourneaux des alambics. Porté à ébullition, le suc donne un sirop, le *vesou*, qui s'accumule dans les bacs où il se transforme en mélasse, dont la distillation produit le rhum. La sucrote fume, siffle, crache, sue son tafia à longueur de journée ! L'île elle-même est comme en ébullition !

L'œil du soldat, dont l'haleine sentait fortement le rhum, s'alluma.

— Ici, c'est le règne de l'alambic !

— On dit que chaque Blanc consomme soixante pintes [1] de rhum par an, reprit Olivier.

1. Une pinte = 93 centilitres.

— C'est un minimum ! Les soldats, eux, ne survivraient pas dans ce pays perdu à moins d'une demi-pinte par jour !

Entre les étendues bruissantes de cannes se nichaient de petits jardins où poussaient les manguiers, les bananiers, les ignames et le manioc. Malgré le soleil, une dizaine d'esclaves noirs s'affairaient. Presque nus, le bas-ventre caché par un bout de toile, les membres appesantis par la chaleur, ils peinaient sous l'œil impitoyable du « commandeur », un métis arrogant dont le fouet sifflait sur les échines.

Pour la première fois, Gaël voyait ces esclaves dont on parlait tant à l'étude de son père, et dont il avait si souvent rédigé les actes de vente par lots entiers, « nègres, négrites et négrillons de premier choix », comme s'il s'agissait d'un lot de bovins. Devant cette terrible réalité, son cœur se serra. Il demanda :

— Sont-ils très nombreux, ici ?

— Oh, guère plus de quelques centaines à Marie-Galante. Mais dans les grandes plantations de la Guadeloupe et de Saint-Domingue, on les compte par dizaines de milliers. Le marquis de Vaudreuil en possède deux mille dans son domaine. Une fortune !

Le souffle de l'alizé leur apporta une odeur de cannelle. Un perroquet aux couleurs multicolores s'envola devant eux en lâchant un cri aigu. Des oiseaux-mouches voletaient dans les citronniers. « Cette île était un paradis avant l'arrivée des Blancs, songea Gaël. A l'égal de ce qui se passe en Europe, nous en avons fait une société inégalitaire, où les plus forts exploitent les plus faibles sans le moindre scrupule. »

Avec Olivier, il avait passionnément discuté de cette grave question philosophique : « Les Nègres ont-ils une âme ? » Gaël en était convaincu. Conditionné par son éducation, Olivier hésitait, se dérobant derrière des boutades à la mode : « Et les femmes, ont-elles une âme ? Et les bêtes, et les machines à vapeur ? »

Pourquoi pas ? Interrogé, l'aumônier de *l'Intrépide* assurait que les esclaves avaient une âme, puisqu'on les baptisait, comme les filles ! On ne baptisait ni les vaches, ni les machines à vapeur ! L'Eglise avait donc clairement choisi son camp et condamnait l'esclavage. Mais alors, comment exploiter la canne à sucre et le coton ? Même les philosophes étaient incapables de trancher. Montesquieu avait condamné l'esclavage, mais pas Voltaire, qui avait acheté des « parts de Nègres » à Nantes, le plus grand port négrier d'Europe.

Ils dépassèrent la zone des plantations. Le paysage changeait, devenait broussailleux, puis aride. Ici soufflaient les vents froids de l'Atlantique, dont on pouvait contempler l'horizon jusqu'à l'infini. Ils longèrent les ruines d'une ancienne plantation, dévastée par un ouragan tropical. La sucrerie et la maison de maître disparaissaient sous les rameaux envahissants de ficus étrangleurs.

— Voici le cap de Fer, qui marque la fin de la partie habitée, dit soudain le soldat.

— Vous connaissez la grotte de la Magdeleine ? demanda Gaël d'un ton détaché.

— Nous allons y passer, au-delà de la Grande Anse qui s'étend à nos pieds. Depuis la mort du père Chrysostome, cette grotte est inhabitée, sinon de quelques bêtes sauvages...

— Vous avez connu le père Chrysostome ?

— Moi, non. Il vivait en solitaire et ne venait jamais au fortin. C'était un original. Il ne touchait pas à la viande alors que dans l'île abondent les cochons marron à la chair succulente. Il ne buvait que de l'eau ! Je me demande comment il a pu vivre si vieux. Les Nègres le vénéraient. Il était un peu sorcier !

— Allons à la grotte, décida Olivier.

La « trace » qui grimpait vers la colline était si envahie de broussailles et de ronces qu'ils durent abandonner un temps les mulets pour se faire un chemin. Le soldat dégaina un petit sabre d'abattis et ouvrit le passage à travers les ficus, les lianes et les fougères arborescentes.

La grotte se révéla soudain à eux, à moins d'une encablure au-dessus du sentier côtier. Elle était déserte. Gaël considéra avec respect l'autel de pierre, les quelques meubles vermoulus, une vieille table, deux tabourets, un lit fait de trois planches, le foyer de grosses pierres plates. Et le coffre, ouvert, vide. L'émotion l'étreignit. Là, le Vieux des Grèves avait vécu un an aux côtés de l'ermite, et il avait reçu l'illumination !

La cavité s'enfonçait profondément au-delà d'un éboulis de roches poussiéreuses couvertes d'excréments de chauves-souris et autres bêtes nocturnes. Mais, faute de lanterne, ils ne purent opérer la moindre investigation.

— Il n'y a là que des cailloux, dit le soldat, pressé de retrouver la lumière.

Ils regagnèrent le sentier du rivage et poursuivirent leur chemin, après avoir partagé leurs provisions et pris un peu de repos.

Le paysage changeait du tout au tout. Le sentier s'élevait et dominait maintenant une falaise qui tombait à pic dans une mer hostile, où les rouleaux s'écrasaient à grand fracas sur des récifs. Au cours des millénaires, la houle de l'océan avait rongé, creusé le rivage, laissant ici et là d'énormes blocs de rochers, des écueils et des caps au relief acéré.

Le soldat énumérait les noms de ces promontoires, qui chacun racontait à sa manière quelque légende obscure ou un drame de la mer : cap Enragé, cap du Diable, anse de la Nuit. De toute évidence, ils étaient parvenus au point décrit par le Vieux des Grèves : « Une grotte marine au pied des falaises, située à deux lieues de la Magdeleine. Au-dessus, au sommet d'un morne de soixante-dix pieds, se dressent deux grands arbres centenaires qui servent d'amers aux vaisseaux. »

Tandis qu'Olivier herborisait alentour, Gaël demanda au soldat :

— Connaissez-vous l'emplacement des deux arbres centenaires qui servent de repères aux bateaux ?

— J'ai entendu parler des « Arbres au repos », deux acajous au tronc énorme qui se dressaient au sommet d'un de ces mornes.

Gaël avait frémi.

— « Qui se dressaient », dites-vous ?

— Oui. Ils ont été coupés par des indigènes l'année dernière, pour faire du bois de chauffe pour les chaudières des sucrotes de la plantation Nesmond. Il n'en restait que les racines arc-boutées, qui ont aussi été débitées. Même les souches ont été arrachées. Les ronces géantes et les lianes-serpents ont effacé jusqu'à leur souvenir...

Affreusement déçu, Gaël se rapprocha d'Olivier.

— Il n'y a plus de repères. Les arbres ont été abattus !

Ils cheminèrent encore jusqu'au cap des Falaises. Elles dominaient de très haut l'océan.

— Ce sont les hautes falaises Malassis, dit le soldat. La partie la plus redoutable du rivage. N'approchez pas ! Elles peuvent s'effondrer à tout moment. Au cours des tempêtes, la mer ronge leur base, creuse des grottes...

— Des grottes !

Gaël mit pied à terre et s'approcha de l'abîme. *La mer était basse.* Il écouta. Le Vieux des Grèves avait parlé de ce phénomène acoustique, la forte détonation qui retentit parfois lorsqu'une vague se rue dans l'ouverture d'une certaine caverne, compressant l'air, qui se libère ensuite avec un bruit de canon.

Et soudain, au milieu du fracas des vagues, le bruit se fit entendre ! Là, juste à leurs pieds. On aurait dit exactement un coup de canon. C'était comme un signal, comme lorsque, sur un vaisseau, l'amiral fait hisser un message urgent à la flotte et l'appuie d'un coup de canon, pour attirer l'attention.

Le soldat les regardait d'un air bizarre.

— Rentrons, dit enfin Olivier. J'ai fait ma provision de graines et de fleurs.

Mais Gaël comptait bien ne pas en rester là. Il s'en ouvrit à Olivier, qui approuva en silence.

Le garde-marine de *l'Intrépide* les attendait avec impatience devant le petit embarcadère. Lui et ses deux marins semblaient fort gais. Ils avaient même embarqué un baril de rhum, cadeau du gouverneur pour le capitaine de *l'Intrépide*.

— M. de Téméricourt nous a fait goûter son punch, dit-il en riant. Impossible de refuser sans le fâcher ! Je n'aurais jamais cru que ce fût aussi fort ! Il titre au moins cinquante degrés ! C'est autre chose que le mauvais tafia mouillé que l'on nous sert à bord !

— Quelle était la composition de ce punch ?

— Pur rhum des îles, jus de citron, sucre non raffiné, une pointe de vinaigre et, m'a-t-il semblé, quelques grains broyés de cette poudre fulminante qui sert de mèche aux canons !

— Mettez à la voile, dit Olivier, qui avait son plan. Au lieu de rentrer directement, nous allons d'abord faire le tour de l'île, par le nord.

— En aurons-nous le temps avant la nuit ? Votre père n'aimerait pas...

— Il vous a mis à notre disposition, monsieur de Konogan !

Ils s'affrontèrent du regard. Lui, l'officier d'épée, grand et fort, sûr de lui, arrogant ; l'autre, l'officier de plume, maigre, au regard tragique. Mais le premier céda devant le fils du capitaine.

Une heure plus tard, longeant la côte au-delà de l'anse du Diable, ils atteignaient les hautes falaises, que la mer montante venait battre dangereusement.

— Cette façade est sans aucun intérêt, grommela le garde-marine. Je me demande ce que vous cherchez.

— Une certaine plante qui ne pousse que dans ces falaises.

— Et comment comptez-vous la cueillir ? Il n'y a aucune grève pour accoster ! Avec ce courant de flux, nous risquons même de crever la coque sur ces écueils.

— Il nous suffira d'apercevoir cette plante, dit Gaël, agacé.

Mais ils durent bientôt s'écarter, pour éviter d'être drossés sur les blocs énormes de la falaise, qui s'étaient écroulés dans la mer. De nombreux oiseaux de mer habitaient les petites grottes du rivage. Leur vol compact, leurs cris déchirants, leurs miaulements plaintifs ajoutaient à la sombre beauté de l'île, dont on découvrait ici le côté minéral, si différent de la verdoyante façade sud-ouest, peuplée d'oiseaux de couleurs vives.

Un mugissement étrange montait maintenant jusqu'à eux.

— Quel est ce vacarme ? demanda le garde-marine, étonné.

Au mugissement s'ajouta soudain un grondement sourd, qui ébranla l'air.

— On dirait un coup de canon ! s'écria un marin, effrayé.

— Approchez ! ordonna Olivier.

— Non ! Le courant porte sur l'île. Nous risquons d'être drossés si le vent tombe...

— Amenez la voile et sortez les avirons ! Je prends la barre.

Un nouveau coup de canon souligna l'ordre. Les deux marins obéirent. Ils étaient glacés de peur. Le garde-marine, les yeux hagards, cherchait à comprendre. Les oiseaux avaient disparu. Ne demeurait que ce dialogue étrange de la mer et de la falaise, ponctué de coups de canon.

— Après le chant des œufs, le tambour du démon ! gémit un marin.

— Balivernes ! dit soudain monsieur de Konogan, dégrisé. Ce n'est pas un combat de démons ! La houle de l'Atlantique a creusé des grottes profondes au pied de la falaise. Quand la mer monte, l'assaut des vagues se heurte aux poches d'air, qui explosent violemment au ressac. Nous n'avons plus rien à faire ici. Il est évident que rien ne pousse sur les parois verticales de cette falaise. Il est tard. Il faut rentrer, maintenant. Nous risquons de ne pas apercevoir les feux de la flotte. Rendez-moi la barre, Escragnole !

— Rentrons, dit Olivier à regret, en la lui laissant.

Noyé dans ses pensées, Gaël n'avait pas réagi.

La recherche du trésor lui apparaissait soudain dérisoire. Devant ce paysage sinistre, inaccessible, image de la violence aveugle, tout lui parut s'effondrer sous le bruit de ces coups de canon répétés. Il ne voyait plus que défaite navale, retour pitoyable à Brest, et Marie-Galante qui l'aurait oublié et ne l'attendrait plus.

Les marins hissèrent la voile et la chaloupe bondit sur les eaux. Ils contournèrent Marie-Galante par le nord.

— Quelle est cette île ? demanda Gaël en désignant une longue terre qu'illuminaient les feux du couchant.

— C'est La Désirade, répondit Konogan.

Ce seul nom, image de vie et de bonheur, effaça ses sombres instants de désespoir. La lumière de la Fleur d'or l'éclairait à nouveau et le portait à l'espérance.

La nuit tomba brusquement, révélant enfin un feu, puis dix, les lanternes innombrables de la flotte, lucioles qui se balançaient sur la mer. Ils retrouvèrent le mouillage de la Grande Terre et réintégrèrent le bord, au grand soulagement du capitaine d'Escragnole.

— J'espère que ta cueillette a été bonne ! dit-il à son fils.

Olivier ouvrit la boîte ronde qu'il portait en bandoulière.

— Regardez, père ! Des fleurs d'hibiscus, remarquables... Et cette rare heliconia jaune... Et toute une variété inconnue d'anthurium ! J'ai aussi ramené des graines qui enrichiront nos serres.

— Goûtez plutôt, capitaine, ce rhum de Marie-Galante, que vous offre monsieur de Téméricourt, avec ses compliments ! s'écria le garde-marine, soulagé d'être enfin à bord.

Quand il se retrouva seul avec Gaël sous la dunette, Olivier demanda :

— Alors, tu es satisfait ?

Gaël crut percevoir une nuance de scepticisme dans sa voix.

— Je constate beaucoup de points véridiques dans le récit du Vieux des Grèves : l'ermite Chrysostome, sa grotte Sainte-Magdeleine, la falaise hostile, la caverne marine, les deux arbres centenaires...

— Coupés !

— Oui, mais nous avons trouvé le site des coups de canon. J'ai bien repéré l'endroit.

— Et alors ?

— Je ne sais pas, Olivier. Il faudrait que la mer descende davantage pour découvrir le passage. Revenir pendant l'équinoxe...

— L'équinoxe est passé. C'était le 12 avril.

Le lendemain, 25 avril, la flotte remettait à la voile, cap sur la Martinique.

7

Le 28 avril au soir, on aperçut au large le haut cratère fumant de la montagne Pelée. La Martinique, terme du voyage. Soudain, un cri tomba des hunes :

— Frégate par le travers du cap Diamant !

— Envoyez les signaux de reconnaissance !

Le bateau inconnu vira aussitôt de bord et s'éloigna à vive allure, en hissant ses cacatois et ses bonnettes. Perchés sur les barres de perroquet des vaisseaux de tête français, les mousses hurlaient à se rompre le gosier :

— Une forêt de mâts se dérobe à l'horizon !

— Aucun doute, ce sont les Anglais ! dit l'amiral de Grasse. Rappelez aux postes de combat.

On n'avait pas encore doublé la pointe qui masque la capitale de l'île, Fort-Royal [1]. Dans sa baie, la flotte française devait mouiller à l'abri des canons de la citadelle. Les Anglais avaient-ils envahi la Martinique, perle des îles du Vent ?

— Mettez en panne, ordonna l'amiral, et envoyez à terre un observateur.

L'attente anxieuse commença. On redoutait à tout instant de voir surgir l'ennemi, mais on était prêt à le

1. Aujourd'hui Fort-de-France.

recevoir, bien que les équipages fussent épuisés par un mois de mer. Les immenses batteries sur et sous le pont avaient été dégagées, les sabords ouverts, canons en position et détapés, les équipes fin prêtes, jusqu'à quatorze hommes pour les grosses pièces. Les ordres se succédaient, brefs et précis :

— Canonniers, à vos postes ! Détachez les pièces ! Détapez ! Démarrez ! Les pièces à bout de brague !

Derrière chaque canon le chef de pièce se planta, corne à poudre en bandoulière, avec l'épinglette et le dégorgeoir. L'odeur des mèches allumées se répandit dans les batteries, réveillant chez les hommes des sentiments mêlés d'angoisse et d'agressivité. L'officier canonnier, l'œil sévère, passa les batteries en revue. Il examina les caissons de munitions, puis les boulets soigneusement rangés dans leurs râteliers. Il en fit remplacer quelques-uns, ayant cru voir une trace de rouille, ou un défaut, qu'il tentait de déceler en les faisant rouler sur le pont. Puis il détailla les variétés de projectiles : les boulets à démâter, liés par une chaîne ; les « raisins », paquets de billes de fer dans un sac de chanvre, et autres douceurs que l'on réservait à l'ennemi.

Satisfait, l'officier rendit compte au capitaine de Saint-Cézaire :

— Nous sommes parés au combat, capitaine.

— Monsieur, l'état de vos canons ?

— Parfait.

— Le stock des gargousses ?

— Paré à servir.

— L'état des poudres ?

— Bien sèches. Trois charges par canon.

— On tirera à démâter.

— A vos ordres !

On vit enfin revenir l'officier observateur sur son canot léger. Il paraissait épuisé, visage en sang, vêtements déchirés. S'était-il battu ? Il accosta le vaisseau amiral et monta sur la dunette où l'attendait Grasse.

— J'ai trouvé un village, amiral. Non sans mal, car j'ai accosté devant un énorme roncier ! L'île n'est pas envahie, mais la flotte de l'amiral Hood bloque Fort-Royal depuis cinquante jours, interceptant tous les bateaux.

— Combien de vaisseaux anglais ?

— Dix-sept vaisseaux de ligne et cinq frégates.

— Bien. Nous les attaquerons demain. D'autres nouvelles ?

— L'amiral Rodney, avec vingt et un vaisseaux, achève de piller Saint-Eustache.

— Vingt et un plus dix-sept, cela fera trente-huit lorsqu'il aura rejoint Hood ! La partie sera inégale. Il nous faut donc détruire Hood avant qu'il ne rejoigne Rodney, ce qu'il va tenter de faire, puisqu'il nous a repérés.

Il n'y avait pas de temps à perdre, mais on ne se battait pas la nuit. Grasse ordonna :

— Signalez à l'armée navale et au convoi d'aller mouiller à l'extrémité sud de l'île, près de la pointe Salines. Tous les feux seront masqués.

Bien que les équipages eussent besoin de repos, très peu dormirent cette nuit-là, après avoir tendu leur hamac entre les canons. Dans la perspective d'un combat à l'aube, beaucoup préférèrent se coucher sur le pont, les gabiers dans les hunes.

Sur la dunette de *l'Intrépide*, Gaël attendait avec impatience son premier combat et ne put fermer l'œil. Son rôle demeurait limité, sauf imprévu catastrophique. Olivier restant auprès du capitaine pour prendre en note toutes les phases du combat, Gaël se tiendrait en bas pour protéger les précieuses archives, les documents, les livres de comptes. Un boulet pouvait percer un sabord et même la coque. Le feu pouvait se communiquer. Si les Anglais, comme ils en avaient l'habitude, tiraient à mitraille pour tuer le plus de monde possible, l'artillerie française pouvait manquer de personnel pour les approvisionnements en boulets et en poudre. Tous les bras disponibles seraient alors requis. Si la coque était crevée, on mobiliserait aux pompes. En cas d'abordage, chacun s'emparerait d'un pistolet ou d'un sabre. Gaël s'avisa qu'en dehors des lance-pierres de son enfance et des plumes d'oie de l'étude, il n'avait jamais tenu une arme entre ses mains.

A l'aube de ce dimanche, l'aumônier, un récollet en robe de bure brune, installa son autel portatif sur le gaillard d'arrière. Les tambours du corps royal d'infanterie « battirent la messe », où la présence de chacun était requise, sous peine du fouet. Dans la perspective du combat et de la mort, les hommes s'assemblèrent avec une ferveur inhabituelle. A l'élévation, on amena trois fois le pavillon, tandis que battaient les tambours. Un silence recueilli planait sur l'assistance.

Vis-à-vis du combat, Gaël remarqua que seuls les jeunes officiers montraient un enthousiasme évident.

— L'avancement est lent dans la marine, dit Olivier. Un officier cadet de petite noblesse risque fort de vieillir à un poste subalterne si quelque glorieuse action ne lui permet d'attirer l'attention de ses chefs. Quant aux hommes du rang, n'ayant que de mauvais coups à prendre, ils n'ont que plus de mérite à bien servir le roi.

Après la messe, les hommes se ruèrent vers les coqueries, où l'on distribuait le lard, les fayots et le biscuit de mer, avec de gros morceaux de bœuf cuits dans la soupe. En raison de l'éventualité du combat, les rations étaient laissées à discrétion, les hommes s'empiffraient et le vin coulait à flots, mais pas le rhum, que l'on réservait aux blessés.

Sur la dunette de *l'Intrépide*, un garde-marine, qui ne quittait pas des yeux la haute mâture de *la Ville de Paris*, s'écria enfin :

— L'amiral rappelle aux postes d'appareillage, puis aux postes de combat ! Formation en ligne de file ! *Le Languedoc* hisse l'aperçu et confirme les ordres !

Un énorme brouhaha s'éleva, ponctué par les commandements des maîtres :

— Aux cabestans ! Hissez les ancres ! Larguez les voiles ! Bordez les huniers ! Aux bras, le monde ! Brassez ! Amarrez !

A 8 heures, la flotte, toutes voiles dessus, poussée mollement par de petites brises, s'avança vers le cap Diamant. En tête, la division du commandeur d'Espinouze, à laquelle appartenait *l'Intrépide.* On entendit bientôt tonner le canon.

— Je ne vois rien, dit Gaël qui s'attardait encore avec Olivier sur le pont des pavillons.

— C'est seulement un tir de notre frégate d'éclairage. Trois coups. Elle nous avise que l'ennemi est en vue. Je dois rejoindre mon père à la timonerie.

Sur le pont de tous les vaisseaux, les tambours battent la charge. Sur les plus hautes barres de perroquet on entend le même cri :

— L'ennemi en vue !

A l'horizon, la flotte anglaise s'avance, tribord amures, sous petite voilure. Grasse ordonne de se porter vers elle. Un combat classique en ligne de file se prépare.

Gaël et Olivier échangèrent un regard. Gaël aurait bien voulu rester sur le pont aux côtés de son ami. Il était étonné de le voir aussi tranquille auprès de son père, qui avait, contre toute prudence, revêtu son grand uniforme écarlate qui le désignait aux yeux de tous.

— Descends, maintenant, et veille bien sur nos livres !

— Que Dieu te garde, Olivier ! Toi et ton père !

Gaël s'éclipsa par l'écoutille de la dunette. Olivier, qui avait sorti sa tablette, se rapprocha de son père.

— On n'a toujours pas la moindre idée du nombre des vaisseaux ennemis, dit le capitaine. Si Rodney n'a pas rejoint Hood, nous écraserons les Anglais. Dans le cas contraire, la bataille sera rude, avec nos équipages éprouvés par un mois de mer. Et ce convoi qu'il faut aussi protéger !

Du pont, on ne voyait encore rien sur la mer. Il fallait monter dans les hunes pour apercevoir l'ennemi.

Les deux flottes n'étaient pas encore à portée de canon lorsqu'on vit une frégate française remonter la ligne. Son grand hunier troué par un boulet, elle avait fière allure. S'approchant du *Languedoc*, vaisseau amiral de l'avant-garde, son capitaine hurla dans son porte-voix :

— Dix-sept vaisseaux de ligne, commandés par l'amiral Hood !

Un immense cri de soulagement jaillit de toutes les poitrines. Sur la dunette de *l'Intrépide*, le capitaine d'Escragnole laissa éclater sa joie :

— Nous les tenons ! Mais pourquoi Rodney n'a-t-il pas regroupé ses forces ? Bien reposés, embusqués derrière une île, les Anglais pouvaient nous écraser à coup sûr et s'emparer de notre convoi...

De toute évidence, il ne s'attendait pas à cette arrivée massive des Français. Rodney, grisé, achevait de piller Saint-Eustache, il couvrait le départ du convoi qui en emportait les richesses vers l'Angleterre. Toutefois, il demeurait aux aguets, prêt à soutenir l'amiral Hood. Mais quand sa corvette l'alerterait, ne serait-il pas trop tard ?

Lorsque Hood s'aperçut de la supériorité numérique française, il ordonna de virer de bord tous à la fois et de prendre la fuite.

La chasse commençait. Les deux canons de proue du *Languedoc*, les coursiers, ouvrirent le feu à un mille, à toute portée, sans effet. A 10 h 30, l'avant-garde française courait en ligne parallèle avec le corps de bataille ennemi, mais toujours hors de portée utile de canon. Cependant, la distance diminuait entre les adversaires. Instinctivement, Olivier se rapprocha de son père.

— Pourquoi n'ouvre-t-on pas le feu ? demanda-t-il.

— On est encore trop loin. La portée utile est d'un demi-mille marin. L'idéal serait trois cents brasses.

Les faibles vents n'autorisaient aucune manœuvre hardie. Enfin, l'arrière-garde de Bougainville parvint à serrer l'arrière-garde anglaise et ouvrit le feu à courte distance.

On aperçoit la triple rangée des bouches noires des canons ennemis qui dépassent des sabords béants des vaisseaux de haut bord, masqués soudain par une épaisse fumée blanche, trouée par les éclairs de la poudre. Avec une légère parabole, les obus de 24 et de 36 livres se croisent dans le ciel, avant de s'abattre dans un énorme fracas contre les murailles de chêne, les mâts, les vergues, broyant le bois, déchiquetant les voiles, hachant le gréement et les hommes. Un nombre égal de boulets tombent à la mer en soulevant une gerbe haute comme un mât de hune.

La distance se réduisant, les boulets passent maintenant à l'horizontale, survolant le pont dans un ronflement terrifiant, hachant au passage les drisses et les haubans. Ici et là les voiles éclatent dans un sifflement aigu. D'autres, crevées, tiennent bon. Des ordres fusent :

— Remplacez le petit hunier ! Regréez la misaine ! Aux boulines des perroquets !

— Mousquetaires des hunes, qu'attendez-vous pour tirer ?

Un homme, surgi des fonds, vient au rapport :

— Deux pieds d'eau dans le puisard, capitaine !

— Faites gréer les pompes.

— Canonniers, visez plus haut, à démâter !

Par les dalots de proue des Anglais, on voit le sang couler, et ce spectacle glace les hommes.

— Ne bourrez pas trop les canons ! Economisez la poudre ! La fête ne fait que commencer !

Debout sur le pont des pavillons, un officier, armé de trois mousquets à canon long que son valet recharge, vise la plus proche dunette anglaise, tire, passe l'arme à son valet qui lui en tend une autre, rechargée, aussi calmement qu'à un tir aux faisans d'une chasse royale. Le valet saisit une cartouche dans son gargoussier de ceinture, la déchire avec ses dents, verse la poudre dans le canon brûlant, bourre avec une baguette, glisse la balle...

Après une heure de bataille, six vaisseaux anglais étaient sérieusement touchés, dont quatre hors de combat. Moins gênés que les Anglais par la fumée, les Français ne déploraient que des dégâts mineurs. Instant décisif.

— Attaquez tous à la fois ! ordonna Grasse. Achevons-les !

Mais que se passait-il ? En dépit des ordres de l'amiral, battant aux drisses de ses mâts et répétés par les frégates, l'arrière-garde française quittait la ligne de bataille, sans que l'on comprenne pourquoi. Fausse manœuvre ? De ce fait, un vide dangereux se forma entre Bougainville et le reste de la flotte. Heureusement, l'ennemi était trop malmené pour profiter de cette occasion inespérée. L'amiral fulminait devant cette désobéissance caractérisée de son orgueilleux chef d'escadre.

Grâce à la rupture de la ligne française, l'amiral Hood profita de la nuit pour s'échapper.

Cependant, l'amiral de Grasse ne lui laissait pas le moindre répit. Un nouveau combat, également indécis, se déroula le lendemain, par petits vents irréguliers qui ne favorisaient pas la cohésion des escadres. De ce fait, celle de Bougainville tarda encore à rallier, privant une fois de plus les Français d'une victoire décisive.

Grasse ne décolérait pas. Convoquant Bougainville, il le tança vertement :

— Monsieur, il ne peut y avoir de victoire sur mer sans une obéissance absolue aux ordres du chef de l'armée navale ! Je vous invite à l'avenir à mieux respecter mes signaux. Vous prendrez les arrêts de rigueur pour deux jours.

Une lueur de haine crispa le visage de l'arrogant chef d'escadre. « Je lui ferai payer cette mesure infamante ! » gronda-t-il en regagnant son bord.

L'affaire fit bientôt lc tour de la flotte, et chacun la commenta à sa manière.

— Pourquoi ces désobéissances du comte de Bougainville ? demanda Gaël à Olivier.

— Habitudes détestables mais courantes dans la marine. Bougainville, bien que plus jeune et d'un grade inférieur à celui de Grasse, ne supporte aucune autorité. Il faut dire que ce n'est pas un marin de formation. Capitaine dans l'armée de terre, combattant au Canada comme aide de camp du marquis de Montcalm, puis nommé colonel, il s'est vu attribuer en 1763 un brevet de capitaine de vaisseau ! Jusque-là, rien à dire. Le roi fait ce qu'il veut de ses brevets, et tant que l'officier n'a pas de commandement au combat et à la mer, le risque est mineur. Avec de bons pilotes et ses talents de géographe, Bougainville, mis à la mode par l'occupation des îles Malouines, a réussi son tour du monde en 1768 sur *la Boudeuse*. Mais depuis, nommé chef d'escadre, il se prend pour un marin et n'en fait qu'à sa tête.

— Comment est-ce possible ?

— Dans la marine royale, les quartiers de noblesse comptent plus que les grades. Grasse, cadet de famille, n'est qu'un petit marquis de récente élévation. Le comte de Bougainville, secrétaire de la chambre et du cabinet du roi, a préséance sur lui à la cour. Cela risque de nous coûter cher.

Ce premier combat déçut Gaël. Il s'était attendu à des actions d'éclat, des corps à corps, des abordages. S'étant risqué sur le pont au plus fort de l'action, il n'avait vu que deux interminables lignes de vaisseaux se canonnant à distance dans des nuages de fumée trouée d'éclairs ; Olivier, qui n'en était pas à son premier combat, sourit de cette vision exaltée de la guerre.

— Moi, j'ai admiré l'ordre et le calme qui régnaient à bord. Chacun était à sa place. Ce pont grouillait pourtant de centaines d'hommes, les uns aux canons, les autres aux manœuvres, avec ce va-et-vient permanent des approvisionnements, dans le fracas assourdissant des canons.

Avec étonnement, Gaël avait remarqué qu'Olivier, habituellement angoissé face à la mer, avait montré une étonnante maîtrise et presque de l'indifférence devant les menaces de mort. Et il n'était pas le seul !

— Personne ne paraissait s'inquiéter de cette pluie de boulets qui passaient à travers les voiles, hachaient les gréements et retombaient à la mer. Un seul prenant le pont en enfilade aurait provoqué une hécatombe.

— On a peur après la bataille, murmura Olivier. J'ai vu Olifant, un mousse poudrier de la batterie tribord du gaillard d'arrière, courant en tenant des deux mains une gargousse de huit livres bourrée de poudre. Un boulet qui passait au ras du pont la lui a arrachée des mains. Retrouvant le pire vocabulaire ramassé dans les tripots de Brest, il s'est mis à injurier les Anglais. Soudain, son maître canonnier a surgi. « Où est ta gargousse, volaille de merde ? » Alors, l'enfant a éclaté en sanglots en montrant ses mains vides et sanglantes : elles n'avaient plus de doigts !

— C'est affreux !

— C'est la guerre, Gaël.

— As-tu remarqué que plusieurs boulets se sont encastrés dans la coque ? Une muraille de chêne de deux pieds !

— Ils ont manqué de peu les sabords béants. Gaël, imagine un boulet brûlant de 36 livres traversant la batterie en fauchant les hommes, démolissant les canons, embrasant les gargousses de poudre ! Mais va ! On ne perd rien pour attendre ! Tels que je connais les Anglais, c'est bien parti ! Et Grasse ne se dérobera pas.

La flotte retrouva bientôt son mouillage, chaque vaisseau affourché sur deux ancres. On compta les morts, dix-huit, et cinquante-six blessés. Il y avait aussi beaucoup de dégâts matériels : gréements hachés, voiles crevées, baleinières pulvérisées, mâts ébranlés ; mais rien de vital. Les Anglais déploraient une centaine de morts et des avaries beaucoup plus importantes.

Le 1er mai, la flotte française doubla les Salines, la pointe Sainte-Lucie et le cap Salomon. Bientôt s'ouvrit l'immense baie de Fort-Royal. Eaux bleues, collines verdoyantes, rivages dorés où les palmiers tendent leurs troncs, et les belles créoles leurs mains offrant des brassées de fleurs. Couleurs vives, femmes en longues robes et larges chapeaux ou madras, vêtements éblouissants, bras nus couverts de bracelets... Après la violence des combats, les hommes se prenaient à rêver.

Soulagée après sept semaines de blocus, la population leur réserva un accueil triomphal. Avec d'infinies précautions, on débarqua les blessés et, plus discrètement, les morts. L'équipage de *l'Intrépide* ovationna Olifant, le petit mousse mutilé qu'avait soigné le chirurgien ; pour lui, c'en était fini de la marine royale.

Un canot-major accosta *la Ville de Paris*. Le gouverneur des îles du Vent, le marquis de Bouillé, monta à bord. Les deux hommes se saluèrent avec émotion. La reconquête des îles pouvait commencer.

Celle de Tobago s'opéra le 1er juin sans problème, grâce, enfin, à la cohésion des capitaines. L'amiral, qui s'efforçait d'oublier l'indiscipline de Bougainville, reprenait espoir. Entre deux opérations, la flotte regagnait son mouillage de Fort-Royal. C'est alors qu'on apprit la réunion des deux escadres anglaises. Un chassé-croisé savant s'engagea entre les îles, sans qu'aucune bataille décisive intervienne, chacun attendant une faute de l'adversaire pour se placer avec l'avantage, celui du vent.

Le temps passait, inexorable. Les vaisseaux marchands avaient fait le plein de sucre, de rhum, d'indigo, de café et d'épices. Le 5 juillet, la flotte française mit le cap au nord pour rejoindre Saint-Domingue, la plus grande possession française des Indes-Occidentales, lieu de regroupement des vaisseaux marchands. Mais avant de leur faire traverser l'Atlantique, Grasse devait songer aux opérations d'Amérique du Nord, si toutefois l'ennemi lui en laissait le loisir. La présence de cette énorme flotte anglaise constituait pour ses vaisseaux et pour le convoi marchand une menace permanente.

L'armée navale du comte de Grasse doubla l'île Dominique, puis Marie-Galante. Accoudé au bastingage, Gaël contemplait les hautes falaises blanches battues par la houle de l'Atlantique.

Marie-Galante ! Et là, toute proche, La Désirade, aux noms évocateurs de son amour, de son désir. Il en oubliait la recherche des trésors dans l'île. Seule comptait Marie Goulwen. Que faisait-elle ? L'attendait-elle, après sa fuite de Brest sans la revoir ? A Saint-Domingue, trouverait-il du courrier, une réponse à son billet griffonné à la hâte avant son départ précipité ? En lui l'espoir et le désespoir se heurtaient comme la vague et le rocher.

8

Tandis qu'aux Antilles l'amiral de Grasse effectuait de savantes évolutions pour marquer sa présence et surprendre l'ennemi en vue de rétablir la liberté du commerce, à Brest une grosse frégate de 40 canons, *l'Aigrette*, appareillait le 8 juillet pour Saint-Domingue. Son capitaine, le lieutenant de vaisseau Jean-Baptiste de Traversay, avait pour instruction de rallier l'armée navale, qui entre-temps devait faire voile vers Cap-Français, dans l'île de Saint-Domingue, au nord des îles du Vent.

Le plus rapide bâtiment de la flotte française apportait le courrier. Celui, officiel, de la cour de Versailles, le « paquet » : instructions royales concernant les opérations navales et terrestres ; et la masse du courrier ordinaire destiné aux marins. Ce qui faisait beaucoup de sacs, entassés sous la dunette à l'arrière, dans le compartiment réservé à l'écrivain, M. Clochemouton, un vieux serviteur du roi, qu'un léger bégaiement avait fait surnommer Blaizou. Il veillait sur les sacs de courrier comme une poule sur ses œufs.

Malheureusement, l'affaire s'engageait mal. Son secrétaire avait manqué le départ. Maladie, accident, désertion ? Allez savoir ! Incident presque banal dans la marine royale. Parfois, l'homme empochait le tiers de sa paye et disparaissait. Naturellement, il ne prévenait pas le capitaine, si bien qu'espérant le récupérer au départ, lorsque le bateau, appareillant, relevait ses échelles de coupée, il était impossible de le remplacer. Blaizou aurait donc seul à sa charge le classement des milliers de lettres embarquées en vrac, à répartir en autant de sacs que la flotte comptait de bateaux. Le capitaine espérant ne mettre que quinze jours pour traverser l'Atlantique, il n'y avait pas une heure à perdre. L'écrivain se mit au travail alors que *l'Aigrette*, sortant du goulet de Brest, s'engageait en mer d'Iroise et prenait un bon vent du nord tribord amures.

Sur le pont de la timonerie, un officier portant avec distinction la petite tenue dite « de fatigue » des lieutenants de vaisseau à la mer, sans les onéreuses broderies des officiers du grand corps, dissimulait mal sa joie. Jean-Baptiste de Traversay, capitaine de *l'Aigrette*, était vraiment un homme heureux. Agé seulement de vingt-sept ans, de petite taille, le visage lisse, les yeux noirs, sa belle chevelure blonde retenue dans le dos par un catogan de soie rouge, il venait de recevoir ce commandement inespéré en récompense de ses brillants services.

Pour lui, les campagnes des Antilles constituaient autant d'occasions de se distinguer. La dernière avait été profitable. Pas moins de huit prises, des vaisseaux marchands anglais bourrés de riches cargaisons. Ainsi, en janvier 1781, Jean-Baptiste de Traversay, qui comptait beaucoup d'amis influents à la cour de Versailles, recevait-il le commandement de *l'Aigrette*, cette belle frégate que convoitaient une bonne trentaine de lieutenants de vaisseau plus anciens que lui dans son grade.

D'autres motifs faisaient jubiler le capitaine de *l'Aigrette*. Il naviguait vers sa terre natale. Il se tourna vers son second, son cousin l'enseigne de vaisseau Auguste du Quesne, aussi réservé que le capitaine était exubérant.

— Revoir la Martinique, Auguste ! Une île amoureuse du vent, où l'air a des odeurs de vanille et de cannelle !

L'enseigne demeura muet, le regard fixé dans la mâture sur une certaine bouline du grand hunier. Déçu, le capitaine se retourna vers François Budogan, le deuxième lieutenant, un Breton de souche qui partageait sa joyeuse exaltation.

— Vous avez de la chance, capitaine ! Moi, je suis né à Belle-Isle-en-Mer, où l'air a plutôt des odeurs de vase et de poisson pourri, comme tous les ports bretons ! Mais je ne donnerais pas mon île pour la vôtre, sauf votre respect, capitaine !

Le second lieutenant de *l'Aigrette* était un vieil officier qui aurait pu être le père de Traversay. Aussi ce dernier acceptait-il avec indulgence ses répliques parfois familières. L'essentiel était ailleurs. L'officier se révélait un marin incomparable. S'il était né, non d'une lavandière, mais d'une marquise, il commanderait sans doute un vaisseau de haut bord. Agé de cinquante ans, le corps couvert de cicatrices, il prendrait bientôt sa retraite à Belle-Isle, comme simple enseigne de vaisseau, avec une modeste pension annuelle de mille livres. Incapable de la moindre jalousie, Budogan admirait sans réserve son jeune capitaine et trouvait naturelle son exceptionnelle promotion.

L'Aigrette laissa à bâbord la chaussée de Sein et s'engagea en plein Atlantique. On avait hissé toute la toile haute : perroquets et huniers, à l'avant grand foc, contre-foc et petit foc, civadière. Ne manquaient que les cacatois. Traversay ordonna :

— A mon ordre ! Hissez ! Ho !

Les gabiers s'élevèrent, aussi agiles que des singes dans les arbres. Ils paraissaient sans poids. Cacatois déployés, la frégate gîta sous cette force nouvelle et gagna quelques nœuds.

Soudain, des cris déchirants s'élevèrent à l'avant, venant du panneau ouvert de la grande batterie.

— Vous entendez, capitaine ?

— Sans doute un mousse que l'on fesse ! Allez voir, Budogan.

Le lieutenant courut vers l'avant, longea le passavant et se laissa tomber par l'écoutille du panneau d'où provenaient les cris.

Dans la batterie de *l'Aigrette*, devant les canons amarrés en long entre les sabords fermés, il se passait des choses défendues. Au milieu de la troupe grossière et hirsute des matelots excités se dressait un jeune novice de quinze ans, à la peau trop blanche, dépourvue de toute pilosité, aux cheveux lisses et noirs, tirés en arrière, liés en catogan. Et dans ce visage naïf brillaient deux beaux yeux gris, épouvantés.

Le lieutenant respira. Le capitaine avait raison, ce n'était que cela : la bordée non de quart essayait d'amariner ce drôle de matelot. Certains jeunes gens, issus de bonnes familles de la bourgeoisie brestoise, s'engageaient inconsidérément dans la marine du roi en rêvant d'aventures et des îles. En ces temps où l'armement de l'armée navale du comte de Grasse avait épuisé la main-d'œuvre maritime de Bretagne, les recruteurs n'y regardaient pas de si près quant aux compétences requises et aux qualités physiques des engagés plus ou moins volontaires. Le vaisseau ayant à peine doublé les Casquets, leur vie devenait effroyable à bord. Souffrant du mal de mer, devant affronter à chaque manœuvre le vertige dans la mâture, ils ne pouvaient guère compter sur la solidarité de l'équipage. N'étant pas issus d'un milieu de marins, on ne les aimait pas. Leurs bonnes manières et leur langage châtié ne suppléaient pas à l'absence de musculature. Quoi ? Ce petit monsieur ne buvait pas la moindre pinte de tafia ou de calva ? Il rechignait devant un bon plat de lard et le biscuit de mer ? Il ne jurait ni ne chiquait et prétendait exercer le noble métier de marin ?

A l'arrivée du lieutenant, un calme étrange avait succédé au chahut. L'officier n'avait pas son pareil pour faire réaliser des économies au Trésor royal en prélevant des « amendes » sur les appointements des matelots, au moindre prétexte. Dans la pénombre de la batterie, seulement éclairée par l'ouverture d'un panneau d'écoutille, on distinguait mal les traits du fauteur de troubles. Un cercle menaçant l'entourait, hommes à moitié ivres qui n'avaient pas eu le temps de cuver la bordée du départ.

— Qui es-tu, petit ?

— Mario Goulwen, de Recouvrance ! Pour vous servir, monsieur le lieutenant !

Habillée en garçon, vêtue d'un pantalon de coutil bleu et d'un caban de drap brun trop grand pour elle, dissimulant sa poitrine menue, Marie-Galante avait tenu parole ! Après s'être échappée de sa pension, elle avait réussi à se faire enrôler comme matelot novice sur la frégate qui faisait route sur Saint-Domingue. Grâce à l'auberge, Marie était bien renseignée. *L'Aigrette* avait rendez-vous avec l'armée navale du comte de Grasse, dont l'un des meilleurs vaisseaux, *l'Intrépide*, embarquait un certain clerc de notaire nommé Gaël Trémeur.

Après le départ impromptu de Gaël, départ qui l'avait plongée dans le désespoir, elle avait bâti son plan. Gaël avait eu raison de partir. Il fallait d'abord échapper à la pression du notaire et de sa prétendante, Adélaïde de Kerzouvanec. Comme le Vieux des Grèves le lui répétait, le départ de la flotte offrait à Gaël une occasion remarquable. Contrairement à sa mère, Marie n'espérait pas un arrangement avec le notaire. Totalement désintéressée, elle se moquait de la brillante succession à l'étude royale et préférait à cette carrière bourgeoise, liée à mille contraintes, les aléas d'une vie aventureuse aux colonies, porte ouverte sur le rêve.

Elle le rejoindrait donc aux îles. Une séparation d'un an lui semblait impensable. Ils s'y marieraient. Dans ce paradis où le travail ne manquait pas, ils feraient leur vie parmi les colons. Quel genre de vie ? Elle ne savait pas. L'essentiel est d'aimer. Rêve de passion et de tendresse ! Un travail acharné n'effrayait pas non plus la courageuse fille de Morgana Goulwen. Tout à son amour, elle ne s'étonnait même pas de ce coup de folie qui lui avait fait sauter le mur de la respectable pension des ursulines et oublier les projets raisonnables de sa mère. Après tout, sa folie répondait à celle de Gaël. Eblouie, elle se voyait déployée dans un monde illimité, comme un petit animal sauvage, ignorant tous les périls.

A bord de *l'Aigrette*, Marie-Galante croyait qu'elle supporterait quinze jours d'inconfortable croisière, mal de mer et mauvaise nourriture. Elle n'avait pas prévu la grossièreté des matelots, les dangers qu'entraîne la promiscuité de la batterie, où les effectifs en surnombre — canons obligent — contraignent les hommes à s'entasser les uns contre les autres, crochant le soir venu leur hamac aux baux.

L'une de ces brutes, mal tirée des brumes de l'alcool, avait senti la chair tendre de « Mario » et se précipita sur lui dans la pénombre de la batterie. L'homosexualité était pratique courante dans la marine de guerre, malgré les « remontrances » du roi et de son ministre, assorties de menaces de pendaison. Sur le point d'être violenté(e) par un individu pas vraiment méchant mais ivre, « Mario » avait été protégé(e) par Yann, un jeune matelot qui l'avait pris(e) en amitié, sans aucune arrière-pensée. Une bagarre s'en était suivie. La chance de « Mario » et de Yann d'échapper à la brutalité des hommes était presque nulle. Par bonheur, le capitaine avait entendu le cri de détresse. Le lieutenant était arrivé à temps. Un bref échange avec « Mario » lui fit comprendre que ce jeune homme de qualité n'était pas à sa place dans la promiscuité de ces rudes matelots. Et il saisit tout l'intérêt qu'il y aurait d'utiliser « Mario » à l'arrière, puisque le garçon savait lire, écrire et compter, ce qui avait échappé au maître d'équipage lors de la bousculade des enrôlements.

— Tu n'es pas taillé pour faire un matelot ou un soldat. Pas de muscles ni de gras. Il nous manque un copiste à l'arrière. Tu le remplaceras.

Le capitaine ayant approuvé, « Mario » se retrouva à son grand soulagement sous la dunette, à « estroper la paperasse ». Enchanté, monsieur Clochemouton, dit Blaizou, l'affecta au classement du courrier ordinaire, dont les dizaines de sacs encombraient le compartiment dans lequel « Mario », le soir, crocha son hamac. Et tout rentra dans l'ordre à bord de la frégate de Sa Majesté, en route vers Saint-Domingue.

L'Aigrette, toutes toiles dessus, filait ses douze nœuds tribord amures dans une mer hachée, perroquets et bonnettes déployés, lorsque, peu après avoir doublé les Açores, elle se heurta à un grain violent. Le capitaine ordonna :

— Aux drisses de perroquet ! Du monde aux bras du vent ! A ferler ! Du monde aux boulines ! Aux rabans !

Le capitaine de Traversay, qui ne voulait pas ralentir en raison de l'urgence du courrier royal destiné au comte de Grasse, n'amenait que la toile haute, cacatois, perroquets, et les bonnettes, petites voiles rectangulaires en bout de vergue.

— Il faut réduire encore, capitaine, suggéra le pilote. Nous allons casser du bois ! Serrer les basses voiles et faire route sous huniers seuls aux bas ris...

— Je ne réduirai pas un pouce de toile de plus, pilote !

Cependant, il finit par se résoudre à prendre quelques ris aux deux huniers. Le vent furieux soufflant du nord-est, la frégate fonçait fièrement, vent arrière, à la grande joie de son capitaine.

— Maître, filez le loch !

— Au loch !

Un matelot leva à bout de bras le touret, un petit treuil où était enroulée la ligne de loch, et lança le « bateau » à la mer, un triangle de bois lesté de plomb, qui se perdit dans le sillage.

— Tourne ! cria le maître au mousse qui tenait le petit sablier.

Le maître ne le quittait pas des yeux. Trente secondes plus tard, il cria :

— Top !

Le matelot fit une boucle dans la ligne, au quinzième nœud, et cria triomphalement :

— Nous filons quinze nœuds et trois brasses !

— Un train d'enfer ! lança le capitaine en riant de plaisir.

La proue de la frégate ouvrait la mer en projetant de gros paquets d'eau verte. Dans la mâture, on entendait les claquements furieux des garcettes de ris et le hurlement du vent dans les haubans. Traversay interpella le second :

— Raidissez cette bouline et veillez aux bras !

Puis, se retournant, il lui montra la mer menaçante :

— Vous comprenez pourquoi je ne veux pas réduire ?

La frégate était poursuivie par les rouleaux énormes des vagues déferlantes. Sous le fronteau de la dunette, quatre hommes de barre, attachés à l'énorme double roue du gouvernail, maintenaient avec peine le bateau à son cap, s'efforçant de l'empêcher de se mettre en travers de la lame et d'être ainsi rattrapé par les déferlantes.

— Moi, je réduirais, mon cousin. Je rentrerais les huniers, la grand'voile et la misaine pour se laisser porter avec les seuls focs...

— Trop tard ! gronda Traversay. Il faut sortir de ce grain. *L'Aigrette* en a vu d'autres !

— Derrière vous, capitaine ! hurla soudain le garde-marine préposé aux signaux.

Un mur d'eau verdâtre rattrapait la frégate. Crêté d'écume, il s'avançait vers la poupe avec une lenteur menaçante.

Traversay se pencha au-dessus du fronteau de dunette.

— Gare dessous ! cria-t-il à l'intention des hommes, dont certains n'étaient pas attachés.

Puis il se rua sur les haubans du mât d'artimon, les étreignit et retint son souffle. La vague géante, qui dominait maintenant la dunette de dix mètres, les submergea en déferlant. Ils suffoquaient. « Pourvu que les hommes de barre tiennent bon ! » pensa Traversay, qui ne put s'empêcher, entre deux jurons et des renvois d'eau de mer, de lancer une prière à saint Yves.

Le monstrueux rouleau passa, moitié dessous, moitié dessus, balayant la dunette, la timonerie, les passavants et le gaillard d'avant.

Quand il eut repris son souffle, Traversay s'ébroua, s'essuya les yeux et contempla l'enfilade du pont qui ressemblait à un bassin qui se vide. Tous les dalots crachaient des cascades. Personne n'avait été emporté. Trempés sous leur ciré, les hommes attachés à la barre semblaient des mannequins de bois rivés au gouvernail. La frégate n'avait pas varié d'un degré de son cap.

En revanche, le gaillard d'avant avait subi quelques dégâts. La petite chaloupe, arrachée de ses sangles, avait été emportée, brisant au passage dix mètres de bastingage. Mais tous les panneaux d'écoutille avaient heureusement tenu.

— Bosco, allez vérifier la liure du beaupré ! Du Quesne, allez voir en bas s'il n'y a rien de cassé !

Le second se rua sous la dunette et bouscula dans la descente l'écrivain qui montait. Monsieur Clochemouton, blême comme un fond d'artichaut, se planta devant le capitaine.

— Gros dégâts chez moi, monsieur ! Un volet du tableau arrière a été arraché, le fenestron brisé. De l'eau partout !

— Le maître charpentier va vous réparer cela, monsieur Clochemouton. Le courrier n'a pas souffert ?

— Le courrier a souffert, capitaine !

Un pli de contrariété barra le front de Traversay. Il n'avait aucun souci pour le « paquet », le courrier officiel de Versailles, enfermé dans un coffre, avec les espèces et des documents précieux, dans une chambre située sous la dunette, donc à l'abri de la mer. Mais que les sacs ordinaires contenant le courrier de la marine aient été touchés l'affectait profondément, puisque sa mission était aussi de l'amener intact à la colonie.

Après une minutieuse tournée, le second revenait.

— Pas de dégâts dans les fonds, capitaine. Juste deux pieds d'eau dans la sentine et moins d'un pied dans la grande cale qui est sur lest. J'ai fait gréer les pompes et mis dessus la bordée non de quart.

— Envoyez le maître charpentier dans le faux-pont sous la dunette. Le local de l'écrivain a été noyé. Pas d'autres dégâts ?

— Rien de grave. Des drisses de huniers ont cédé. La liure du beaupré s'est desserrée. Le bosco s'en occupe.

Effectivement, on apercevait une équipe à l'avant, copieusement trempée par les trombes d'eau qui s'écrasaient sur la proue en bec. Dans la mâture, des gabiers circulaient telles de grandes araignées, réglant les voiles, renforçant ici et là une drisse, graissant une poulie ou une bouline.

Quand ce travail fut achevé, le capitaine cria :

— Largue un ris au grand hunier !

La frégate, bien réglée dans la houle, avait repris son allure de fuite.

Confiant le bateau au second, le capitaine de Traversay s'engouffra dans l'écoutille et dévala l'échelle qui conduisait au local de l'écrivain. Les dégâts paraissaient considérables. Situé sous la grand'chambre des officiers, le compartiment était éclairé par une imposte haute, dont un volet avait été arraché, la fenêtre et les vitres brisées — du verre cathédrale d'un pouce ! La masse d'eau de la vague déferlante avait tout balayé, projetant les sacs les uns sur les autres. Au milieu de ce désastre, entre deux nausées, un jeune garçon trempé, à quatre pattes sur le parquet glissant, tentait d'éponger l'eau que le mouvement du roulis et du tangage rendait insaisissable. De plusieurs sacs éventrés par la chute d'un meuble s'échappaient des lettres que l'eau entraînait sous les tables, en un va-et-vient diabolique.

A l'entrée du capitaine, Marie-Galante se releva et esquissa un mouvement de garde-à-vous, réglementaire à bord des vaisseaux du roi. Mais un coup de roulis la projeta au sol.

Troublé malgré lui par ce corps gracile et ce visage lumineux, Traversay l'aida à se relever. Puis il sourit en se tournant vers Blaizou.

— Voilà donc le novice que monsieur Budogan vous a ramené du poste avant ? Drôle de novice ! Il n'a pas l'air d'avoir le pied marin !

— Mario fait du bon travail, capitaine. Il n'a pas son pareil pour déchiffrer les écritures les plus tordues. Sans lui, je n'arriverais jamais à classer ce courrier avant l'arrivée au Cap-Français.

— J'ai bien peur que votre travail ne soit simplifié, Clochemouton, dit Traversay en ramassant sur le plancher un chiffon de papier dégoulinant qui avait été une lettre amoureusement composée.

— Pas question de jeter tout cela à la mer, capitaine ! Seuls trois sacs éventrés ont été mouillés. Tous les autres, en bonne toile goudronnée, sont étanches. Il faut ouvrir et sécher les lettres mouillées. Certaines sont cachetées. Je vous demande l'autorisation de les desceller. Il n'y a pas d'autre moyen pour les sauver.

— Faites pour le mieux, dit le capitaine en quittant le local.

— Ce sera ton travail, dit Blaizou en se tournant vers « Mario ». Tu trouveras des cordelettes dans ce placard. Tends-les entre deux barrots pour faire sécher les lettres. La mer a l'air de se calmer. Avec ce sacré courant d'air qui tombe de l'imposte béante, l'air circulera comme à la pointe du Raz et séchera tout. Et change-toi, morbleu ! Tu vas prendre froid. Tu trouveras des effets à peu près à ta taille dans ce coffre. C'est celui du commis qui nous a fait faux bond ; que le diable l'étouffe !

Après avoir sorti les vêtements du coffre, Marie s'éclipsa discrètement dans la pénombre d'une encoignure. L'attention de l'écrivain fut heureusement détournée par l'arrivée du maître charpentier, portant un volet et un fenestron de rechange. En moins d'une heure, les dégâts étaient réparés.

« Mario » n'avait pas attendu pour se mettre au travail. Vidant les gros sacs trempés, elle épongeait le courrier entre des chiffons secs. Comme elle hésitait à briser les sceaux, l'écrivain apporta un minuscule couteau.

— Regarde cette lame fine comme un rasoir, et allume une chandelle.

Blaizou fit chauffer la petite lame, en essuya la suie sur son mouchoir et glissa le tranchant sous le cachet de cire, qui se décolla aussitôt. Marie regardait, fascinée.

— Un vieux truc d'espion des postes royales ! Maintenant, fais de même.

D'un geste précis, Marie faisait sauter les sceaux sans les briser et étalait les lettres sur la table avant de les accrocher aux cordelettes. Certaines cires étaient mêlées à des cheveux pour en décourager le viol.

Heureusement, l'eau de mer n'avait pas eu le temps d'imprégner les lettres. Les plus abîmées provenaient du petit peuple qui utilisait un papier poreux et une encre délébile.

Marie reconnaissait au passage les écritures stéréotypées des écrivains publics, auxquels les illettrés faisaient appel pour donner de leurs nouvelles aux marins embarqués. Elle savait par Blaizou que l'une des fonctions des écrivains, à bord, consistait à lire ce courrier à leurs destinataires. En dehors d'eux, seuls les officiers et quelques maîtres savaient lire et écrire. Elle redoutait qu'on lui confie ce travail à l'arrivée au Cap-Français : elle comptait bien quitter la marine du roi au plus tôt.

Dans tout ce courrier, elle ne déchiffrait rien que de très banal, mais toutefois chargé de l'angoisse que provoque l'éloignement entre les êtres unis par l'amour. La santé était bonne. Un enfant était né, six livres, tout s'était bien passé. Ici, la grand'mère était morte, elle manquait pour garder les enfants. Là, on avait pu payer les dettes grâce à une avance de l'Intendance royale sur le salaire du marin. Le petit Jérôme, de l'Aber Wrac'h, était mort d'une fièvre attrapée en buvant l'eau d'un puits gâtée par le maléfice d'un sorcier, enfin c'est ce qu'on disait...

Soudain, le cœur de Marie-Galante s'emballa. Une lettre scellée de cire rouge portait le sceau caractéristique de l'étude notariale Trémeur. Elle était destinée « au sieur Gaël... [le nom de famille était effacé], matelot novice à bord du vaisseau de Sa Majesté *l'Intrépide*, en rade de Cap-Français ». Tremblante, Marie décolla le sceau.

Ecrite sur beau papier vélin de notaire à l'encre indélébile réservée aux actes authentiques, la lettre avait à peine souffert de l'eau de mer. Elle émanait du premier clerc de l'étude, M. Lepotier.

« Mon cher Gaël, j'espère que cette missive, écrite à la hâte pour profiter du départ imminent de l'Aigrette, *vous parviendra à bord de* l'Intrépide.

« Votre père est mort, emporté à midi ce funeste jour 7 juillet 1781, une fluxion de poitrine ayant entraîné un arrêt du cœur. Le chirurgien, maître Calembre, appelé aussitôt, n'a rien pu faire, malgré une ultime tentative de saignée. Nous sommes tous ici bouleversés, désemparés.

« Je ne peux vous cacher que votre père avait très mal pris votre départ brutal. Sa santé en avait été ébranlée, mais personne n'aurait pu pressentir une issue fatale aussi soudaine. Il est vrai que depuis un an il se surmenait, en raison de l'extrême variété de ses tâches.

« Avant de s'éteindre, il a pu me dicter, devant deux témoins, un testament daté et paraphé de sa main, enregistré aussitôt à l'étude. En voici les grandes lignes, dont vous me pardonnerez de ne pas atténuer la rudesse.

« Maître Trémeur vous enjoint de rentrer immédiatement à Brest. Le capitaine de l'Intrépide, *le marquis d'Escragnole, qu'il connaît, ne saurait s'y opposer, vu les circonstances tragiques. Nous le prions respectueusement de bien vouloir faciliter votre embarquement à bord de la première corvette ou frégate amenant à Brest le courrier de la colonie.*

« Les dispositions testamentaires de maître Trémeur vous enjoignent de réintégrer l'étude, pour achever à mes côtés votre formation en vue de prendre dans quelques années, après accord de l'intendant du roi, sa succession à la tête de l'étude, qui sera entre-temps administrée par un ancien notaire de Quimper, maître Guêmené.

« Moyennant quoi maître Trémeur vous confirme en votre qualité de légataire universel. S'y ajoute l'obligation de renoncer à demoiselle Marie Goulwen et d'épouser noble demoiselle Adélaïde de Kerzouvanec, si elle-même et son père persistent dans ce projet.

« Au cas où ces trois conditions ne seraient pas remplies, vous seriez déchu de vos droits d'héritier présomptif, au profit du Trésor royal, comme la loi l'autorise. »

Effarée et consternée, Marie lut encore la liste interminable des biens légués, « meubles et immeubles en notre bonne cité de Brest », la riche plantation des Antilles, les participations dans les armements maritimes, la traite des Noirs, etc. C'était fabuleux.

Comme s'il avait réservé la pire des menaces pour la fin, le premier clerc ajoutait que, si Gaël n'exécutait pas en bon fils unique conscient de ses devoirs et de ses vrais intérêts les ordres posthumes de son père, celui-ci le maudirait *post mortem*, menace effroyable.

Bouleversée, Marie hésita longuement. Puis la colère, la peur, l'indignation et la passion l'emportèrent sur le devoir. Ayant conscience de commettre un acte qui lui vaudrait les peines éternelles de l'enfer, elle roula rageusement en boule la lettre-chantage et la jeta à la mer par l'imposte demeurée entrouverte.

L'océan s'était calmé, et le vent. Toute sa toile à nouveau déployée, la frégate filait à bonne allure, escortée par un troupeau de requins voraces, qui attendaient pour s'en repaître les détritus jetés à la mer par les aides-cuisiniers.

Avant même que la lettre fatale ait touché l'eau, l'un de ces squales avala la boule de papier que Marie-Galante avait lancée par l'imposte. Puis, non encore rassasié, il alla se faire prendre à l'amorce d'un matelot nommé Kervasdoué. Le long du bastingage, l'homme tendait une ligne pour se distraire, amorcée avec un bon gras de lard salé, « un croc tournant au bout d'une chaîne, que l'estrope en fer reçoit au cul-de-poulie », comme le dit le langage incomparable des gens de mer.

Aussitôt hissé sur le pont et assommé à coups de barre de fer, le squale se vit éventré dans les règles de l'art. On retrouva dans son estomac des poissons, un petit triangle de bois dit « bateau de loch », un bonnet de marin de couleur gris perle, une vieille pipe d'écume passablement culottée, un orteil humain et... une boule de papier, la lettre de l'étude notariale, non encore entamée par les sucs gastriques. C'était vraiment, sur un vélin de qualité, une encre appelée à braver les siècles.

Kervasdoué contempla sa prise. Il découpa les mâchoires du requin, dont il comptait tirer au retour un bon prix. Il conserva les nageoires. Une fois séchées et réduites en poudre, elles seraient appréciées pour leur effet aphrodisiaque. Avec un art de chirurgien, il récupéra aussi l'épine dorsale pour se faire une canne. Il réserva le lard et la chair pour le maître-coq, à charge de réciprocité. Il rejeta l'orteil à la mer, mais récupéra le bonnet et la pipe, dont il comptait faire un usage personnel. Puis, ayant déplié la boule de papier, il demeura perplexe. Et pour cause : il ne savait pas lire.

Quelques minutes plus tard, Marie-Galante, toujours aux prises avec le courrier, vit entrer le matelot. Il lui tendit la lettre, froissée mais presque intacte.

— J'srais ben curieux d'savoir ce qu'y a écrit dessus ! J'l'ai récupérée dans l'estomac d'un requin !

Heureusement, le maître écrivain n'était pas là. Tremblante, Marie s'empara de la lettre et fit semblant de la lire.

— Il n'y a là rien que de très banal, dit-elle enfin. C'est une lettre familiale destinée à un matelot originaire de Brest, embarqué sur un vaisseau du comte de Grasse, *l'Intrépide*. Nous avons un sac pour ce bâtiment. Je vais y joindre cette lettre.

Mais le pêcheur ne l'entendait pas de cette oreille. Malgré les protestations de « Mario », il récupéra sa lettre, qu'il emporta comme un souvenir extraordinaire de sa croisière. Et Marie demeura toute tremblante, au milieu de son monceau de courrier. Décidément, il n'y avait pas de hasard ! Il ne restait qu'à se soumettre aux cheminements imprévus du destin.

9

Ayant traversé l'Atlantique en quinze jours, la frégate *l'Aigrette* entra le 20 juillet 1781 au Cap-Français [1], port principal de la colonie de Saint-Domingue. La rade immense était encombrée par la flotte de l'amiral de Grasse, arrivée le 16. Un peu à l'écart, les vaisseaux marchands remplissaient leurs cales des richesses de l'île : coton, cacao, rhum, sucre, poivre et autres épices, si appréciés dans le royaume.

Sur la dunette de *l'Aigrette*, le capitaine de Traversay, qui connaissait bien l'île, expliqua au petit groupe excité des jeunes gardes-marine :

— Cap-Français, après la destruction de Port-au-Prince en 1770 à la suite d'un séisme, est devenue la capitale des Grandes Antilles et de Saint-Domingue. La plus belle de nos colonies doit sa richesse à la qualité de ses terres, à la douceur de son climat, mais aussi à sa stabilité. Les Anglais n'ont jamais pu nous en chasser. La rade, bien abritée, n'est accessible que par deux étroits chenaux ne laissant le passage qu'à un vaisseau à la fois. Ces passes se trouvent sous le feu croisé des énormes batteries du fort Picolet. Tous les

1. Aujourd'hui Cap-Haïtien de la République d'Haïti. La partie orientale de l'île, d'origine espagnole, est la République Dominicaine.

rivages de l'île sont protégés par un récif meurtrier, sauf une plage, puissamment défendue par des canons.

— Mais qui a fondé cette île, capitaine ?

— Les corsaires et aventuriers de tous poils. La moitié de l'île est française, elle a été fondée en 1642 par les flibustiers de l'île de la Tortue, lorsque l'attaque des galions espagnols n'a plus été rentable. Ces marins normands et bretons sont alors devenus chasseurs, les forêts abondant d'animaux devenus sauvages après le départ des Espagnols, attirés par l'or aztèque. Grâce aux chèvres, cochons « marron » et bœufs sauvages, nos marins sont ainsi devenus boucaniers. Plus tard agriculteurs, ils ont défriché la forêt de Saint-Domingue et planté la canne à sucre et le cacaoyer. Un énorme travail. D'où l'esclavage, ce mal nécessaire.

— Et les femmes ? D'où vinrent les femmes ?

— Les colons se contentèrent d'abord des esclaves noires, d'où le métissage de la colonie. En 1665, le roi nomma un gouverneur, qui s'efforça de l'enrayer. L'île reçut de France d'innocentes jeunes filles prises dans les orphelinats, mais aussi des femmes extraites des prisons et des maisons de prostituées. On leur promettait le mariage idéal, et plus d'une dut déchanter ! A la fin du siècle, la noblesse s'intéressa à Saint-Domingue et acheta des terres et des esclaves. L'Espagne accepta la partition de l'île. Aujourd'hui, Saint-Domingue est la plus riche colonie du monde et Cap-Français le Paris des îles !

Certains jeunes cadets de famille, qui envisageaient de s'y installer, écoutaient passionnément Traversay.

— Quantité de gentilshommes que tente la fortune y débarquent, poursuivit le capitaine. L'amiral de Grasse lui-même y a acquis un important domaine, la paroisse du Gros-Morne, et sa seconde femme en détient un autre à Port-en-Paix. Cent mille Français et Espagnols exploitent la grande île, faisant travailler quelque cinq cent mille esclaves noirs et métis. Cette abondance de population captive n'est pas sans inquiéter les colons, qui comptent sur les soldats du gouverneur, le marquis de Lilliancourt, pour faire régner l'ordre.

— Je croyais que l'Eglise avait interdit l'esclavage ? risqua un aspirant.

— Oui, mais en vain. Malgré le Code noir de 1685 qui garantit aux esclaves la nourriture, les soins et la pratique de la religion — celle du roi, naturellement —, le régime de servitude est si rude que les naissances issues des couples noirs ne compensent pas les décès. Aussi les armateurs négriers français et espagnols se partagent-ils le commerce lucratif de la traite du « bois d'ébène ».

Dès que son travail de classement du courrier fut achevé, Marie-Galante, le cœur battant, bondit sur le pont pour tenter d'identifier *l'Intrépide* parmi les quelque quarante vaisseaux de guerre affourchés dans la rade, voiles ferlées sur les vergues. Ils lui paraissaient tous semblables, avec leurs trois mâts immenses, leur château arrière richement décoré et leurs flancs percés de nombreux sabords. Seuls les plus proches, et lorsqu'ils montraient leur magnifique poupe, avec leur nom sculpté en lettres d'or, pouvaient être facilement identifiés : *le Citoyen, le Souverain, le Zélé, le Magnanime*...

A bord de *l'Aigrette*, affourchée sur deux ancres sous les ordres de l'officier de quart, les gabiers s'affairaient sur les vergues à serrer les voiles. Puis tout se calma à bord. On entendait seulement le grincement d'une pompe qui achevait de vider la sentine.

Ne voulant pas se faire remarquer, Marie redescendit dans le local de l'écrivain. Blaizou, très excité, l'interpella :

— Ah ! te voilà ! Je croyais que tu avais déjà débarqué ! Tous ces petits gars ne songent qu'à déserter pour aller se saouler au rhum dans les tripots du port et gueusailler chez les métisses ! Au travail !

Quelque cinquante sacs de courrier encombraient le local, rangés par ordre alphabétique selon le nom du bateau. Marie avait repéré le sac de *l'Intrépide*, dont le seul nom faisait battre son cœur. Blaizou ajouta, cette fois amical :

— Tu as fait du bon travail, petit. Je t'ai vu peiner, de l'aube à la mi-nuit ! Grâce à tes mains de fée, tout le courrier mouillé a pu être récupéré. En mauvais état parfois, mais lisible. Nous allons porter tout cela à bord, dès que la grande chaloupe aura été parée. Vérifie si les colliers de liège sont bien arrimés aux sacs, pour le cas où l'un d'eux tomberait à la mer, Dieu nous préserve de ce malheur !

Un matelot entrait. Marie reconnut avec angoisse le pêcheur de requins. Il tenait à la main la lettre maculée de l'étude Trémeur.

— Que veux-tu, Kervasdoué ? Une lettre à écrire à ta famille ? C'est vraiment pas le moment ! D'ailleurs, la corvette qui retourne à Brest ne partira que demain...

— C'est pas cela, maître Clochemouton. Ai trouvé cette missive dans le ventre d'un requin que j'ai pêché. Mon maître gabier l'a vue et m'a ordonné de vous la remettre, bien qu'il n'ait pu la lire, ne sachant pas lire, tout comme moi, dame !

— Déjà saoul alors que t'as pas encore mis pied à terre ?

Marie-Galante tremblait, se reprochant de n'avoir pas déchiré en mille morceaux la maudite missive avant de la jeter à la mer. L'écrivain allait la récupérer. Elle portait le nom de Gaël et celui du vaisseau. La lettre serait glissée dans le sac de *l'Intrépide*. Dans quelques heures, Gaël en prendrait connaissance.

Ignorant la présence de Marie aux Antilles, il embarquerait dès le lendemain sur la corvette de liaison qui le ramènerait à Brest. Et alors... elle ne serait pas là pour le dissuader d'accepter une succession aussi tentante, liée à un tel chantage.

— Donne, petit. Le courrier, c'est mon affaire. Et tu prétends l'avoir trouvée dans l'estomac d'un requin ? Après tout, ce ne serait pas la première fois ! Mais je doute qu'elle soit restée lisible. Faudrait de l'encre indélébile et un sacré vélin de qualité, morbleu !

Hélas, c'était de l'encre indélébile, la meilleure de l'étude, réservée aux actes authentiques destinés à braver les siècles et éventuellement le sel de l'océan, voire les sucs gastriques des animaux marins. Le vélin aussi était de qualité. L'adjoint de maître Trémeur avait tout prévu, même un naufrage ! Mais un petit espoir demeurait. Marie comptait profiter d'un moment d'inattention de l'écrivain pour subtiliser la lettre qu'il allait logiquement remettre dans le sac de *l'Intrépide.*

Malheureusement, après l'avoir parcourue, il la garda.

— C'est une lettre importante, une sorte de testament, qui concerne un nommé Gaël Trémeur, de *l'Intrépide.* Je la garde et la confierai à son capitaine, qui est nommément cité.

Dans l'esprit de Marie-Galante, les idées se bousculaient. « D'abord, le voir, lui parler, empêcher son retour à Brest. Ah ! j'ai bien fait de venir ! » La fille de Morgana Goulwen était sûre de son pouvoir de séduction. Mais comment rencontrer Gaël ? Il suffisait de monter à bord de *l'Intrépide.* Non. Impossible de lui parler au milieu de cette foule d'hommes. Elle ne pourrait le voir discrètement qu'à terre. Mais quelque cinquante mille Français, marins, soldats et gens du Cap, s'y trouvaient en ce moment même, après l'arrivée massive de la flotte.

Un matelot entrait.

— Maître Clochemouton, la baleinière du courrier est parée. Le bosco me met à votre disposition avec deux hommes pour transporter les sacs.

L'écrivain se tourna vers Marie-Galante.

— Allons-y, Mario. Tu m'accompagnes. Prends le registre et veille bien aux sacs.

Le travail minutieux commençait. La baleinière embarqua la moitié des sacs, dont celui de *l'Intrépide.* L'embarcation se rangeait contre la coque du plus proche vaisseau au mouillage. Tout un cérémonial accompagnait l'arrivée tant attendue du courrier de France. Blaizou escaladait le premier l'échelle de coupée, surveillant par-dessus son épaule le matelot chargé du gros sac. Une fois à bord, il était remis contre signature au lieutenant officier de détail, qui l'ouvrait aussitôt sur des tréteaux dressés sur le pont. Ses adjoints écrivains s'emparaient des lettres au hasard et les distribuaient par appel du nom aux hommes qui se pressaient alentour.

Blaizou et ses aides abordaient déjà un autre vaisseau. Après *le César, le Vaillant.* Puis *la Marseillaise.* Vint enfin le tour de *l'Intrépide.* Marie-Galante tremblait d'émotion. Venant d'apprendre que Gaël était adjoint de l'officier de détail, elle allait fatalement le rencontrer. Là, sur ce pont, au milieu des marins et des soldats !

— Tu te sens pas bien, Mario ?

— La fatigue, maître. Je n'ai pas beaucoup dormi, depuis cette maudite tempête !

— Le courrier distribué, tu te reposeras tout ton saoul. Après une bonne nuit de sommeil, tu auras demain toute ta journée libre. Je te conseille le quartier de Baizembroche, derrière le chantier naval. Les auberges y sont succulentes et les métisses superbes, dodues à point. Mais je parie que t'es encore puceau ! Moi, à ton âge...

Marie baissa modestement la tête. La baleinière accostait *l'Intrépide.* La jeune fille pria pour que le maître écrivain oublie la maudite lettre, qu'il avait glissée dans sa poche. Puis elle s'affola, envisageant à nouveau le pire : Gaël apparaissant, l'apercevant soudain, recevant sa lettre...

Dès qu'elle eut mis le pied sur le pont, Marie dévisagea les marins qui s'y pressaient, impatients de recevoir le courrier. L'officier de détail, Edern de Rostelec, réceptionna le sac. Il n'était pas accompagné par son adjoint. Marie respira plus librement.

Dès que la formalité de remise du sac postal eut été accomplie, Blaizou s'écria :

— Attends-moi sur le pont à la coupée, Mario ! Je vais à l'arrière sur la dunette pour remettre au capitaine d'Escragnole la lettre rescapée de la mer. Tudieu ! Un requin ! Une histoire à peine croyable !

Marie-Galante le vit franchir l'échelle de la dunette et saluer respectueusement un officier chamarré qui ne pouvait être que le marquis d'Escragnole. Un sentiment étrange étreignit la jeune fille. Quelque chose, ou quelqu'un de déjà vu, mais pas par la mémoire ordinaire. Une sorte d'intuition profonde, d'instinct. Lui était-il possible de *reconnaître* ainsi ce père naturel qu'elle n'avait jamais vu, dont elle ignorait même le nom ?

Marie vit Blaizou tendre la lettre au capitaine, qui paraissait pressé. Des tâches autrement urgentes devaient l'occuper. Il mit la lettre dans sa poche sans la lire, remercia Blaizou d'un signe de tête et lui tourna le dos.

Le maître écrivain redescendit sur le pont.

— N'a pas le temps de s'en occuper maintenant. Moi, j'ai fait mon devoir.

Il salua le pavillon royal, franchit la coupée et descendit dans la chaloupe. Marie le suivait.

— Poussez, les gars ! Au prochain ! C'est *la Ville de Paris*, le vaisseau amiral !

Le trois-ponts se dressait, imposant, énorme et noir, avec ses trois rangées de sabords rouges — 104 canons ! En poupe flottait le pavillon royal fleurdelysé, frappé des armes de Paris.

En accostant la muraille bâbord, les hommes de *l'Aigrette* reconnurent, amarré à un câble d'ancre, le canot-major de leur propre frégate. Ils le hélèrent.

— Monsieur de Traversay est à bord depuis ce matin, dit le patron. Notre capitaine a porté en personne le courrier du roi à l'amiral de Grasse, qui a convoqué aussitôt ses capitaines. Il doit se passer des choses importantes...

Blaizou et Marie montèrent l'échelle de coupée et se retrouvèrent sur le pont. Comparé à celui de leur frégate, il leur parut immense. Les deux gros sacs du courrier de l'équipage suivaient. Le bosco de *la Ville de Paris* interpella Blaizou :

— Notre officier de détail assiste comme secrétaire à la conférence de l'état-major et des capitaines. Il vous faudra l'attendre. Lui seul est habilité à vous donner la décharge des sacs.

— Nous attendrons, dit Blaizou.

Un calme étrange régnait à bord du vaisseau amiral. Calme apparent. Tous les yeux des marins étaient tournés vers l'imposante dunette. Dans la chambre du conseil se jouait sans doute le sort de bien des hommes, et peut-être du monde.

La chambre du conseil de *la Ville de Paris* occupait la totalité de l'espace au niveau le plus élevé de la dunette, à l'arrière. Elle était largement éclairée par une suite de grandes baies vitrées ouvrant sur la galerie de poupe, à balustres en bois mouluré chargé d'ors. Des pilastres cannelés, des lambris d'acajou, un parquet de chêne verni ajoutaient à l'impression de grandeur. Le long des cloisons ornées de pistolets et d'épées disposées en éventail, des banquettes de cuir rouge soulignaient la présence d'un officier général à bord. Ses appartements privés donnaient directement sur la chambre du conseil, réservée à ses réceptions et aux réunions des chefs d'escadre et capitaines qu'il convoquait pour solliciter leurs avis et donner ses ordres. Une grande table rectangulaire en occupait le centre. Tout autour, assis sur des bancs, siégeaient les trois chefs d'escadre et les plus anciens capitaines. Les autres se pressaient sur les banquettes ou demeuraient debout.

Imposant dans son uniforme de lieutenant général, justaucorps bleu de roi brodé d'or à tresses, boutonnières d'or à queues, le torse barré par l'écharpe rouge de commandeur de Saint-Louis, culotte et bas rouge écarlate, l'amiral de Grasse présidait.

— Messieurs, voici les dernières instructions du roi, que m'apporte la frégate *l'Aigrette*. Le roi se réjouit de la reconquête de Tobago et de la liberté des mers retrouvée aux îles du Vent. Il nous confirme l'ordre, selon les accords passés avec le roi d'Espagne, de prêter main-forte à ses troupes pour reconquérir l'île de la Jamaïque, dont se sont emparés les Anglais. Après quoi, je devrai détacher la moitié de ma flotte pour escorter en France le convoi des cent vaisseaux marchands, actuellement en cours de chargement. Or nous sommes déjà le 22 juillet. Exécuter à la lettre les ordres du roi reviendrait à abandonner l'autre mission qu'il m'a aussi donnée à Versailles en me confiant le commandement de la flotte ; porter secours aux Insurgents d'Amérique du Nord, qui luttent pour leur indépendance. Curieusement, il n'en fait plus mention dans ces dernières instructions ; mais il ne l'annule pas. Quant à m'amputer de la moitié de la flotte pour ramener le convoi, ce serait vouer l'autre moitié à l'immobilité stérile, ou à une défaite, puisqu'elle ne serait alors plus capable d'affronter les flottes anglaises réunies. Voilà dans quel dilemme je me trouve.

Les chefs d'escadre attendaient. A cette heure décisive, le comte de Bougainville, le marquis d'Espinouze et le marquis de Monteil, qui venait de rallier la flotte avec quatre vaisseaux et avait pris le commandement de l'arrière-garde, n'auraient pas voulu être à la place du chef de l'armée navale.

Le comte de Bougainville, le plus arrogant des chefs d'escadre, s'écria :

— La Jamaïque peut attendre ! Quant à détacher une partie de la flotte, vous venez de le dire : ce serait renoncer à affronter Rodney et même risquer d'être défait par lui...

— Suggérez-vous de désobéir aux ordres du roi ?

— L'amiral d'Estaing, en 1780, a bien désobéi lorsqu'il a porté sa flotte sur Savannah !

L'amiral hésitait.

— Ne peut-on demander d'autres instructions à Versailles ? proposa le marquis de Monteil.

— L'aller et retour d'une frégate demande cinq semaines si les vents sont favorables. Deux mois s'ils sont contraires. On se trouverait alors à la pire saison des cyclones et il serait trop tard pour engager des opérations aussi lointaines. Il nous faut un mois pour gagner la Virginie. Ajoutez quinze jours si l'on va à New York...

La voix claire du marquis de Lilliancourt, gouverneur de Saint-Domingue, s'éleva :

— La décision vous appartient, mon cher comte. Pour ma part, je n'hésite pas à vous conseiller ceci : allez-y ! Allons-y ! L'Amérique d'abord, la Jamaïque ensuite. Et le convoi vous attendra.

Le marquis était tout-puissant aux Antilles et influent à la cour, conseiller du roi en ses conseils. Son avis était précieux et Grasse avait besoin de son appui.

Pour sa part, il était déjà décidé à soutenir les Insurgents, à condition que ses capitaines suivent. Il le savait : s'il remportait une victoire décisive, il serait le héros du jour, unanimement loué à Versailles. Dans le cas contraire — bataille navale perdue, convoi capturé, troupes décimées sur les plages —, il perdrait son commandement avec la confiance du roi et, pour avoir outrepassé ses pouvoirs, il passerait en conseil de guerre, ce tribunal composé des plus anciens chefs d'escadre du royaume.

Il se tourna vers ses capitaines. Sans eux, rien n'était possible. Les désobéissances répétées de Bougainville n'étaient pas une exception. Un vent de fronde soufflait sur le corps mal rémunéré des officiers de marine. Les grades et l'ancienneté ne comptaient guère face aux quartiers de noblesse dont certains aristocrates étaient imbus, et à leurs relations à la cour.

Grasse était de noblesse très ancienne, mais, cadet de famille, son modeste château de Tilly et son récent titre de marquis ne faisaient pas le poids. Quant à sa fortune, due à d'heureux placements à Saint-Domingue et à son second mariage, elle provoquait des jalousies chez certains officiers bien nés mais totalement désargentés, voire endettés, au point de ne porter leur uniforme que dans les cérémonies officielles !

Pour le moment, ces pensées mesquines étaient oubliées. Après les succès aux Petites Antilles, et les quelques bonnes prises qui avaient regarni les goussets, l'amiral ne voyait qu'optimisme et approbation de ses ordres. Mais il en sentait la fragilité.

Son regard s'attarda sur les visages graves, dépositaires d'un passé immense, toutes les traditions de cette vieille nation. Les prestigieux patronymes s'alignaient sous son regard comme les pièces d'un musée derrière une vitrine : des Cars, Vaudreuil, Marigny, Monteil, Castellane, d'Albert de Rions, d'Arros, Glandevez, d'Espinouze et tant d'autres. Sur tous les visages, il trouva la réponse muette à sa question : « Il faut y aller. Il faut d'abord aider les Américains ! »

Toutefois, à part Bougainville, aucun n'osait s'exprimer.

Enfin, le plus ancien des capitaines de vaisseau — proche de ses soixante-dix ans — se leva.

— Amiral, gouverneur, messieurs, une seule question n'a pas été posée et pourtant elle me semble importante. Les Insurgents — pas seulement les généraux, les combattants — nous attendent-ils ? Je veux parler de tous ces agriculteurs, planteurs, trappeurs et colons, marchands, gens de robe ou de plume, majoritairement sujets du roi d'Angleterre, qui, si la révolution réussit, formeront demain la nation des Etats-Unis d'Amérique. Ne croyez pas que le choix soit simple pour eux, entre la fierté de devenir une nation libre, et la fidélité à la couronne d'Angleterre. J'ai toutefois un écho direct de leur état d'esprit à vous soumettre.

Le vieux capitaine tira une lettre de sa poche.

— Ecoutez ceci. Cette lettre, que je viens de recevoir de Boston, est écrite par mon cousin, officier à bord du vaisseau *la Provence*, de l'escadre du comte de Barras, qui appuie les opérations de l'armée Rochambeau : *« En compagnie d'officiers généraux qui se battent pour la cause américaine, nous avons assisté à la consécration d'une église. Puis nous avons dîné au café. Là, un enthousiaste me sauta au col en reconnaissant mon uniforme. Il me félicita d'être à bord du premier vaisseau du roi de France que l'on ait vu à Boston, ce qui, dit-il, fait époque dans la vie d'un homme. A la sortie, les habitants s'empressaient autour de moi, venaient me toucher la main, m'écouter, jetant des regards reconnaissants sur le pavillon du roi de France, qui flottait pour la première fois au centre d'une ville américaine. »*

— Alors, vous pensez, capitaine, que les Américains nous attendent ?

— N'en doutez pas, amiral !

— Quelle est exactement la situation des Insurgents ? demanda un chef d'escadre, le marquis de Monteil.

— Hélas, elle est désespérée, à moins que nous n'intervenions dans le mois qui vient.

Une houle agita les perruques argentées. On entendit des fourreaux d'épée grincer sur le parquet verni. Ouvrant un épais carton gainé de cuir, Grasse déclara :

— Le général en chef Washington, soutenu par le corps expéditionnaire royal du général de Rochambeau, contient au nord l'offensive anglaise. Mais au sud, en Virginie, le marquis de La Fayette et ses volontaires plient sous les coups de l'armée anglaise de lord Cornwallis. A plus de trois cents lieues, Rochambeau souhaiterait lui venir en aide, mais dans cet immense pays, vous le savez, où n'existent que peu ou pas de routes, il n'y a pas de communications rapides par l'intérieur. Et par mer, la seule petite escadre du comte de Barras ne saurait forcer le blocus de la flotte anglaise.

— Et le général Washington, que fait-il ? demanda monsieur d'Espinouze.

— Voici ce que m'écrivait à ce propos le général de Rochambeau : *« Washington m'assure qu'il n'a pas huit mille réguliers et trois mille miliciens pour engager l'offensive contre New York. Il demande à Barras de convoyer les troupes jusqu'à la Chesapeake, mais Barras déclare cela impossible. »*

— C'est où, la Chesapeake ? demanda un jeune capitaine.

— Cette baie immense de cent lieues de long se trouve au centre de l'Amérique. Deux Etats, la Virginie et le Maryland, baignent dans ses eaux. Là, et non à New York, se trouve sans doute la clé des combats, car avec des bateaux on peut aller partout. Mais je termine la lettre de Rochambeau : *« Telle est la situation et la très grave crise où se trouve l'Amérique. La venue de votre flotte avec un corps de troupes sauverait la situation. Tous les moyens entre nos mains ne sont pas suffisants sans votre action jointe à la nôtre et la maîtrise des mers que vous êtes capable d'imposer.* »

— Quand cette lettre a-t-elle été envoyée ? demanda le gouverneur.

— Le 31 mai, monsieur. Elle a mis un mois pour nous parvenir. Dans sa dernière lettre, datée du 11 juin, le général de Rochambeau renouvelle son pressant appel et ajoute : « *Les Américains sont au bout de leurs ressources. Washington n'aura pas la moitié des troupes qu'il souhaite. Il n'a plus actuellement que six mille hommes. La Fayette n'a pas mille réguliers pour défendre la Virginie et à peine autant pour le rejoindre. Aussi est-il de la plus grande importance que vous embarquiez le plus de troupes possible. Quatre ou cinq mille hommes ne seront pas de trop pour soutenir le pauvre marquis de La Fayette.* »

— Si je comprends bien, dit Bougainville, ils manquent de tout, de bateaux et de troupes.

— Il ne saurait y avoir de victoire terrestre sans la maîtrise de la mer. Washington réclame en outre des canons de siège, des mortiers et de l'argent.

— De l'argent ? s'écrièrent d'une seule voix les capitaines.

L'argent était évidemment ce qui manquait le plus.

— C'est clair, dit Grasse en sortant une autre lettre. Voici un mémorandum de monsieur de Tarlé, intendant de l'armée Rochambeau, qui m'en a adressé une copie : « *Les fonds restant dans les coffres militaires ne seront suffisants que pour entretenir l'armée jusqu'au 20 août. On ne trouvera pas, à n'importe quel prix, assez de fonds en Amérique pour satisfaire aux besoins de l'armée. Il y aurait les plus grands avantages à demander l'aide de la marine aux Antilles, soit un million deux cent mille livres en espèces.* »

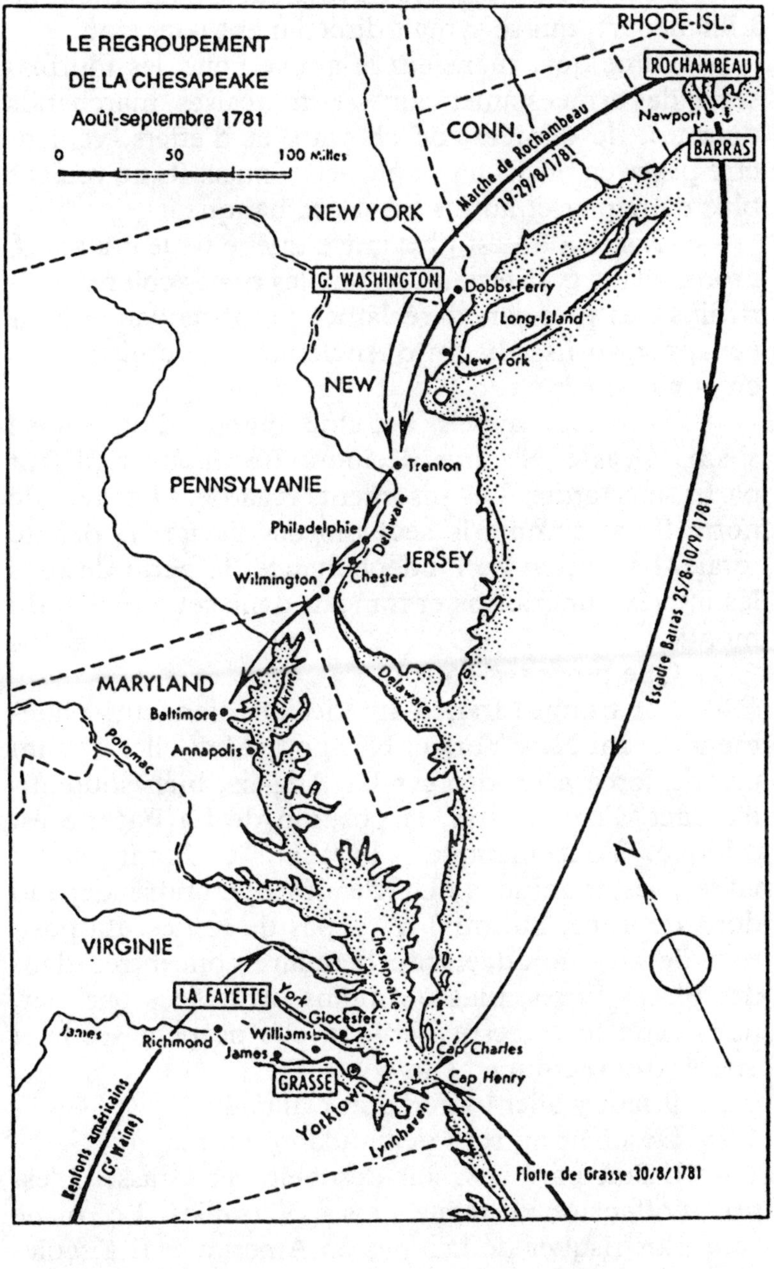
LE REGROUPEMENT
DE LA CHESAPEAKE
Août-septembre 1781
0
50
100 Milles
RHODE-ISL.
ROCHAMBEAU
Newport
BARRAS
CONN.
Marche de Rochambeau
19-29/8/1781
NEW YORK
Gl WASHINGTON
Dobbs-Ferry
Long-Island
New York
NEW
Trenton
PENNSYLVANIE
Philadelphie
Delaware
JERSEY
Wilmington
Chester
Escadre Barras 25/8-10/9/1781
Delaware
MARYLAND
Baltimore
Annapolis
Potomac
N
VIRGINIE
Chesapeake
LA FAYETTE
York
Glocester
James
Richmond
Williamsb
James
Cap Charles
GRASSE
Cap Henry
Yorktown
Lynnhaven
Renforts américains
(Gl Waine)
Flotte de Grasse 30/8/1781

Ce chiffre énorme fit s'exclamer l'assemblée.

— Pourquoi en espèces ? demanda le gouverneur de Lilliancourt, qui se sentait directement concerné.

— Parce que, monsieur le gouverneur, les fournisseurs des armées américaines et françaises, marchands d'armes, de denrées, de chevaux et d'effets, veulent être payés en or. Ils n'ont plus confiance. Ils ne veulent plus de papier et autres billets de banque !

— La situation est plus grave que je ne le craignais, grommela le gouverneur. Même les riches colons américains, les premiers à réclamer l'indépendance pour échapper au fisc du roi d'Angleterre, ne croient plus en la victoire !

— Tous ces appels à l'aide datent d'un mois ! s'écria Grasse. Si nous décidons de les aider, il faut partir sans tarder. Les Insurgents regardent l'arrivée de notre flotte comme le seul moyen d'éviter la défaite totale, l'abandon de l'indépendance, la perte de tous les intérêts américains et français dans cette région du monde.

— Que proposez-vous ?

— Les troupes franco-américaines tiennent solidement devant New York et Newport. Mais elles ne sont pas de force à en déloger les Anglais, bien soutenus par mer. Dans le sud, la position de La Fayette est critique. Tout manque : l'argent, les hommes, les vivres, les munitions. La clé des opérations dépend donc de nous, puisqu'il n'y a pas de routes. La position de chaque adversaire demeure concentrée dans des places fortes, plus ou moins ravitaillées par mer, mais cette force reste stérile si elle ne peut sortir et opérer des regroupements.

— Il faut y aller ! s'écria un capitaine.

— Désobéir au roi ? demanda un autre.

— Il faut parfois savoir désobéir, dit Grasse. L'esprit d'offensive ne règne plus à Versailles. Le roi ne veut plus risquer de troupes en Amérique. Il a seulement promis une aide financière. Il ne croit plus en une victoire américaine.

— Comment le savez-vous ? demanda Bougainville.

— Par cette copie d'instructions secrètes du ministre de la Marine, le marquis de Castries, au général de Rochambeau, que m'apporte *l'Aigrette*. Je lis : « Si l'armée du général Washington était détruite, l'amiral de Grasse devrait couvrir avec sa flotte le repli de l'armée française sur les Antilles. »

Un murmure indigné souleva l'assistance. Grasse sentit que son heure était venue.

— Nous irons donc en Amérique ! Y a-t-il des objections ?

Comme un seul homme, tous les capitaines se levèrent. Des cris fusèrent :

— Quand appareillerons-nous ?

— Merci, messieurs, dit Grasse, plus ému qu'il ne voulait le paraître.

L'unité d'esprit de ses capitaines lui importait plus que tout. Sans elle, il n'y avait pas de victoire possible.

L'amiral se tourna alors vers le marquis de Lilliancourt. De ce côté, pas de surprise. Le gouverneur était acquis d'avance. D'un mouvement de tête, il acquiesça. Puis il demanda :

— Quel est votre plan ?

— Le général Washington penche pour une action sur New York, car il s'y trouve en place. Mais les Anglais y sont puissants et le site peu favorable à une surprise venue de la mer. Je vois une opportunité au sud, en Virginie, contre l'armée de Cornwallis, qui menace d'anéantir La Fayette. Le point d'appui inexpugnable des forces anglaises est le bourg fortifié de Yorktown, au sud de la baie de Chesapeake.

— Si Yorktown est inexpugnable, pourquoi voulez-vous y aller ? demanda Bougainville.

— Parce qu'il nous faut une victoire spectaculaire. Du côté de la terre, il sera possible d'isoler ce réduit, totalement dépendant du ravitaillement maritime. Enfermé entre les rivières York, James et la baie, lord Cornwallis sera prisonnier dès l'instant où ses voies de ravitaillement, de retraite et de renforts seront coupées. Une concentration des armées de Washington, La Fayette et Rochambeau, soutenue par les régiments que nous amènerons, pourra venir à bout de cette armée anglaise assiégée, à condition que notre flotte, son rôle de transport achevé, puisse, pendant toute la durée du siège, empêcher la flotte anglaise d'intervenir, ce qui impliquera sans doute une grande bataille navale. Si nous la remportons, Yorktown sera alors le tombeau de l'armée anglaise du sud. Et de cette défaite humiliante nos ennemis ne se relèveront pas.

La hardiesse de ce projet les stupéfia. Et plus encore, que l'amiral de Grasse agisse sans l'approbation de Versailles. Pendant une heure, ils discutèrent avec passion. Le gouverneur s'engagea à fournir les troupes et les canons de siège. Sous la dictée de l'amiral, l'écrivain rédigea des messages pour Washington, Rochambeau et La Fayette, les invitant à réaliser leur jonction. Une frégate rapide porterait ces messages.

La réussite de l'opération était conditionnée par le secret. L'armée anglaise du nord devait demeurer face à un leurre, un rideau de troupes que Washington laisserait sur place. Et les escadres anglaises devaient ignorer le regroupement à la Chesapeake, au moins jusqu'au débarquement des troupes.

Un seul point n'avait pu être résolu : l'argent. Grasse devrait seul résoudre ce problème.

Ils se séparèrent néanmoins pleins d'enthousiasme.

Sur le pont de *la Ville de Paris*, il y eut un mouvement de foule devant la dunette à la sortie du conseil, suivie de l'ordre retentissant lancé par l'officier de service : « Sur le bord ! » Les jeunes gardes-marine, cessant leurs bavardages, ajustèrent leur uniforme et coururent à leur poste.

Blaizou et Marie virent alors se regrouper sur le pont les chefs d'escadre et les capitaines, en proie à la plus grande excitation.

Les maîtres de manœuvre s'étaient précipités aux bastingages et rappelaient au sifflet les canots des officiers. Ces embarcations attendaient, les unes amarrées aux tangons, les autres aux câbles d'ancre. L'équipage, figé au garde-à-vous, s'était mis « à la bande » le long des bastingages.

Selon le protocole, le gouverneur, puis les chefs d'escadre, enfin les capitaines, par ordre d'ancienneté, défilèrent à la coupée tribord, où une section de soldats du corps royal d'infanterie de marine rendait les honneurs.

— Le canot du comte de Bougainville !

— Le canot du marquis de Monteil !

L'amiral de Grasse en personne, dominant de sa haute taille tout son état-major, saluait les officiers à la coupée. A chaque passage, ses yeux recherchaient le regard du capitaine, dont demain dépendrait peut-être le sort de la bataille. Car nul n'en doutait désormais : un combat naval décisif se préparait.

La chaloupe de *l'Aigrette* s'était respectueusement écartée pour laisser la place aux canots-majors des chefs d'escadre et des capitaines de vaisseau. Lorsque le dernier se fut éloigné, Blaizou, ayant reçu sa décharge du courrier, héla ses hommes :

— Oh ! de *l'Aigrette* ! Accostez ! Et hâtez-vous ! Reste encore la moitié du courrier à distribuer !

Ils embarquèrent. Les deux matelots tirèrent ferme sur leurs avirons, Blaizou à l'arrière tenant la barre. Tout à l'avant, le petit visage tendre de Marie-Galante observait les vaisseaux au mouillage. Puis elle ferma les yeux. La fatigue et les émotions de ces journées l'écrasaient.

Un canot venu du port s'avançait vers eux. Blaizou le reconnut. L'écrivain de *l'Intrépide* regagnait son vaisseau. A ses côtés, un jeune commis fatigué semblait perdu dans ses rêves. Gaël Trémeur croisa à quelques mètres Marie Goulwen, elle aussi perdue dans ses rêves. Leurs rêves. Si proches, ils étaient passés sans se voir.

10

La journée s'écoula, harassante, pour Blaizou et « Mario », qui distribuèrent l'autre moitié du courrier. Enfin libre, Marie-Galante sauta dans le premier canot qui allait à terre, avec un groupe excité de matelots. Tandis qu'ils se précipitaient vers les petites rues chaudes avoisinant le port, où pointaient les poitrines et les croupes opulentes des métisses, elle déambula sur les quais grouillants d'activité.

Comment retrouver Gaël dans cette foule, en supposant qu'il fût à terre ? Avec ou sans uniforme, aucun signe ne permettait de distinguer à quel vaisseau les marins appartenaient. Elle ne pouvait qu'interroger les patrons des embarcations qui accostaient puis repartaient aussitôt chercher d'autres permissionnaires pour la nuit la plus chaude de la colonie.

Elle identifia enfin une chaloupe de *l'Intrépide*, dont le nom était écrit sur la coque.

— Je cherche mon ami Gaël Trémeur, un copiste de *l'Intrépide*.

— Je viens de le ramener à bord.

Profondément déçue, Marie s'éloigna. Que faire ? Debout sur le quai encombré de barriques, de caisses et de ballots, insensible au tohu-bohu des marins et des débardeurs, elle vit le soleil qui déclinait derrière les collines.

Sur l'esplanade publique dominant le port, une foule de gens de toutes conditions contemplait le spectacle grandiose de la flotte. D'élégantes créoles en robe longue et chapeau à plumes jouaient avec grâce d'une ombrelle de dentelle. A leur côté, un petit esclave noir agitait un éventail. Leurs servantes de couleur, en jupe courte bariolée, coiffées du mouchoir *calendé*, paraissaient aussi belles et sensuelles que leurs maîtresses. Des officiers, des aristocrates, accompagnés des plus belles femmes de Saint-Domingue, savouraient la douceur du soir. De riches colons en veste brodée d'or, manchettes et jabots de dentelle, bottes de cuir, se pavanaient, le ventre barré d'une chaîne d'or. Luxe des toilettes, bijoux, broderies, galons, rubans, perruques, habits de toile légère, bas de soie et souliers à boucle d'or, canne au pommeau incrusté de diamants, tout ce joli monde exprimait avec exubérance la richesse de la colonie et le désir passionné de jouir de la vie.

Dans cette foule, la multitude bigarrée des Noirs, métis, mulâtres, quarterons, mamelouks, chabins et autres sang-mêlé se mélangeait aux maîtres, sans contrainte : esclaves à tout faire, pieds nus, vêtus d'un simple caleçon blanc, portant parfois fièrement un turban d'étoffe chatoyante ; domestiques de riches plantations, en livrée ; affranchis coiffés du chapeau *bakoua*. On se serait cru au cirque, ou au théâtre ; on était au Cap-Français de Saint-Domingue, « le Paris des îles ».

Un petit vent frais parfumé de cannelle et de vanille ridait l'eau de la rade, sillonnée par des centaines d'embarcations : les canots et chaloupes du roi qui reliaient à la terre les coques noires des vaisseaux de guerre affourchés dans la rade, des barques surchargées de curieux, de grandes pirogues *gommiers* taillées d'une seule pièce dans un tronc d'arbre, apportant à la flotte les « rafraîchissements » : fruits savoureux et légumes de l'île.

Effondrée sur un ballot, Marie, étourdie, submergée par tant de monde, de bruit et d'agitation, essayait de réfléchir. Pour atteindre Gaël, la seule solution était de lui faire parvenir un message. Elle opta pour la simplicité et écrivit aussitôt :

Mon cher Gaël, je suis à bord de l'Aigrette, *comme copiste. Je serais heureux de te revoir. Donne-moi un rendez-vous à terre. Mario Goulwen.*

Elle plia le papier en quatre, écrivit le nom de Gaël Trémeur, retourna au quai principal. Mais l'embarcation de *l'Intrépide* n'y était plus !

Tout se liguait contre elle ! Un flot de larmes inonda son visage amaigri. A cet instant, Gaël, enfermé dans le local des écrivains, devait lire et relire la lettre de l'étude Trémeur, que lui avait fatalement remise le marquis d'Escragnole. Sans doute avait-il déjà sollicité du capitaine son retour à Brest. La corvette de liaison appareillait le lendemain.

Soudain, des cris fusèrent sur le quai.

— Le feu !

D'un vaisseau au mouillage montait une petite colonne de fumée noire. En quelques minutes elle devint énorme. Le feu, terreur des marins, pire que la tempête, pire que le scorbut ou la peste !

Prise d'un funeste pressentiment, Marie demanda en tremblant :

— Quel est ce bateau ?

— C'est *l'Intrépide* !

La colonne de fumée, rabattue par le vent, montait de l'arrière du vaisseau, mais on ne voyait pas encore de flammes. Des sabords ouverts, de lourdes volutes noires s'élevaient aussi. On entendit des cris de frayeur, puis des ordres hachés :

— Aux pompes ! Bouclez les sabords et les panneaux des cales !

Marie vit les mantelets des sabords se refermer en claquant. Elle comprit que l'on tentait ainsi d'étouffer le feu, qui avait pris dans une cale. Mais il était visiblement trop tard. On ne pouvait empêcher les centaines d'hommes pris au piège à l'intérieur d'ouvrir les panneaux du pont pour échapper à l'asphyxie. D'autres ouvraient même les sabords des canons et se jetaient à l'eau. Sur le pont, les officiers tentaient d'enrayer la panique et d'organiser la lutte contre l'incendie. Des chaînes d'hommes puisaient avec des seaux l'eau dans la mer. D'autres marins s'activaient aux pompes. Mais toute cette effervescence semblait ne produire aucun effet sur le feu, qui gagnait inexorablement.

— Pourquoi ne noient-ils pas leurs soutes ? s'écria un marin sur le quai.

On entendit un ordre hurlé de la dunette :

— Jetez les poudres à la mer !

Marie voit les hommes surgir des panneaux, chacun portant un petit baril de poudre, qu'il jette dans les eaux de la rade. Horreur ! Certains de ces barils sont déjà noircis par le feu !

Les quais et l'esplanade grouillent maintenant d'une foule excitée par le spectacle. Une intense animation règne aussi sur la rade. Les drisses de *la Ville de Paris* se couvrent d'étamine. Marie, qui a appris le code, peut lire : « Ordre aux vaisseaux de s'écarter de *l'Intrépide.* »

Sur chaque bateau on voit les hommes se ruer pour couper à la hache les énormes câbles des ancres. Certains larguent les voiles et hissent les focs. D'autres mettent en catastrophe les embarcations à l'eau pour prendre leur vaisseau en remorque. Il faut se hâter, car tout peut arriver, même le pire.

Brutalement, le panneau de la grande écoutille de *l'Intrépide* éclate avec fracas. Par l'ouverture béante, un nuage rougeâtre où se tordent les flammes jaillit comme du cratère d'un volcan. Simultanément, à l'arrière, une fontaine de flammes s'échappe par la claire-voie de la chambre du conseil. En quelques instants, les flammes se communiquent aux drisses, aux écoutes, aux manœuvres et aux haubans goudronnés, et s'élancent à l'assaut de la mâture, jeu vivant de pavillons rouge et or.

Sur l'esplanade, une créole s'indigne :

— Mais comment est-ce possible ?

A ses côtés, un vieux matelot lui répond :

— Toute ma vie, j'ai graissé les mâts, les écoutes et les manœuvres, les dormantes et les courantes, avec de la graisse de porc et du beurre rance ! Comment s'étonner que ça prenne feu, comme une jeune Négresse en chaleur au retour de la flotte, sauf vot' respect, m'dame !

Le goudron dont sont imprégnés les haubans et les étais fond et s'embrase, des larmes de feu tombent sur le pont, provoquant de nouveaux incendies. Tout brûle, même les mâts !

Sur les vergues, les voiles serrées flambent à leur tour, et les plates-formes des hunes, jusqu'aux barres de perroquets. En bout de vergue, pris au piège, des gabiers qui tentaient de larguer les voiles sautent dans le vide et plongent dans la mer huileuse qui fume.

Les hamacs rangés le long des bastingages brûlent comme de l'étoupe, propageant le feu aux embarcations le long du bord, puis à la coque. On voit à l'avant s'embraser la paille de l'écurie et une vache sauter à la mer en beuglant de terreur. Sur la dunette, un marin ouvre les cages à poules, d'où la volaille s'échappe et se disperse, affolée, en fuyant les flammes, avant de s'envoler par-dessus bord.

Un nouvel ordre monte aux drisses de *la Ville de Paris* : « Les bricks *Saint-Yves* et *Engoulevent*, remorquez *l'Intrépide* hors du port. »

Malgré le feu qui gagne l'avant, embrasant la grande chaloupe dans sa fosse, puis le mât de beaupré, les bouts-dehors, les focs et la civadière, un petit groupe décidé, massé sur le gaillard d'avant, tente de lancer les câbles de remorque aux deux bricks qui se sont rapprochés, au risque de s'embraser à leur tour. Mais il est trop tard. Le mât de misaine de *l'Intrépide*, haubans et étais carbonisés, s'abat sur le pont, dans un nuage d'étincelles. Un canon tire tout seul ! Le cri rauque, dérisoire, d'un officier, tombe enfin de la dunette :

— Bordée bâbord ! Embarque et nage !

C'est alors un sauve-qui-peut général. Les hommes se jettent à la mer. La plupart ne savent pas nager et s'accrochent aux épaves, ou coulent. Les embarcations des vaisseaux voisins, mises à l'eau pour les secourir, n'osent s'approcher du brasier grondant, dont le rugissement couvre les appels de détresse. Le vaisseau n'est plus maintenant qu'une torche, brûlant de la ligne de flottaison à la pomme des mâts.

Soudain, une explosion terrifiante ébranle la rade et la ville. Tout l'arrière du vaisseau se soulève, et *l'Intrépide*, criblant le ciel de débris embrasés, disparaît derrière un nuage de feu et de fumée noire.

— Les poudres ! Les poudres ont sauté ! hurle la foule.

Le fier vaisseau se disperse comme pièces de feu d'artifice, projetant vers le ciel des milliers de morceaux enflammés, qui retombent alentour sur les plus proches vaisseaux qui n'ont pas eu le temps de s'éloigner, et même sur la ville. Dans un fracas horrible, Marie voit s'écraser sur le quai un énorme canon — deux mètres de long, trois tonnes — et une masse de fer déchiquetée qui a dû être un fourneau des cuisines. La panique s'empare alors de la foule, qui reflue en désordre.

Sur la rade, les trois vaisseaux les plus proches de *l'Intrépide* s'embrasent à leur tour. Les capitaines ont prévu le risque et placé cent gabiers dans les hunes et sur les vergues, jusqu'aux barres de perroquet, pour éteindre les foyers qui s'allument dans les mâtures.

Lorsque l'énorme nuage de fumée noire se dissipa, on s'aperçut que *l'Intrépide* avait sombré dans la mer. On ne voyait plus sur la surface rougeoyante que d'innombrables débris de bois calciné, des lambeaux de voiles déchiquetées, des barriques et des corps flottants mutilés, carbonisés, sans vie. Miraculeusement intact, le grand pavillon de poupe, arraché de son mât, s'étalait comme un drap sur la mer, un drap mortuaire tout blanc piqueté de fleurs de lys.

Sur le quai criblé de brandons, Marie, impuissante, avait assisté à tout le drame en pensant à Gaël parti pour elle, pour la mériter, pour leur bonheur, ce bonheur qui s'était anéanti sous ses yeux. Le feu gagnait maintenant les quartiers pauvres de la ville, maisons de bois et toits de chaume, sur lesquels retombait une pluie de flammèches. Surmontant sa douleur, Marie participa au sauvetage. Tandis que des hommes formaient des chaînes pour puiser l'eau du port, elle assistait les brûlés, elle aidait les femmes, les enfants, les vieilles gens affolées à quitter leur maison, qui une à une s'embrasaient par le toit. Par cette activité fébrile, Marie tentait d'oublier l'effroyable vision de *l'Intrépide* qui se désintégrait dans une nuée de feu. Il n'y aurait pas de survivants. Il ne pouvait pas y en avoir ! Gaël était mort !

Epuisée et tremblante, elle retourna vers le port dévasté. Une épaisse fumée masquait le soleil couchant et répandait une âcre odeur de bois, de chanvre et de goudron brûlés. A bord des trois vaisseaux atteints par les retombées de *l'Intrépide* on luttait encore contre les petits incendies qui fumaient ici et là dans le gréement, sur les hunes et sur les ponts. Mais pour eux, le sinistre semblait conjuré.

Comme dans un cauchemar, Marie contempla l'eau de la rade où flottaient des espars calcinés et de nombreux corps, à l'emplacement où *l'Intrépide* avait coulé. Des dizaines d'embarcations les repêchaient, mais c'étaient surtout des morts. Les canots, chargés de cadavres mutilés et brûlés, approchaient maintenant du quai. Marie eut un mouvement de recul et d'horreur, puis elle se domina, prête à reconnaître le corps de Gaël, le compagnon joyeux de son enfance, le tendre ami d'adolescence, l'homme qu'elle aimait.

La première chaloupe accosta, chargée de morts. Quelques blessés furent aussitôt pris en charge par les médecins de la ville et les chirurgiens de marine qui accouraient. Le spectacle des corps mutilés était insoutenable. On débarquait aussi des membres et des têtes arrachés par l'explosion. Un corps éventré laissait échapper ses entrailles. Marie avançait de l'un à l'autre, son esprit anesthésié de douleur, comme détaché lui aussi de son corps.

La nuit tomba brusquement, le quai était couvert de blessés gémissants et de cadavres, dont on distinguait la face exsangue à la lueur des torches que brandissaient des esclaves noirs. Des mouches bourdonnaient autour des morts.

Une dernière fois, Marie passa le long des rangs. Gaël n'y était pas. Elle interrogea des survivants. Personne ne l'avait vu. Avec des dizaines d'autres il avait dû être englouti dans son poste au moment où le vaisseau coulait. Son corps reposait maintenant, par trente mètres de fond, au milieu de la rade. Les lèvres de Marie, brûlées par les larmes et le feu, murmurèrent une prière. Puis elle se leva et s'éloigna lentement, croisant sur le quai la première charrette des morts. De tout son être elle tentait de résister au désespoir. Il y avait peut-être d'autres survivants ? Elle marchait, titubante, au hasard, sans savoir où elle allait.

A l'écart du port, sur une hauteur, derrière un groupe d'élégantes maisons de pierre, s'étendait un beau square planté de palmiers et d'arbres exotiques couverts de fleurs. Des oiseaux sautillaient dans le gazon. Une fontaine répandait son eau claire. La vie ! On se serait cru dans un autre monde.

Marie trempa dans l'eau fraîche son visage brûlant et s'abreuva longuement. Puis elle s'assit sur un banc, ferma les yeux.

Les souvenirs, aussitôt, affluèrent. Souvenirs rayonnants de Bretagne, où elle courait pieds nus sur la grève de Laninon en tenant par la main son compagnon de jeux, de joie. Plus tard, confidences amoureuses chuchotées à l'oreille, étreintes discrètes des mains. Eveil des sens qui embrasent les corps qui se cherchent. Elle l'attendait à l'abri d'un bosquet d'hortensias, derrière la poudrerie royale de Recouvrance. Gaël se faisait reconnaître par un petit air de Mozart. Elle croyait encore l'entendre. C'était si fort et si précis qu'elle crut que son cœur, cette fois encore, allait éclater. Pour échapper au vertige qui l'emportait, elle ouvrit les yeux.

Le fantôme de Gaël s'avançait vers elle, de son pas assuré. Il était pieds nus. Sa flûte enchantée égrenait les mêmes notes, douces comme un chant d'oiseau. Et soudain, elle fut dans ses bras. La flûte était tombée à terre, Gaël serrait passionnément Marie, leurs visages se touchaient, et leurs lèvres. Ce n'était pas un rêve !

Incrédule, elle contemplait sa tête bien-aimée, ce visage noirci par la fumée, la peau brûlée et la chevelure blonde. Elle palpait ses mains, ses bras nus. Les vêtements déchirés, roussis, trempés, collaient à son corps. C'était lui et il était vivant ! Marie-Galante, maintenant, criait de joie et ce cri sauvage se mua en une plainte amoureuse.

Mais lui n'y croyait pas. Comment eût-il pu imaginer que Marie était à Saint-Domingue ? C'était un rêve, un mirage, que la puissance sans limite de la flûte faisait revivre sous ses yeux. Ses yeux qui dévoraient le petit visage épuisé, aux cheveux noirs tirés en arrière. Ce jeune garçon plus femme que toutes les femmes, qui possédait son cœur, son esprit et ses sens. Il rêvait ! Ou bien il était mort et par-delà l'éternité il avait retrouvé l'Amour !

Elle murmurait doucement les mots de tous ceux qui s'aiment, et sa voix était comme le bruissement d'une source.

— Tu ne rêves pas, mon amour. C'est bien moi, Marie.

Et lui ne pouvait que répéter, inlassablement :

— Marie-Galante ! Tu es là, tu es là ! Tu es venue !

Il l'étreignit furieusement. Leurs lèvres se joignirent. Ils roulèrent dans l'herbe, au pied du banc, arrachèrent leurs vêtements et s'unirent corps et âmes, dans un soleil de feu, aux sources de la vie.

Quand ils se séparèrent, ils demeurèrent longtemps tendrement serrés l'un contre l'autre. Au-dessus de leurs têtes scintillaient mille étoiles. Une odeur de vanille flottait dans l'air. Un mouvement de brise y mêla soudain l'âcre odeur de brûlé, qui les ramena au drame. Alors, il raconta :

— Je me trouvais sous la dunette, dans le compartiment des secrétaires, lorsque le feu a pris. Dans la chambre au-dessus, mon ami Olivier, le fils du capitaine d'Escragnole, terminait son travail, la tête pleine de ses rêves de fleurs exotiques et de papillons qu'il comptait poursuivre dans les forêts de l'île, dès qu'il pourrait descendre à terre.

Marie pensait : « Il ne parle pas de son père. Donc, le capitaine d'Escragnole ne lui a pas remis la lettre. Peut-être a-t-il coulé avec son vaisseau... »

Gaël poursuivit son récit :

— Le feu a pris dans la cale arrière, dans la soute aux vins. Un homme a dû tirer clandestinement du rhum d'un baril. Il a trop approché sa lampe. C'est un accident irrémédiable, sauf si l'on arrive dans l'instant à étouffer le feu. Mais pour *l'Intrépide*, il était déjà trop tard. L'homme devait être ivre. Il n'a pas exécuté les manœuvres de sécurité : étouffer le feu avec un vêtement ou un sac, jeter de l'eau puisée au plus proche charnier, fermer les portes, donner l'alerte. Peut-être y a-t-il eu une explosion spontanée de vapeurs d'alcool dans ce local confiné.

Gaël demeura longtemps silencieux, revivant le drame. Marie contemplait son visage, elle se perdait dans ces yeux bleu sombre presque noirs, et se répétait inlassablement, au rythme de son cœur : « Il est vivant ! Il est vivant ! Il est vivant ! »

Gaël reprit :

— La soute aux poudres, quelque trois cents barils, se trouve tout à côté de la soute aux vins. C'est à l'arrière que les compartiments sont les plus vastes, les mieux aérés et les plus secs. On n'a pas pu étouffer le feu, car les hommes, pris au piège dans l'épaisse fumée, s'échappaient en ouvrant sabords et panneaux d'écoutille. C'est ainsi que le feu a gagné les batteries puis le pont.

— Je l'ai vu, du quai ! Les flammes se propageaient partout ! On voyait que le vaisseau était perdu. Du pont, des hommes, vêtements en feu, se jetaient à l'eau par grappes entières !

Devant eux, par une échancrure des palmiers, ils apercevaient le miroir moiré de la rade. Il caressa longuement la main de Marie posée sur la sienne, puis il poursuivit :

— Je cherchai en vain mon officier, M. de Rostelec, pour prendre ses ordres, et le second secrétaire, mon ami Olivier, le fils du capitaine. Toute la responsabilité du service administratif me revenait donc. J'ai récupéré le journal de bord et le rôle d'équipage, je les ai mis dans un sac étanche pourvu de liège et je suis sorti.

Il s'interrompit à nouveau. Marie sentit que sa main tremblait dans la sienne. Elle comprit qu'il lui était difficile de parler, mais qu'il avait besoin de raconter ce drame pour s'en délivrer, tenter de l'exorciser. Haletant, il reprit son récit :

— En gagnant la dunette, j'ai croisé le capitaine d'Escragnole, qui arrivait du pont des pavillons d'où il dirigeait les opérations de sauvetage. Il m'a crié : « Rostelec a été tué par la chute d'une vergue ! Mon fils reste introuvable ! » Il m'a tendu une clé. « Va dans ma chambre, ouvre le coffre et prends un petit sac plat de cuir rouge lesté de plomb, scellé aux armes du roi. Ce sont les documents secrets. Il faut les sauver à tout prix. » En remontant vers le pont de la dunette, il me cria encore : « Occupe-toi aussi d'Olivier ! » Il a disparu dans un tourbillon de fumée. Elle brûlait les yeux et les poumons, paralysant les hommes. Je me suis rué vers la chambre du capitaine. J'ai ouvert le coffre. J'ai pris le sac de cuir rouge, dont j'ai arraché la ceinture de plomb, destinée à le faire couler lorsque le vaisseau risque d'être capturé par l'ennemi. Je l'ai mis dans mon sac et je me suis dirigé vers la chambre d'Olivier.

Marie demeurait suspendue à ses lèvres. La voix de Gaël s'était raffermie :

— La pièce, enfumée, était irrespirable. Apparemment, elle était vide. J'ai entendu un gémissement. J'ai heurté un corps. Mon ami gisait sur le sol, sans connaissance, au pied de sa couchette. Je l'ai réveillé en lui jetant un broc d'eau sur le visage et l'ai entraîné vers le pont principal, où grondait la fournaise. Il fallait faire vite. Juste à l'aplomb passait un canot. J'ai aidé Olivier à escalader le bastingage. J'ai dû le pousser. Il avait plus peur de la mer que du feu. Je l'ai vu tomber à l'eau, aussitôt recueilli par le canot. Il m'a crié : « Saute ! »

— Et tu as sauté ! s'écria Marie. Tu étais sauvé !

— Pas encore. Bien que le capitaine ait donné l'ordre d'évacuation, je me sentais lié à lui et j'ai voulu une dernière fois prendre ses ordres, car je ne doutais pas qu'il était resté sur la dunette. A partir de là, tout est confus dans ma tête. Passant devant le local des écrivains, j'ai pris dans mon coffre cette flûte qui est mon bien le plus précieux, parce qu'elle me vient de toi. Je suis remonté sur le pont. A cet instant, les poudres ont explosé. Je me suis retrouvé dans l'eau. A côté de moi flottait le précieux sac, que j'avais attaché à mon poignet par la chaînette règlementaire. J'ai cherché en vain mon vaisseau. *L'Intrépide* avait coulé, entraînant sans doute des centaines de marins qui n'avaient pu s'échapper à temps. Je suis resté une heure dans l'eau, peut-être plus. J'avais pu enfiler une ceinture de liège qui flottait sur la mer. Malheureusement, ayant perdu ma voix, j'étais incapable d'appeler à l'aide. Dans la nuit, je ne savais qu'une chose : je devais survivre pour la mission que m'avait confiée le capitaine, et pour toi. Enfin, une embarcation m'a récupéré, presque sans connaissance, et m'a déposé sur le quai, au milieu des blessés et des cadavres.

— Mais je ne t'y ai pas trouvé !

— Comme je n'avais aucune blessure apparente, sinon quelques brûlures, on ne s'occupa plus de moi. J'ai pu gagner la Maison du roi pour y déposer le fameux sac. Ah ! je n'avais pas fière allure, pieds nus, trempé, les vêtements en lambeaux ! Il y régnait une effervescence indescriptible. J'ai tout de même appris avec bonheur que le capitaine d'Escragnole et son fils ont été sauvés. On les a vus, ils doivent être à l'hôpital maritime.

— Je comprends maintenant pourquoi je ne t'ai pas trouvé sur le port, dit Marie, bouleversée.

Il ne répondit pas, la contemplant avec incrédulité. Soudain, il s'écria :

— Et si tout cela n'était qu'un rêve ? Si j'étais mort dans l'explosion, ou noyé ? Ce n'est pas possible que tu sois là, Marie !

Elle le serra dans ses bras. Puis elle lui raconta son aventure à elle. Il ne pouvait pas arriver à croire qu'elle ait réussi à se faire embarquer sur *l'Aigrette*. Elle répliqua :

— Tu as bien réussi, toi !

— Mais moi, je suis un homme !

— Et moi, je suis une femme ! Ce que femme veut, Dieu le veut !

Elle se serra tendrement contre lui et murmura :

— Quand nous marions-nous, Gaël ?

— Le plus tôt possible ! Nous nous installerons ici, nous y aurons de beaux enfants.

Il souriait à ce rêve, qui était aussi son rêve. Puis le visage de Gaël s'assombrit.

— Evidemment, il ne sera pas facile d'obtenir le consentement de mon père.

Elle se sentit défaillir et ses yeux gris perle se figèrent. Imperturbable, il poursuivit :

— Mais je ne vois pas ce qui pourrait empêcher notre mariage, maintenant que l'irréparable s'est produit.

Elle sourit à ce mot, à la fois si doux et si violent : *l'irréparable*, qui lui rappelait leur folle étreinte. Puis la dure réalité s'imposa à son esprit : le notaire mort, la lettre-testament, la malédiction qui pesait sur leur couple.

Fallait-il parler ? Elle en était incapable. Elle avait honte de sa lâcheté, mais tout son corps et son esprit se révoltaient à l'idée de cette opposition paternelle irréversible, qui pesait sur leur amour, cette force *post mortem* ! Elle ne parlerait pas. Elle préférait s'abandonner au hasard, ou à ces forces célestes bénéfiques qui jusqu'à ce jour l'avaient protégée, malgré la folie de ses entreprises.

Dans le ciel, une lumière montait à l'est. Le jour était proche. Ils contemplèrent la rade, toute rose d'un jour nouveau.

Il se leva, secoua les loques de ses vêtements déjà secs, où s'accrochaient encore des algues, ramassa sa flûte, la glissa dans sa ceinture.

— Allons au port, dit-il.

Une forte odeur de brûlé imprégnait encore l'air et toutes choses alentour. Quantité d'espars et de débris calcinés, poussés par la marée montante, flottaient le long du quai, où les gens se pressaient pour demander des nouvelles.

Soudain, des marins armés se dressèrent devant eux. Un homme cria :

— C'est l'un des nôtres ! C'est Mario Goulwen, le copiste ! Allez, suis-nous !

Marie reconnut le maître d'équipage de *l'Aigrette.*

— Que se passe-t-il, bosco ?

— Ordre du capitaine de Traversay : toutes les permissions sont suspendues. Ordre de regagner immédiatement le bord !

Il se tourna vers Gaël, qui avait plus l'air d'un pirate échappé d'un combat que d'un honnête marin du roi.

— Et celui-là, d'où sort-il ?

— Je suis un rescapé de *l'Intrépide.*

Le maître s'adoucit.

— Ah ! Pauvre gars. Pauvres gars ! On dit qu'il y a des centaines de victimes ! Tu as de la chance d'en être sorti.

— Je vais à l'hôpital maritime, dit Gaël en se tournant vers Marie. Il me faut voir le capitaine d'Escragnole, lui dire que j'ai pu remplir ma mission.

Il aurait voulu prendre Marie dans ses bras et l'embrasser doucement. Mais c'était impossible devant ces hommes. Il leur fallait jouer ce jeu, cette supercherie, jusqu'au bout. Il lui sourit.

— Adieu, *Mario*. Je te ferai parvenir un message dès que je connaîtrai ma nouvelle affectation.

Déjà il s'éloignait. Marie remarqua que ses pieds nus saignaient et son cœur se serra. Puis elle se joignit au petit groupe de marins qui regagnait le quai, où attendait le canot de *l'Aigrette*. Juste à côté, elle vit aussi une chaloupe de *l'Intrépide*. Mais celle-là n'attendait plus personne.

A l'arrivée du bosco, le patron du canot se dressa.

— Tous présents et sobres, maître !

— Allez ! Embarque, et pousse, garçons !

11

L'hôpital maritime de Cap-Français se dressait sur les hauteurs boisées de l'île, dans un cadre agréable bâti de luxueuses villas de style colonial, entourées de jardins où s'épanouissait une flore exubérante d'hibiscus, de lauriers-roses et de flamboyants aux couleurs éclatantes.

Encore en état de choc, le marquis d'Escragnole demeurait assis sur son lit, le corps meurtri, l'esprit anéanti par le drame. Un capitaine est toujours responsable de la perte de son vaisseau. Le capitaine du port venait de lui en apporter le terrible bilan : une trentaine de morts et plus de deux cents blessés. Une centaine de rescapés étaient à peu près indemnes, auxquels s'ajoutaient, heureusement, quelque trois cent cinquante hommes, la moitié de l'équipage, en permission à terre au moment de l'explosion.

Consolation de père, son fils Olivier était sauf, grâce à ce jeune Trémeur, qui avait aussi sauvé le journal de bord, le rôle d'équipage et les documents secrets. Hélas, pour le capitaine César d'Escragnole, la campagne était terminée. Même si le tribunal militaire l'exonérait un jour de toute responsabilité dans la perte de *l'Intrépide* — rien n'était moins sûr —, il resterait à jamais un « capitaine disgracié », un officier qui a perdu le vaisseau que le roi lui a confié.

Déjà, il imaginait le conseil de guerre réuni pour le juger, dans l'austère château de Brest. Le président est un très vieux lieutenant général, entouré par six capitaines de vaisseau. En face, le rapporteur, tout de noir vêtu, et l'écrivain-greffier devant son écritoire. En arrière-plan, quelques soldats des régiments de marine, mousquet au pied. Visages sévères des juges, sombres, indéchiffrables. L'assesseur, à l'invitation du président, relate les faits :

« Ce 23 juillet 1781, le vaisseau de deuxième rang l'Intrépide, *étant mouillé au Cap-Français, sous le commandement du marquis César d'Escragnole, capitaine de vaisseau du roi, chevalier de Saint-Louis, cinquante-sept ans, le feu ayant pris dans la soute aux vins... »*

Les visages des capitaines se crispent. Tous savent qu'ils pourraient être à la place de cet officier, dont l'honneur et la carrière sont menacés. L'homme en noir poursuit :

« Le conseil de guerre est réuni au château de Brest sur ordre du roi pour examiner la conduite dudit capitaine, et dire si celle-ci a provoqué la perte du vaisseau susmentionné, enfin si chacun a bien rempli son devoir dans ce qu'il pouvait et devait faire... »

Puis s'élève la voix tendue du président :

« Capitaine d'Escragnole, veuillez nous décrire les circonstances de la perte de l'ex-vaisseau de Sa Majesté. »

Il parle, la voix cassée par l'émotion. Après sa déposition, un silence étrange s'étend dans la grande salle de pierre. Voix du rapporteur :

« Question de la cour. Capitaine d'Escragnole, avez-vous motif à formuler des reproches contre l'un de vos officiers, ou tout membre de l'équipage ?

— Non, monsieur. Tout le monde à bord a fait son devoir, jusqu'à la mort. »

La mort. Le mot résonne sous les voûtes de pierre, comme dans un tombeau.

On frappa à la porte. Un infirmier militaire entra et lui tendit un chiffon de papier encore humide.

— On a trouvé cela dans la poche de votre redingote, capitaine. C'est peut-être important.

— Oui, je me souviens. L'écrivain de *l'Aigrette* m'avait remis cette lettre de Brest destinée à un certain Gaël... Gaël ! Et si c'était le sauveur de mon fils ?

Le capitaine d'Escragnole se mit à lire attentivement la lettre, dont l'eau de mer avait à peine éclairci l'encre noire. Soudain, il eut un haut-le-corps. Il venait de lire le nom de Marie Goulwen, sa fille naturelle !

Il reposa la lettre sur le drap et se mit à rêver. Que c'était loin, tout cela ! Il n'avait jamais vu cette petite fille inconnue née de ses amours furtives avec Morgana. Son fils, le petit Olivier, avait alors six ans. La marquise d'Escragnole était morte depuis trois ans. Il aurait pu se remarier. Il ne l'avait pas fait, absorbé par sa carrière de marin, toujours éloigné du port et si loin de sa Provence. Il n'avait jamais revu la belle hôtesse de Recouvrance. Mais il n'éprouvait pas de remords vis-à-vis de Morgana et de leur fille. A sa place, la plupart des aristocrates ou des bourgeois les auraient même ignorées. Il avait scrupuleusement assuré l'existence matérielle de l'enfant. D'après ce qu'on lui avait dit de Morgana, elle avait aussi réussi sa vie d'une manière inespérée, en partie grâce aux libéralités de son ancien amant.

Curieusement, le marquis d'Escragnole passait de son procès pour la perte de son vaisseau à cette autre accusation que l'enfant née de ses amours lui ferait peut-être un jour. Et il en était bouleversé.

Le capitaine reprit la lettre. Il n'y comprenait rien. « Que vient faire ce notaire dans l'affaire ? Maître Trémeur ? Oui, je le connais, et Olivier m'en a parlé. C'est le plus gros notaire royal de Brest. Un homme ambitieux et angoissé, toujours fasciné par les spéculations les plus extravagantes. Il est mêlé à quantité d'affaires prospères. La traite des Noirs, les plantations de canne à sucre aux Antilles... Ainsi, il est mort ! Paix à son âme ! »

La porte s'ouvrit brusquement.

— Olivier !

Méconnaissable, chevelure brûlée, visage balafré d'égratignures, le fils du capitaine contemplait avec émotion le père anéanti, le capitaine disgracié. Et soudain, oubliant la retenue de mise dans les familles nobles, il se jeta dans ses bras.

— Mon petit ! Tu es sauvé ! Tu es tout ce qui me reste après ce désastre...

— Père ! Vous êtes sain et sauf ! C'est pour moi l'essentiel. Il y a eu tant de morts !

— Je voudrais être parmi ceux qui ont été engloutis avec mon vaisseau !

— Ne dites pas cela ! J'ai tellement besoin de vous !

— L'explosion des poudres m'a précipité à la mer. Par miracle, un canot de sauveteurs passait, il m'a récupéré sans connaissance au moment où je coulais.

— Un miracle !

— J'ai tout fait pour sauver mon bateau. Mais avec le rhum, on demeure désarmé. Je m'étais opposé à ce qu'on en embarque à bord une telle quantité, mais l'équipage s'est presque mutiné. Ils veulent bien mourir pour le roi, mais pas sans alcool, ce rhum qui les aide à affronter et surmonter les pires combats... Le feu a pris je ne sais comment. Sous la chaleur, un baril a dû éclater. L'alcool enflammé s'est répandu dans la cale. J'ai compris qu'on ne sauverait le vaisseau qu'en la noyant. A ma demande, dix volontaires se sont enfoncés dans les soutes avec des haches et des tarières. Sous les ordres du maître charpentier, ils ont ouvert une brèche dans la coque. Mais il était trop tard. Le feu avait déjà atteint le pont et la mâture.

— On m'a dit que l'on avait tenté de jeter les poudres à la mer.

— On a jeté une dizaine de barils. Mais dans les cales, les hommes tombaient, asphyxiés par la fumée. Quand j'ai vu éclater le panneau de la grande écoutille sous la poussée irrésistible du feu, j'ai su que le vaisseau était perdu. Et toi ?

— Je dois la vie à Gaël Trémeur. Il m'a sorti presque inanimé de ma chambre, puis m'a traîné sur le pont environné de flammes et m'a jeté dans un canot de survivants où tous les bras se sont tendus pour me recevoir.

— Gaël ? Gaël Trémeur ? Serait-ce lui ? Lis cette lettre !

Olivier lut lentement, déchiffrant l'incroyable message, qui aurait dû être deux fois noyé ! Puis il releva la tête.

— C'est bien de notre Gaël qu'il s'agit, père. Gaël Trémeur, fils de maître Nicodème Trémeur, notaire royal à Brest. Quant à cette Marie Goulwen, qu'il appelle Marie-Galante, il m'en a parlé aussi. Il en est follement épris. Il est parti à cause d'elle, pour échapper à un mariage avec une jeune fille de l'aristocratie, que son père voulait lui imposer.

— Et lui impose encore, même après sa mort ! Quelle histoire incroyable !

Le marquis d'Escragnole laissa porter son regard au-delà de la baie vitrée. L'hôpital militaire dominait la rade de Cap-Français, couverte des vaisseaux au mouillage. Mais l'un d'eux manquait, et à son emplacement on avait jeté une immense couronne de fleurs d'hibiscus. Il demanda :

— Gaël t'a donc parlé de cette jeune Marie ? Marie-Galante, dis-tu ? C'est le nom d'une île des Petites Antilles, entre la Guadeloupe, La Désirade et les Saintes.

— Oui, père. C'est à Marie-Galante que je suis allé herboriser voici trois mois en compagnie de Gaël, avec votre permission !

— Je m'en souviens ! Quelle étrange coïncidence ! Parle-moi de cette jeune fille. Comment est-elle ?

— D'après Gaël, belle à faire se damner un officier du roi... ou un fils de notaire royal ! Comme je vous l'ai dit, Gaël en est fortement épris. Je ne doute pas un instant qu'il renonce à son fabuleux héritage pour l'épouser.

— Marie Goulwen... La fille d'une hôtesse de Recouvrance et d'un père... inconnu !

— Mais pourquoi pas ? Vous m'avez dit un jour que cette auberge était très appréciée des officiers.

— Tu as raison, Olivier. Nos préjugés nous aveuglent. Il n'est d'autre noblesse que celle du cœur et de l'esprit. Il m'a fallu le naufrage de mon vaisseau pour le comprendre, en affrontant la mort, hier, et peut-être demain le déshonneur et la disgrâce royale.

— Père, avec ou sans vaisseau, vous avez toujours eu la noblesse d'esprit et de cœur. Cela, personne, pas même le roi, ne pourra vous l'enlever. Mais... comment savez-vous que Marie est la fille d'une hôtesse de Recouvrance ?

— Je vais te faire un aveu, Olivier, puisque je n'ai plus rien à te cacher. Marie Goulwen est ta demi-sœur.

Stupéfait, Olivier demeura bouche bée. Puis il sourit. Et ce sourire s'étendait sur son visage ravagé, lui redonnant vie et couleurs. Cette révélation l'enchantait.

— Gaël est devenu mon meilleur ami, le frère que je n'ai pas eu. Parce qu'il m'a sauvé la vie, je me trouve attaché à lui par des liens presque charnels. En épousant Marie, il entrera dans notre famille !

— Ainsi, tu n'es pas offensé, fâché de te découvrir une demi-sœur ?

— Non, père, et j'ai hâte de la connaître ! Si vous saviez le portrait enthousiaste que m'en a fait Gaël ! Ah ! elle a de qui tenir, Marie-Galante !

— Oui. Les Escragnole, vieille noblesse provençale jamais corrompue par la cour de Versailles ni d'ailleurs, et cette Morgana Goulwen, Bretonne née des tourbillons de la mer, une personnalité étonnante !

Le visage d'Olivier s'assombrit.

— Père, allez-vous remettre cette lettre à Gaël ?

— Comment pourrais-je faire autrement ? Tu viens d'ailleurs de me dire qu'il est tout à fait sûr de ses sentiments pour Marie.

— C'est vrai. Son attachement remonte à leur plus tendre enfance. Il se moque bien du fabuleux héritage et d'un mariage aristocratique. Mais il y a cette horrible menace *post mortem*, la malédiction du père. Comment effacer cela ? Je me mets à sa place. Je vous annonce que je vais épouser la fille d'une cabaretière, moi, le fils unique ! Et je vous crucifie. Et vous me suppliez d'y renoncer, au nom de valeurs familiales respectables. Comme je résiste, vous me maudissez !

— Je ne te maudirais pas, Olivier.

— Alors, vous allez déchirer cette lettre ? Vous allez encourager le mariage de Gaël et de Marie ? Et quand le clerc de l'étude, ne recevant pas de réponse, écrira une seconde lettre, dans un mois, dans un an, tout sera consommé, en dépit des volontés de maître Trémeur.

— Paix à son âme, Olivier ! Là où il est, il n'y a plus ces passions qui avilissent l'homme. Il n'y a plus que la lumière et l'amour.

— Même pour un notaire négrier ?

— Abstiens-toi de juger. Surtout un mort !

Le marquis d'Escragnole ferma les yeux, épuisé. Il revoyait sa vie, pas toujours exempte d'erreurs, de petites lâchetés, de renoncements coupables. Mais droite tout de même à travers les écueils.

— Gaël doit connaître la vérité, Olivier. Il ne peut pas fonder sa vie sur cette... dissimulation. Et nous n'avons pas le droit de lui enlever cette liberté de choisir. Mais nous parlons, alors que nous ne savons même pas si Gaël est en vie.

— Que voulez-vous dire ? Vous me faites peur !

— Le capitaine du port m'a remis il y a une heure la liste des rescapés de *l'Intrépide*. Gaël Trémeur n'y figure pas, me semble-t-il.

— Mais on a récupéré le sac de *l'Intrépide*, avec le journal de bord et les documents secrets !

— Cela ne prouve rien. J'ignore dans quelles conditions ce sac, garni de liège, a été récupéré.

— Gaël est-il parmi les morts identifiés ?

Le capitaine ouvrit le tiroir de sa table de nuit, en tira des feuillets et les tendit à Olivier, qui les parcourut avec angoisse, puis s'écria :

— Il est sur la liste des « disparus » ! Qu'est-ce que cela veut dire ?

— Ceux, engloutis avec le vaisseau, dont le corps n'a pas été retrouvé.

— Mais alors, il est mort ?

— Quelques-uns ont pu se sauver. Après l'explosion et le naufrage, des rescapés indemnes ont été choqués. Tous n'ont pas pensé à se faire reconnaître. Certains errent peut-être dans les faubourgs de la ville ou se sont réfugiés dans les tavernes du port.

— Père, je vais m'en occuper ! Je vais le chercher partout. Il m'a sauvé la vie !

— Tu tiens à peine debout. S'il est vivant, nous le saurons bien assez tôt pour lui apprendre la mort de son père et ses dernières volontés. Reste auprès de moi, Olivier. Seule ta présence en ce moment m'aide à survivre après la tragédie de *l'Intrépide*.

En quittant Marie sur le quai, Gaël avait l'intention de monter à l'hôpital maritime pour y prendre des nouvelles du capitaine d'Escragnole, de son fils Olivier et de leurs compagnons rescapés. Mais il n'était vraiment pas présentable pour une telle visite, les vêtements brûlés, déchirés, les pieds nus écorchés, les mains maculées de suie.

Il entra dans une auberge du port pour s'y laver et changer si possible de vêtements. Il lui restait heureusement au fond de sa poche un louis d'or, qu'il avait pris la veille, dans la perspective de s'offrir un bon souper en ville avec Olivier, leur travail achevé.

Après s'être lavé, peigné, et avoir obtenu de l'aubergiste une chemise, des bas, une culotte et des souliers un peu usés mais décents, laissés en gage par un client, un jeune officier désargenté que l'on n'avait jamais revu, il descendit dans la salle d'hôtes.

Plusieurs marins de la flotte y étaient attablés. Certains buvaient des *guidives*, un punch bon marché connu pour réveiller les ardeurs sexuelles. D'autres dévoraient de grands plats de riz blanc relevé de hareng fumé. Certains jouaient au passe-dix ou au biribi. Derrière une table, un peu à l'écart, un jeune officier, lieutenant d'infanterie de marine, mangeait consciencieusement un énorme plat de riz créole aux épices, garni de gros morceaux de volaille. Une belle métisse lascive le servait, dont le large décolleté laissait entrevoir les rondeurs les plus désirables. Entre deux bouchées, le regard concupiscent du garçon s'y glissait.

L'aubergiste invita Gaël à s'asseoir. Il lui apporta une grande écuelle de pat-en-pot, soupe de mouton épaisse, et lorsqu'il eut fini il lui servit un matété-crabe fortement épicé. Un gâteau-coco et des goyaves complétaient ce repas splendide, arrosé d'un muscadet nantais.

Quand il eut achevé de manger, l'aubergiste lui servit un café très sucré et très noir, ouvrit une bouteille de son meilleur rhum-habitant. Puis il s'assit à côté de lui et le questionna avec curiosité.

— Rescapé de *l'Intrépide*, je parie ? Pourquoi n'es-tu pas à l'hôpital ?

— Il doit être surchargé de blessés. Moi, je n'ai rien de grave. Mais j'y vais de ce pas. J'ai hâte de retrouver mes amis.

— On dit qu'il y a beaucoup de morts.

— On le dit...

— Foutu métier que celui de marin ! Je l'ai été, dans ma jeunesse. Pêcheur à Trébeurden. Périodiquement raflé par le roi pour des campagnes où il n'y a que des coups à prendre, avec en prime le scorbut et les fièvres, pour un salaire de misère. Mais je me suis retiré à temps, grâce aux îles !

L'œil de Gaël s'alluma.

— Je compte bien agir ainsi ! Voulez-vous me conseiller ? Comment m'établir aux îles ?

— Aujourd'hui, ce n'est pas aussi facile qu'il y a vingt ans. Cette guerre interminable contre les Anglais ruine le commerce. Si tu n'as pas beaucoup d'argent pour ouvrir une boutique ou une taverne, ou prendre une part sur un vaisseau d'épices ou négrier, tu ne t'en sortiras pas.

— Il n'y a donc pas de travail, ici ? On ne peut pas être planteur ?

— Il faut cinq cent mille livres pour acheter une bonne terre et autant pour bâtir et acquérir les esclaves qui la défricheront.

— Les Blancs ne peuvent-ils aussi défricher ?

— Les esclaves noirs font le travail, et les mulâtres. On n'a pas besoin des petits Blancs. On s'en méfie. Ils sont moins durs au travail, évidemment, et ils réclament un salaire !

— Et les femmes ? Elles trouvent du travail ?

— Si elles sont solides, de vraies paysannes, ou des filles de pêcheurs, elles pourront trouver un travail : lingère, cuisinière, bonne d'enfants. Mais là encore, elles ne font pas le poids devant les Négresses. Pour mille livres, tu deviens propriétaire à vie d'une belle Négresse de quinze ans qui travaille pour toi gratuitement, et te donne même du plaisir et de futurs petits esclaves. Il suffit de bien la nourrir, elle fera n'importe quoi. Nos filles de France, ici, vois-tu, si elles n'épousent pas un planteur établi ou un fonctionnaire du roi, ne peuvent s'en sortir que par un travail épuisant, ou... la prostitution. Et là encore, elles ne font pas le poids devant les métisses et toutes ces créoles qui ont le feu au cul ! Que veux-tu, c'est le climat, le rhum, les épices, et ce mélange explosif des sangs.

Leur regard se porta vers la table où la belle métisse-servante s'empressait avec insistance auprès du jeune officier, qui attaquait le dessert, un blanc-manger. Gaël voyait s'effondrer le rêve naïf qu'il avait bâti avec Marie-Galante. Impensable de la laisser seule et sans argent à la colonie, tandis que lui, lié par son contrat, naviguerait vers l'Amérique. Et il était clair que dans ces îles encombrées d'aventuriers, de soldats et de marins, il n'y avait pas de place pour un jeune couple comme le leur. Que fallait-il faire ?

D'abord, protéger Marie. Ici, il ne pourrait pas veiller sur elle et il eût été folie pour elle de continuer à naviguer sur *l'Aigrette* en se faisant passer pour un garçon. D'autant plus qu'elle pourrait se trouver enceinte ! Alors, son subterfuge s'effondrerait. Au port, ce serait pire et Marie n'avait ici aucune relation.

Il fallait donc qu'elle rentre en France par la prochaine corvette du courrier ; qu'elle retrouve l'abri sûr auprès de sa mère, le cocon familial. Lui, une fois son contrat honoré, il la rejoindrait à Brest. Peut-être parviendrait-il à se réconcilier avec son père et à obtenir l'autorisation de l'épouser. Le notaire avait besoin de lui. Oui, on négocierait. Gaël accepterait, malgré sa répugnance envers le droit et les affaires, de poursuivre ses études pour rester auprès de lui et lui succéder un jour dans sa charge. En échange, maître Trémeur accepterait Marie pour bru. C'était d'ailleurs le projet de Morgana Goulwen. Un projet raisonnable... Si le notaire s'obstinait, Gaël passerait outre. Il épouserait Marie. Il ferait carrière dans la marine du roi, tandis que Marie l'attendrait à *l'Aristochat* en secondant sa mère.

Gaël se leva. Au fond de la salle, il vit la métisse roucouler en se penchant vers le bel officier, geste calculé qui découvrait sa poitrine voluptueuse, douce et dorée comme un fruit des îles.

— *Va faire li tout plein caresses. Ah ! plaisir là nous va goûter !*

Gaël fouilla dans sa poche et, se tournant vers l'aubergiste, il posa la pièce d'or sur la table.

— C'est tout ce qu'il me reste !

— Garde ta pièce, ami. Je suis heureux de t'offrir le repas et les habits.

— Merci, monsieur. Merci aussi pour vos conseils. Je dois me rendre maintenant à l'hôpital pour revoir mes amis.

Le chemin serpentait entre des palmiers en fleurs que butinaient des nuées d'abeilles avides de sucre et de pollen. Toute cette île semblait d'ailleurs vouée au sucre ! Gaël contempla la rade immense, qui avait retrouvé son intense activité. Des embarcations chargées d'hommes ou de ballots divers faisaient le va-et-vient entre les vaisseaux et le quai. On sentait que quelque chose se préparait, mais quoi ? Il eut une pensée pour ses camarades morts ou disparus dans l'explosion de *l'Intrépide*, dont certains reposaient sous ces eaux profondes. Puis il reprit le chemin de l'hôpital maritime, franchit le portail.

Une animation intense agitait l'établissement. Dans le jardin, on voyait des blessés légers, des brûlés, déambuler doucement. Tous paraissaient hagards, comme sortis d'un cauchemar. Gaël les salua au passage, puis il s'adressa au bureau d'accueil.

— Ah ! vous êtes un rescapé de *l'Intrépide* ? Désolé. On n'a plus de place ici.

— Je ne demande rien. Je suis en bonne santé.

— Alors, que voulez-vous ?

— Voir mon capitaine, le marquis d'Escragnole. Et son fils Olivier. Sont-ils ici ?

— Ils sont ici, arrivés en état de choc. Montez au premier étage. L'infirmier de garde vous dira s'ils peuvent vous recevoir.

Mais Olivier n'était pas dans sa chambre. Gaël se présenta devant celle du marquis, où veillait un infirmier militaire.

— M. d'Escragnole est avec son fils. Je ne sais pas si je peux le déranger. Ils sont tous deux très éprouvés. Mais si vous insistez, je peux vous annoncer.

Gaël hésita. Puis la discrétion s'imposa. Il ne voulut pas troubler, après leur terrible drame, l'entretien entre le père et le fils.

— Non. Je reviendrai plus tard.

Et il repartit vers la ville.

12

Dans les rues de la ville, Gaël se heurta à une immense procession religieuse. Des prêtres en aube blanche, des officiers en grand uniforme, des soldats, des marins et la foule antillaise, recueillie, escortaient les cercueils. On inhumait en grande pompe les morts de *l'Intrépide*. A cause de la chaleur, on ne pouvait attendre.

La procession partait du port. Elle traversa la ville pour gagner la cathédrale, où attendaient les autorités et les marins parents des défunts. En rade, tous les vaisseaux, hommes « sur le bord » le long des bastingages, avaient mis le pavillon en berne.

Au passage des cercueils, la garde royale du fort mit genou à terre, les soldats présentèrent les armes, baïonnette au canon. Dans l'interminable convoi, les tambours drapés de crêpe battaient une marche funèbre couvrant les lamentations des hautbois en sourdine.

Un canon du vaisseau amiral tirait à longs espaces, auquel répondait le glas des cloches dans les églises de la ville. En tête du cortège s'avançaient à pas lents dans leur brillant uniforme blanc les troupes royales portant les armes traînantes. Les gardes du pavillon élevaient les drapeaux où flottait un crêpe noir à l'extrémité de la hampe.

Pieusement, Gaël se mêla au défilé, puis à la foule qui se pressait dans la nef de la cathédrale. L'office funèbre achevé, il se rendit à la Maison du roi, où se trouvait centralisée l'administration de la marine de guerre. Son arrivée ne passa pas inaperçue. A peine s'était-il fait connaître à l'officier de service que ce dernier s'écria :

— Gaël Trémeur ! Tout le monde vous cherche ! Le capitaine de *l'Intrépide* et même l'amiral ! On vous croyait au fond de l'eau, prisonnier de la coque, et pourtant c'est bien vous qui avez déposé ici le sac contenant le journal de bord et les instructions secrètes de *l'Intrépide* ? Pourquoi ne vous êtes-vous pas fait connaître ?

— J'étais dans un état second, uniquement préoccupé de repartir aussitôt pour aider les sauveteurs. Dans l'ambiance survoltée du bureau envahi de monde, personne n'a d'ailleurs pensé à me demander mon nom. Ensuite, épuisé, j'ai passé la nuit dans un petit square où j'ai dormi, dit Gaël en rougissant, songeant à ses ébats amoureux avec Marie-Galante. J'étais bouleversé, ajouta-t-il sans mentir.

— On le serait à moins. Nous allons prévenir le capitaine d'Escragnole, qui ne cesse de s'inquiéter de votre sort.

— Ne vous donnez pas cette peine, lieutenant. Je vais de ce pas à l'hôpital maritime.

— Non. Les ordres en ce qui vous concerne vous prescrivent de vous présenter avant la sixième heure à bord de *la Ville de Paris*.

— Le vaisseau amiral ?

— Le comte de Grasse lui-même veut vous voir, Gaël Trémeur. Voici un billet qui vous permettra de monter sur la première embarcation du vaisseau que vous trouverez au quai d'honneur. Mais vous ne pouvez pas vous présenter au chef de l'armée navale dans cet accoutrement. Nous allons vous habiller décemment avec un uniforme d'écrivain du roi.

— Mais je ne suis qu'un simple copiste de Sa Majesté !

— Ce sont les ordres, monsieur.

Quelques heures plus tard, Gaël, vêtu d'un bel uniforme bleu marine, souliers noirs à boucle et petit tricorne, escaladait l'échelle de coupée de *la Ville de Paris*. On le conduisit aussitôt à la dunette. L'amiral de Grasse, après avoir assisté à la cérémonie funèbre, s'était entretenu à terre avec le gouverneur. Il n'était pas encore rentré à bord. On fit attendre Gaël.

Dans l'antichambre, il admira les cloisons de chêne où s'alignaient les râteliers d'armes. A tribord se trouvait la chambre-bureau de l'amiral ; à bâbord, celle du capitaine de pavillon. Au fond de l'antichambre où veillait une sentinelle armée d'une hallebarde, une double porte vitrée ouvrait sur la chambre du conseil. L'autre extrémité de ce sanctuaire donnait directement accès à la timonerie, où se dressaient les immenses roues du gouvernail.

La nuit tombait lorsque Gaël entendit le sifflet retentir sur le pont. La double porte de l'antichambre s'ouvrit et François-Joseph de Grasse apparut, immense dans sa grande tenue de lieutenant général, culotte et bas rouges, gilet bleu sur une chemise de soie blanche, redingote bleue. Son tricorne touchait presque les barrots du pont supérieur !

Familièrement, il fit entrer Gaël dans sa chambre-bureau, très vaste et bien éclairée par une fenêtre-sabord. Gaël avait souvent rêvé de visiter ce saint des saints où se décidait le sort de l'armée navale. Jamais il n'eût pu imaginer y être reçu par l'amiral en personne !

Côté fenêtre, un grand bureau à l'anglaise encombré de papiers, avec des caissons d'angle à tiroirs, un coffre de fer et des étagères de livres. A l'opposé, le lit-couchette se nichait dans une alcôve latérale surmontée d'un caisson-armoire, sous lequel le compas renversé permettait de suivre le cap.

Grasse tendit à son valet sa redingote et accrocha à la cloison le tricorne et l'épée. Puis il déposa sa perruque sur une petite table et s'assit devant son bureau. Il resta là sans parler, perdu dans ses pensées. Gaël contemplait cet officier illustre sur lequel pesait toute la responsabilité d'une immense flotte : quarante vaisseaux, les plus puissants de la marine royale, la clé de la guerre et de la paix.

Après l'effroyable drame de *l'Intrépide*, qui aurait pu s'étendre à toute une partie de la flotte et ruiner ses projets, l'amiral se reprenait, tout en demeurant fortement ébranlé par la perte de ce vaisseau cher à son cœur. Il l'avait commandé en 1776, l'année même de la proclamation de l'indépendance américaine, et jusqu'en 1778, année de l'alliance franco-américaine. Des coïncidences étranges qui le troublaient.

Brusquement, il se rappela la présence de son jeune visiteur.

— Gaël Trémeur ! On ne parle que de toi au Cap-Français !

— C'est parce qu'on me croyait mort, amiral.

— Tu as sauvé des documents irremplaçables, que détenait le capitaine de *l'Intrépide*. Notamment des plans de places fortes d'îles que nous comptons enlever aux Anglais.

Ils évoquèrent longuement le drame de *l'Intrépide*. Puis l'amiral se leva. Il se pencha vers la fenêtre au verre épais qui dominait la mer sur le flanc tribord du château arrière. Aux dernières lueurs du jour on apercevait des vaisseaux au mouillage, et au-delà le fort et la ville, avec ses cocotiers et ses palmiers royaux.

— Gaël Trémeur ! Serais-tu parent du notaire royal de Brest ?

— Je suis son fils, amiral.

— Ah ! Je le connais bien. J'ai eu avec lui quelques affaires et il se trouve que la plantation que j'ai achetée en 1773, ici même à Saint-Domingue, n'est pas très éloignée de la sienne. Comment es-tu venu dans la marine du roi ?

— Par le plus grand des hasards, amiral. Clerc en l'étude de mon père, je n'avais pas grand goût pour la rédaction des actes, copies et autres paperasses. En revanche, l'aventure américaine me fascinait. Cette affaire d'Insurgents...

— C'est l'affaire du siècle, susceptible de changer le sort du monde ! Je l'ai dit au roi et à ses ministres ! C'est aussi la faille inespérée dans la cuirasse anglaise, donc le seul espoir d'une paix juste. Mais comment es-tu passé du métier de clerc à celui d'écrivain de marine ?

— Non pas écrivain, mais simple copiste, amiral. Il se trouvait que le troisième secrétaire de *l'Intrépide* était indisponible à l'appareillage. Je connaissais le maître d'équipage. L'écrivain en titre, Olivier d'Escragnole, m'a accepté comme j'étais. Puis il m'a pris en amitié... Et après quatre mois de mer, je suis bien amariné.

— Je suppose que ton contrat te prescrit de servir le roi pendant toute la durée de la campagne, à bord de *l'Intrépide* ou sur tout autre vaisseau que te désigneraient tes chefs ?

— C'est cela, amiral.

— Pour te récompenser de ta conduite héroïque, et sous réserve d'un avis favorable du capitaine d'Escragnole, je te nomme écrivain du roi en ses vaisseaux et je te laisse choisir ta nouvelle affectation.

Le cœur de Gaël se mit à battre avec violence.

— Amiral, je sollicite une place d'écrivain, de secrétaire ou de fourrier à bord de *la Ville de Paris*.

Grasse sourit.

— Je m'attendais à ce choix. Tu seras même attaché à mon secrétariat particulier. Les autres secrétaires sont entièrement occupés par les tâches d'état-major. J'ai besoin de quelqu'un d'instruit et d'ouvert comme toi, de disponible, au courant des affaires coloniales qui se traitent dans les officines des notaires. Jacou, mon secrétaire particulier, t'instruira. La campagne l'a fatigué, il ne sera pas fâché de te laisser sa place à mes côtés, pour se consacrer à un travail sédentaire au port.

— Vous n'aurez pas de plus fidèle secrétaire, dit Gaël, dont les yeux brillaient de bonheur.

— Pas d'autre demande ?

Gaël baissa la tête, hésita. Puis il se lança imprudemment :

— Un poste sur *la Ville de Paris*, ne serait-ce que de simple copiste, ou d'aide-fourrier, pour mon jeune cousin Mario, qui se trouve actuellement à bord de *l'Aigrette*.

— Pour *l'Aigrette*, je crains qu'il ne soit trop tard !

Par la fenêtre de la chambre, Grasse désigna une frégate, toutes voiles dehors, qui embouquait la passe. Ses voiles étaient si blanches qu'on la reconnaissait distinctement à la lumière des étoiles. C'était *l'Aigrette* ! Gaël crut que son cœur allait s'arrêter de battre. Il bredouilla :

— Où va-t-elle ?

— Mission secrète à La Havane. Peut-être retrouveras-tu ton cousin en Amérique... ou au feu de Dieu, où je compte mener l'armée navale !

L'amiral de Grasse ouvrit le sabord et contempla la flotte, coques noires et mâts altiers sur la surface phosphorescente de la mer. Le roi lui avait confié un instrument de combat à la fois puissant et vulnérable, comme venait de le montrer le drame de *l'Intrépide*. Puis son regard se posa longuement sur Gaël, pour le jauger. Les hommes aussi étaient vulnérables, comme les vaisseaux !

— Puisque tu es désormais mon secrétaire, autant que je te mette tout de suite au courant, sous le sceau du secret. D'ailleurs, à compter de ce moment, il t'est interdit d'aller à terre. Nous appareillerons pour l'Amérique dès que le gouverneur des îles, le marquis de Lilliancourt, aura regroupé les troupes qui doivent embarquer.

Grasse entraîna Gaël dans la chambre du conseil, qui jouxtait son cabinet particulier. Une immense carte de l'Amérique du Nord s'étalait sur une table, éclairée par des flambeaux.

— La situation des armées insurgées du général Washington semble désespérée, malgré l'aide des troupes régulières que notre roi a confiées au général de Rochambeau, et des volontaires du marquis de La Fayette.

Il désigna un point sur la carte et poursuivit :

— Au centre, le général Washington fait le siège de New York. Mais il n'a pas assez de troupes pour conduire l'assaut. Au large, la flotte anglaise menace ses approvisionnements. Au nord du pays, devant Rhode Island, le général de Rochambeau ne peut pas obtenir de résultats décisifs, car il se trouve isolé, malgré l'appui au large de notre petite escadre commandée par le comte de Barras. Enfin, au sud, en Virginie, le marquis de La Fayette ne peut rien contre la puissante armée du lord général Cornwallis, qu'une importante escadre anglaise des Antilles est susceptible de soutenir. Quelles réflexions tactiques te suggère cette situation ?

Gaël sentit que Grasse voulait éprouver sa capacité de réflexion. Il réfléchit longuement, puis il déclara :

— Les forces des Insurgents semblent trop dispersées, amiral. Et les Anglais ont visiblement la maîtrise des mers.

— C'est cela. Les forces alliées dispersées ne peuvent imposer une bataille décisive qui ébranlerait les positions britanniques et redonnerait le moral aux partisans de l'indépendance. En outre, les Américains manquent d'argent, d'hommes et de canons. A vrai dire, ils manquent de tout, sinon de courage.

L'amiral de Grasse, suivi par Gaël, réintégra sa chambre-bureau. Fouillant dans les papiers qui encombraient sa table, il relut attentivement quelques pièces et copies. Puis :

— Mon plan est de regrouper secrètement ces armées et nos escadres dans l'immense baie de la Chesapeake, au sud, en Virginie. Je vais y conduire la flotte du roi, avec des soldats, des canons et de l'argent. Les troupes réunies de Washington, Rochambeau et La Fayette mettront le siège devant Yorktown, où lord Cornwallis aura sans méfiance enfermé l'armée anglaise du sud. Simultanément, faisant sortir de la Chesapeake ma flotte, à laquelle l'escadre de Barras se sera réunie, je livrerai une bataille décisive aux forces navales anglaises, qui ne manqueront pas d'accourir au secours de Cornwallis. La flotte anglaise repoussée, leur armée capitulera sous les coups de notre coalition. Quant à *l'Aigrette*, je l'ai envoyée chercher de l'or à La Havane, capitale de Cuba.

— De l'or ?

— Oui. Washington et Rochambeau ont besoin de liquidités pour nourrir et payer leurs troupes, qui comportent beaucoup de mercenaires. Faute de l'accord du roi, je n'ai pu trouver ces fonds à Saint-Domingue.

— Faute de l'accord du roi ?

— Oui. C'est le point faible de notre opération. Je n'ai pas l'accord du roi. Ni pour l'or, ni d'ailleurs pour l'Amérique.

L'amiral de Grasse tira un papier de son bureau.

— Voici les dernières instructions royales que vient de m'apporter *l'Aigrette*. Tu m'en feras une copie pour le gouverneur : « *Après avoir reconquis les îles des Antilles et rétabli la liberté des mers, le comte de Grasse se portera sur l'île de la Jamaïque, pour assister nos alliés espagnols conduits par l'amiral Solano, en vue de sa reconquête. Après quoi, le gros de l'armée navale du comte de Grasse appareillera sans tarder pour escorter vers la France le convoi marchand regroupé au Cap-Français. »*

L'amiral s'indigna :

— Dans ces instructions de la cour de Versailles, pas un mot sur l'aide aux Américains !

— Mais je croyais...

— Oui, le roi m'avait ordonné aussi d'aller aider les Insurgents. Cela est écrit en toutes lettres dans les instructions remises avant notre appareillage de Brest.

— Je comprends. Les derniers ordres du roi, apportés par *l'Aigrette*, sont postérieurs. Ils les annulent.

— Non. Je garde une certaine liberté de manœuvre. Les ordres apportés par *l'Aigrette* ne m'interdisent pas d'aller en Amérique. Malheureusement, je n'aurai pas le temps d'assumer toutes ces tâches avant la saison des cyclones. Il y a un choix à faire et je l'ai fait. Qui pourrait résister aux appels pathétiques de Washington, de Rochambeau et de La Fayette, dont l'histoire retiendra un jour le nom ?

— Et le vôtre, amiral.

— Si Dieu le veut.

L'amiral sourit et murmura :

— *Domine responde pro me.*

Gaël, étonné, traduisit :

— « Le Seigneur répond pour moi. »

— C'est la devise de ma famille, gravée sur mes armes !

Il se leva, agita une petite cloche d'argent. Le secrétaire privé apparut en boitant. Une bonne figure de Provençal, toute ridée et fatiguée.

— Jacou, voici Gaël Trémeur, de Brest. Je te le confie. Il lui est interdit d'aller à terre avant l'appareillage. Mets-le au courant de tout, mais ne l'accable pas avec de la copie. S'il est apte, il te remplacera, et tu pourras enfin débarquer pour te consacrer à un travail sédentaire dans l'île de tes rêves !

Jacou, enchanté, entraîna Gaël dans les profondeurs de la dunette, un domaine feutré qui serait désormais le sien.

Et le plan grandiose de l'amiral de Grasse se mit en place. De légères corvettes prirent secrètement la mer pour porter des messages confidentiels en Amérique. Les généraux Washington et Rochambeau étaient invités à décrocher leurs troupes discrètement pour ne pas donner l'éveil aux Anglais. Au large, le chef d'escadre Barras recevait l'ordre de rallier la flotte au rendez-vous de la Chesapeake. Avec elle, Grasse serait invincible sur mer, comme les alliés le seraient sur terre. Mais ce plan ne pouvait réussir que si les Anglais n'en étaient pas avertis. Or leurs frégates aux aguets sillonnaient les côtes, surveillant les détroits et les rades. Elles tenaient partout le contact avec les escadres françaises. Pouvait-on leur échapper après la tombée du jour ?

Le 4 août 1781, par une nuit noire, la flotte française appareilla pour la Virginie, avec un itinéraire insolite. Un rendez-vous préalable avait été pris avec *l'Aigrette* au large de Cuba.

13

Sur la dunette de la frégate *l'Aigrette*, le capitaine Jean-Baptiste de Traversay tentait de percer l'univers obscur de la mer, entre la grand'voile et les focs. Cette nuit sans lune favorisait l'échappée, mais toutes les surprises restaient possibles, car la croisière anglaise qui rôdait au large de Saint-Domingue avait aussi masqué ses feux et pouvait le surprendre à tout moment, selon la fortune de mer.

Traversay leva les yeux vers la hune du grand mât. Au-dessus se dressait, invisible dans la nuit, l'étroite plate-forme des barres de perroquet. Il savait qu'un mousse veillait là-haut, les meilleurs yeux de la frégate. A son coup de sifflet on rappellerait aux postes de combat. Les mantelets des sabords se relèveraient en claquant, les bouches à feu béantes cracheraient leurs boulets. Une fois de plus, l'ennemi serait repoussé. Mais la mission aurait échoué.

Traversay revivait cette incroyable journée, la veille, au Cap-Français. On se croyait bien tranquille. La moitié de l'équipage était à terre, les bâbordais se gorgeant de rhum et de voluptueuses métisses dans les tavernes de la ville. Un canot-major avait accosté la frégate, mouillée dans la baie au milieu de la flotte. Un garde-marine avait escaladé l'échelle de coupée, demandé le capitaine.

« L'amiral prie M. de Traversay de se rendre immédiatement à son bord. »

Jean-Baptiste avait eu juste le temps d'enfiler son uniforme. Le sifflet du maître de manœuvre avait salué son arrivée à bord de *la Ville de Paris,* mais pour l'équipage, habitué à voir défiler des chefs d'escadre et autres personnages, sa présence était passée inaperçue. L'officier de service à la coupée s'était contenté de le confier à un jeune garde-marine.

« Conduisez le capitaine de Traversay auprès de l'amiral de Grasse. Il est attendu. »

Au pied de la dunette, un escalier de chêne menait à l'appartement-bureau de l'amiral. Le chef de l'armée navale s'y trouvait seul, à sa table de travail.

« Asseyez-vous, Traversay. Vous appareillerez dès la nuit tombée, pour aller à La Havane. Vous embarquerez monsieur de Vaugiraud, intendant de l'armée navale. Vous éviterez la croisière anglaise qui rôde entre les îles et surveille tous nos mouvements. A La Havane, notre intendant, que vous ne quitterez pas d'une semelle, prendra contact avec notre ami le marquis de Salavedra, qui le présentera au gouverneur. Si tout va bien, celui-ci lui fera remettre la somme de cinq cent mille piastres en monnaie d'or. *L'Aigrette* reprendra la mer de manière à rejoindre la flotte le 16 août, à six milles au nord de Matanzas, exactement au 81° 5' de longitude ouest. »

Traversay avait eu un recul. Cinq cent mille piastres ! Une fortune colossale, quelque chose comme deux quintaux d'or ! L'amiral enchaînait :

« De la réussite de votre mission dépend en partie l'indépendance américaine. »

Malgré lui, le grand chef n'avait pu dissimuler son angoisse.

« Je vous ai choisi pour cette mission, Traversay, parce que vous êtes l'un des meilleurs marins de la flotte. Mais aujourd'hui, je vous mets en garde contre votre caractère fougueux qui en d'autres circonstances fait merveille. Vous aurez l'occasion d'apercevoir des frégates anglaises qui tenteront de vous barrer la route de La Havane. Vous les éviterez. Vous résisterez à votre désir légitime d'en capturer une. Devant toute voile inconnue se profilant à l'horizon, vous prendrez la fuite ! »

La fuite ? Traversay avait sursauté à ce mot infamant. Grasse avait poursuivi :

« Il s'agit de ramener cet or en passant inaperçu. Sachez que dans le même temps ma flotte, qui prendra la mer le 4 août, naviguera dans les mêmes eaux que votre frégate pour gagner la baie de la Chesapeake. Nous devons échapper à la surveillance des Anglais, puisque ce rendez-vous doit demeurer secret.

— Mais, amiral, pourquoi ne mettez-vous pas directement le cap sur la Chesapeake par le passage des Caïques ?

— Parce que le gros de la flotte anglaise risque de m'attendre sur cet itinéraire classique et que je ne tiens pas à me battre avec des vaisseaux encombrés de soldats. »

Traversay détourna un instant la tête pour observer par la fenêtre une légère embarcation surchargée de fruits exotiques. Deux gracieuses métisses en robe et madras multicolores poussaient aux avirons. Il sourit.

Son regard n'avait pas échappé à l'amiral.

« Revenons à votre mission, Traversay. Sachant son importance, je ne doute pas que vous mettrez tout en œuvre pour l'accomplir. Vous avez assisté au conseil des chefs d'escadre et des capitaines, où j'ai donné lecture du mémorandum de monsieur de Tarlé, intendant pour le roi dans l'armée Rochambeau.

— Oui, amiral. Le coffre militaire de notre corps expéditionnaire sera vide le 20 août.

— L'armée compte de nombreux volontaires, mais aussi des miliciens mercenaires. Et il faut payer les fournisseurs qui ravitaillent l'armée. Ils refusent des billets, même tirés sur la France. Ils exigent des espèces sonnantes. »

Traversay observait du coin de l'œil l'embarcation des métisses, qui hélaient hardiment le vaisseau voisin. Des paniers descendaient le long du bord.

« Mais, amiral, le roi n'a-t-il pas promis une aide financière ?

— Ces fonds, s'ils sont envoyés — rien n'est moins sûr car le trésor royal est vide —, n'arriveront que le 20 octobre, s'ils ne sont pas interceptés par les Anglais. Entre ces deux dates, si nous n'intervenons pas, s'inscrira la défaite de la cause américaine. »

Cinq cent mille piastres ! Cette histoire paraissait incroyable. Traversay avait osé objecter :

« Le général de Rochambeau ne peut-il se procurer sur place cet or, amiral ?

— Non. Les riches colons américains n'ont plus confiance !

— Et ici, à Saint-Domingue ? La plus riche de nos colonies regorge d'or.

— J'ai échoué auprès des prêteurs particuliers, même en leur offrant en gage mes plantations. Indignées de cette méfiance, plusieurs nobles dames créoles de la colonie m'ont apporté leurs bijoux. Mais je les ai refusés, car cela ne représenterait pas le dixième de la somme. »

Les paniers de fruits remontaient. Un officier jeta une bourse. Les métisses ne semblaient pas disposées à repartir et faisaient mille coquetteries.

« Je me suis donc tourné vers les prêteurs espagnols. Ici, au Cap-Français où il était de passage, on m'a présenté le marquis de Salavedra, haut fonctionnaire de Cuba, chargé par son roi des projets de campagne en Amérique. Il m'a révélé qu'il existait à La Havane des fonds, disponibles au trésor de la Marine, en vue de nos actions communes, dans le cadre des accords entre la France et l'Espagne. Ne pouvant donner des vaisseaux, sauf pour reprendre la Jamaïque, l'Espagne s'est donc engagée à payer. J'espère que cette possibilité pourra se réaliser.

— Et si elle ne se réalise pas ?

— Notre intendant devra contacter des prêteurs particuliers de La Havane. Nous avons la caution de l'intendant français aux Antilles. Une lettre de change a été tirée par monsieur de Sérilly, trésorier général de la guerre. Si cela ne suffit pas, voici ma caution personnelle, un gage sur mes plantations de Saint-Domingue. »

Il lui tendit une enveloppe scellée.

« Détruisez-la en cas de malheur. Il ne faudrait pas que les Anglais connaissent les difficultés financières extrêmes dans lesquelles se débattent les Insurgents américains. Je vous remercie, Traversay. Bonne chance ! »

En regagnant son bord, l'officier avait longé l'embarcation des métisses. L'une d'elles se faisait hisser dans un grand panier ! Sa robe longue débordait de tous les côtés, on eût dit une fleur suspendue à un fil.

S'arrachant à ses souvenirs, le capitaine de *l'Aigrette* se retourna. Au-delà du sillage phosphorescent, il contempla les lumières de Cap-Français qui s'éloignaient. Indifférente à la guerre, ayant déjà oublié les morts de *l'Intrépide*, la colonie festoyait dans la nuit chaude, aux parfums entêtants. Des fusées de feu d'artifice jaillissaient des bosquets de palmiers. Un instant, il imagina les réceptions brillantes, les belles créoles ivres d'amour, parées de bijoux étincelants, dans leurs robes de mousseline légère, dansant le menuet avec les officiers de la flotte, au rythme d'un orchestre de hautbois, de flûtes et de violons.

Traversay eut un sourire de regret. Demeuré célibataire, il aimait les femmes à la folie et les chaudes créoles plus que les autres. Mais il aimait plus encore son métier et la mer. Combattre l'Anglais, foncer à l'abordage, recevoir la reddition d'un capitaine constituaient pour lui la plus haute jouissance. Aussi n'aimait-il pas cette mission où il lui était prescrit d'éviter le combat !

Il contempla tristement l'énorme lanterne de poupe qui se dressait à l'arrière, sans feu ! Jamais, depuis qu'il commandait une frégate, il n'avait navigué feux masqués !

L'Aigrette filait toutes voiles dessus dans la nuit où étincelaient les étoiles et cela le ramena enfin à ce sentiment de plénitude et de joie qu'il éprouvait toujours en prenant la mer, comme on prend une femme ! S'avançant jusqu'au fronteau de dunette qui domine le pont du gaillard d'arrière, il observa en contrebas l'officier de quart posté devant l'énorme roue du gouvernail, à l'abri de la timonerie. Descendant l'escalier de la dunette, il rejoignit l'officier, qui le salua.

— Rien en vue, capitaine. Nous avons semé la croisière anglaise. La route de La Havane est libre !

Une voix moqueuse, marquée d'un fort accent irlandais, retentit :

— *You are lucky, captain !*

Traversay sursauta. Un personnage longiligne en civil, vêtu d'une stricte redingote grise sur une culotte blanche, s'était approché. Il enchaîna en français :

— Ne vous faites pas d'illusions, capitaine. Vous tomberez fatalement sur une croisière anglaise. Si ce n'est devant Saint-Domingue, ce sera dans le canal du Vent. Et si vous déjouez celle-là, une autre, plus pugnace, vous trouvera sur la côte de Cuba. Pas un bateau n'entre à La Havane ou n'en sort sans que le représentant de Sa Majesté britannique en soit averti.

— Nous verrons bien, mister Galway ! Dommage que cette fois-ci on ne puisse en découdre !

Patrick Galway esquissa un sourire. Pilote de sa spécialité, ex-marin irlandais de Sa Majesté britannique, rallié depuis deux ans au général Washington par amour de la république, cet homme précieux, breveté de l'école d'hydrographie de Portsmouth, connaissait tous les atterrages de l'Amérique, du golfe du Mexique au cap Hatteras, en passant par les îles Bahamas. Il avait été envoyé de Rhode Island à bord de la frégate *la Concorde* par le chef d'escadre Barras, avec un groupe de vingt-cinq pilotes américains indépendantistes, qui devaient guider la flotte française vers la Chesapeake.

— Je vais dormir, dit Traversay à l'officier de quart. Prévenez-moi à la moindre alerte.

— Bien, capitaine. Faut-il aussi vous prévenir lorsque l'île de la Tortue sera en vue ?

— Naturellement. Je ne voudrais pas manquer cela.

Quelques heures plus tard — le jour se levait —, un matelot frappa à sa porte.

— La Tortue est en vue, capitaine.

Selon les ordres permanents de la marine, Traversay dormait tout habillé sur sa couchette. Il se leva et gagna la timonerie, à l'instant où le marin préposé à la cloche piquait les huit coups qui marquaient la fin du petit quart de nuit. Penché sur le compas, Traversay observa l'aiguille aimantée à la lumière de la lampe d'habitacle, puis l'énorme sablier qui venait d'être retourné. On s'agitait dans la batterie, d'où montaient les ordres des maîtres :

— Debout, le monde ! Roulez les branles !

On entendit des cris, des jurons, la cavalcade des pieds nus sur les ponts et les échelles. Deux cents hommes ahuris surgissaient des panneaux d'écoutille, avec leur hamac de toile bien roulé, qu'ils entassaient dans des filets le long du bastingage.

L'officier de quart venait d'être relevé, ainsi que l'homme de barre. Mais mister Galway était toujours là. L'Insurgent désigna du doigt une côte encore à peine visible à tribord, rivage hostile, hérissé de rochers.

— Nous naviguons sous le vent de la Tortue, capitaine. L'île gît par tribord devant.

Elle se dressa bientôt, mystérieuse, dominée par une longue arête rocheuse, carapace ocellée de rochers escarpés, que le soleil levant caressait de ses premiers feux.

— La Tortue ? On dirait plutôt un dinosaure !

Des blocs de granit géants s'entassaient en étage depuis le rivage, qu'ils découpaient, découvrant ici et là le miracle d'une petite crique aux sables d'or, aux eaux limpides, bordée de cocotiers. Dans les falaises noires s'ouvraient des grottes profondes, comme des yeux aux orbites vides, rappelant l'épopée des flibustiers d'antan.

— Les Espagnols avaient jadis occupé Saint-Domingue, dit Traversay, puis ils l'abandonnèrent. Il était plus profitable pour eux d'aller piller l'or des Aztèques du Mexique que de cultiver la terre. Ce fut le temps des galions. Passage obligé pour retrouver l'Atlantique et la route d'Espagne, le canal du Vent, entre Saint-Domingue et Cuba. Et là, au nord, à quelques milles au large de ce qui sera plus tard Port-en-Paix, l'île de la Tortue !

Traversay eut un sourire de regret et ajouta :

— J'aurais aimé vivre à cette époque !

— Celle des flibustiers, capitaine ! Le dix-septième siècle fut en effet leur grande époque ! Il y avait trop d'or sur ces galions espagnols dans la mer des Caraïbes ! A voleur volé ! Les conquistadores virent se dresser devant leurs lourds galions des voiliers légers montés par des marins français ou anglais, qui n'avaient rien à perdre. Les Français firent de la Tortue une base inexpugnable. Des lettres de marque royales leur donnèrent le noble statut de corsaires. Tout était bon !

Le rire sardonique de l'Insurgent fit sursauter l'homme de barre.

— Au moins quatre-vingts bateaux, sir, ces *fly boats* d'où ils tirèrent leur nom, répandant la terreur, de la Jamaïque à Porto Rico. Quand il n'y eut plus d'or sur la mer Caraïbe, les flibustiers se firent boucaniers. En face de la Tortue se dressait la riche Saint-Domingue. Ces chasseurs d'or se firent chasseurs de chèvres et de cochons sauvages, qu'ils firent rôtir ou fumèrent. Votre roi leur envoya des femmes à pleines cargaisons, pour faire souche, lots de filles perdues ou d'orphelines naïves, dont les descendants ont fondé Cap-Français, le Paris des îles !

— Comment ? Ces créoles vaniteuses fardées comme des marquises, intriguant comme des courtisanes aux fêtes du gouverneur ?

L'Aigrette laissa dans son sillage l'île mythique, l'énorme tortue de granit qui veillait immobile sur les eaux. Un soleil éclatant illuminait la mer. L'heure était dangereuse entre toutes.

— Hissez les bonnettes ! ordonna Traversay. Je veux toute la toile dessus !

A l'avant, les trois focs. Sur le beaupré, la civadière et la contre-civadière. A l'arrière, la brigantine. Au milieu, la grand'voile et la misaine, les huniers, les perroquets, les cacatois, les voiles d'étais. Vingt gabiers s'élancèrent dans les haubans pour établir les bonnettes.

Poussée par l'alizé, la frégate s'engagea dans le passage du Vent, bras de mer de vingt lieues qui sépare

Saint-Domingue de Cuba. Le moment critique approchait et le capitaine rappela aux postes de combat. Puis il ordonna :

— Doublez les vigies aux mâts de perroquet ! A moi, les mousses !

Les veilleurs ordinaires permanents, relevés toutes les heures, observaient confortablement la mer sur les vastes plates-formes des deux hunes, à dix mètres au-dessus du pont. En état d'alerte, on envoyait les légers mousses au-dessus, au *ton* des mâts, s'installer à califourchon sur les barres traversières, jambes pendantes dans le vide, un bras accroché dans les haubans de cacatois, à vingt mètres au-dessus de la mer. Par temps clair, on découvrait l'horizon jusqu'à quinze milles.

Le cri aigu des mousses ne se fit pas attendre :

— Oh du pont ! Voiles suspectes à toute vue à bâbord !

Ceux-là venaient de la Jamaïque. On les sema sans peine. Quelques heures plus tard un autre appel tomba :

— Côte en vue à bâbord !

Des montagnes noires se dressaient, la grande île de Cuba, que *l'Aigrette* devait longer pendant deux cents lieues. La mer forçait. On avait rentré les canons et masqué les sabords de la batterie basse, mais tout l'équipage demeurait aux postes de combat, boutefeux allumés. Certes, l'île était occupée par nos alliés espagnols, mais ceux-ci ne disposaient pas d'une flotte capable d'affronter les Anglais qui, basés à la proche Jamaïque, restaient maîtres des mers circonvoisines.

La frégate fit escale au port de Baracoa pour y embarquer un pilote cubain. Le paysage changeait. D'immenses et riches cultures de canne à sucre et de tabac s'étendaient en profondeur.

Poursuivant sa course à quelques milles du rivage, *l'Aigrette* remonta à folle allure le canal des Bahamas, particulièrement redouté des navigateurs à cause de ses hauts-fonds et de ses récifs à fleur d'eau. Le pilote cubain avait pris la barre et ne la quittait plus. Réfrénant son humeur belliqueuse, le capitaine de Traversay exécutait à la lettre les ordres de l'amiral. A plusieurs reprises, des voiles suspectes furent signalées. Lorsque le vent lui était favorable, *l'Aigrette* se dérobait. Dans le cas contraire, elle se dissimulait à l'abri d'un estuaire, après avoir rentré toute sa toile. A ce rythme, l'équipage s'épuisait, la grogne montait, d'autant que l'on ne pouvait pas compter sur les prises, où les hommes recevaient leur part.

Au second jour de la croisière, le capitaine, qui se détendait un peu, interpella le second, son cousin l'enseigne de vaisseau Auguste du Quesne.

— J'ai vu que vous aviez retrouvé le chronomètre de la timonerie, qui nous avait été dérobé au Cap-Français. Savez-vous qui est coupable de ce vol ?

— Oui, capitaine. C'est le jeune commis, Mario Goulwen.

— Oh ! Vous avez des preuves ?

— J'ai des témoins. Le chronomètre a été vendu à un métis du Cap nommé Népomucène Fourguelongue, qui fait commerce d'instruments de navigation d'occasion. Cet objet a été reconnu dans sa boutique par un de nos jeunes officiers, le garde-marine du Brusc. Comme il porte une marque peu courante du fabricant hollandais, le commerçant a avoué. Menacé d'être emprisonné pour recel, il a donné son vendeur.

— Mario Goulwen a avoué ?

— Il nie obstinément. Mais tout l'accuse. Le métis en a donné une description précise. Toutefois, un doute demeure et je ne l'ai pas débarqué. Notre maître écrivain Clochemouton s'en porte garant, mais, comme il ne peut pas se passer de lui, son témoignage n'est pas objectif. Je comptais donc lui appliquer la punition minimum prévue pour un vol mineur, douze coups de fouet devant l'équipage réuni.

— Il est bien jeune pour subir ce châtiment et il nous vient de la ville. Sa peau ne supporterait pas cette correction qu'un vrai matelot au cuir épais encaisserait sans broncher. A moins d'utiliser une garcette.

— Le règlement prescrit le fouet.

C'était un sujet éternel de discussion entre les officiers, au carré. Du Quesne préconisait les châtiments corporels exemplaires. Le second lieutenant Budogan préférait les retraits de solde, qui portaient à réfléchir ces hommes toujours à court d'argent. Traversay rêvait d'un équipage à la fois docile et enthousiaste lié à l'autorité par amour du capitaine, qui payait de sa personne en toutes circonstances. Quant au maître d'armes chargé d'appliquer la sentence, il rêvait d'une machine à fouetter objective. « Avec elle, quand le capitaine ordonnerait cent coups au passavant, il n'y aurait ni tricherie, ni inégalité ! »

— Il faut faire un exemple, capitaine, insista le second. Voler un chronomètre, c'est autre chose que de dérober une pinte de rhum !

— On fera donc l'exemple, mon cousin. Prévenez le maître d'armes, qui administrera le fouet... avec modération.

— Bien, capitaine. Cela sera exécuté ce soir même, au moment du changement de quart, avec les autres punitions de semaine.

A l'heure dite, Marie-Galante, dans un état second, fut conduite sur le pont, au gaillard d'arrière. Au sifflet du maître d'équipage, les hommes s'étaient assemblés sur les côtés. Selon le règlement, les officiers se groupèrent en haut sur la dunette, derrière le capitaine, qui dominait le pont. On dressa un grand caillebotis au pied du fronteau de dunette. Le maître d'armes fit avancer le présumé coupable.

Avec solennité, le capitaine et les officiers retirèrent leur tricorne. Clochemouton, visiblement indigné, passa le code maritime à Traversay, en lui indiquant la page. Le capitaine lut :

— « Au nom du roi ! Tout vol commis à bord sera puni de trente coups de fouet, ou autrement, selon que le capitaine, ayant envisagé les circonstances, en décidera. »

Les officiers remirent leur tricorne. S'adressant à « Mario », le capitaine demanda :

— Qu'as-tu à dire pour ta défense ?

— Je suis innocente !

Il y eut un mouvement de sympathie dans les rangs de l'équipage. Sur la dunette, les officiers attendaient. Personne n'avait remarqué que, dans son émotion, le jeune commis avait crié « innocente » et non « innocent ». On était tellement habitué à « lui » depuis le départ de Brest !

Le capitaine énonça la sentence :

— Douze coups de fouet !

A un signe du maître d'armes, le quartier-maître de service sortit le sinistre chat à neuf queues d'un sac de toile rouge.

— Déshabille-toi ! cria le maître d'armes à Marie. Vous autres, liez-le !

Marie se sentit perdue. Si elle n'obtempérait pas, on allait la déshabiller de force devant cette foule d'hommes, pour la plaquer contre le caillebotis, et l'y attacher torse nu, bras et jambes écartés. On verrait alors qu'elle était une femme.

Elle se moquait bien de la souffrance et même de la pudeur. Mais elle serait débarquée et renvoyée en France ! Cela, elle ne le voulait pour rien au monde ! Elle ne pouvait pas imaginer que dans le même temps, à bord de *la Ville de Paris*, Gaël Trémeur formait justement pour elle le projet de l'éloigner de l'Amérique et des combats.

Elle se révolta contre le sort injuste et se prit à maudire ce monde d'hommes où elle se sentait comme une étrangère.

— Allez, Mario ! Enlève ta chemise !

Le maître d'armes obéissait à regret. Cette histoire de fouet l'ennuyait. D'abord, il croyait, comme la plupart des membres de l'équipage, à l'innocence de « Mario ». Toujours souriant, le jeune copiste, depuis le départ de Brest, s'était montré disponible pour lire ou rédiger une lettre, prenant sur son temps de sommeil pour écouter les histoires de famille que racontaient les hommes. Sans savoir pourquoi, chacun était sensible à son charme étrange, à son don d'écoute. On l'avait vu pleurer avec un homme qui avait perdu sa petite fille. Aussi, le maître d'armes, qui pour la première fois ne regrettait pas sa machine à fouetter, glissa à l'oreille du quartier-maître :

— Vas-y doucement !

Mais le chat à neuf queues n'était pas un martinet d'enfant. Comment épargner cette peau trop blanche avec le terrible fouet, des lanières de chanvre terminées par des bouts de plomb destinés à labourer le dos des hommes récalcitrants et endurcis ? Après quoi on jetait sur les plaies vives un seau de vinaigre ou d'eau salée et l'homme, évanoui, était emporté jusqu'à l'infirmerie, aux bons soins du barbier-chirurgien.

Au moment où Marie allait retirer sa chemise, un garçon se détacha du groupe des matelots et cria :

— Arrêtez ! C'est moi le coupable !

— Yann !

Le novice s'avança, retira sa chemise et se tourna vers le maître d'armes :

— Allez-y ! Et frappez fort !

Un sentiment étrange s'était emparé de Marie-Galante. Yann était cet ancien clerc d'avoué qui avait tenté, peu après le départ de Brest, de la protéger dans la batterie contre les assauts brutaux d'un ivrogne de l'équipage. Après qu'elle eut été, sur l'ordre du capitaine, affectée au secrétariat de la frégate, Marie avait eu peu de contacts avec son sauveur. En dehors du courrier, chacun vivait dans un monde différent. Elle à l'arrière sous la dunette, avec les officiers. Lui à l'avant, affecté à diverses tâches où, dans les larmes et la sueur, il s'initiait au métier de marin, lavant le pont ou la batterie, grattant la rouille des boulets, grimpant dans la mâture pour carguer ou larguer les voiles, apprenant le nom des filins ou à faire des nœuds.

Parfois, Marie surprenait le regard appuyé du garçon fixé sur elle, tandis qu'elle montait sur la dunette pour transmettre au capitaine quelque message du maître écrivain. Ce regard lui semblait plein de tendresse.

Elle ignorait que Yann avait surpris son secret. Il savait qu'elle était une femme, l'ayant découverte à la dérobée dans sa nudité innocente. La frégate était alors mouillée au Cap-Français, dans la chaleur moite de l'été tropical. La plupart des hommes de l'équipage dormaient nus sur le pont ou dans les hunes, cherchant un souffle d'air. Yann avait voulu connaître la vérité à propos de cet étrange copiste qui enflammait ses sens. Le cœur battant, il s'était glissé dans l'entrepont de la dunette. Il avait poussé la porte du local des écrivains. La nuit était claire. Un rayon de la pleine lune tombait de l'imposte ouverte. Se croyant seule, Marie dormait paisiblement dans son hamac, tendu entre deux barrots. Le léger drap dont elle s'était couverte était tombé sur le sol. Elle était nue. Yann contempla avec ferveur ce corps abandonné. « Je m'en doutais, se dit-il. C'est une fille ! » Et il demeurait là, pétrifié, éperdu de bonheur et d'amour. A pas feutrés, il s'était retiré, gardant désormais son secret comme un trésor.

La voix du capitaine tomba de la dunette :

— Allez-y, maître d'armes ! Vingt coups, et pas de quartier, puisqu'on est sûr que c'est le coupable !

Il se reprit :

— Disons douze coups, puisqu'il a avoué. Mais bien sentis !

Coupable ? Marie n'en croyait pas un mot. De toute évidence, le garçon s'était sacrifié pour elle. Pourquoi ?

Elle ferma les yeux lorsque lcs lanières lestées de plomb s'abattirent en sifflant sur le dos nu de Yann, après qu'on l'eut solidement attaché par les mains et les pieds au caillebotis. Le quartier-maître y allait de bon cœur. Il n'aimait pas ce garçon taciturne qui n'était pas de leur monde. Cette bonne raclée lui ferait du bien, le soudant enfin à ces hommes rudes pour lesquels la souffrance quotidienne était la règle. Après quoi il ferait peut-être un gabier acceptable, puisqu'on le voyait souvent dans les hunes, insensible au vertige.

Chaque fois que le fouet s'abattait sur la peau en y traçant un sillon sanglant, Yann lâchait une plainte étouffée. La douleur devenait intolérable. Le sang coulait sur les reins, imprégnant la culotte de toile grise. Au neuvième coup, sa tête retomba.

— Cela suffit ! cria le capitaine.

Un matelot jeta sur son dos un seau de saumure. On emporta Yann évanoui vers le poste de l'infirmerie.

— Au suivant ! cria le capitaine.

— Absence à l'appel lors de la prise de quart.

— Privation de tafia pendant une semaine. Au suivant !

— S'est baigné nu dans la fontaine publique, à la tombée de la nuit, au Cap-Français, nonobstant les admonestations des bourgeois, et les protestations des commères.

— Que dit le règlement ?

— Le règlement n'a rien prévu, capitaine.

— Douze coups de canne à cul nu, attaché à un canon !

Ces scènes barbares se déroulaient au large de l'archipel de Camaguey. Toutes toiles dehors, la frégate de Sa Majesté très chrétienne filait vers La Havane.

Située à l'avant de *l'Aigrette*, sous le pont, entre la fosse aux câbles et la proue, l'infirmerie méritait bien son nom de « tolar » — du latin *tolerare*, « souffrir ». Etant sous la ligne de flottaison, aucun hublot ou sabord ne l'éclairait. On y étouffait. Seule une lanterne à bougie l'éclairait chichement.

Etendu sur le ventre, presque nu sur une couchette — bois de lit et matelas de varech —, Yann reprenait peu à peu ses esprits, après que le barbier-chirurgien eut bandé ses blessures.

De sa place, Yann regardait tristement ce local sinistre en imaginant les scènes atroces qui devaient s'y dérouler pendant le combat. Dans le fracas des canons, on amène les blessés, on les pose sur le sol en attendant qu'une place soit disponible sur la table où opère l'homme de l'art. Le chirurgien et ses aides ne font pas dans le détail. Par peur de la gangrène, tout membre gravement blessé est généralement amputé à la scie, sans autre anesthésie qu'un verre de tafia.

Yann voit la tape, une tresse de cuir que l'on met dans la bouche du patient et qu'il mord pour ne pas hurler de douleur. On dit, comme dans les galères, « tape en gueule ». Ballet des couteaux et des scalpels bien affûtés, grincement de la scie sur l'os d'un fémur. Puanteur du bac à brais où l'on plonge le moignon sanglant du membre amputé pour stopper l'hémorragie : du goudron en fusion ! Hurlement de l'homme supplicié.

Yann se dit qu'après tout son sort n'était pas si terrible !

Soudain, il sursauta. Un petit visage clair était penché vers lui. Il se mit sur le côté et sourit de bonheur.

— *Marie*, tu es venue !

Elle tenta de mentir.

— Pourquoi Marie ? Je suis Mario, le copiste...

— Ne mens pas. Je sais que tu es une fille. Une très jolie fille !

— C'est pour cela que tu t'es accusé à ma place ?

— Evidemment !

— Merci, Yann. Je n'oublierai jamais !

Il rougit et ramena le drap sur son corps pour cacher sa nudité. Il tenta de lui prendre la main, mais Marie se déroba. Une lueur d'angoisse s'alluma dans le regard du garçon. La dévorant des yeux, il lui dit simplement :

— Marie, je t'aime.

Ils entendirent un bruit de pas dans la descente. L'infirmier revenait. Marie se pencha vers Yann.

— Je t'aime bien, moi aussi, Yann. Mais il faudra m'oublier. Je me suis donnée à un autre, auquel je suis promise.

Une infinie détresse passa dans le regard de Yann. Son rêve s'écroulait. Il se sentit repris par l'énorme souffrance de son dos et c'est tout ce qu'il lui restait : souffrir pour Marie, souffrir sans espoir.

Marie posa un baiser léger sur son front brûlant et s'éloigna vers la dunette.

La frégate embouqua le détroit Nicolas. A quelque cent milles dans le nord s'étendait la côte de Floride, l'Amérique ! A l'ouest on approchait de La Havane. Des vaisseaux anglais devaient sillonner ce carrefour maritime.

A l'aube du troisième jour, longeant à bâbord le dangereux archipel de Sabana, le pilote dirigea la frégate sur le cap Cardenas. La tension montait à bord, elle devint intolérable. Traversay se sentait dans la situation d'un chasseur devenu gibier, fonçant volontairement sur l'embuscade.

Vers 10 heures, un cri tomba des barres de perroquet :

— Escadre en vue à l'avant !

Traversay s'empara d'une lunette d'approche, se rua sur les haubans du grand mât et grimpa vers la hune, la dépassa. Toujours plus haut ! Il retrouvait son cœur de jeune garde-marine, épris du danger, du vide et des immensités. Le cœur battant, il atteignit enfin les barres de perroquet, au ton du mât creusé des initiales des aspirants et des mousses.

— Là, cap'taine ! lui cria le mousse de veille, le doigt pointé vers l'ouest.

Braquant sa lunette, Traversay, retenu d'une seule main au-dessus du vide, distingua aussitôt des voiles qui se dirigeaient vers eux.

— Trois frégates anglaises de 30 canons ! Elles nous barrent la route de La Havane !

— Alors, on va enfin se battre, cap'taine ? cria le mousse, dont les yeux brillaient de convoitise.

Traversay ne répondit pas. Impossible de les éviter. Impossible de les affronter. Un combat trop inégal : quarante canons pour *l'Aigrette*, contre quatre-vingt-dix pour l'ennemi !

Redescendu sur le pont en se brûlant les paumes, Traversay entraîna le pilote cubain et l'Irlandais dans la timonerie et leur désigna la carte.

— A moins de faire demi-tour, ce qu'à Dieu ne plaise, pas d'autre solution que de nous cacher dans le dédale des îles Sabanas.

— Ils nous colleront au cul, capitaine ! Ces Anglais ont des frégates de 30 canons. Elles ne calent que dix pieds d'eau à l'avant et onze à l'arrière !

— Nous tirons onze et douze pieds, admit Traversay.

— Elles calent donc un pied de moins que nous. Dans une chasse au milieu de l'archipel, avec des hauts-fonds et des bancs de sable, sans espoir de profiter de notre supériorité de vitesse, comment leur échapper ?

— Nous allons nous alléger, monsieur.

— Vos cales sont vides ! Vous n'allez tout de même pas larguer le lest ! Comment remonterez-vous au vent ?

— Je vais jeter la moitié de mes canons à la mer. Soixante tonnes de moins, c'est deux pieds gagnés sous la quille !

L'Irlandais le regarda avec stupeur. Le capitaine était-il devenu fou ?

— L'escadre anglaise totalise quatre-vingt-dix canons, et nous quarante, dit Traversay. Vingt de plus ou de moins, quelle importance ?

Il se tourna vers le pilote cubain.

— Vous connaissez l'archipel ?

— Oui, señor. J'y ai pêché depuis l'enfance.

— Engagez-vous en plein dédale et conduisez ce bateau sur une plage. Nous allons nous y échouer. Souhaitons que la marée nous soit favorable.

Suivie prudemment à bonne distance par les frégates anglaises qui croyaient la tenir, *l'Aigrette* s'engagea dans le dédale des îles, hérissé d'écueils. On sondait toutes les minutes. Enfin, le pilote désigna une crique ceinturée d'une grande et belle plage de sable doré, ombragée de cocotiers.

— Bordez les basses voiles ! ordonna Traversay. Brassez les huniers à contre !

— Aux drisses ! Aux bras, le monde ! hurla le bosco.

La frégate filait maintenant sur son erre. Une foule étonnée de Noirs et de métis accouraient vers la plage en criant. A l'avant, le sondeur annonça :

— Vingt pieds par le fond !

— Balancez à la mer tous les canons de la batterie haute !

Vingt énormes tubes de fer de mille cinq cents livres tombèrent à l'eau, reliés par un filin à une bouée. Allégée de la moitié de son artillerie, la frégate s'avançait vers la plage. A la proue, le sondeur cria :

— Dix-huit pieds par le fond ! Dix-sept à la marque ! Seize... quinze... treize... douze...

— Quel genre de fond ?

— Vase, sable et coquillage au plomb de sonde. La plage est saine. Attention, nous allons toucher !

— La barre à droite, toute !

L'Aigrette vira et s'échoua doucement sur le fond, par sa hanche bâbord.

L'ennemi, stupéfait, avait aussi viré. On vit tomber les mantelets des sabords. Les gueules béantes des canons s'avancèrent. Mais la distance, environ un demi-mille, était encore trop grande. La portée utile des pièces de 18 ne dépassait pas deux encablures.

— La batterie tribord, ouvrez le feu ! ordonna Traversay.

Il s'agissait seulement d'intimider les Anglais. Leur montrer que la frégate restait armée.

A bonne distance, craignant de s'échouer, les frégates anglaises, qui n'avaient pas de pilotes locaux, évoluaient prudemment en sondant sans arrêt. Avec une trajectoire arrondie, les boulets français tombèrent à la mer devant elles, soulevant un mur d'eau et d'écume.

N'insistant pas et n'osant prendre le risque de s'échouer sur une côte ennemie, les Anglais firent demi-tour et regagnèrent le large.

Des acclamations saluèrent leur départ. Restait à se déséchouer. Une manœuvre toujours aléatoire. Heureusement, la mer montait. Mais la frégate collait toujours à la vase. Le vent, qui la repoussait vers la côte, ne favorisait pas l'opération.

Puis la mer devint étale. L'inquiétude se transforma en angoisse.

— Les canots à la mer pour haler !

En vain.

— Jetez à la mer le reste de l'artillerie, à l'exception des deux pièces de retraite !

Lorsque la mer arriva à la fin de son étale haute, la frégate resta collée au sable vaseux et Traversay sentit l'angoisse le toucher à son tour. Allait-il demeurer là, embourbé ?

— L'ancre à jet !

La baleinière embarqua la petite ancre de secours dite « de miséricorde », et alla la mouiller au loin, son aussière reliée au cabestan de *l'Aigrette*.

— A virer l'ancre ! Oh, le monde !

Cinquante hommes se mirent à virer. Lentement, la proue de la frégate fit face au large. Les hommes épuisés étaient arrivés au maximum de leur peine.

La mer commença à descendre, le jusant redouté.

— Changez l'équipe au cabestan ! Vire ! Oh ! Vire pour ta peau !

Les tambourins et les fifres se déchaînèrent pour encourager les hommes. L'arrière collait toujours à la vase. On avançait un peu, mais la marée descendante allait plus vite que les efforts des hommes. Allait-on être cloué là vingt-quatre heures, jusqu'à l'étale d'une autre marée haute [1] ? Les Anglais risquaient de faire venir une bombarde ou un vaisseau de premier rang, capable de lancer des boulets incendiaires de 36 livres à un mille.

Découragé, Traversay se tourna vers la terre, comme pour y chercher un secours. Mais c'était une

1. Aux Caraïbes, il n'y a qu'une seule marée par jour.

petite île presque sauvage, sans installation maritime, peuplée de pêcheurs noirs, anciens esclaves affranchis, qui grouillaient maintenant sur la plage en poussant des cris hostiles. Heureusement, ils n'avaient pas d'autres armes que leur harpon.

— Pourquoi nous insultent-ils ? demanda-t-il au pilote cubain.

— Sans doute nous prennent-ils pour des Anglais, señor !

— Hissez le pavillon royal !

Celui-ci, que l'on avait rentré pour éviter de désigner aux Anglais la présence d'une frégate française, fut promptement hissé en tête de mât.

Aussitôt, les cris hostiles cessèrent. Des acclamations retentirent. Les Noirs mirent à l'eau une multitude de gommiers, ces longues pirogues taillées dans un seul tronc.

— Lancez-leur une amarre ! dit Traversay. Qu'ils nous tirent ! Et remettez nos hommes au cabestan !

On sentit enfin le bateau bouger. Mais ce qu'on gagnait était grignoté par la marée descendante, l'implacable jusant.

— Allégez l'arrière ! Les deux canons de retraite à la mer ! Et tous les hommes à l'avant !

Quatre cents hommes se ruèrent sur le gaillard d'avant, jusqu'aux bossoirs de capon, aux poulaines. Des grappes de marins se hissaient sur le mât de beaupré, agrippaient les civadières. D'autres étreignaient la figure de proue. Ceux du pont se mirent à sauter sur place en cadence, on eût dit une danse de fous ! Enfin, le bateau décolla.

— Dix pieds à la marque ! Onze... douze par le fond ! hurlait triomphalement le sondeur après avoir lancé le plomb.

La frégate flottait maintenant en eau libre.

— Récupérez les canons !

On les hissa à bord avec des palans et on les remit en batterie.

— Hissez les voiles ! Toute la toile dessus ! Et veillez l'horizon.

Car rien n'était encore gagné. Allait-on trouver l'ennemi embusqué derrière les îles ?

La mer était vide. Mister Galway se pencha vers Traversay.

— Bien joué, monsieur ! En ma qualité d'Irlandais insurgent, donc doublement rebelle, je me voyais déjà me balançant à la grand'vergue d'une frégate de Sa Majesté britannique !

Quelques heures plus tard, *l'Aigrette*, par une nuit noire, entrait à La Havane après s'être fait reconnaître avec des signaux lumineux convenus, une fusée verte et une lanterne hissée trois fois au bout de la vergue du grand hunier.

Au matin du 7 août, ayant revêtu leur plus bel uniforme, le capitaine de Traversay, l'intendant de Vaugiraud et une petite escorte débarquaient sous les acclamations de la population. L'arrivée d'une frégate de France était-elle l'annonce de la fin du blocus qui étouffait la grande île ?

Le marquis de Salavedra avait bien fait les choses et préparé le gouverneur, dont l'accueil fut chaleureux. Par jeu, il feignit toutefois d'ignorer le but de la visite.

— Que puis-je faire pour vous, capitaine ? De l'eau, des vivres frais, des citrons, de la poudre ?

— Rien de tout cela, monsieur le gouverneur.

— Des pilotes ? Ou peut-être quelques barils de rhum avec un lot de girondes Négresses pour divertir l'équipage ?

— De l'argent, monsieur. Plus exactement de l'or, pour la cause américaine !

A sa grande surprise, un sourire épanoui illumina le visage du gouverneur.

— C'est l'affaire de don Juan Ignacio.

Quelques minutes plus tard, le personnage se présentait.

— Voici l'intendant du roi Carlos à Cuba. Formulez votre demande, capitaine.

Traversay risqua :

— L'armée navale du roi a un besoin urgent de cinq cent mille piastres, monsieur. Vous aurez toutes les garanties.

L'autre n'eut même pas l'air étonné.

— Capitaine de Traversay, je suis habilité par notre souverain le roi Charles III d'Espagne, que Dieu garde ! pour mettre à la disposition de nos bons alliés français les fonds disponibles au trésor de la Marine. Nous pouvons vous avancer cinq cent mille piastres. Quels sont vos pouvoirs ?

Traversay lui tendit la lettre de l'amiral de Grasse. Monsieur de Vaugiraud, l'intendant de la flotte, sortit la garantie royale.

— Les caisses d'or seront à votre bord avant la nuit.

Le gouverneur sonna. Un esclave entra, portant un plateau de variétés de punch. On porta des toasts aux rois Louis XVI et Charles III, à la victoire finale, à la liberté des mers, au commerce.

— La flotte de l'amiral de Grasse est-elle toujours à la Martinique ? demanda le gouverneur.

— Beaucoup plus près, monsieur !

— A Saint-Domingue ?

— Plus près encore, monsieur le gouverneur. A l'heure qu'il est, la flotte de France fait voile vers l'Amérique par le Vieux Canal des Bahamas.

— Mais alors, l'amiral de Grasse va enfin pouvoir honorer la promesse que le roi Louis XVI a faite à notre roi son cousin : reconquérir la Jamaïque ! Nos troupes sont prêtes. Il ne manque que les vaisseaux.

L'amiral don Solano, ici présent à La Havane, avec son escadre de vieux bateaux, n'est pas de taille à affronter seul l'amiral Rodney. Il n'ose même pas prendre la mer.

— Le roi tiendra sa promesse, monsieur. Et l'amiral de Grasse exécutera ses ordres avec plaisir. Dans deux mois au plus tard, achevées les opérations combinées sur la côte d'Amérique, nous serons de retour dans vos eaux pour envahir la Jamaïque. Si Dieu le veut.

Au coucher du soleil, seize esclaves noirs, escortés par une troupe nombreuse de mousquetaires, déposaient sur le pont de *l'Aigrette* huit lourdes caisses d'or, qui disparurent aussitôt sous la dunette.

Après avoir signé le reçu, salué le gouverneur et l'intendant et apprécié avec eux le meilleur rhum de Cuba, Traversay ordonna :

— Aux postes d'appareillage ! Larguez les amarres ! Hissez les voiles ! En avant, cap plein nord !

Une heure plus tard, par bonne brise d'est, la frégate, guidée par un nouveau pilote espagnol, s'élançait tous feux masqués dans le canal de Floride, qui sépare Cuba de la terre d'Amérique, secteur occupé par les Anglais. Cette fois encore, Traversay craignait de rencontrer l'ennemi. Son angoisse montait à l'idée des huit caisses d'or enfermées sous sa chambre.

Hélas, un quartier de lune brillait et la frégate n'avait cette fois nulle terre amie où se cacher. Après quelques heures de navigation solitaire, le capitaine crut défaillir. De-ci, de-là, des feux brillaient sur la mer. Etaient-ce des pêcheurs, ou la croisière anglaise, ou encore quelque convoi marchand venant de la Jamaïque ?

Le jour se leva sur une mer déserte. Le vent avait forcé, obligeant le capitaine à saluer le grain. Perroquets, brigantine et basses voiles cargués, *l'Aigrette* naviguait sous seuls huniers aux bas ris.

Après le grain, on déploya à nouveau toute la toile. La frégate filait grand largue, le cap sur les îles Bahamas aux dangereux récifs. Elle navigua ainsi tout le jour à la rencontre de la flotte française.

Quarante vaisseaux s'étirent sur la mer en une file interminable. En un point ou en un autre, *l'Aigrette* devait la couper. Le danger était de tomber, par erreur, sur une escadre anglaise. De jour, il était convenu que la frégate se ferait reconnaître par le hunier de misaine en bannière, assorti du pavillon de code, un S. Mais de nuit ? Les signaux par fanaux ne portaient qu'à quelques encablures.

La brise, cependant, était tombée avec le crépuscule. La frégate atteignit, puis dépassa le 81° 5' de longitude ouest, lieu de rencontre fixé par Grasse. De la flotte française on ne voyait trace, et l'inquiétude augmentait chez les marins.

Vers minuit, la mer était toujours déserte. La pointe d'Icaque de l'île de Cuba demeurait confondue dans la nuit. On voyait seulement dans le sud les lumières de Matanzas.

Lentement, l'aube du 17 août se leva. Rien. Une brume épaisse couvrait la mer. Soudain, on vit à moins d'une encablure la pointe d'un mât se dresser au-dessus du brouillard. Puis d'autres, et des coques à la triple rangée de sabords fermés.

La brume masquait toujours les détails de l'escadre. Soudain elle se dissipa sous le soleil, dévoilant d'un coup la haute pyramide d'un vaisseau qui arrivait au vent. A la poupe flottait un immense pavillon fleurdelysé.

— C'est l'armée navale du comte de Grasse ! Hissez les couleurs et le signal de reconnaissance !

14

Immense, paraissant invincible, la flotte française s'avançait, vingt-huit vaisseaux de ligne, des frégates, des corvettes et quelques vaisseaux de charge. Trois mille quatre cents soldats encombraient les gaillards, ponts, entreponts, passavants et batteries, avec des canons de campagne et des mortiers de siège. Le colonel marquis de Saint-Simon commandait ces légions, qui ne demandaient qu'à en découdre, redoutant plus le mal de mer que les balles anglaises.

— Grasse a réussi ! s'écria, admiratif, le capitaine de *l'Aigrette*. Il a fait ce qu'aucun chef d'escadre n'a jamais fait : faire remonter le Vieux Canal des Bahamas à une flotte entière, et sans perdre un vaisseau !

Un officier rejoignit Traversay sur la dunette.

— Capitaine, *la Ville de Paris* signale : « Rendez compte de votre mission. »

— Répondez : « Mission accomplie. »

Au mât d'artimon du vaisseau amiral, d'autres pavillons claquèrent. « Le capitaine à mon bord avec les caisses. »

Traversay fit la grimace. Il aurait préféré que l'on attende un mouillage sûr à la Chesapeake pour transférer l'or. Mais Grasse, dans l'incertitude des lendemains, en avait décidé autrement. En cas de rencontre imprévue avec la flotte anglaise, la légère frégate ne pèserait pas lourd devant des vaisseaux puissamment armés. Sa supériorité de vitesse n'était jamais acquise. Il suffisait d'une avarie, d'un boulet sectionnant un mât, ou fracassant le gouvernail, pour la livrer à un adversaire de classe supérieure. Mieux valait mettre l'or à l'abri dans les soutes d'un vaisseau de ligne.

Le vent était tombé. *L'Aigrette* se rangea à une encablure de l'énorme vaisseau.

Sur le pont des pavillons de *la Ville de Paris*, Gaël Trémeur contemplait la frégate de sa bien-aimée, recherchant vainement sa silhouette parmi la multitude des marins enthousiastes qui se pressaient sur le pont et jusque dans la mâture. Depuis des jours il se rongeait d'inquiétude de la savoir seule au milieu de quatre cent cinquante hommes, et exposée au risque permanent des combats.

Lorsque la grande chaloupe de *l'Aigrette*, armée par douze marins, s'approcha de *la Ville de Paris*, une ovation s'éleva. Tout en ignorant ce que cachaient les lourdes caisses déposées à l'arrière, l'équipage devinait l'exploit de Traversay.

En grand uniforme, justaucorps bleu de roi doublé de rouge, manches en botte avec parements d'or, culotte et bas rouge écarlate, tricorne galonné d'or, le capitaine de *l'Aigrette*, debout à l'arrière de la chaloupe, tenait lui-même la barre. A ses côtés, le marquis de Vaugiraud, le major de la flotte, ne cachait pas son émotion. Pour ne prendre aucun risque, on hissa l'embarcation par les bossoirs. Chaque caisse d'or était assurée par un filin relié à une bouée. Une soute arrière du vaisseau, réservée au capitaine et bardée de serrures, reçut la précieuse cargaison.

L'amiral de Grasse attendait Traversay et Vaugiraud dans la chambre du conseil. Le géant serra le petit capitaine sur sa poitrine, à l'étouffer.

— Bien joué, Traversay ! Avez-vous rencontré l'ennemi ?

— Oui, amiral. Mais nous avons évité le combat et il ignore qui nous sommes. Aussi bien une frégate espagnole.

Grasse félicita aussi l'intendant, qui répondit modestement :

— Puis-je de mon côté vous féliciter pour avoir conduit la flotte dans ces parages redoutables ? A vrai dire, je n'y croyais pas.

— Ce fut en effet une rude affaire ! dit Grasse.

— Nous nous attendions à vous retrouver avec toute la flotte anglaise à vos trousses ! Et rien ! La mer est déserte autour de nos vaisseaux !

— Oui. Je ne m'explique pas comment ils ont pu nous manquer ! Notre appareillage en pleine nuit a échappé à la surveillance des deux frégates anglaises qui croisent au large de Cap-Français. Nous avions masqué nos feux et mouillé en rade des dizaines de bouées surmontées d'une lanterne, laissant croire que nous n'avions pas bougé.

Un pli soucieux barra le large front de l'amiral de Grasse.

— Toutefois, je ne me fais pas d'illusions. La disparition de la flotte a été fatalement signalée à l'amiral Rodney par ses espions dans l'île. L'alerte générale aura été donnée. On nous cherche partout. Nous rejoindront-ils avant que nous ayons atteint la Chesapeake ? C'est là tout le problème.

Les Anglais disposaient de trois escadres qui, réunies, pouvaient battre l'amiral de Grasse. Celle de l'amiral Graves croisait au large de New York, menaçant aussi l'escadre française de Barras, basée à Newport. Huit cents lieues au sud, aux Antilles, croisaient deux autres escadres anglaises, celle de Rodney et celle de Hood. Comme il fallait jusqu'à un mois pour passer des Antilles en Amérique, et vice versa, le regroupement de ces trois escadres, permettant d'écraser la flotte française, signifiait en contrepartie l'abandon des

Antilles, où Grasse, s'il y était resté, aurait pu alors opérer librement.

Les Anglais n'ignoraient pas les projets français de reconquête de la Jamaïque. Mais quel était l'ordre chronologique des opérations ? D'abord l'Amérique, ou d'abord la Jamaïque ? Aussi était-il essentiel de ne pas perdre Grasse de vue. Ce qui venait de se passer, à la grande fureur de Rodney.

Ce chef prestigieux, excellent et audacieux marin, jouait de malchance. Une crise de rhumatismes venait de le frapper, le contraignant à regret à regagner l'Angleterre. Auparavant, averti du départ de la flotte française de Saint-Domingue, il supposa que Grasse irait d'abord en Amérique. Mais où ? Il penchait pour New York, où se trouvait Washington. Cette erreur d'appréciation épargnerait-elle à la flotte française un combat prématuré ? Rien n'était acquis, car Rodney, se mettant à la place de Grasse, supposa qu'il ferait préalablement escale à la Chesapeake pour s'y ravitailler.

En passant le commandement à Hood, il lui ordonna donc de faire route sur New York, via la Chesapeake. Tout était ainsi réuni pour un affrontement imprévu. Dans ces conditions, même si le projet de regroupement des Franco-Américains en baie de Chesapeake était ignoré des Anglais, la menace qui pesait sur la flotte française s'accentuait. La prudence de Grasse, qui s'était refusé à faire route directement sur la Chesapeake, en empruntant le Vieux Canal des Bahamas longeant Cuba à travers le dédale des îles, avait, pour le moment, fait échouer le plan anglais.

L'intendant rendit compte à l'amiral de Grasse des transactions de La Havane. On n'avait pas eu à utiliser sa caution. A son tour, Traversay s'étonna de l'exploit de l'amiral, qui raconta :

— A dix reprises nous avons frôlé le drame. Nous n'avons pas eu votre chance de trouver des vents portants. Il a fallu louvoyer au large de Cuba, en évitant les bancs de sable et les dangereux écueils du Vieux Canal. Rivés dans les timoneries, nos pilotes se fiaient plus à leur sens marin qu'à leur carte, car dans ce secteur l'hydrographie est encore rudimentaire. Heureusement, nous avons pu embarquer six pilotes espagnols cubains à Baracoa.

Pendant ce dialogue, Marie-Galante, sur la dunette de *l'Aigrette*, avait en vain tenté d'apercevoir Gaël sur *la Ville de Paris*. L'écrivain était bien trop occupé à l'arrière, en train de rédiger, sous la dictée de l'amiral, le compte rendu que venaient de lui faire l'intendant et le capitaine de Traversay.

Déçue, Marie descendit au poste de l'infirmerie, sous le gaillard d'avant, et pénétra dans le compartiment réservé aux malades. Un seul homme occupait l'une des couchettes aménagées contre la muraille de chêne, Yann.

Le jeune marin, le torse entouré de bandages, sommeillait après deux nuits où la douleur et surtout le désespoir de s'être vu repoussé par Marie l'avaient empêché de trouver le sommeil. Ses blessures, mal soignées, s'étant infectées, la fièvre l'avait pris et Marie s'en inquiéta.

Ils étaient seuls. Tout le monde se pressait sur le pont pour voir défiler l'armée navale et assister au transfert des mystérieuses caisses. Sentant une présence à ses côtés, Yann ouvrit les yeux. Il sourit en voyant « Mario ». Se relevant avec peine, il s'assit sur sa couchette.

— Comment vas-tu ? lui demanda-t-elle, inquiète de sa mine décharnée et blafarde.

— Assez bien. J'espère retrouver demain mon hamac dans la batterie.

Un silence gêné s'établit entre eux. Il la dévorait des yeux. Marie, troublée, murmura :

— Cela se voit tellement, que je suis une fille ?

— Evidemment ! Il n'y a que ces rustres de marins pour ne pas s'en apercevoir !

Elle le regardait avec tristesse. Avec affection. Il se méprit. Un espoir fou le gagnait.

— Est-ce que tu m'aimes aussi un peu, Mario ? Dis-moi quel est ton vrai prénom.

— Marie. Marie-Galante.

Ce mot le fit rêver. Yann avait l'air d'un enfant, rivé à ce lit de douleur. Elle eut pitié de lui. Elle se reprocha le mal qu'elle lui faisait, sans le vouloir. Puis elle sentit comme un pincement du côté de son cœur. Elle repoussa aussitôt ce sentiment naissant qui, malgré elle, la portait vers Yann.

Il murmura, d'un air extasié :

— Marie-Galante ! C'est le nom d'une île du Vent ! Cela te va bien. Tu es comme ces petites îles antillaises que l'on découvre au-dessus de la mer bleue, bouquet de cocotiers verts surgi de l'abîme.

Elle ne répondit pas, inquiète du trouble qu'elle sentait monter du plus profond de sa chair. Elle aurait voulu partir. Partir avant qu'il ne fût trop tard. Avant qu'elle ne se sente enchaînée par ce sentiment très tendre qui la portait vers Yann. C'était comme une pente douce où elle se sentait glisser, glisser... Il suffisait de dire oui. Il suffisait de dire non et ce rêve interdit disparaîtrait, comme dans le sillage l'île au bouquet de cocotiers.

Yann répéta, d'une voix où se mêlaient la passion contenue et une pointe d'angoisse :

— Dis, Marie, est-ce que tu m'aimes un peu ?

— Bien sûr, que je t'aime un peu ! Mais... mon cœur est déjà pris.

Elle se pencha vers lui. Rapide comme une libellule qui effleure l'eau, elle posa un baiser sur son front brûlant. Puis, sans se retourner, elle s'enfuit vers la porte et disparut dans le couroir.

— Marie ! Marie-Galante !

La voix désespérée de Yann se perdit entre les murailles du bateau. Marie courait vers l'arrière, heurtant au passage des marins étonnés. Elle sanglotait.

Le capitaine avait regagné sa frégate. Soulagée de son or, *l'Aigrette* reprit son poste d'éclaireur à l'avant-garde de la flotte. A nouveau, Traversay rêvait d'en découdre et s'y préparait.

La Ville de Paris retrouva son rang au milieu du corps de bataille. La brise s'étant levée, la ligne interminable de l'armée navale s'engagea au nouveau cap ordonné par l'amiral : le nord.

Le 19 août, sans avoir subi une seule avarie, la flotte embouqua le détroit qui sépare la grande Bahama de la Floride, dont la côte hérissée d'îlots apparut bientôt à bâbord, avec au loin les étendues vertes des Everglades. Côte hostile. La Floride ne s'était pas ralliée aux Insurgents.

Avec étonnement, les Français contemplaient à la lorgnette ces immensités de terres basses et marécageuses, qui avaient fait rêver leurs ancêtres : l'Amérique ! Parfois, on voyait jaillir des fourrés des bandes d'Indiens Séminoles entièrement nus, aux corps peinturlurés de couleurs vives. Brandissant leurs lances et leurs arcs, ils poussaient des cris hostiles en direction des vaisseaux.

— Ferait pas bon de s'échouer sur cette côte ! grogna un homme.

— Oui, enchaîna un autre. On dit que ces sauvages, non contents de scalper leurs ennemis, les font rôtir vivants à petit feu, liés à un poteau !

Sous bonne brise d'ouest, la flotte remontait vers le nord, toujours soucieuse de déjouer la surveillance des

Anglais. Chaque détroit était gardé par une frégate britannique, une corvette ou un brick. Seule solution : capturer un à un ces indiscrets pour qu'ils ne donnent pas l'alarme. Aussi Grasse disposa-t-il deux escadres légères sur ses flancs. Il en résulta bientôt la capture de la frégate *Sandwich.*

On atteignit enfin les provinces ralliées : Géorgie et Caroline du Sud. Mais les Anglais demeuraient omniprésents sur mer. On les sentait partout, même s'ils restaient parfois invisibles ou arboraient effrontément les couleurs espagnoles.

On captura encore, après de brefs combats, les corvettes *Cormoran* et *Queen Charlotte.*

A bord de *la Ville de Paris*, Gaël profita d'un instant de répit pour monter se détendre sur le pont des pavillons. Un jeune garde-marine âgé de dix-huit ans s'activait sur un lot de précieuses longues-vues réservées à l'amiral et à son état-major. Gaël remarqua qu'il était vêtu assez pauvrement : son uniforme bleu roi élimé aux manches affichait des boutons de redingote pas même en or plaqué mais en cet alliage de cuivre, d'étain et de bronze dit *similar*, réservé aux officiers désargentés. Son tricorne n'était pas en poil de vigogne mais de castor. Gaël s'approcha de lui.

— Il me semble que nous nous sommes déjà vus.

— En effet. Vous êtes Gaël Trémeur, le fils du notaire. Moi, je suis Jakez de Plouarzel. Nous nous sommes rencontrés à une réception du gouverneur, au château de Brest.

Il le toisa et ajouta d'un air faussement assuré :

— Nous sommes rivaux, monsieur. Et si je ne craignais pas de perdre mon brevet d'officier, je vous provoquerais en duel !

— Par exemple ! Rivaux ? En quoi ?

— Vous intriguez pour épouser demoiselle Adélaïde de Kerzouvanec !

— Accusation ridicule ! J'ai pris la mer pour ne pas l'épouser !

Le petit noble le regarda avec stupéfaction. Un immense soulagement se peignit sur son visage de gros poupon. Puis il eut un rictus de colère.

— Et peut-on savoir, monsieur, ce que vous reprochez à cette noble demoiselle ?

— Oh moi, rien. Je ne l'ai jamais vue. C'est un mariage souhaité par nos familles.

— Mais encore ?

— Je suis amoureux, Plouarzel ! Celle que j'aime s'appelle Marie-Galante !

Le visage poupon s'éclaira d'un sourire radieux.

— Tu peux me tutoyer, Trémeur ! Soyons amis. Notre destin est désormais lié. Moi aussi je suis parti, à cause d'Adélaïde !

— C'était risqué !

— Peut-être, mais je n'avais pas le choix. Le marquis de Kerzouvanec s'est endetté au jeu. Il vend sa fille pour sauver son château, menacé d'être saisi par les huissiers du roi. Je l'aime et elle m'aime. Mais je n'ai pas une livre tournois de rente. Seulement la maigre solde que m'alloue le roi : soixante livres par mois, et irrégulièrement payées !

— Et tu comptes trouver de l'argent en Amérique ?

— Là ou ailleurs, peu m'importe pourvu que l'on se batte et que l'on fasse des prises. Frégates ennemies ou lourds vaisseaux marchands, tout est bon. Après capture, l'écrivain — ce pourrait être toi — pose les scellés sur les armoires, coffres, chambres et autres lieux contenant ces richesses, pour éviter le pillage. De retour à Brest, le capitaine dépose son rapport à l'intendant, qui le remet au tribunal des prises de l'Amirauté de Bretagne.

— C'est très long et bien compliqué !

— Je n'ai pas le choix, Gaël ! Ce tribunal établit des lots d'objets capturés qui seront vendus aux enchères, tout vaisseau de guerre restant la part du roi. Après déduction des frais de justice, le produit de la vente est distribué. Deux tiers à l'armateur si le faiseur de prise est un corsaire, au roi s'il s'agit d'un vaisseau de guerre. Le tiers restant est réservé aux officiers et à l'équipage.

— Et cela peut rapporter gros ?

— Le capitaine reçoit douze parts, chaque lieutenant huit parts, les gardes-marine six parts, les matelots une part et les mousses une demi-part.

— Et l'écrivain ?

— Six parts, comme moi. Imagine une prise dont la cargaison est estimée un million de livres tournois. Cela nous ferait chacun une belle somme !

Gaël se concentra, puis :

— Tu toucherais environ deux mille livres. Bon à prendre, mais insuffisant pour acheter Adélaïde, dont le père exige cinquante mille livres comptant. Et nous sommes à bord du vaisseau amiral. Notre vocation n'est pas, comme les frégates, de faire des prises.

— C'est vrai. Pas une seule prise aux Antilles ! Tout a été raflé par les frégates ! Si j'avais su, je me serais engagé sur *l'Aigrette* !

Après avoir doublé le cap Hatteras, on atteignit enfin les côtes de Virginie, où combattaient La Fayette et ses Volontaires. La baie de Chesapeake était proche. Grasse s'attendait à tout, mais il ne pouvait savoir que ce jour même, 25 août, l'amiral Hood pénétrait dans la Chesapeake, renforcé par les vaisseaux de Rodney, qui lui avait remis son commandement avant de rentrer en Angleterre.

La baie, immense, semblait déserte, mais l'Anglais, méfiant, lança ses frégates pour en explorer les méandres. N'y trouvant personne, il conclut que Grasse l'avait devancé. En toute hâte, sans même se ravitailler, il reprit la mer, croyant le poursuivre en direction de New York.

Pendant ce temps, au sud, l'armée navale française poursuivait sa route vers la Chesapeake. Le 29 août, quatre jours après le passage de Hood, elle pénétrait à son tour dans la baie. Grasse avait gagné son pari.

Debout sur le pont des pavillons de *la Ville de Paris*, Gaël Trémeur, serrant le journal des opérations, dont Grasse lui avait confié la charge sous sa dictée, contemplait cette côte basse, mythique, objet de tous leurs espoirs. Une ombre immense lui masqua le soleil : l'amiral !

— Ecrivez, Trémeur ! *« Ce jour, 30 août 1781, à 8 heures du matin, l'armée navale navigue entre le cap Henry et le cap Charles, par fonds de cinq brasses. Dans l'ignorance où je me trouve de la position de l'ennemi, j'envoie les frégates* la Diligente *et* l'Aigrette *explorer la baie. »*

L'Aigrette ! Le cœur battant, Gaël vit au loin l'altière frégate hisser l'aperçu et se diriger vers l'intérieur.

Le capitaine de Saint-Cézaire était monté sur le pont.

— Regardez-la ! dit Grasse en riant. Libéré de son poids d'or, Traversay repart sus à l'ennemi, sa véritable vocation !

— Si la flotte anglaise est dans la Chesapeake, elle ne fera qu'une bouchée de nos deux frégates !

— Il faut pourtant savoir si elle s'y trouve ou non ! Faites-les couvrir par *le Glorieux*. Et rappelez aux postes de combat. Si les Anglais sont là, ils n'en sortiront pas intacts, foi de Provençal !

Avec sa lunette, Grasse ne quittait pas des yeux le grand mât de *l'Aigrette*, qui se couvrit bientôt d'étamine. L'entrée de la Chesapeake, au moins, était libre. La flotte s'y engagea aussitôt, gagnant la crique de Lynnhaven, abritée par le promontoire du cap Henry.

— Ecrivez, dit Grasse à Gaël. « *Nous mouillons par neuf brasses, fond de sable gris. Puis nous affourchons à haute mer avec une petite ancre. Longitude estimée 76°, latitude 37°.* »

Quelques vaisseaux de l'avant-garde s'apprêtaient aussi à mouiller leurs ancres lorsqu'on vit, au fond de la baie, deux frégates anglaises, pavillon battant, surgir de derrière un promontoire. Sabords fermés, ignorant nos frégates, elles s'approchaient sans méfiance du vaisseau *le Glorieux*, le prenant pour un Anglais. Aucun signal de reconnaissance ne fut hissé.

Par prudence, l'amiral de Grasse avait fait amener tous les pavillons royaux, si bien que les Anglais crurent encore avoir affaire à l'escadre de Hood. Longeant *le Glorieux, la Loyalist* mit en panne et descendit un canot à la mer. Un personnage en civil y prit place. Les Français le laissèrent approcher. C'était un Américain, un notable de Virginie fidèle au roi d'Angleterre. Il héla *le Glorieux* :

— J'ai un message important pour l'amiral Hood !

— Montez, sir ! lui répondit un officier qui parlait anglais sans accent.

Il escalada l'échelle de coupée tandis qu'on lui rendait les honneurs au sifflet. Il salua puis constata avec stupeur sa méprise. On le conduisit aussitôt dans la chambre du conseil, où l'attendait le capitaine des Cars, qui lui fit savoir avec tous les égards qu'il était désormais son prisonnier.

Entre-temps, le corps d'abordage du *Glorieux* s'était rué sur la frégate, qui fut capturée après un bref corps à corps. Les Français dévalisèrent aussitôt ses cambuses, qui contenaient des fruits frais dont ils étaient privés depuis un mois.

Plus méfiante, l'autre frégate anglaise, *la Guadeloupe*, s'échappa et se mit sous la protection des batteries du fort de Yorktown, base de l'armée de Cornwallis. Sur *l'Aigrette*, Traversay rongeait son frein.

L'incident était clos. Aux drisses de *la Ville de Paris*, un message se déploya :

— Ordre à toute l'armée navale de mouiller dans l'anse de Lynnhaven, à l'exception de *l'Experiment* et de *l'Andromaque*, qui couvriront le débarquement des troupes.

Grasse entraîna Gaël dans sa chambre.

— Ecrivez, Trémeur. « *Ordre concernant les trois mille quatre cents hommes des troupes royales de débarquement, qui doivent prendre position sur la rive droite de la rivière James. Messieurs les commandants de chaque détachement, avant de quitter le vaisseau, devront faire l'inspection la plus exacte de leurs troupes, surtout les armes. Ils auront le plus grand soin que les pierres à feu soient bien arrangées et ne touchent point le canon ; que les platines et le tonnerre soient bien débouchés. Chaque soldat emportera son sac. Messieurs les officiers auront grande attention qu'ils n'aient point d'objets superflus ou en excédent. Chaque soldat emportera des vivres du vaisseau pour trois jours. Le tafia, qui fait partie de ces trois rations, sera mis dans un bidon pour vingt hommes et donné en garde au chef de chambrée qui en répondra. Concernant l'eau, si messieurs les capitaines de vaisseaux peuvent faire donner un baril de galère pour vingt hommes, ils procureront une grande facilité à la troupe royale.* »

On mit toutes les embarcations à la mer. Heureux d'en avoir fini avec la croisière, les soldats des régiments Gâtinais, Agenois, Béarn, Poitou, Touraine et le Royal Marine, un détachement de la légion de Lauzun, les hussards de Saint-Simon et des centaines d'artilleurs entreprirent de débarquer avec canons, mortiers et armes individuelles, et se regroupèrent sur les plages. Puis, musique et drapeaux en tête, les premiers régiments firent mouvement vers Jamestown.

Ils entendirent alors des acclamations et virent courir à eux des soldats français aux uniformes en loques, qui se jetèrent dans leurs bras en riant. C'était l'armée des Volontaires du général de La Fayette. Il était temps.

Un brillant cavalier les conduisait. Avisant les hommes qui s'avançaient vers lui, il demanda à l'un d'entre eux :

— Qui êtes-vous ?

— Caporal Pierre Dinet de Montrond, de la compagnie du *Destin*. Et vous, mon officier ?

— Gilbert Motier, marquis de La Fayette !

Il leur apparut comme un jeune homme distingué, âgé seulement de vingt-quatre ans. Mince, avec une tête longue et fine, il affichait un regard à la fois doux et froid sous des sourcils arqués. Son nez aquilin et sa bouche sensuelle devaient faire chavirer les femmes. Un catogan retenait en arrière ses cheveux roux bien roulés.

La Fayette était déjà une légende en Amérique. Marquis à un an à la mort de son père emporté par un boulet anglais, secouant bientôt le joug de ses précepteurs, il avait mené une enfance féodale dans son château fort de Chavaniac-en-Velay. La famille avait tenté en vain de canaliser ses instincts aventureux, qui le portaient à tout essayer, selon sa devise *cur non ?* (« pourquoi pas ? »). Lieutenant du roi à quatorze ans et promis à une riche héritière de la noble famille de Noailles qui en avait douze, marié à dix-huit, présenté au roi à Versailles, il s'était lié à l'ambassadeur américain Franklin et avait épousé aussitôt la cause des Insurgents, tellement acquis à George Washington qu'il avait donné son nom à son premier fils. Plaidant avec passion la cause américaine à la cour, on le disait capable de vider Versailles de ses meubles pour aider les Insurgents. Trop jeune pour commander le corps expéditionnaire royal, qui fut donné à Rochambeau, il passa outre et vendit ses terres pour armer à ses frais un corps de volontaires, une vraie division de casse-cou enthousiastes, qui se battait en Virginie. Il se ruinait, mais qu'importe ? Le petit lieutenant du roi était devenu général américain par la grâce de George Washington, et le colonel de Saint-Simon se placerait sous ses ordres.

La Fayette fit pivoter son cheval et, désignant de l'autre côté de la rivière James le fort lointain de Yorktown, où flottaient les couleurs britanniques, il s'écria :

— Maintenant, à nous deux, lord Cornwallis ! C'est à mon tour d'attaquer ! Ma revanche !

Entre-temps, les officiers américains, émissaires du général Washington, conduits par le brigadier général David Forman, s'étaient présentés à bord de *la Ville de Paris*. L'amiral de Grasse les reçut aussitôt dans la vaste chambre du conseil, décorée aux couleurs du roi de France et des jeunes Etats-Unis d'Amérique, la bannière étoilée, treize étoiles, symbolisant les treize colonies révoltées.

— Soyez les bienvenus à bord, messieurs !

— Nous vous attendions avec impatience, amiral. La flotte anglaise de Hood, qui vient de quitter la Chesapeake, a manqué une occasion unique de porter secours à lord Cornwallis. Nous le tenons !

— Pas encore, général ! Où sont les troupes américaines ?

— Entre New York et Philadelphie.

— Et le général de Rochambeau ?

— Encore plus au nord. Il a reçu l'ordre de décrocher de Newport et de rejoindre Washington en utilisant le fleuve Delaware.

Le visage du général Forman se figea. Il expliqua :

— C'est avec un immense regret que nous abandonnons ce secteur. Le général Washington craint que New York ne soit ainsi perdue pour la cause et cette contrée ruinée. Mais nous nous sommes rendus aux vues des officiers français. De toute manière, il ne nous restait plus d'espoir dans le nord. Partout nos forces confédérées étaient menacées d'encerclement par les armées anglaises, et Washington avait renoncé à tout espoir de s'emparer de New York.

L'Américain demeura un instant silencieux, puis il conclut :

— Il nous reste maintenant à réussir le regroupement de la Chesapeake. Une opération difficile compte tenu de l'absence de routes. Quelque deux mille soldats, des centaines de chevaux, des canons, des pièces de siège sur plus de deux cents lieues pour Rochambeau, cent trente lieues pour Washington et ses six mille hommes.

— Quand le général compte-t-il être à la Chesapeake ?

— Si tout se passe bien, il devrait atteindre le 8 septembre le nord de la baie, près de Baltimore. Il compte alors sur vous pour transporter ses troupes et celles de Rochambeau à travers la baie, plus de cent vingt lieues.

— Je ferai le nécessaire, général. Je vous propose l'embouchure de l'Elk River comme lieu de rendez-vous. J'y enverrai mes frégates, mes transports et tous les voiliers de faible tirant d'eau. Maintenant, autre chose m'inquiète. Où se trouve l'escadre du comte de Barras, auquel j'ai donné l'ordre de me rejoindre ? Son appui m'est indispensable pour affronter les escadres anglaises réunies, qui ne vont pas manquer de venir nous attaquer ici après nous avoir cherchés en vain du côté de New York.

— Barras a reçu votre ordre, confirmé par Washington. Avec huit vaisseaux de ligne, quatre frégates et dix-huit transports armés chargés de soldats, de canons et d'un matériel de siège qui nous sera indispensable pour emporter Yorktown, il devait décrocher de Newport le 25 août.

— Pourquoi dites-vous « devait », général ?

— Parce qu'il est surveillé de près par la plus forte escadre anglaise, celle de l'amiral Graves, qui compte dix-huit vaisseaux de ligne, auxquels risque de se joindre l'escadre de Hood, qui en compte une dizaine. Un combat dans ces conditions serait pour nos armes catastrophique et Washington n'a pas caché son anxiété.

— Barras est un marin habile. Il saura s'échapper.

Effectivement, une véritable course-poursuite se déroulait sur les immensités marines pour tenter de déjouer ces projets. Les Anglais avaient perdu la première manche en laissant s'échapper l'amiral de Grasse de Saint-Domingue. La deuxième en ne capturant pas *l'Aigrette*, qui amenait le trésor de guerre. Les autres manches seraient décisives : empêcher le regroupement de Grasse et de Barras, qui rendrait les alliés invincibles sur mer ; empêcher aussi le regroupement des forces terrestres devant Yorktown et l'arrivée de l'artillerie de siège.

Venant des Antilles, l'escadre Hood, après avoir de peu manqué Grasse à la Chesapeake, était arrivée à New York. Là, pas de trace de la flotte française ! La réunion des chefs anglais fut orageuse.

— Je viens d'apprendre que Rochambeau a décroché de Rhode Island pour rejoindre Washington dans le New Jersey, déclara le général Clinton. Celuici n'a laissé devant New York qu'un rideau de troupes.

— Il me semble que l'armée a été flouée, général ! dit aigrement l'amiral Graves, en s'agitant dans son uniforme bleu à parements d'or.

— La Royal Navy aussi, monsieur ! répliqua le général. Le chef d'escadre Barras a quitté son mouillage devant Rhode Island.

— Malédiction ! s'écria l'amiral Hood. Où va-t-il ?

— Il a répandu le bruit qu'il allait à Terre-Neuve.

— Ridicule ! dit Hood. Il ne peut que tenter de rallier l'amiral de Grasse.

Visage lourd, empâté, doté d'un nez énorme comme un taillemer, l'*admiral of the red* semblait écrasé par son énorme perruque.

— Où se trouve l'amiral de Grasse ? ajouta-t-il avec désespoir.

— Si la Navy ne le sait pas, monsieur, comment le saurais-je ? répliqua aigrement Clinton.

L'amiral Graves s'interposa :

— Inutile de vous disputer, messieurs. L'amiral Rodney regagnant l'Angleterre, je prends le commandement des forces navales, en ma qualité de plus ancien *rear admiral.*

L'amiral Hood, d'abord dépité, puis soulagé, s'inclina.

— Voici mes ordres, poursuivit Graves. Nos forces navales réunies, à l'exception de quelques vaisseaux qui resteront ici pour protéger New York, appareilleront dès que le ravitaillement sera achevé.

— Nous appareillerons pour où ? demanda Hood.

Ils se regardèrent avec perplexité. L'amiral Graves se pencha alors vers la carte d'Amérique étalée sous leurs yeux. Son doigt pointa sur l'embouchure de la Chesapeake.

— Si Grasse n'est plus à Saint-Domingue, si on ne l'a pas vu à la Jamaïque, ni devant Newport, ni devant New York, c'est qu'il est là ! C'est d'autant plus logique qu'en Virginie lord Cornwallis menace d'écraser le petit général de La Fayette.

La lumière de la vérité frappa enfin le général Clinton :

— Mais alors, si nous n'intervenons pas dans les plus brefs délais, c'est Cornwallis qui va être écrasé !

Clinton comprit qu'il dépendait totalement de la Royal Navy et en fut humilié. Les amiraux jouissaient sans vergogne de cette supériorité. Enfin, l'amiral Graves déclara avec autorité :

— Nos escadres réunies rechercheront l'escadre de Barras et la détruiront avant qu'elle arrive à la Chesapeake. Puis nous livrerons bataille au comte de Grasse. Alors seulement, notre flotte reviendra à New York pour embarquer vos troupes, général. Elles auront pour mission de dégager lord Cornwallis à Yorktown. Cornwallis pressé par les forces réunies de Washington, ce traître, La Fayette, Rochambeau et Grasse. Situation inconcevable !

Ils se séparèrent sur ces étonnantes perspectives. Les Anglais avaient enfin vu juste, mais rien n'était joué. Restait à battre les Français de vitesse. Le sort de la guerre et peut-être du monde dépendait d'une seule bataille navale.

Le 31 août, poussés par un vent favorable, dix-neuf vaisseaux de ligne et sept frégates, commandés par l'amiral Thomas Graves, mettaient à la voile, cap au sud, avec pour premier objectif de rattraper et détruire l'escadre de Barras. Mais ce dernier se trouvait derrière eux, n'ayant appareillé que le 25. Etant largement distancé, il ne pourrait atteindre la Chesapeake avant les Anglais. Si de ce fait il évitait une rencontre fâcheuse dans l'Atlantique, il ne pourrait se joindre à temps à l'amiral de Grasse, et risquait de se faire détruire en tentant d'entrer en baie de Chesapeake.

Au matin du 5 septembre, une frégate anglaise, lancée en éclaireur, découvrit l'entrée de la Chesapeake. Virant de bord, elle signala à l'amiral Thomas Graves qu'une flotte inconnue était mouillée à l'abri du cap

Henry. Les Français étaient découverts, la parole était aux canons. A bord du *London*, flagship de l'amiral Graves, on rappela aux postes de combat.

Cependant, la frégate *l'Aigrette*, qui croisait en surveillance au large des caps, avait elle aussi aperçu une escadre inconnue à l'horizon. Barras, ou les Anglais ? Sans prendre le temps de la reconnaître, Traversay fit voile aussitôt vers la Chesapeake pour alerter l'amiral de Grasse.

— Faites entrer monsieur le major de Gimat !

Le comte de Grasse, debout devant une table couverte de cartes, dans la chambre du conseil de *la Ville de Paris*, ne cachait pas sa nervosité. Sa flotte était mouillée dans la baie de Lynnhaven, une partie des équipages occupée à débarquer les soldats, les pièces d'artillerie, les mortiers, les boulets et la poudre. Par les fenêtres ouvertes de la galerie de poupe, on distinguait le cap Henry, qui masquait une partie de la passe. A dix milles dans le nord, on voyait à peine l'autre cap, le cap Charles.

Un vent bien établi soufflait de l'est, rendant difficile une éventuelle sortie. En cas de surprise, il ne faudrait guère de vaisseaux anglais pour bloquer l'entrée de la Chesapeake, malgré sa largeur, car elle se trouvait à demi obstruée par un banc de sable. Ainsi, la Chesapeake risquait de devenir le tombeau de la flotte française.

Grasse imaginait aussi un coup de main hardi de l'ennemi entrant dans la baie vent en poupe et canonnant ses vaisseaux au mouillage ! Un carnage !

« Barras ! Quand Barras me rejoindra-t-il ? L'homme est indiscipliné. De trois ans mon aîné, ayant été nommé comme moi chef d'escadre en juin 1778, il doit estimer que le commandement de l'armée navale lui revenait ! »

— Monsieur le major de Gimat ! s'écria un garde-marine en s'effaçant devant la double porte.

L'aide de camp du général de La Fayette s'inclina devant l'amiral.

— Le marquis de La Fayette présente ses compliments au chef de l'armée navale, qui a réussi l'exploit d'amener trente vaisseaux des Antilles sans avoir été repéré par l'ennemi. Nos troupes étant directement au contact de celles de lord Cornwallis, qui nous harcèlent cruellement depuis des mois, il s'excuse de n'être pas encore venu en personne vous saluer, amiral.

— Merci, monsieur. Dans l'incertitude où je me trouve de situer les forces navales anglaises, je suis moi-même dans l'impossibilité de descendre à terre pour serrer dans mes bras le vaillant général de La Fayette. Mais ce n'est que partie remise. Informez-moi maintenant de la situation militaire.

— Dès l'arrivée de votre flotte, le général Cornwallis a rompu le combat, comme nous le souhaitions. Ignorant la prochaine arrivée de Washington, il s'est retranché dans le camp fortifié de Yorktown, que nos troupes s'efforcent maintenant d'investir, en vue de provoquer sa capitulation, un choc matériel et moral dont notre cause a besoin pour faire triompher ses droits.

— Ne peut-il s'en échapper ?

— Le village d'York est bâti sur un terrain accidenté entre les rivières York, James et la mer. Du côté de la terre, notre regroupement l'empêchera de sortir. A nos troupes et aux vôtres vont se joindre les mille six cents Américains du général Waine, qui arrivent du sud. Et nous disposerons bientôt des armées Washington et Rochambeau. Le verrouillage terrestre sera alors total.

— Quelles seront les forces en présence ?

— Cornwallis dispose de sept mille soldats anglais réguliers et de neuf mille Américains loyalistes. Huit mille esclaves noirs, requis sur les plantations de

Virginie, travaillent aux fortifications. En face, nos armées réunies ne totaliseront que quinze mille soldats mal équipés. La formidable artillerie mobile de vos vaisseaux et les canons Gribeauval de Barras feront la différence.

— Seuls mes vaisseaux de troisième rang et les frégates, au faible tirant d'eau, pourront remonter les estuaires. Mais si Barras parvient à nous rejoindre, il apportera, outre les Gribeauval, des pièces de siège.

— Nous réduirons s'il le faut Cornwallis par la faim ! Du côté de la mer, votre flotte lui enlève tout espoir de s'échapper ou de recevoir des renforts.

— Ne dispose-t-il d'aucune force navale ?

— Seulement du vaisseau de troisième rang *le Charron*, de la frégate *la Guadeloupe* et de deux corvettes.

— Bien. Je vais envoyer quatre vaisseaux de 64 pour bloquer les embouchures des deux rivières. Le capitaine Deydier de Pierrefeu les commandera à bord du *Triton*.

— Qu'il se méfie des brûlots ! Les Anglais pourraient en lâcher la nuit.

— Pierrefeu est l'homme de la situation. Comme vous pouvez le constater, nos troupes débarquent. Elles sont commandées par le colonel marquis de Saint-Simon, qui se mettra sous les ordres du général de La Fayette. Dès que la jonction aura été opérée, je souhaite que vous attaquiez sans tarder Cornwallis dans ses retranchements.

— Impossible, amiral. Le général Washington nous a ordonné de n'engager aucune offensive avant son arrivée. Une sortie massive des Anglais pourrait nous décimer.

— Ceci est regrettable, major. La flotte britannique peut me surprendre d'un jour à l'autre à ce mouillage précaire. Et je suis dans l'incertitude quant au sort de l'escadre de Barras, alors que j'aurais tant besoin de son appui. Savez-vous où se trouve Washington ?

— Dans le nord de la baie, à Elk River, près d'Annapolis, comme vous le souhaitiez. Ai-je besoin de rappeler à Votre Excellence que nous comptons aussi sur vous pour faire traverser la Chesapeake aux deux armées ?

— Mais, monsieur, si je détourne mes vaisseaux pour bloquer Yorktown, mes frégates et corvettes pour transporter les armées de Washington et si monsieur de Barras tarde à me rallier, que me restera-t-il pour affronter les escadres anglaises réunies ?

Le major de Gimat demeura muet. La situation paraissait en effet hautement périlleuse. Le pire était l'incertitude. Brusquement, Grasse se décida. Entrouvrant la porte de son secrétariat, il cria :

— Trémeur ! Je vais vous dicter une lettre !

Le jeune secrétaire se précipita avec son écritoire, ses plumes et un encrier. Il s'assit à une petite table. Grasse dicta :

— « *Au général Washington, commandant les armées des Etats-Unis d'Amérique... Monsieur, j'ai reçu les avis que Votre Excellence m'a fait parvenir par le brigadier général Forman et par le major de Gimat. En conséquence, j'ai suspendu jusqu'à votre arrivée mon projet d'attaquer Yorktown avec les troupes de monsieur de La Fayette. Outre les trois mille quatre cents soldats de monsieur de Saint-Simon, avec huit pièces du corps royal d'artillerie, je pourrai vous donner mille huit cents hommes des troupes de marine de mes vaisseaux et fournir des canons pour le siège. Je regarde votre arrivée dans cette province si décisive que je vais faire l'impossible pour accélérer celle de vos troupes en envoyant au-devant de vous six ou sept frégates et corvettes qui tirent le moins d'eau et propres à remonter les rivières. Elles seront commandées par mon capitaine de pavillon, monsieur de Saint-Cézaire. Son premier soin sera d'assurer Votre Excellence du désir que j'ai de faire sous ses ordres une opération décisive pour les Etats-Unis d'Amérique.* »

Tandis que Gaël relisait la lettre et séchait l'encre, l'amiral de Grasse entraîna le major de Gimat sur la galerie de poupe qui dominait la mer.

Le vaisseau était mouillé à deux encablures de la plage de Lynnhaven, sur laquelle régnait une intense activité. Toutes les chaloupes et baleinières de la flotte avaient été mobilisées pour débarquer les troupes. Sur des radeaux improvisés, des palans descendaient d'énormes canons et des mortiers. Des paniers de boulets sortaient des panneaux béants des cales puis redescendaient vers la mer, suspendus à un filin qui coulissait sur une poulie frappée à un mât de charge.

Sur la plage s'étalaient à perte de vue des milliers de boulets et des centaines de barils de poudre, que les soldats et les esclaves noirs chargeaient sur des charrettes tirées par des chevaux, des mulets et des bœufs. Tout ce matériel et les troupes s'engageaient dans les chemins qui menaient à l'embouchure des rivières Pamunkey et Mattapony, où campaient les troupes de La Fayette. L'amiral s'écria :

— Voyez, monsieur ! Mille huit cents de mes marins et quatre-vingt-dix de mes officiers sont engagés à terre en ce moment dans ces opérations de débarquement. Dans ces conditions, si la flotte devait appareiller pour se battre, plusieurs de mes vaisseaux ne pourraient armer que la moitié de leurs canons.

Comme pris d'un funeste pressentiment, l'amiral se tourna vers la mer. Toutes voiles dessus, une frégate s'engageait dans la passe, vent arrière.

— Beau bateau ! s'écria le major.

— C'est *l'Aigrette*, qui assure la surveillance extérieure, face au large. Elle nous apporte quelque nouvelle. Plaise au ciel qu'il s'agisse de monsieur de Barras !

Doublant le cap Henry, la frégate piqua sur le mouillage de Lynnhaven. Une nuée de gabiers escaladaient les haubans et rampaient sur les vergues. La grand'voile et la misaine furent serrées. Sur le pont, on entendait les sifflets des maîtres de manœuvres. Mettant les huniers à contre et affalant les focs, *l'Aigrette* cassa son erre et, dans une manœuvre qui fit l'admiration de la flotte, se rangea à la poupe de *la Ville de Paris*.

Grasse se tenait toujours sur la galerie de poupe, immense balcon ouvragé qui dominait la mer. En bas, sur la dunette de *l'Aigrette*, le capitaine de Traversay le salua d'un grand coup de chapeau et cria dans son porte-voix :

— Escadre en vue, à cinq milles des caps, venant de l'est-nord-est ! Environ dix voiles.

Grasse respira. Les Anglais en alignaient le double ou le triple. C'était donc Barras. Puis un doute le saisit. Ce pouvait être une avant-garde ennemie.

— Cette escadre s'est-elle identifiée ?

— Non, amiral. Nous étions trop loin pour échanger des signaux.

— Reprenez la mer, Traversay ! Je veux une certitude !

Tandis que *l'Aigrette*, déployant toute sa toile, se dirigeait vers la passe en gîtant fortement sous le vent contraire, Grasse se rua dans la salle du conseil. Le capitaine de Saint-Cézaire et le major de la flotte s'y trouvaient déjà.

— Messieurs, suspendez les opérations de débarquement et rappelez aux postes de combat. Que la flotte se tienne prête à appareiller à mon ordre. Récupérez le maximum des hommes occupés à terre, surtout les officiers.

Grasse aperçut Gaël, immobile derrière sa table. Il saisit sur une tablette ses bésicles aux verres sertis de nacre et prit la lettre destinée à Washington, la relut, jeta au bas une signature énergique, sécha l'encre et cacheta son pli en y apposant son sceau gravé sur le chaton de sa chevalière en or massif. Puis il la tendit au major de Gimat.

— Allez, monsieur ! Faites parvenir ceci au général en chef. Et hâtez-vous de regagner la terre, sinon vous risquez fort de vous retrouver en pleine bataille !

Une heure plus tard, *l'Aigrette* était de retour. De la dunette, Traversay cria :

— Flotte anglaise à trois milles des caps ! Elle fait voile, vent arrière, sur la Chesapeake !

— Combien de vaisseaux ?

— Une vingtaine de vaisseaux de ligne à deux et trois ponts et sept frégates. Nous n'avions vu d'abord que l'avant-garde.

Que faire ? Recevoir l'ennemi au mouillage ? C'était se priver des évolutions qui donnent la victoire. Se battre à l'intérieur de la baie, cette immense mer intérieure, ou s'y laisser enfermer ? C'était vouer Barras à une destruction certaine lorsqu'il arriverait, sans possibilité de le secourir.

Grasse se tourna vers le major de la flotte.

— Vaugiraud, signalez à l'armée navale d'appareiller immédiatement en tenue de combat. Pour gagner du temps, on filera les câbles des ancres à la mer.

15

Sur tous les vaisseaux s'élève le grondement des tambours battant les quartiers. Les sonneries des trompettes retentissent, les ordres fusent :

— Branle-bas de combat ! Dégagez les ponts !

Du gaillard d'avant à la dunette, on fait le vide. On noie les feux des cuisines. On vérifie les centaines de hamacs qui garnissent les filets le long des bastingages, protection efficace des hommes du pont contre la mitraille, les balles et les éclats de bois. On ferme et on double les panneaux des écoutilles. Tirés à grande distance, certains gros boulets de 30 ou 36 livres peuvent tomber verticalement après une trajectoire arrondie, crever le pont à ses points de moindre résistance — les écoutilles — et provoquer à l'intérieur de terribles dégâts, des incendies. N'a-t-on pas vu des bricks traversés ainsi de part en part et couler bas ?

Sous la dunette, les officiers subalternes qui ont la malchance de partager leur chambre avec un canon assistent avec consternation au bouleversement systématique de leur intérieur. Les artilleurs occupent le local, ouvrent en grand le sabord, bousculent le valet qui retire en hâte le mobilier et le tapis, entassent les boulets dans les parcs mobiles et la poudre dans les gargoussiers, tandis que les charpentiers démontent les cloisons mobiles pour faire place nette et mettent à l'abri les baies vitrées.

Sur les dunettes hautes — le pont des pavillons —, c'est la panique dans le petit monde de la volaille. Les marins déménagent en hâte les cages à poules, des caisses juxtaposées, qu'ils se lancent dans les profondeurs obscures, où elles dévalent grâce à un système ingénieux de plans inclinés.

Le problème est plus ardu avec les bestiaux du gaillard d'avant, porcs, chèvres, moutons, et la vache. Seules les chèvres consentent à utiliser les escaliers abrupts. Il faut sangler les autres animaux et les descendre à l'aide d'un palan par les panneaux des cales.

Les soldats de marine, lourdement chargés, escaladent maladroitement les haubans et s'installent sur les vastes plates-formes des hunes avec leur long mousquet, leurs sacs de poudre et de balles. Les sergents leur donnent les dernières explications :

— Asseyez-vous confortablement sur les traversins. Détendez-vous, les pieds dans le vide. Calez votre arme sur les enfléchures des haubans. Vous tirerez à mon ordre, pas avant. A très courte distance. Le plomb est cher, et rare la poudre ! Je veux voir toutes vos balles frapper la dunette du plus proche vaisseau ennemi. Visez les officiers, le capitaine.

Sur le pont et dans chaque batterie, les officiers et les maîtres canonniers se sont réunis autour de leur capitaine d'artillerie.

— Ne laissez pas l'ennemi s'approcher. Leurs caronades, qui tirent à mitraille des paquets de balles ou de la chaîne, ne peuvent être efficaces qu'à courte distance. Tirez à démâter, sur le mouvement montant du roulis. Visez la base des mâts. Lorsque la distance se réduira, tirez en plein bois, tirez en pleine coque au niveau de la flottaison, un peu en dessous mais pas trop, car vos boulets ricocheraient sur la mer. Rappelez-vous qu'un seul boulet de 36 à bout portant peut percer une coque de chêne de cinq pieds et, en cas de voie d'eau, neutraliser la moitié de l'artillerie lourde de l'entrepont, car tous les sabords au vent doivent alors être fermés. Enfin, si l'ennemi présente ses poupes, ne gâchez pas vos boulets à massacrer pour le plaisir la grand'chambre et les balcons. Tirez plus bas, à fracasser le gouvernail. Maintenant, à vos pièces, et vive le roi !

Dans les batteries, les ordres se succèdent, brefs et précis :

— Canonniers et servants, à vos postes ! Démarrez les pièces ! Détapez ! Hors de batterie ! Les canons aux sabords ! Palanquez ! Amorcez ! Allumez les mèches des boutefeux !

Les boulets de fonte, bien grattés, vingt charges par pièce, s'accumulent autour des canons, dans leurs râteliers, longues poutres de bois creusées de demi-sphères. La poudre s'entasse dans les gargoussiers.

On sable les ponts. Les marins qui ont déjà été au feu tremblent rétrospectivement. Un homme décapité, démembré ou éventré par un boulet, c'est cinq litres de sang qui gicle, ou des entrailles qui se répandent, sur lesquels les pieds nus des hommes glissent comme sur une patinoire.

La cohue s'est transformée comme par miracle en un ordre silencieux, où chacun, du mousse poudrier au capitaine, occupe son poste. Et le capitaine, satisfait, parcourt le vaisseau paré au combat : pièces en batterie, volées béantes en dehors de la coque, magasins remplis de boulets, de mitraille, de gargousses, armes de poing distribuées, sentinelles aux écoutilles, filets anti-éclats déployés, fosse aux embarcations dégagée ; à l'arrière les canots suspendus à la poupe, à l'avant le filet d'abordage croché aux grues de fer.

Alors, dans le silence impressionnant, sur tous les vaisseaux du roi s'éleva, vibrante, la voix de l'aumônier, un religieux récollet, en longue robe de bure avec capuchon carré, ceint d'une cordelière et d'un chapelet, pieds nus dans ses sandales. Il exhortait les marins, les soldats : au devoir, à la gloire, à la mort ! Lorsqu'il se tut, un frémissement parcourut l'assistance. Il leva la main. D'un seul mouvement, tricornes et bonnets tombèrent.

— Mes enfants, faites un acte de contrition parfaite et Dieu vous pardonnera tous vos péchés ! A genoux, les hommes !

Dressé au-dessus du gaillard d'avant, la main gauche brandissant un crucifix, la droite tendue, dessinant un signe de croix, il donna une absolution collective. Puis il conclut avec force :

— Allez tous en paix ! Et pas de quartier pour ces parpaillots d'Anglais !

Lorsqu'il descendit du gaillard d'avant, il passa dans les rangs des canonniers, alignés le long de leurs pièces. Dans un mouvement de confiance et de foi, un mousse poudrier, qui n'avait pas douze ans, mit un genou au sol et baisa le bas de sa robe de bure. L'homme de Dieu sourit. Il le bénit, puis il lui dit :

— Mets ta confiance en Dieu, petit, et garde ta poudre bien sèche !

C'est comme cela qu'on les aimait dans la marine, les aumôniers du roi !

Sur la dunette haute de *la Ville de Paris* — le pont des pavillons —, une immense bouffée d'orgueil souleva le cœur de Gaël Trémeur. Non seulement il allait assister à la bataille navale du siècle, mais encore, aux côtés du chef de l'armée navale, il serait le modeste auxiliaire qui en écrirait sous sa dictée les péripéties au fil des minutes et des heures.

Quel étrange destin que le sien ! Hier encore simple et obscur clerc d'un notaire de province, il s'était retrouvé propulsé jusqu'à la dunette de ce vaisseau prestigieux. Son seul regret, avec l'inquiétude lancinante que lui causait la présence de Marie en pleine bataille à bord de *l'Aigrette*, était de savoir son ami Olivier d'Escragnole loin de l'action et désormais hors de course. A l'heure actuelle, au côté de son père, le capitaine disgracié, il devait faire route vers la France à bord de quelque frégate de liaison.

Heureusement, il pouvait compter sur son nouvel ami, le petit garde-marine, Jakez de Plouarzel. Il s'était attaché à lui, malgré leurs différences, parce qu'ils se sentaient ensemble embarqués dans une extraordinaire aventure maritime à cause d'une fille qui, par bonheur, n'était pas la même !

Il le vit soudain sortir de l'écoutille, son uniforme en désordre, ses cheveux blonds ébouriffés, la dague de travers, indigné, le visage rouge de colère.

— Ils nous ont mis dehors, ces rustres !

— Mais qui donc ?

— Les canonniers ! Notre poste d'aspirants a l'honneur et le malheur de posséder une pièce de retraite, un canon de 30 livres long, qui, dit-on, porterait à une lieue !

— Le canon est toute leur vie, Jakez. Ils le servent comme un prêtre sert son Dieu !

L'aspirant se calma et se dirigea vers un caisson situé au pied du mât des pavillons, l'ouvrit avec une clé et découvrit un lot d'admirables longues-vues.

— Les lunettes d'approche de l'amiral, Gaël ! J'en suis désormais chargé, depuis que cet imbécile de Théodule de La Constipière en a gâté les verres avec l'acide dont il se sert pour se blanchir les dents !

— Jakez, où est l'amiral ? Il était là voici une minute.

— Il est dans sa chambre. Son valet l'aide à revêtir la tenue qu'il ne porte que dans les grandes occasions : pour voir le roi ou pour combattre ! Sa haute stature dressée sur la dunette au plus fort du combat, offert à la vue et au danger, il symbolise la grandeur, la force et le courage de l'armée navale !

— Mais quelle cible idéale pour toute la mousqueterie ennemie, si nous devons combattre de près[1] !

Le brouhaha les fit sursauter, sorte de vacarme qui montait en puissance. L'appareillage, doublé du branle-bas de combat ! Et tous les deux se trouvaient à leur poste, sur le toit de la dunette, ce pont des pavillons ainsi appelé parce que les gardes-marine hissent au mât d'artimon les signaux de l'amiral. Effectivement, les aspirants, aidés par un maître expérimenté, sortaient des caissons un lot de pavillons multicolores.

En attendant le retour de l'amiral de Grasse, Gaël, appuyé sur le fronteau, contemplait le pont en effervescence. A l'avant, au lieu de haler aux cabestans les lourdes ancres, opération qui pouvait demander des heures, les manœuvriers laissaient simplement filer à la mer les câbles démanillés, dont une extrémité était fixée à une bouée. On comptait ainsi récupérer les ancres au retour.

Libérée de ses entraves, *la Ville de Paris* dérivait doucement vers l'intérieur de la baie. D'autres vaisseaux se trouvant dans la même situation, un certain désordre s'était établi, et le risque d'abordage ou d'échouement n'était pas négligeable. Les plages s'éloignaient. On apercevait encore les dizaines de baleinières qui n'avaient pu rallier. Furieux d'être privés du combat, leurs marins tendaient le poing en direction des vaisseaux qui s'écartaient.

— Quelque mille cinq cents hommes sont ainsi perdus pour la bataille ! s'écria Jakez.

1. Portée utile des mousquets : 50 à 100 m. Portée utile des canons : 37 % d'impacts à 200 m. 13 % à 400 m. 8 % à 600 m. Portée maximum d'un canon de 36 (boulet de 36 livres, soit 18 kg) : 3 300 m à 16° d'angle en 18 secondes. Sauf exception (chasse ou retraite), on ne tire pas à plus d'un mille (1 852 m). Tir à mitraille : 400 m maximum.

Maintenant, ils entendaient sous leurs pieds, après le martèlement des charpentiers démontant les cloisons, le roulement des quatre pièces de retraite que l'on mettait à poste dans les chambres des officiers subalternes, roulement ponctué par le claquement sec des mantelets de sabords que l'on verrouillait en position ouverte. Jakez ajouta :

— Il faudra au moins une heure pour que nos cent quatre canons soient en position de combat, parcs à munitions approvisionnés, pièces parées à tirer.

La batterie du pont, trente-six canons de 18, armés par plus de deux cents hommes, était gênée par le grouillement des marins appelés à l'appareillage, larguant les ancres, hissant les voiles, orientant les vergues, dégageant les gaillards et passavants. Incapable de retenir son émotion, Jakez s'écria :

— Si, au milieu de cette agitation, la flotte anglaise, bien groupée, vent portant, parée au combat, tombait sur nous, nous subirions l'une de ces catastrophes qui marquent à jamais une marine !

Se retournant, Gaël examina la large passe qui ouvrait sur l'océan, entre les caps Charles et Henry.

— Regarde, Jakez ! La passe est déserte !

— Mais pour combien de temps ? *L'Aigrette* n'a pas vu une flotte de fantômes !

Dans les hunes et sur les vergues, les gabiers s'activaient. Dans un immense froissement de toile, les voiles ferlées sur les vergues se déployaient. A l'avant, on hissait les focs. Sur le pont, les hommes bordaient les écoutes. La toile se gonflait et prenait le vent, le vaisseau de l'erre. Le cri attendu jaillit enfin de la timonerie :

— Nous gouvernons !

— A brasser ! hurla l'officier de quart.

Soudain, Gaël et Jakez virent à leur côté l'amiral de Grasse. Il avait revêtu son grand uniforme et paraissait plus immense encore, dans son justaucorps bleu roi à parements d'or et épaulettes désignant son grade de lieutenant général. Ces parements compliqués, ces galonnages et ces manchettes de dentelle rappelaient l'héritage du grand siècle de Louis XIV, une époque où les officiers ressemblaient à des courtisans et les vaisseaux plus à des palais décorés qu'à des machines de guerre.

Le justaucorps doublé de serge rouge laissait voir un gilet écarlate fermé par des boutons en or massif. Une cravate torsadée, de soie immaculée, fermait au col la chemise en fine batiste blanche. La culotte rouge soulignait la blancheur des bas de soie. Une petite épée sertie de diamants pendait à son côté. Sur sa poitrine barrée d'un baudrier écarlate, brillaient les diamants de la croix de commandeur de Saint-Louis, la plus haute distinction du royaume. La petite perruque argentée de l'amiral dépassait sous un tricorne en poil noir de vigogne surmonté d'un plumet bleu. Il était chaussé non de bottes, comme la plupart des officiers, mais de souliers de cuir noir à boucles d'argent et talons rouges.

— Plouarzel ! La lunette numéro 3 !

L'amiral examina longuement la rade où les vaisseaux appareillaient en hâte. Toutes les frégates répétitrices avaient bien hissé son signal. Puis il se tourna vers son secrétaire et lui tendit un petit chronomètre en argent, signé Bréguet.

— L'heure, Gaël. En écrivant sous ma dictée les phases du combat, n'oubliez jamais de noter l'heure. Et maintenant, allons dans la salle du conseil, où j'ai convoqué l'état-major de la flotte.

Un marin armé d'une hallebarde ouvrit les deux battants de la chambre du conseil et s'effaça devant l'amiral. Les officiers d'état-major entraient, tous en grand uniforme. Derrière le capitaine de vaisseau de Vaugiraud, leur major, ils se pressaient autour de la table où était étalée une carte du secteur. Un peu en retrait, très émus, se tenaient les cinq jeunes gardes-marine, les aspirants chargés des liaisons, parmi lesquels Jakez de Plouarzel.

Laissant le soin de la timonerie à l'officier de quart, le neveu de l'amiral, le capitaine de pavillon Antoine de Saint-Cézaire, prit place à ses côtés.

Le marquis de Vaugiraud ne cachait pas son inquiétude.

— Quels sont les ordres, amiral ? L'avant-garde du comte de Bougainville achève sa manœuvre d'appareillage. Elle va s'engager dans la passe. N'est-ce pas prématuré ?

— On ne va pas rester à l'ancre ou évoluer dans la baie alors que l'ennemi nous défie à l'extérieur ! s'écria le capitaine de Saint-Cézaire.

— Le vent est contre, riposta le major. Il souffle de l'est-nord-est, dix nœuds. En outre, la marée monte. Ce flux crée un fort courant contraire dans la passe. Nous y engager dans ces conditions nous contraindrait à tirer bordée sur bordée, au risque de manquer à virer, ce qui pourrait jeter quelques vaisseaux à la côte ou sur le banc de sable du Middle Ground. Je suggère d'attendre midi, le renversement de la marée.

— Vaugiraud, *l'Aigrette* a bien réussi sa sortie ! gronda Grasse.

Personne ne répliqua. Pourtant, tous savaient qu'aucune comparaison n'était possible entre une légère frégate de cinq cents tonneaux et les lourds vaisseaux à deux et trois ponts. Certains, de premier rang comme *la Ville de Paris*, jaugeaient trois mille tonneaux et ils dérivaient fortement en remontant le vent. C'est pourquoi Grasse hésitait.

— Votre avis, messieurs ?

— Il est évident que le moment de sortir n'est pas le meilleur, dit le chef des transmissions.

— Le risque est grand de perdre quelques vaisseaux. Même s'ils ne s'échouent pas, ils vont se retrouver loin de l'armée navale et nous manqueront au moment décisif du combat, renchérit le directeur de l'artillerie.

L'intendant de l'armée navale objecta :

— Si l'estimation de *l'Aigrette* est correcte, nous avons la supériorité du nombre, vingt-quatre contre dix-neuf.

— Mais pas celle du vent ! s'écria un officier. Les Anglais sont libres d'accepter ou de refuser le combat.

Grasse les entraîna vers la galerie de poupe et se pencha au-dessus de la lisse. Son regard fixa intensément la passe. Rien. Elle était vide.

— Ils devraient être déjà là ! Je ne comprends pas. Ils ont le vent et le flot pour eux. Ils n'ont qu'à laisser porter.

— Si Rodney les commandait, ils seraient déjà là ! s'écria le capitaine de Saint-Cézaire. C'est donc Thomas Graves. Le meilleur manœuvrier de la Navy, mais qui, dit-on, brille aussi par sa prudence ! Il ne prendra pas le risque de rompre sa ligne de bataille !

Ils rentrèrent dans la chambre du conseil. Ils entendaient, au-dessous, dans la grand'chambre des officiers, le vacarme des canons que l'on mettait en place. Un boulet roula sur le parquet.

Soudain, la voix du sous-major de la flotte, un petit officier maigre et sec, s'éleva :

— Sait-on où se trouve M. de Barras ?

Un froid mortel les saisit. Barras, avec seulement huit vaisseaux, et encombré de bateaux de charge qui amenaient l'artillerie de Rochambeau, Barras allait tomber dans ce piège, sur cette flotte anglaise qui bloquait l'entrée de la Chesapeake ! Un massacre en perspective ! Il était peut-être déjà engagé avec les Anglais, ce qui expliquerait leur retard.

L'amiral de Grasse se redressa. Sa tête touchait presque les barrots du plafond.

— En avant, messieurs ! Que l'armée navale sorte de la baie, dans l'ordre où elle se trouve. On formera à l'extérieur la ligne de bataille. Et que Dieu nous aide !

Le chef des transmissions se rua vers le pont des pavillons. On vit bientôt monter aux drisses d'artimon les pavillons multicolores. Chacun signifiait une lettre ou un chiffre. Chaque signe ou combinaison de signes, un ordre précis : « Sortir de la baie », « Se mettre en bataille par ordre de vitesse », « Tenue de combat »...

La première, *l'Aigrette* hissa l'aperçu. Puis elle fit voile à travers la baie pour répéter les ordres, appuyés d'un coup de canon.

Gaël les avait aussi inscrits sur sa petite tablette de bois. Il tira de sa poche le précieux chronomètre et nota l'heure : *10 h 30*.

Et la manœuvre ardue commença. Au fur et à mesure qu'ils avaient pris assez d'erre pour gouverner, les vaisseaux viraient de bord et s'engageaient dans la passe, serrant le vent au plus près, guère plus de cinq ou six quarts de son lit, ce qui donnait une course lente en zigzag. Un seul manque à virer eût provoqué un retard de vingt à trente minutes, l'isolement du vaisseau, sans parler des risques d'abordage et d'échouement.

En raison du mouillage qu'elle occupait, l'escadre bleue de Louis-Antoine de Bougainville fut la première à sortir. Pas un vaisseau ne manqua à virer. Tirant de courtes bordées, *le Pluton, la Bourgogne, le Marseillais* et *le Diadème* se trouvèrent bientôt hors de la baie. Les autres vaisseaux de l'avant-garde suivaient : *le Réfléchi, l'Auguste, le Saint-Esprit* et *le Caton*.

Les bateaux de tête aperçurent alors l'ennemi dans le nord. Vent en poupe, la flotte anglaise fonçait droit sur eux, une forêt de voiles poussée par un petit vent de nord-est. Ce fut une minute d'épouvante. Vus de face, on ne pouvait pas les compter. Ayant regroupé ses vaisseaux, Bougainville se tourna vers la baie. Il était seul face aux Anglais.

— Se former en ligne de bataille ! cria-t-il sans se faire d'illusions.

A 13 h 30, l'escadre d'avant-garde, la longue flamme bleue flottant à la pomme du grand mât, naviguait en une ligne bien serrée, impeccable, proue contre poupe à une demi-encablure l'une de l'autre, selon le règlement permanent des *Instructions du combat*, tous sabords béants, pièces détapées parées à tirer, cap au sud-est, pour retarder le combat.

A quelques milles sur bâbord, naviguant dans un ordre non moins impeccable sur une seule ligne, la flotte de l'amiral Thomas Graves venait de doubler le cap Charles et s'avançait vers eux, cap au sud-ouest sur l'ouvert de la baie. Dix-neuf vaisseaux de ligne et sept frégates faisaient face à la seule avant-garde de Bougainville, qui ne comptait que huit vaisseaux et deux frégates.

« Nous sommes perdus ! songea Bougainville. Ils ont le vent pour eux. Ils n'ont qu'à laisser porter. Nous n'avons même pas la ressource de fuir. Nous sommes acculés à la côte. »

Il se retourna vers la Chesapeake. Dans le désordre, le corps de bataille du comte de Grasse et l'arrière-garde du marquis de Monteil se trouvaient encore dans la passe à tirer d'interminables bords. Seul fait positif, la marée atteignait son étale, le courant allait se renverser. Mais il faudrait encore deux heures pour que les trois escadres françaises se réunissent et forment la ligne de bataille. Il paraissait illusoire d'espérer que les Anglais leur en laissent le temps.

Sur le pont du *London*, énorme vaisseau de premier rang alignant cent canons, l'amiral Thomas Graves tergiversait. Dans la position où il se trouvait, cap sur l'ouvert de la baie, masqué par ses propres vaisseaux, ayant rappelé ses frégates, il ne pouvait distinguer clairement ce qui se déroulait dans la passe. Il ne voyait que l'escadre de Bougainville, qui tentait de s'échapper en rasant la côte, huit vaisseaux en tenue de combat, une proie facile à sa portée.

Il se tourna vers le capitaine de vaisseau Everett, son chef d'état-major, qui guettait ses ordres. Le voyant hésitant, l'officier s'écria :

— Huit vaisseaux, c'est Barras ! Nous le tenons et nous allons enfin l'écraser, s'il vous plaît, sir ! Nous en a-t-il fait subir, celui-là, depuis Newport, avec ses dérobades !

— Etes-vous sûr que c'est Barras, Everett ? Si c'est l'avant-garde de l'amiral de Grasse, nous aurons affaire à forte partie. Plus de trente vaisseaux si Barras l'a rejoint. C'est pourquoi je ne donnerai pas l'ordre d'attaquer avant de savoir à qui nous avons affaire.

— Il faut attaquer, sir ! Même si c'est l'avant-garde du comte de Grasse, il faut profiter de cette situation favorable, dépassant les rêves les plus merveilleux qu'un chef de mer ait jamais osé formuler !

— Je ne rêve pas, major. Je ne briserai pas ma ligne de combat. Nous engagerons l'ennemi quand nous saurons à qui nous avons affaire. Voici mes ordres : virez de bord ! Lof pour lof par la contremarche ! A courir parallèlement à l'ennemi, cap au sud-est, toujours en ligne de file !

C'était retarder le combat, faire le jeu des Français.

Aussitôt, l'ordre était répercuté à toute la flotte anglaise qui, suivant le vaisseau de tête, vira à bâbord de quatre-vingt-dix degrés vent arrière, ce qui la plaçait bâbord amures dans une ligne parallèle aux forces françaises et au même cap. Nulle autre manœuvre n'aurait pu davantage satisfaire les Français. Un délai inespéré était ainsi accordé à Grasse pour rejoindre Bougainville et former la ligne de bataille.

Sur la dunette du *Barfleur*, vaisseau amiral de l'arrière-garde, sir Samuel Hood fulminait !

— Nous les tenions ! Et voilà qu'on diffère sans raison le combat ! Ah ! si je commandais !

Sur le pont de la dunette où il était monté pour avoir une vue plus large, l'amiral de Grasse, quant à lui, jubilait. Il se tourna vers Gaël, qui avait posé son écritoire portative sur la lisse de couronnement.

— Ecrivez, Trémeur : « *La Ville de Paris* double le cap Henry et fait route sur le large. » Quelle heure est-il ?

— 13 h 45, amiral.

— Note aussi : « Le destin, la victoire ! »

Gaël le dévisagea, surpris.

— *Le Destin*, vaisseau de 74, nous précède. *La Victoire* nous suit ! Heureux présage !

La cloche de la timonerie piqua 14 heures lorsque *le Languedoc*, bâtiment amiral de l'arrière-garde, portant la marque du marquis de Monteil, franchit à son tour la passe, suivi par *le Zélé, l'Hector* et *le Souverain*. La flotte au complet naviguait enfin en mer libre, parallèlement aux Anglais stupéfaits. Ce n'était pas Barras, c'était donc Grasse ! Et Thomas Graves avait perdu l'occasion unique de détruire son avant-garde.

Là, à bord de *l'Auguste*, l'insupportable angoisse se relâcha. Bougainville ordonna :

— Venir grand largue, bâbord amures !

En ralentissant sa course, il comblait le vide dangereux qui s'était creusé entre lui et le corps de bataille. L'amiral anglais, maître du vent, naviguait toujours cap au sud-est, hors de portée de canon, comme s'il voulait laisser à Grasse le temps de consolider sa ligne de bataille et de rejoindre Bougainville.

Alors, on se compta : 24 vaisseaux et 7 frégates pour les Français, qui alignaient 1 794 canons, les Anglais 19 vaisseaux et 7 frégates, totalisant 1 410 canons. Thomas Graves se reprocha amèrement d'avoir laissé quatre vaisseaux à New York.

Cependant, l'infériorité numérique britannique se trouvait compensée par l'avantage du vent et par le lourd handicap des vaisseaux français, dont mille cinq cents marins, engagés dans les opérations de transport, étaient restés sur les plages.

En outre, toutes les coques anglaises étaient doublées de cuivre, moins sales, moins chargées d'algues et de coquillages, donc plus lisses que celles d'un tiers des vaisseaux français, ce qui leur permettait de gagner quelques nœuds. Et les Anglais possédaient une arme nouvelle, redoutable, la caronade, canon court sans recul qui lâchait à bout portant une mitraille meurtrière, des centaines de billes de fer ou de plomb, charges mortelles baptisées « grappes de raisin ».

Un ordre claqua aux drisses du vaisseau amiral anglais, *le London* :

— Laissez porter pour engager l'ennemi !

Thomas Graves avait donc choisi de se battre. Il se rapprochait des Français. Mais en prenant son temps. Le signal « en ligne de file » étant toujours battant, la ligne anglaise gardait sa cohésion et se rapprochait progressivement par la tête.

De tous ses yeux, Gaël, les mains posées sur la lisse de couronnement du pont des pavillons, essayait de comprendre le jeu mortel qui s'était engagé. Jakez de Plouarzel, visiblement excité par la perspective d'un combat mémorable, s'écria :

— Profitant du vent portant, les Anglais nous acculent à la côte ! Ils se rapprochent de nous lentement.

— Pourquoi lentement ? demanda Gaël. S'ils veulent se battre, ils n'ont qu'à mettre le cap sur nous tous à la fois.

— On voit bien que tu ne connais rien aux règles du combat naval ! On ne rompt pas sa ligne de bataille.

— Pourquoi ?

— Parce que... un amiral qui romprait sa ligne de bataille et serait battu serait bon pour le conseil de guerre et douze balles dans la peau !

— Mais ce n'est pas un argument !

— C'est la règle. On s'avance en ligne de file, proue contre poupe, aussi serré que possible, pour que l'ennemi ne puisse couper votre ligne et vous prendre à revers. Quand on est à portée utile de tir, environ deux encablures, on ouvre le feu. Pas avant. Les munitions sont trop précieuses. Le jeu anglais est de parvenir à courte portée pour utiliser les caronades qui tirent à mitraille et tuent le plus de monde possible en dégréant les vaisseaux. Ralentis, ils ne peuvent plus alors tenir la ligne. Le jeu français consiste à les empêcher d'approcher en tirant à pleine coque, ou à démâter.

— Toujours sans briser la ligne ?

— A Dieu ne plaise !

Jakez braqua l'une des précieuses lunettes d'approche vers la ligne adverse et s'écria :

— Anglais et Français naviguaient au même cap, en lignes parallèles ! Maintenant, le vaisseau de tête anglais se porte vers nous, il a légèrement infléchi la ligne, suivi par toute la flotte. Quand l'avant-garde anglaise arrivera à portée d'un point quelconque de notre ligne, la bataille commencera.

— Va-t-on se heurter ?

— Non. L'abordage, c'est bon pour les corsaires et les frégates.

— On ne se croise pas ?

— Non. Lorsqu'on se croise, le combat ne dure que peu de temps et la bataille demeure incertaine. En revanche, bord à bord au même cap, en ligne de file, il peut durer longtemps ! Jusqu'à ce que les bateaux coulent, ou, désemparés, quittent la ligne de bataille.

— Et alors ?

— Alors, tout est possible, la victoire comme la défaite !

L'amiral réclamait sa lunette à grand angle. Jakez se précipita.

Pendant plus d'une heure, par la volonté des Anglais maîtres du vent, les deux lignes adverses avaient navigué parallèlement en se défiant, hors de portée de canon. A 15 h 46, sir Thomas Graves avait enfin hissé le signal de l'attaque. Les deux flottes se rapprochaient inexorablement. A 16 h 15, l'avant-garde du contre-amiral Drake et le corps de bataille de Thomas Graves ouvrent le feu contre l'escadre de Bougainville, qui arrive à portée et riposte. Avec une précision diabolique, le premier boulet anglais emporte la tête de monsieur de Bourdet, capitaine du *Réfléchi*, cinquième de la ligne. Les autres vaisseaux de l'avant-garde française, *le Pluton, la Bourgogne, le Marseillais* et *le Diadème*, subissent durement le feu de huit vaisseaux anglais et rendent coup pour coup. Puis les deux corps de bataille entrent en ligne. La mêlée devient alors générale. Seules les deux arrière-gardes restent hors de portée.

Dans les batteries, c'est l'enfer. Batterie basse du faux-pont (le pont de gueules), aux canons énormes de 36 livres, gueules léchées par les vagues, batterie moyenne des 24 livres, batterie supérieure du pont et des gaillards en plein air, des 18 livres. Servies par des équipes soudées de six à dix canonniers, plus le mousse poudrier, la plus haute et périlleuse tâche qu'un gamin de douze ans puisse recevoir à bord, avec la veille dans les barres de perroquet.

Depuis des heures, les chefs de pièces se sont préparés. Les canons — des tubes de fonte ou de fer de trois mètres pesant deux à trois tonnes — ont été mis en place au sabord, immobilisés à l'aide des garants de palans, roues de l'affût calées. Chaque chef de pièce se tient derrière la culasse, corne d'abondance de la poudre d'amorce, dite « fulminante », en bandoulière, à la ceinture l'épinglette et le dégorgeoir.

Il soulève la platine protectrice qui masque l'orifice de la « lumière », communiquant avec l'âme de la pièce et y plante son dégorgeoir pour s'assurer que la lumière n'est pas bouchée.

— Ecouvillonnez !

A l'avant, un homme enfonce dans la gueule du canon son écouvillon de toile et tourne trois fois le manche, pour s'assurer que l'âme de la pièce est propre [1].

— La poudre dans le canon !

Un servant prend des mains du mousse poudrier la gargousse cylindrique de six à douze livres et la fourre dans la gueule du canon, puis il glisse le valet, un paquet de vieille toile faisant office de bourre.

— Refoulez !

Avec son refouloir à long manche, le servant pousse la bourre et la gargousse, qui vient heurter le fond du canon.

— Le boulet !... Le deuxième valet !... Refoulez !

La pièce est armée.

— En batterie !

A l'aide de palans, le lourd canon est avancé au sabord en position de tir. Sa gueule menaçante domine maintenant la mer, à seulement quelques pieds de l'eau pour la batterie basse du côté de la gîte.

— Dégorgez !

Le chef de pièce enlève la platine qui protège la lumière de la culasse. Il y enfonce à nouveau la fine pointe de son dégorgeoir, qui va crever la gargousse de poudre. L'anxiété des hommes monte.

1. Contrairement aux canons du vingtième siècle qui se chargent par l'arrière, par la culasse, on charge ici par l'avant, par la gueule. La gargousse de poudre est distincte du boulet. La culasse de la pièce, c'est-à-dire le fond du canon, ne sert qu'à la mise à feu de la poudre, grâce à un étroit conduit d'un centimètre de diamètre, la lumière, que protège la platine, une cache de toile.

— Amorcez !

Sur le métal de la culasse, l'orifice de la lumière est bourré d'étoupille fulminante, un mélange d'artifice en poudre hautement inflammable, que le chef de pièce pousse avec l'épinglette, jusqu'à la gargousse. Puis il saisit sa corne à poudre fine et la répand, de l'orifice de la lumière jusqu'à la plate-bande de culasse, la gorge, creusée dans le métal. C'est l'instant critique. La poudre d'amorce est à l'air, il suffirait d'une étincelle pour provoquer une mise à feu prématurée.

— Pointez !

Le chef de pièce vise l'ennemi par l'ouverture du sabord. A une encablure, il aperçoit un vaisseau énorme, sabords ouverts. Il voit les gueules béantes des canons ennemis, parés comme le sien à tirer. Qui tirera le premier ?

Pied gauche en avant, genou ployé, jambe droite allongée, la main sur la poignée du coin de mire, le chef de pièce guide les servants qui, à son signal, pointent en élévation, élevant la lourde pièce avec des barres d'anspect, et la calent avec des coins de bois, jusqu'à ce que le canon soit en position de tir, la hausse variant avec la distance et la gîte du vaisseau.

L'angoisse des hommes atteint son paroxysme. Soudain, sur la ligne anglaise, les murailles aux sabords béants s'embrasent tandis que monte un grondement de tonnerre. Les Français encaissent durement. Des ébranlements énormes marquent le choc des boulets qui s'encastrent en pleine coque. Mais les Anglais tirent surtout à dégréer, ce qui laisse un peu de répit aux canonniers français.

Après le premier tir anglais, leurs vaisseaux sont masqués par une énorme fumée blanche jaillie des bouches à feu. Mais le réglage du tir est fait. C'est le tour des Français.

— Au boutefeu !

Un servant brandit la longue tige de fer autour de laquelle est enroulée une mèche à combustion lente imprégnée de salpêtre. Elle grésille, crachant des étincelles. L'homme tient le boutefeu à bras tendu, à trente centimètres de la culasse. Le chef de pièce observe le roulis. Le coup doit partir au milieu de l'élévation.

— Feu !

Les hommes se jettent en arrière, mains aux oreilles. Le servant pose l'extrémité du boutefeu sur la traînée de poudre de l'amorce. Détonation effroyable. La pièce recule violemment, retenue par ses aussières, la brague, fixée au bastingage, puis elle revient au sabord en claquant. Une âcre odeur de poudre brûlée se répand dans la batterie, excitant les hommes.

— Détachez la pièce !... Démarrez !... Palanquez !... Ecouvillonnez !

La pièce brûlante est tirée en arrière. On la refroidit avec des éponges et un faubert plongés dans la baille de combat. On nettoie l'âme avec le tire-bourre. Des débris non expulsés fument encore. On recharge. L'opération demande deux à trois minutes, selon la dextérité et la disponibilité des hommes. Davantage si le peloton est décimé.

Le vaisseau ennemi est maintenant si proche que l'on croit le toucher. Il lâche sa deuxième bordée. Une épaisse fumée blanche le masque aux trois quarts. Le lieutenant chef de pièces, qui a sous ses ordres une douzaine de canons, passe en courant.

— Tir à mitraille ! Visez la dunette !

On entend des cris.

— Une brèche sous la flottaison ! Deux pieds d'eau dans le puisard !

— Faites armer la pompe à chapelet !

Deux infirmiers emportent un blessé inanimé, le visage déchiqueté par des éclats de bois.

Les Français ont durement encaissé ce premier choc. Dégréé, *le Réfléchi* sort de la ligne de combat, créant une brèche dangereuse. *La Princess* du contre-amiral Drake crible à bout portant *le Diadème*.

Les deux avant-gardes combattent maintenant à portée de mousquet. Les caronades anglaises, trapues comme des crapauds, entrent dans la danse, dégréant les vaisseaux, creusant des vides mortels parmi les équipages. Des boulets rouges incendient les mâtures et les ponts. On voit passer des charges de chaînes qui traversent le gréement avec un sifflement terrifiant, déchiquetant les voiles, sectionnant tout sur leur passage, haubans, étais, drisses, écoutes, ébranlant les mâts, qui craquent et chancellent.

Certains vaisseaux naviguent bord à bord en se criblant à bout portant avec des paquets de « grappes de raisin » de trente livres. On voit même passer de la bourre enflammée que crachent les gueules béantes des canons. Les hommes se défient et s'injurient. Boulets chaînés (les « anges »), boulets ramés, boîtes à mitraille, « carcasses » incendiaires, le grand jeu de la guerre et de la mort ! Dans les hunes, les soldats de marine — diables rouges anglais, diables blancs français — tirent au mousquet, visant de préférence les capitaines, bien visibles sur la dunette, dans leurs uniformes aux couleurs vives galonnés d'or.

Sur le point d'être pris à l'abordage, *le Diadème* est dégagé par *le Saint-Esprit* du capitaine de Chabert, qui crible à son tour *la Princess*, dont on voit les mâts de perroquet s'effondrer, brisés par des boulets ramés.

De son côté, *l'Auguste* de Bougainville engage un duel meurtrier avec *le Terrible* et le désempare. Puis il affronte *la Princess* qui, tirant à boulets ramés, tente de dégréer le vaisseau du chef d'escadre. On voit tomber des poulies ! Dans le grand hunier de misaine, un boulet emporte une cargue-bouline, cette maîtresse poulie qui permet de larguer ou de hisser la voile.

— Les gréeurs à la bouline !

Coup sur coup, les deux gabiers envoyés dans la mâture pour la rétablir sont tués par les tirs de mousquet partis des hunes anglaises. Risquant d'être contraint de quitter la ligne de bataille, perspective intolérable, Bougainville s'écrie :

— Ma bourse à qui repassera cette bouline !

Un jeune gabier s'élance, en criant au passage au chef d'escadre :

— Nous ne faisons pas cela pour de l'argent !

Et, sous les feux croisés de l'ennemi, escaladant les haubans, il va réparer le dommage. Au-dessus de lui, les boulets anglais crèvent les voiles dans un claquement déchirant.

Heureusement pour les Français, l'escadre d'arrière-garde anglaise, commandée par le contre-amiral Hood, était demeurée éloignée du combat. Mauvaise interprétation des signaux ? Hood ne décolérait pas, reprochant à son chef d'avoir trop attendu avant d'attaquer. Maintenant, l'occasion était perdue.

Devant cette situation périlleuse, l'amiral Thomas Graves, qui bénéficiait toujours de l'avantage du vent, décida alors de rompre le combat pour reformer sa ligne de bataille malmenée. D'ailleurs, le soleil se couchait. Le combat avait duré deux heures et demie.

L'amiral de Grasse se tourna vers Gaël Trémeur.

— Note : « 18 h 30. L'ennemi se dérobe. Le feu cesse. »

Puis il s'adressa au major de la flotte :

— Resserrez la ligne ! Nous allons prendre ce gibier en chasse !

Les pavillons multicolores claquent aux drisses du mât d'artimon.

Mais les Français avaient le vent contre eux et l'ennemi se déroba, sans toutefois s'échapper. Juste avant la nuit, on aperçut le cap Henry à trois lieues dans l'ouest-nord-ouest. Alors, chacun compta ses pertes.

Chez les Français, un capitaine de vaisseau avait été tué et quatre autres blessés. Au total, on déplorait une vingtaine de morts et deux cent vingt blessés. *Le Diadème* et *le Caton*, dégréés, se trouvaient temporairement hors de combat. *Le Marseillais*, commandé par le marquis de Castellane-Méjastres, avait encaissé plusieurs boulets sous la flottaison et la coque faisait eau. De nombreux autres vaisseaux étaient plus ou moins dégréés, les voiles en lambeaux, que l'on s'affairait à changer.

Sur la dunette de *la Ville de Paris*, qui ne déplorait que quelques blessés et les voiles criblées, l'amiral de Grasse fulminait.

— Où est l'ennemi ? Ne le lâchez pas !

Un lieutenant de vaisseau s'élança dans la mâture avec une lorgnette de nuit et se cala sur les barres de perroquet du grand mât. Lorsqu'il redescendit, il annonça :

— La flotte anglaise navigue au nord-est, parallèlement à la côte, à une distance de trois milles de nos escadres. Ses feux sont clairs.

— Donc, ils ne rompent pas le combat. Que dit le vent ?

— Il souffle toujours du nord-est, amiral.

Ainsi, les Anglais gardaient l'avantage du vent. Humilié par cette cuisante affaire, à bord du *London* l'amiral Thomas Graves hésitait. On venait de lui apporter un bilan désastreux :

— Quatre-vingt-dix morts et deux cent quarante-six blessés.

— *Le Terrible ?*

— Coque criblée sous la flottaison, il est en train de couler. On tente de le sauver.

— *Le Shrewsbury* ?

— Coque criblée, les deux mâts de hune effondrés. Le capitaine Robinson a perdu une jambe et son second la tête, emportée par un boulet.

— *L'Ajax* ?

— Il fait eau. Tout l'équipage se relaie aux pompes. Trois autres vaisseaux, dégréés, sont hors de combat, coque faisant eau. Les mâtures du *Montaigu* et de *l'Intrepid* menacent de s'effondrer. *La Princess* a son grand mât de hune emporté.

Seule l'arrière-garde de Hood, n'ayant pas combattu, demeurait intacte. La rancœur des deux amiraux britanniques l'un vis-à-vis de l'autre s'exacerbait. Cependant, l'amiral Graves, qui gardait l'avantage du vent, voulut au moins sauver les apparences, pour n'être pas accusé de fuite.

Au matin du 6 septembre, les deux flottes, naviguant parallèlement, étaient en vue à quatre milles l'une de l'autre. Chez les Français, seul *le Diadème* se trouvait encore hors d'état de combattre. Tous les autres vaisseaux avaient profité de la nuit pour colmater les brèches des coques, changer les cordages et les voiles. Déjà désavantagés par le nombre, les Anglais comptaient cinq vaisseaux hors d'état de tenir la ligne. On tentait de garder *le Terrible* à flot.

Un jeu subtil s'engagea alors. Hood conseillait à Thomas Graves de pénétrer dans la Chesapeake. Embossé sous la protection des canons de Yorktown, on pourrait embarquer l'armée de Cornwallis, puis la flotte tenterait de s'échapper à la faveur de la nuit. Mais l'amiral Drake, étrillé par le combat, s'y opposa. Et Thomas Graves répugnait à cette manœuvre héroïque, face à un puissant adversaire qui bloquait l'entrée de la Chesapeake.

Dans la journée, Grasse tenta de prendre l'avantage du vent, pour engager à nouveau le combat, ou tout au moins pour éloigner les Anglais, dans la perspective de l'arrivée imminente de Barras, qui risquait d'être surpris. Mais chaque fois que Grasse se rapprochait pour se mettre à portée de canon, Thomas Graves se dérobait.

Durant cinq jours, les deux flottes ennemies, conscientes de l'enjeu de la bataille, s'observèrent à distance. Avec habileté, les Anglais gardaient la maîtrise du vent, ils étaient libres de refuser le combat, et ils le refusèrent, attitude logique compte tenu de la disproportion des forces.

Désespéré, Thomas Graves gardait dans sa poche le message que le général Clinton lui avait confié pour le général Cornwallis : *« Tenez bon. J'arriverai bientôt avec des renforts. »* Mais il ne pouvait arriver que par mer, et de toute évidence Grasse tenait la Chesapeake. Y pénétrer eût été un suicide.

Au matin du 8 septembre, le vent ayant un peu forcé, Grasse tenta encore de se rapprocher des Anglais. Une fois de plus, ils se dérobèrent.

Dans la journée, *le Terrible*, tous ses hommes épuisés se relayant aux pompes, hissa le signal de détresse. Incapable de suivre la flotte, risquant de tomber aux mains des Français, il fut alors évacué, sabordé et incendié dans la nuit, premier vaisseau sacrifié de cette bataille décisive.

Debout sur la dunette du *London*, l'amiral Thomas Graves contempla longuement la haute flamme qui montait vers le ciel, embrasant d'une lueur sinistre la mer et la flotte silencieuse. Le désespoir le submergeait.

Au matin du 9 septembre, profitant d'un changement de vent, l'amiral de Grasse revint à l'attaque. Thomas Graves refusa le combat et se déroba dans le nord. Désirant couvrir l'arrivée de Barras, Grasse se garda de le poursuivre et fit voile vers la Chesapeake.

Au matin du 10 septembre, l'amiral Hood, qui ne décolérait pas, s'étonna de trouver la mer déserte et fit passer un message à son chef :

« Savez-vous où se trouve l'armée navale française ? Si Grasse retourne dans la Chesapeake, il y donnera le plus efficace secours aux rebelles. »

C'est pourquoi Graves hésitait encore. Il se décida à convoquer ses chefs d'escadre. Hood se montra plus agressif que jamais.

— Nous devons entrer en baie de Chesapeake pour y combattre l'ennemi et secourir lord Cornwallis !

— La flotte française en barre l'entrée. Si Barras l'a ralliée, ils alignent plus de trente vaisseaux, contre nos dix-huit, dont trois sont encore hors d'état de se battre.

— Envoyons des frégates de reconnaissance, proposa alors le contre-amiral Drake.

Thomas Graves acquiesça, mais pour une tout autre mission.

— Les frégates *Richmond* et *Iris* tenteront de pénétrer dans la baie pour porter à lord Cornwallis le message du général Clinton.

— Ce n'est pas de message mais de troupes et de vaisseaux qu'il a besoin ! gronda Hood.

Ecœuré, il regagna son bord.

Quelques heures plus tard, Thomas Graves ordonnait la retraite générale. La bataille de la Chesapeake, qui restera dans l'histoire américaine sous le nom de bataille des Caps, était terminée. Toutes voiles dessus, la flotte anglaise s'échappa en direction de New York. La plupart des officiers étaient conscients que l'irréparable s'était produit. Cependant, la flotte anglaise n'était pas détruite. Sa menace potentielle demeurait redoutable.

Sa mission accomplie, l'amiral de Grasse, toujours inquiet à propos de Barras, dont il était sans nouvelles, fit voile vers la Chesapeake, où il entra le 11 septembre, précédé de peu par les deux frégates anglaises.

— Que *l'Aigrette* et *la Diligente* les prennent en chasse et les capturent !

Une course-poursuite s'engagea aussitôt dans la baie.

Pendant ce temps, la flotte française mouillait près du banc de sable de Horseshoe. On vit alors arriver un petit brick, qui se rangea sous la dunette de *la Ville de Paris*. Son capitaine cria dans le porte-voix :

— Le comte de Barras fait compliment au chef de l'armée navale !

— Où est-il ? rugit Grasse.

— Ici même, dans la baie. Il a mouillé hier devant l'estuaire de la James avec huit vaisseaux de ligne, quatre frégates et dix-huit transports, qui sont en train de mettre à terre l'artillerie de l'armée Rochambeau.

— Dieu soit loué !

Par une chance inespérée, Barras avait évité les Anglais. Il amenait les fameux canons de Rochambeau, les nouveaux Gribeauval, très supérieurs à l'artillerie britannique.

La flotte française, en récupérant l'escadre de Barras et les quatre vaisseaux de troisième rang demeurés dans la baie pour bloquer les estuaires, comptait désormais trente-six vaisseaux de ligne et de nombreuses frégates. Elle semblait invincible. Les Français étaient réellement maîtres de la Chesapeake et des côtes américaines. Grasse en était sûr, maintenant. Après cette bataille et bien qu'un seul vaisseau anglais ait été coulé, il restait maître de la mer. Le retrait de l'amiral Graves transformait ce combat en une victoire stratégique française décisive.

Sur la dunette haute de *la Ville de Paris* s'élevèrent les notes joyeuses d'une flûte. Gaël avait entonné l'*Exultate jubilate* de Mozart.

Pendant ce temps, la corvette anglaise *Richmond*, de 18 canons, et la frégate *Iris*, de 40, profitant de l'éloignement de la flotte française, se glissaient dans la Chesapeake en collant au rivage pour passer inaperçues. Longeant le mouillage de Lynnhaven, elles aperçurent d'innombrables grosses bouées de liège et comprirent qu'elles supportaient les câbles des ancres précipitamment abandonnées par l'amiral de Grasse. Mettant leurs embarcations à la mer, les Anglais s'empressèrent de couper tous les filins aiguilletés par un œil de leur estrope.

Puis elles mirent le cap sur l'estuaire de la York, qu'elles croyaient désert. Mais trois vaisseaux de 64 français s'y trouvaient mouillés, *le Glorieux, le Palmier* et *le Pluton*. Dans la canonnade qui s'ensuivit, *la Richmond* fut en partie dématée et *l'Iris* vit son grand mât de hune emporté.

C'est alors que *l'Aigrette* et *la Diligente*, détachées par Grasse, entrèrent en scène. Avant d'avoir eu le temps de se dérober, *la Richmond* était prise à l'abordage par *la Diligente*, tandis que *l'Aigrette* se lançait à la poursuite de *l'Iris*, grosse frégate de force égale à la sienne. Le capitaine Dawson la commandait. C'est à lui que l'amiral Thomas Graves avait confié le fameux message du général Clinton à Cornwallis.

Remontant la Chesapeake, Dawson pensait revenir la nuit tombée et mouiller devant Yorktown à l'abri de ses canons. C'était compter sans *l'Aigrette* qui, après trois heures de poursuite, la rattrapa au crépuscule. Mais la frégate française se trouvait presque à court de munitions. Restait l'abordage.

L'ordre du branle-bas de combat retentit. Les tambours battent la charge devant les écoutilles ouvertes. On entend les cris rauques des maîtres :

— Postes de combat ! En haut, le monde !

A ce cri succède le martèlement des hommes qui se ruent à l'avant. Sur les vergues et dans les hunes, les soldats de marine ont pris position, mousquet en main, le long fusil boucanier à la précision redoutable.

— Je la veux intacte ! ordonna Traversay au lieutenant de vaisseau chef de l'artillerie. On tirera uniquement à dégréer et à mitraille.

C'était sa hantise. Couler l'ennemi ne l'intéressait pas. Il voulait le bateau. Et ses hommes, des lieutenants au simple fusilier, même s'ils risquaient dix fois leur vie, le suivaient avec enthousiasme. Outre la gloire de la capture, il y avait l'avancement et la part de prise.

Pendant la grande bataille des Caps, la frégate avait surtout servi comme répétitrice des signaux de l'amiral. On avait vu passer quelques boulets par-dessus les mâts, l'un d'eux avait sectionné son mât de perroquet. D'autres avaient crevé les huniers, mais rien de grave.

Tandis que fusaient les premiers boulets des pièces de chasse, les hommes faisaient la queue devant la meule du maître armurier pour aiguiser sabres, coutelas, piques et haches d'abordage des matelots, baïonnettes des soldats de marine, épées des officiers, dagues des aspirants.

L'écrivain Clochemouton surprit « Mario » sur le pont de la dunette, et le renvoya à l'abri.

Coincée devant un banc de sable à l'abri de la pointe Dingen, *l'Iris* n'avait plus que la ressource de s'échouer, de se rendre ou de se battre. Le capitaine Dawson choisit évidemment ce parti.

Après une ultime bordée à mitraille, les deux frégates se heurtèrent dans un fracas de bois brisé. Le mât de beaupré de *l'Aigrette* s'enfonça comme une épée gigantesque sur le pont adverse en sectionnant les haubans du mât de misaine, qui menaça de s'effondrer.

Traversay avait pris la tête du corps d'abordage. Bien que sa place fût sur la dunette, il ne voulait pas manquer cette action violente qui lui rappelait son ardente jeunesse. Le voyant surexcité, le barbier-chirurgien s'approcha de lui, une lancette à la main.

— Le sang vous monte à la tête, capitaine ! Laissez-moi vous saigner, cela vous soulagera.

Traversay le repoussa et, désignant les Anglais :

— C'est moi qui vais les saigner, monsieur ! Et je vous promets que cela ne les soulagera pas ! Allez, vous autres ! Envoyez les grappins !

Les lourdes verges de fer étalinguées à des chaînes agrippent les haubans du grand mât et la lisse du passavant. Désormais, plus rien ne peut séparer les frégates. Il faut espérer que l'une d'elles ne prendra pas feu.

Des hunes, les mousquets tirent sur tout ce qui porte une épaulette. Puis les soldats font pleuvoir des grenades sur les ponts de *l'Iris*. On voit un énorme bouledogue anglais courir stupidement après une grenade qui roule sur le pont, mèche allumée. Il la saisit dans sa gueule baveuse et la rapporte fièrement sur la dunette. A l'instant, l'engin explose, dispersant alentour la cervelle du chien et blessant un officier.

A l'avant de *l'Aigrette*, une foule de matelots et de soldats avides de sang se presse. D'autres grimpent sur les haubans de misaine, prêts à sauter sur le pont de l'Anglais. Le maître-coq, un énorme couteau de cuisine à la main, se mêle aux soldats avec une grimace de plaisir, comme s'il voulait égorger un bœuf.

— Allons-y ! hurle Traversay. Pour le roi, à l'abordage !

Et, suivi de ses hommes vociférants, il saute sur le pont de *l'Iris*. Un corps à corps sauvage s'ensuit. Les têtes volent, tranchées par les sabres. Des hommes s'écroulent, transpercés par des piques et des épées. Des haches écrasent des têtes, fendent des épaules.

Un officier anglais gigantesque brise son épée sur un crâne, la jette à la mer et, s'emparant d'une barre d'anspect, effectue de terribles moulinets. Puis il s'écroule, une balle de mousquet en pleine tête.

Tout en ferraillant, les hommes glissent sur le pont visqueux de sang. On voit voler des perruques d'officiers et des souliers à boucle. Quelques canons du pont tirent à mitraille, tuant indifféremment Français et Anglais. Ses étais tranchés, le grand mât de l'Anglais s'effondre en précipitant une foule de gabiers à la mer.

Il y avait aussi beaucoup de blessés sur le pont de *l'Aigrette*. Lorsque en bas Marie vit passer ces corps sanglants descendus par les échelles jusqu'à l'infirmerie où le chirurgien et ses aides taillaient à vif, elle en fut si émue qu'elle décida de se rendre utile.

Prenant une trousse d'urgence et des cordelettes, elle monta sur le pont et s'activa auprès des blessés. Il s'agissait d'abord de sauver des vies en posant des garrots. Marie n'aurait pas cru possible qu'il puisse y avoir tant de violence, de souffrance et de sang. Par les dalots de la frégate, on le voyait se déverser à la mer, qui se teintait de rouge.

Comprenant que tout était perdu, le capitaine anglais mit fin au carnage :

— Cessez le combat ! Amenez le pavillon !

Puis il s'avança vers Traversay et lui tendit son épée. Le feu cessa aussitôt. Un dernier grondement se fit entendre. Un canon de *l'Iris* venait de lâcher sa charge de mitraille, huit livres de « grappes de raisin ». Sur le pont de *l'Aigrette*, deux Français s'effondrèrent, l'un couvrant l'autre de son corps.

Avant de se rendre, le capitaine Dawson avait réussi à jeter à la mer, dans un sac lesté de plomb, les documents secrets de *l'Iris*, notamment le code des signaux. Mais il avait oublié d'y joindre la lettre du général Clinton à Cornwallis, que Traversay retrouva dans son coffre.

« Général, l'amiral Thomas Graves, qui vous fera remettre ce message, va livrer bataille à nos ennemis.

L'amiral de Grasse n'est pas dans le nord. Barras a décroché de Newport pour le rejoindre à la Chesapeake. Pendant ce temps, je regroupe à New York mon armée, six mille hommes, du matériel de guerre et du ravitaillement, qui vous sont destinés. Dès que sir Thomas Graves en aura fini avec la flotte française, il retournera à New York pour prendre en charge ce convoi. D'ici là, tenez bon ! »

Au bas de ce message, l'amiral Thomas Graves avait griffonné à la hâte : « *Général, nous venons d'affronter la flotte française devant la Chesapeake. Sans résultats décisifs. Je remonte sur New York pour embarquer comme convenu l'armée Clinton et récupérer des vaisseaux, car les Français sont très supérieurs en nombre. Il ne nous sera pas facile de rompre le blocus qui vous étouffe, mais avec l'aide de Dieu nous ferons de notre mieux.* »

Traversay mit la lettre dans sa poche en ricanant. Si sir Thomas Graves revenait, il trouverait à qui parler. Puis il regagna sa dunette, où le second lui fit un rapport sur les pertes de *l'Aigrette* : trois morts et une trentaine de blessés. Il ajouta :

— Dont une femme !

— Que racontez-vous là, du Quesne ?

— Oui, capitaine. Mario Goulwen, notre copiste, est une femme !

— J'aurais dû m'en douter ! « Il » n'avait pas l'air mâle ! Ses blessures sont-elles graves ?

— Un dernier tir de mitraille a balayé le pont de *l'Aigrette*. Yann le gabier a couvert Mario de son corps. Il a été tué, littéralement haché. Il... je veux dire elle, est plus ou moins gravement blessée. Elle est entre les mains expertes de notre chirurgien.

Le second hésita. Puis il acheva :

— Au demeurant, elle est enceinte !

16

— Je comprends maintenant pourquoi tu voulais faire embarquer ton cousin Mario Goulwen à bord de *la Ville de Paris* !

— Oui, amiral ?

Gaël Trémeur, sérieusement inquiet, se tenait debout devant le comte de Grasse, dans la vaste chambre du conseil de *la Ville de Paris*. La flotte avait retrouvé son mouillage en baie de Lynnhaven.

— Lis ceci. Une lettre que m'adresse le capitaine de *l'Aigrette*, qui vient de se distinguer en capturant la frégate *Iris*.

Gaël prit la lettre en tremblant.

« *Excellence, malgré la légèreté du motif, je me crois obligé en conscience d'ajouter ce mot confidentiel à mon rapport officiel.*

« *A la fin du combat que nous avons mené contre la frégate anglaise, un ultime tir de mitraille à bout portant faucha deux de mes marins. L'un fut tué sur le coup et l'autre seulement blessé. Soigné par notre chirurgien, celui-ci découvrit que le marin en question était une femme, et de surcroît enceinte. Elle s'était engagée au départ de Brest comme aide-commis, sous le nom de Mario Goulwen, de Recouvrance, âgée alors de quinze ans. Ses jours ne sont pas en danger.*

« Je sollicite les instructions de Votre Excellence pour la suite à donner à cet incident regrettable. J'ajoute que ladite personne, aide-secrétaire exemplaire depuis notre départ de Brest, s'est comportée de façon héroïque pendant le combat, se portant volontairement au secours des blessés sur le pont balayé par la mitraille, alors même que son chef lui avait ordonné de rester à l'abri sous la dunette. »

Curieusement, un immense sentiment de soulagement envahissait Gaël, après le choc de l'émotion assenée par les mots : Marie blessée, Marie enceinte, Marie démasquée dans son état de femme !

L'amiral de Grasse attendait. Son visage ordinairement grave et sévère s'éclairait d'une ironie malicieuse, d'une curiosité non dissimulée et peut-être, oui, d'une touche admirative. Il demanda :

— C'est toi, l'auteur de ce beau coup ?

— Pour ce qui est de l'embarquement à Brest, amiral, je n'y suis pour rien. C'est une folie de Marie Goulwen. Elle n'a pas supporté mon départ. Nous nous aimons et nous devons nous marier au retour de cette campagne d'Amérique. Lorsque je l'ai retrouvée au Cap-Français, juste après l'explosion de *l'Intrépide*, j'ai cru rêver. Et pourtant, je connaissais sa force de caractère...

— Et le... second coup ?

Gaël rougit.

— Je suis seul responsable. Du quai, Marie avait assisté à l'explosion de *l'Intrépide*. Elle me croyait mort. Et soudain, là, dans ce petit square où elle s'était réfugiée, je me suis trouvé devant elle, encore sous le choc du drame de *l'Intrépide*. La nuit était tombée. Nous étions seuls. La passion nous a soulevés, emportés...

— Et ensuite ?

— J'en craignais effectivement les suites possibles. J'aurais voulu qu'elle débarque de *l'Aigrette* et rentre en France. Les événements ne l'ont pas permis. Nous étions tous pris par l'action et livrés au hasard des combats. *L'Aigrette* a aussitôt repris la mer pour Cuba. J'ai eu l'honneur de servir de secrétaire à Votre Excellence. A peine étions-nous arrivés en Cheseapeake, les combats se sont succédé.

Grasse se mit à réfléchir. Cette histoire romanesque, qui tombait au milieu d'événements qui pouvaient changer le sort du monde, l'émouvait. La vie. La vie au milieu de tous ces carnages. Une belle histoire d'amour, entre deux hécatombes. Ces deux jeunes, pris dans la tourmente de l'Histoire, avaient décidé de s'aimer. Il eut un sourire indulgent.

— Ce n'est pas la première fois, ni la dernière, qu'une fille, emportée par la passion, se cache à bord d'un vaisseau du roi. Il y a quelques jours, juste avant ce combat, nous en parlions ici même entre marins, à propos des femmes assez habiles pour se dissimuler à bord, malgré les décrets royaux et autres ordonnances administratives. Nous savons tous qu'il existe à l'extrême arrière des vaisseaux de Sa Majesté, sous la barre franche de safran du gouvernail, un espace inutilisable à fond de cale, appelé le « trou-madame », dans lequel des officiers peu scrupuleux cacheraient ces êtres adorables sans lesquels la vie serait bien triste ! Mais vivre à bord au vu de tous, c'est autre chose, et je n'y croyais pas.

L'amiral eut un petit rire et poursuivit :

— M. de Bougainville me détrompa, lui qui a bouclé en 1769 un mémorable tour du monde sur une frégate du roi, *la Boudeuse*, qu'accompagnait *l'Etoile*. A bord de cette dernière, un naturaliste nommé Commerson avait embarqué en guise de valet une jeune femme déguisée en homme, Jeanne Barré. Sans doute la première femme autour du monde ! La supercherie réussit pendant un an malgré la promiscuité qui régnait à bord de ce petit voilier. Jeanne ne fut démasquée qu'à Tahiti, et par les indigènes, au premier coup d'œil ! Sur ce point, ils ont beaucoup à nous apprendre !

L'amiral se tut. On entendait au-dessus, sur le pont des pavillons, le pas régulier du garde-marine de service, dont l'esprit était plus occupé du souvenir des belles créoles antillaises que de son cours portant sur le maniement des pièces de 24.

Enfin, Grasse se décida :

— Je devrais vous débarquer tous les deux et oublier cette affaire. Je ne le ferai pas, car vous vous êtes comportés héroïquement, chacun à votre manière. En outre, Trémeur, je ne pourrais te remplacer ici, en pleine action. D'autres combats se préparent.

Gaël attendait en tremblant. Grasse poursuivit :

— Marie Goulwen, dont la blessure est sérieuse, mais sans gravité, embarquera sur *la Ville de Paris*. Elle sera soignée à l'infirmerie dans une des cellules réservées aux malades contagieux. Elle y restera consignée, au secret. Seul mon chirurgien sera dans la confidence et tu ne pourras la voir. Si tout se passe comme je l'espère, nous serons dans un mois de retour au Cap-Français, où Mario, redevenu Marie, débarquera. Toi, tu resteras à bord de *la Ville de Paris* qui, après l'opération contre la Jamaïque, rentrera à Brest avec le convoi.

Qu'adviendrait-il de Marie ? L'amiral acheva :

— Marie sera accueillie dans ma plantation de la paroisse du Port-en-Paix et traitée comme une personne de ma famille.

Gaël maîtrisa son émotion, mais ne put empêcher une larme de couler sur son visage.

Plus ému lui aussi qu'il ne voulait le paraître, l'amiral de Grasse s'écria, bourru :

— Naturellement, tu vas l'épouser !

— A vos ordres, amiral !

— L'aumônier de *la Ville de Paris* vous mariera. J'espère que vous avez l'autorisation de vos parents ?

— Marie, oui, amiral. Cette union est le plus cher désir de sa mère. En ce qui me concerne, mon père n'est pas d'accord.

— Tu as plus de dix-huit ans. Compte tenu des circonstances exceptionnelles, cela suffira. Il n'y a pas d'opposition écrite de ton père ?

— Pas que je sache, amiral. Mais l'opposition verbale est bien réelle. C'est pour cela que j'ai embarqué.

— C'est ton affaire, Trémeur. C'est pourquoi il est bon que tu rentres en France pour régler ce problème avec ton père. Mais auparavant, devant Dieu vous serez mariés, et je serai votre témoin.

L'amiral eut un sourire. Gaël observa aussi sur son visage les traces de la fatigue qui l'accablait. Grasse ajouta :

— Et maintenant, au travail ! Je vais te dicter une lettre pour le général Washington.

Le cœur gonflé de joie, n'arrivant pas à croire à son bonheur, Gaël se précipita sur la petite table où se trouvaient en permanence l'écritoire, les plumes d'oie et l'encre. Déjà, Grasse dictait :

— *« Je reçois avec reconnaissance la lettre que Votre Excellence m'a fait l'honneur de m'écrire, exprimant sa satisfaction pour les résultats de notre bataille navale et pour les heureux présages concernant nos opérations combinées dans la baie. »*

Il s'interrompit, revivant intensément le drame de la sortie précipitée, puis l'engagement des escadres.

— *« Si j'avais pu décemment quitter ma flotte, je me serais personnellement porté à votre camp, pour vous témoigner toute ma vénération et mon respect, et pour envisager nos opérations futures. Mais je dois toujours prévoir un retour offensif de la flotte anglaise. »*

Y croyait-il vraiment ? La victoire est une maîtresse capricieuse. Sir Thomas Graves pouvait regrouper des vaisseaux à New York. Et on disait que Rodney faisait voile d'Angleterre avec des renforts. Il poursuivit :

— « *Concernant l'assistance pour le transport de vos deux armées dans la baie, en vue de leur épargner une longue marche de Baltimore à Yorktown, je n'ai pas attendu votre demande pour dépêcher* le Romulus *et plusieurs frégates, ainsi que tous les transports que monsieur de Barras, qui m'a heureusement rejoint après les batailles des Caps, a apportés avec lui. A l'heure qu'il est, nos fameux canons Gribeauval devraient être en batterie sous les murs de Yorktown.*

« *Concernant votre demande d'un entretien en compagnie du comte de Rochambeau à bord de* la Ville de Paris, *ce sera pour moi un honneur et un plaisir. A cet effet, je vous envoie mon canot-major, commandé par monsieur de La Villéon, mon capitaine en second, qui remplace monsieur de Saint-Cézaire, occupé à terre. Il conférera sans tarder avec Votre Excellence sur le moyen de placer les bateaux qui stationnent dans la James, de manière à couper toute retraite à lord Cornwallis.*

« *Dans l'attente impatiente de vous recevoir à bord, veuillez me croire, Excellence, votre humble et dévoué serviteur et ami, Grasse-Tilly.* »

Tandis que le canot-major faisait voile vers Baltimore, ainsi que tous les bateaux calant moins de quatre mètres, Gaël, la nuit venue, guettait en tremblant, de *la Ville de Paris*, la chaloupe de *l'Aigrette* qui devait transporter discrètement Marie.

Le vaisseau était mouillé à deux encablures des plages. Pour monter à bord, il fallait donc utiliser la rude échelle de coupée, un escalier mobile que soutenaient deux palans contre la muraille du vaisseau. Etendue sur un brancard au fond de la chaloupe, Marie-Galante serait incapable de se livrer à cet exercice. Aussi son canot serait-il hissé à l'aide des poulies des palans de bossoirs.

Dès qu'il l'entendit arriver après avoir reconnu le bruit de la manœuvre, il s'approcha discrètement, le temps de la voir.

Entre les deux amants il n'y eut qu'un échange ému de regards, un sourire mouillé de larmes. Très pâle après l'hémorragie due à sa blessure à l'épaule, Marie était plus belle que jamais, et Gaël dut se maîtriser pour ne pas lui parler. Quelques minutes plus tard, elle disparaissait à l'infirmerie où l'accueillait le chirurgien, qui lui prodigua les meilleurs soins. Personne à bord ne posa de question. On savait qu'il s'agissait d'un grave blessé de *l'Aigrette*.

A la demande du chirurgien, l'amiral consentit à autoriser Gaël à voir brièvement Marie, une seule visite de quelques minutes. Il lui annonça les bonnes dispositions de l'amiral de Grasse à son égard. Elle en fut surprise et profondément touchée, tout en déplorant le départ inévitable de Gaël pour Brest à la fin de la campagne.

— Ainsi, tu ne seras pas là lorsque naîtra notre enfant !

— N'est-ce pas le sort des femmes de marins ?

Mais la perspective de ce mariage semi-clandestin à bord de *la Ville de Paris*, avec l'amiral pour témoin, la remplit d'un bonheur incrédule. Ils vivaient un rêve, et tout leur paraissait désormais possible.

Toutefois, lorsqu'il s'agit d'envisager concrètement l'avenir, ils divergèrent. Marie souhaitait maintenant un retour à Brest. Bien que, contrairement à Gaël, elle n'ignorât pas la mort du notaire et la menace qui pesait sur l'avenir du jeune écrivain, elle le voyait réintégrant l'étude paternelle et devenant tout naturellement *notaire royal* !

En ce sens, malgré son tempérament romanesque et parfois révolté, Marie ne raisonnait pas autrement que sa mère depuis qu'elle attendait un enfant. Fallait-il enfin parler, révéler à Gaël la mort de son père et les terribles dispositions testamentaires ? Pour le moment, elle n'en avait pas le courage. Malgré sa confiance en Gaël, elle redoutait que l'annonce de l'opposition du notaire, jointe à celle de sa mort brutale, ne compromette ou du moins ne retarde ce mariage tant désiré et maintenant si urgent.

Gaël, quant à lui, n'imaginait pas une réconciliation avec ce père qu'il croyait toujours de ce monde. Il le savait beaucoup trop possessif, autoritaire et imbu de ses prérogatives pour renoncer au mariage aristocratique qui était devenu son obsession. Et puis, après toutes ses aventures fortes et passionnantes, Gaël se voyait encore moins notaire royal en cette bonne ville de Brest ! Malgré les mises en garde de l'aubergiste, la colonie l'attirait irrésistiblement, le charme et la beauté des îles, l'exotisme, l'aventure des défricheurs.

Il s'imaginait un jour régisseur de la grande plantation de canne à sucre que son père possédait au Cap-Français. Sa première mesure serait d'affranchir tous les esclaves et de passer avec eux un contrat de travail libre, dans la droite ligne de l'idéologie généreuse des philosophes libertaires.

S'il ne parvenait pas à s'entendre avec son père, Gaël se voyait bien maître-écrivain des armées navales du roi, auprès d'un homme comme l'amiral de Grasse ou le comte de Bougainville, un rêve merveilleux et désormais accessible. La paix finirait peut-être par être conclue entre les rois. Alors reprendraient les grands voyages de découverte à travers le vaste monde !

Le 17 septembre 1781, une animation inaccoutumée régnait à bord de *la Ville de Paris*. Sur le pont et la dunette briqués de frais, les officiers chamarrés d'or attendaient, examinant avec impatience les alentours de la baie. Des fleurs jonchaient les ponts, donnant à l'austère vaisseau un aspect inattendu de réception mondaine.

Immobile au pied de la dunette, Grasse les dominait tous de sa haute taille. Il avait revêtu son grand uniforme à épaulettes, ceint son épée et arboré ses croix, dont celle de Saint-Louis, scintillante de pierreries. Rasé de près, coiffé d'une petite perruque, sa rude face tannée soigneusement poudrée, il s'apprêtait à recevoir le général en chef des armées américaines, George Washington.

Enfin, un cri tomba de la hune :

— Voici *la Queen Charlotte* !

Il est midi. Aux drisses des vaisseaux français claque joyeusement le grand pavois, tandis qu'au sommet des mâts flottent les pavillons blancs du roi de France et la bannière étoilée de la jeune République américaine.

— Faites rendre les honneurs ! dit Grasse.

— Le monde, sur le bord !

La chaloupe de *la Queen Charlotte* aborde le vaisseau amiral français. Un à un, les chefs américains grimpent la rude échelle de coupée. Le canon tonne treize fois tandis que le maître fusilier s'époumone au sifflet. Voilà George Washington, en grand uniforme de l'armée américaine, épée au côté, mais tête nue. Il est suivi par le général comte de Rochambeau et le général marquis de La Fayette, chefs des armées françaises ; le général américain Henry Knox, le gouverneur de la Virginie Benjamin Harrison, le général du Portail, le lieutenant-colonel Hamilton et autres personnalités venues de Norfolk.

Dès que le chef des armées américaines eut mis le pied sur le pont, l'amiral de Grasse se précipita vers lui et, le prenant dans ses bras, l'embrassa sur les deux joues en s'exclamant :

— Mon *petit* général, que je suis content de vous voir !

Bien que Grasse dépassât d'une tête tous les assistants, cet adjectif appliqué à l'imposante personne de Washington, qui ne mesurait pas moins d'un mètre quatre-vingt-quatorze, déclencha un énorme et joyeux éclat de rire de tous les assistants, français et américains. La glace était rompue. Les marins poussèrent des vivats en agitant leur chapeau. Puis l'amiral entraîna ses visiteurs dans ses appartements sous la dunette. Une séance de travail des chefs alliés suivit le repas, dans la chambre du conseil. Washington remercia Grasse pour tout ce qu'il avait entrepris au nom du roi pour leur venir en aide. Et il lui posa une série de questions auxquelles l'amiral répondit. Les officiers interprètes traduisaient.

— Le généreux secours qui est donné à ce pays par Sa Majesté très chrétienne remplit le cœur de tout Américain d'amour et de reconnaissance. Le zèle et l'activité que vous apportez, messieurs, dans l'exécution de ses intentions royales, méritent au plus haut degré notre admiration et nos applaudissements.

Les officiers français souriaient. Mais le visage de Washington se fit grave. Il poursuivit :

— Hélas, la détresse et la situation malheureuse de ces Etats-Unis et l'état de dispersion de nos troupes sont tels qu'il est impossible que les opérations militaires soient poussées avec toute la célérité qui serait à désirer.

Un froid saisit l'assistance. Le général ajouta :

— Bref, nous ne sommes pas en position de retirer du secours généreux de nos alliés tout l'avantage que nous aurions pu en attendre en d'autres circonstances.

— Poursuivez, monsieur. N'hésitez pas à ouvrir votre cœur.

— Les entreprises que nous allons former enfanteront les plus grands événements. La paix et l'indépendance de ce pays, la tranquillité générale de l'Europe et du monde résulteront du succès complet de nos projets. S'ils échouent, au contraire, ce sera pour nous une grande disgrâce, et pour nos ennemis un triomphe. La ruine totale de la cause américaine en sera une suite presque inévitable.

— Mais encore, je vous prie ?

— Le succès est certain si votre puissante flotte peut demeurer dans la baie pour bloquer nos ennemis, et leur couper tout secours du côté de la mer, jusqu'à l'issue d'une attaque terrestre régulière. Cette issue peut être prolongée au-delà de notre attente actuelle, par divers événements imprévus. Ce cas est fort à craindre si, dans l'inquiétude de nous voir privés du secours de la flotte, nos opérations de terre étaient précipitées au-delà de ce que permettent la prudence et le soin que l'on doit avoir de la vie des hommes. Notre marche dans le premier cas pourra être lente, mais elle sera certaine. Dans le second cas elle sera précaire et meurtrière.

Un pli soucieux barra le front de l'amiral de Grasse. « Nous y voilà », songea-t-il avec amertume. Il pesa ses mots et répondit :

— Le temps s'écoule inexorablement et la saison s'avance, avec ses menaces de cyclones. Les opérations de regroupement de nos armées sont trop longues. On me parle de retard concernant l'arrivée de la 1re division.

— Nos soldats sont épuisés par ces marches forcées !

— Malgré moi, je serai obligé d'abandonner les alliés, pour lesquels j'ai fait tout mon possible, et plus qu'on ne pourrait attendre, compte tenu des ordres du roi. Le fait est que lord Cornwallis peut tenir encore deux mois dans son camp retranché !

Les Américains avaient pâli. Tous savaient que si la flotte française partait, la flotte anglaise prendrait aussitôt sa place à l'entrée de la Chesapeake. Au mieux, l'armée de Cornwallis, intacte, embarquerait et s'échapperait, privant les alliés d'une victoire décisive. Au pire, grâce aux renforts britanniques du général Clinton, la concentration franco-américaine subirait une défaite militaire dont elle ne se relèverait pas.

Washington demanda avec angoisse :

— Le retrait de la flotte française sera-t-il accompagné de celui des troupes de l'armée du marquis de Saint-Simon ?

— En effet. Par ordre du roi, ces troupes seront affectées à la reprise de la Jamaïque pour le compte de nos alliés espagnols. Cette promesse royale ne peut plus être différée.

Les visages des Américains se crispaient de plus en plus.

— Quelle est la date limite que fixe Votre Excellence pour son départ de la Chesapeake ?

L'amiral hésita avant de répondre. On le sentait torturé. Enfin, il déclara :

— Je peux vous accorder encore un mois. Mais je dois appareiller au plus tard le 15 octobre.

— De toute évidence, ce délai ne nous permettra pas d'achever la concentration de nos troupes, puis d'enlever le camp retranché de Yorktown. Le général Cornwallis n'est pas homme à se rendre avant que la famine ne le menace ou que ses défenses ne soient rompues.

Un silence dramatique pesait sur l'assistance. On entendit au loin le canon tonner, première escarmouche entre les forces alliées et les Anglais pris au piège. Une fois de plus, Grasse sentit peser sur ses épaules le poids de l'Histoire. Pouvait-il longtemps encore désobéir aux ordres du roi qui lui prescrivaient d'enlever avant l'hiver la Jamaïque et de ramener le fabuleux convoi en France, dont dépendaient le trésor royal et la prospérité des provinces de l'Ouest ?

Il refit ses calculs. Partir d'ici le 15 octobre, c'était, au mieux, retrouver les Antilles début novembre. Un mois ne serait pas de trop pour enlever la Jamaïque. Il faudrait encore un mois pour remettre la flotte en état et traverser l'Atlantique, en pleine saison des tempêtes. Attendre davantage, c'était mettre plus encore les éléments naturels contre soi, sans parler des cours de Versailles et de Madrid. Comme si les Anglais ne suffisaient pas !

Le regard de Grasse croisa celui de Rochambeau. Il y lut une supplication muette. Puis il se porta sur La Fayette. L'homme qui risquait sa vie et tous ses biens pour la cause américaine s'écria, exprimant sans ambages ce que pensaient tous les officiers français :

— Je supplie Votre Excellence de ne pas nous abandonner alors que nous tenons presque la victoire ! Le sort des Etats-Unis d'Amérique est à nouveau entre vos mains !

Grasse se concentra longuement. A nouveau il se sentit écrasé par ses responsabilités, par la fatigue, par la maladie et par l'âge. Il ferma les yeux. Il revoyait le paysage riant de son village natal, le Bar-sur-Loup en Provence, les cyprès frémissant au mistral, les lauriers-roses, le jasmin, la lavande, le crissement des cigales en été. Il revoyait aussi son petit château de Tilly, en Ile-de-France, bijou de pierre parmi les roses, où l'attendaient ses cinq enfants, qu'il connaissait si peu ! Auguste, seize ans déjà, l'héritier du titre ; Amélie, treize ans, douce et rêveuse, presque sauvage. Sylvie, huit ans, Justine, cinq ans, et Mélanie, deux ans, qui n'avait presque pas connu sa mère, morte en 1780. Quand les reverrait-il ?

Soudain, il comprit qu'il ne pouvait échapper à son destin. Il se sentit à la fois plus léger et plus fort.

— Je resterai donc jusqu'à la fin octobre. Mais je vous en supplie, mettez tout en œuvre pour accélérer les opérations de harcèlement de l'ennemi !

Les visages des Américains s'éclairaient au fur et à mesure que traduisait l'officier interprète. Washington s'écria :

— Cela dépend aussi de Votre Excellence ! Vous occupez la rivière James. Si vous pouviez vous assurer de la rivière York, l'encerclement de l'ennemi serait complet et nous pourrions tirer par cette voie nos approvisionnements, lesquels, autrement, seront lents et difficiles.

Grasse consulta le major de la flotte. Ce bref échange se déroula à voix basse. Enfin, l'amiral déclara :

— Occuper l'embouchure et une partie de la rivière York n'est pas impossible avec un bon vent et la marée montante. Mais le risque est grand de supporter le tir croisé des canons ennemis qui truffent la rive droite. Nous redoutons aussi un lâcher massif de brûlots qui embraseraient notre escadre. Je suspends ma réponse définitive jusqu'à ce que je puisse connaître la situation locale et la force de l'ennemi. Le comte Deydier de Pierrefeu, capitaine du *Triton* et responsable du blocus des estuaires, me fera un rapport. Ensuite, je ferai tout ce qui sera en mon pouvoir.

Washington enchaîna :

— Les troupes du vaillant marquis de Saint-Simon ont rejoint celles du marquis de La Fayette. Votre Excellence pourrait-elle aussi nous fournir un bon nombre d'hommes de ses vaisseaux ?

— J'ai offert et j'offre encore mille huit cents à deux mille hommes des garnisons de mes vaisseaux, troupes régulières d'élite des régiments de marine utilisés pour les débarquements et les abordages. Mais elles ne pourront être utilisées que pour des coups de main limités dans le temps, tout ceci restant lié au départ de ma flotte pour les Antilles.

— Votre Excellence pourra-t-elle également nous prêter quelques gros canons supplémentaires et autres effets d'artillerie, avec de la poudre ?

— Je donnerai quelques gros canons de 36 et des mortiers, avec leurs servants. Quant à la poudre, les deux combats que j'ai essuyés ne me permettent d'en donner qu'une quantité limitée.

L'entretien était terminé. On servit des rafraîchissements en abondance. Les Américains, habitués à une mauvaise bière, apprécièrent le punch fruité distillé dans la plantation de l'amiral. De nouveaux toasts furent portés au roi, au Congrès, aux chefs des armées. Levant sa coupe à l'indépendance américaine, Washington la proclama trop affirmée pour pouvoir désormais être ébranlée.

Sur le pont de *la Ville de Paris*, tandis que les musiciens se déchaînaient à travers les salves de la garde d'honneur, Grasse embrassa longuement Washington. Les yeux embués par l'émotion, le chef des armées américaines s'écria avec force :

— J'espère avoir bientôt la joie de vous embrasser de nouveau avec la même cordialité et sincère affection à propos de la reddition de lord Cornwallis et de son armée ! Au revoir, amiral ! Au nom des treize Etats confédérés d'Amérique, merci !

Dans la nuit du 21 au 22 septembre, il y eut une grosse et désagréable surprise. Avant que la place forte de Yorktown soit totalement investie, le général Cornwallis tenta une sortie désespérée, précédée dans la rivière York par un lâcher massif de brûlots, hantise de l'amiral de Grasse.

Les veilleurs de l'escadre française, qui bloque l'embouchure sous le commandement du comte Deydier de Pierrefeu, voient soudain la nuit s'illuminer. Quatre bricks embrasés, la coque et le pont bourrés de paille sèche, s'avancent vers elle, portés par le courant de la rivière, très puissant à marée descendante. A bord du vaisseau de 64 *le Vaillant*, directement menacé par un brûlot, les hommes se ruent à l'avant et coupent à la hache les câbles des ancres.

— Hissez les focs, larguez le grand hunier !

Grâce à une habile manœuvre du capitaine de Marigny, le vaisseau évite de peu l'embrasement, mais plus d'un gabier, juché dans la mâture pour éteindre les flammèches, a le poil roussi. Par bonheur, il n'y a pas d'explosion de soute à poudre, les Anglais la gardent pour approvisionner leurs canons de Yorktown.

Cependant, dans l'obscurité revenue, la confusion se met dans l'escadre française. *Le Réfléchi* ouvre le feu sur *le Vaillant*, qu'il a pris pour un ennemi. Non loin de là, un autre brûlot menace *le Triton* du chef de division, qui parvient à le couler avant qu'il ne l'aborde. Déjà, Pierrefeu a regroupé sa petite escadre, pour parer à toute nouvelle tentative du contre-amiral anglais Symonds, qui commande les opérations.

Après cet échec... cuisant, lord Cornwallis se barricada à Yorktown. Mais, pour Grasse, l'alerte avait été chaude. Aussi se hâta-t-il de parfaire le blocus de la place forte encerclée en débarquant dans la James les canons réclamés par Washington.

Toutefois, le lendemain, deux messages vinrent augmenter son inquiétude. Arrivée de France, la frégate *l'Engageante* lui apportait les ordres du roi, impératifs : se trouver fin octobre au plus tard aux Antilles pour y entreprendre la reconquête de la Jamaïque.

Le second message, amené par un aide de camp de Rochambeau, émanait de Washington. Il annonçait l'arrivée à New York de renforts navals anglais, une escadre de dix vaisseaux commandés par le contre-amiral Digby. Elle avait effectué sa jonction avec la flotte de sir Thomas Graves, alors occupée à embarquer les régiments du général Clinton destinés à dégager Cornwallis. L'amiral Graves disposait désormais d'une force navale au moins égale à celle de Grasse. Il fallait donc s'attendre à le voir réapparaître devant la Chesapeake.

Face à cette alternative redoutable, Grasse appela son secrétaire et lui dicta une lettre destinée au général Washington, qui avait pris position à Williamsburg, au nord de Yorktown, pour empêcher toute nouvelle tentative d'évasion de l'armée anglaise.

« Les nouvelles que Votre Excellence m'a fait parvenir sont des plus affligeantes. Tout change avec l'arrivée des renforts navals de l'amiral Digby. Les ennemis sont désormais, sur mer, à peu près égaux à nous.

« Je souhaite donc mettre l'armée navale sous voile et tenir la mer en position moins désavantageuse pour combattre l'ennemi s'il se présente. Je ne puis sacrifier ma flotte dans ce mouillage de Lynnhaven, détestable pour se battre, dangereux en cas de renforcement du vent. Je laisserai deux vaisseaux à l'embouchure de la York, outre les quatre qui y bloquent déjà les deux rivières.

« Il n'y a donc pour moi que le large. Mais il peut s'ensuivre qu'un combat nous mette sous le vent et hors d'état de revenir. En ce cas, que feriez-vous si la flotte anglaise entrait en Chesapeake ?

« Je remercie Votre Excellence de me faire part de vos avis en cette cruelle incertitude. »

Grasse relut et signa la lettre, qu'un garde-marine alla déposer au plus proche corps de garde, sur la plage. Aussitôt, un officier à cheval emporta à bride abattue le message. Puis Grasse appela le major de l'armée navale.

— Vaugiraud, réunissez demain à 10 heures les chefs d'escadre et capitaines.

Tel le voulait l'usage, chaque fois qu'une décision capitale engageait la vie même de la flotte.

— Messieurs, nous sommes ici depuis vingt-sept jours. Nous avons débarqué les troupes de renfort, les canons, les vivres et l'or que réclamaient nos alliés américains. Nous avons battu et chassé la flotte anglaise. Nous achevons de transporter à travers la Chesapeake les armées alliées. Notre présence ici est-elle encore indispensable ? Les derniers ordres du roi m'enjoignent d'appareiller pour les Antilles.

Un silence consterné pesa sur l'assistance. L'amiral poursuivit :

— Mesure d'ailleurs urgente, puisque la flotte a presque épuisé ses réserves. Les vivres frais et l'eau potable font défaut dans ce pays ravagé par la guerre. Nos marins et soldats qui se battent à terre n'ont même plus de souliers !

L'amiral marqua une nouvelle pause. Personne n'avait bronché. Il poursuivit d'une voix où perçait l'angoisse :

— Je vous livre maintenant cette information capitale : Washington m'annonce l'arrivée de renforts navals ennemis à New York, une escadre de dix vaisseaux. On dit que le prince William Henry, fils cadet du roi George III, est à bord. Nous devons donc nous attendre à l'arrivée prochaine de notre adversaire.

— Peut-être aussi Rodney, dont on dit qu'il s'apprête à quitter l'Angleterre ! ajouta le chef d'escadre de Barras.

Un mouvement de houle souleva les officiers. Grasse continua :

— Que faire ? Appareiller, c'est évident. Pour où ? Obéir au roi et faire voile sur les Antilles ? Ou foncer sur New York à la rencontre de l'ennemi ? Mais si nous manquons la flotte anglaise, comme Graves vous a manqué, Barras, la Chesapeake va se trouver sans défense du côté de la mer ! Maintenant, messieurs, vous avez la parole. Exprimez-vous sans détour.

Les capitaines étaient divisés. Certains, comme Bougainville, voulaient que l'on attende ici la capitulation de Cornwallis. Quelques-uns approuvaient l'amiral de vouloir livrer bataille aux Anglais, au large, évitant ainsi d'être surpris au mouillage. Personne n'osait parler des Antilles.

Bougainville se fit agressif :

— Puisque la flotte ne peut plus demeurer longtemps en Chesapeake, il faut mettre le général Washington en demeure de donner sans plus tarder l'assaut à la place forte. Pour le décider, que nos escadres légères remontent la James. Appuyer les forces terrestres avec notre puissante artillerie navale, c'est assurer la victoire avec les moindres pertes et dans les moindres délais.

Grasse le foudroya du regard.

— Remonter la James ? Vous oubliez l'affaire des brûlots dans la York !

Il se tourna vers le capitaine Deydier de Pierrefeu. Le responsable du blocus naval laissa tomber un avis sans appel :

— Remonter la rivière ? L'ennemi y a quatre bâtiments de guerre embossés. Et des canons sur les rives. Une chaloupe bourrée de paille et de poudre suffirait d'ailleurs à embraser un vaisseau. C'est le sort réservé à une escadre qui s'engage dans une rivière tenue par l'ennemi.

— Je m'y oppose donc, décida l'amiral. Mais je tenterai encore, comme je ne cesse de le faire, d'engager Washington à ne plus différer l'assaut, malgré l'état d'épuisement de ses troupes.

— Quittons au moins ce mouillage ! s'écria Barras. Nous risquons de nous y faire surprendre, et cette fois nous n'aurons peut-être pas la même chance que le 5 septembre.

Les capitaines demeuraient partagés. Certains étaient las de se battre. Le ravitaillement n'était pas seulement en cause. Les équipages et les vaisseaux étaient usés par la campagne. Et on devait encore guerroyer aux Antilles, puis traverser l'Atlantique en plein hiver !

D'autres, avec Grasse, souhaitaient appareiller pour combattre au large la flotte britannique. Mais tous comprenaient le désir de l'amiral de ne pas engager sans nécessité la flotte dont il avait la charge. En cas d'échec naval français, sir Thomas Graves entrerait dans la Chesapeake et y débarquerait l'armée Clinton. Les plans de Washington seraient alors compromis.

Selon l'usage, on allait voter, l'amiral se réservant, en vertu de l'autorité dont l'avait investi le roi, de décider en dernier lieu.

Les secrétaires s'empressèrent. A cet instant, on annonça le général de La Fayette. Il fut aussitôt introduit dans la chambre du conseil.

Voici le chef du premier corps expéditionnaire français en Amérique. De petite taille, il est élancé, beau, séduisant. Son front intelligent est, malgré sa jeunesse, dégarni de cheveux. Il ne porte pas de perruque. Il est revêtu de l'uniforme noir et blanc de l'armée américaine et à ses épaulettes brillent les étoiles d'or de son grade.

— Soyez le bienvenu, dit Grasse. Nous allions voter pour savoir si nous devons attendre ici l'ennemi, ou aller le combattre au large, dans le nord. Mais auparavant, nous allons vous écouter.

— Le général Washington, commença La Fayette, a bien reçu le message dans lequel Votre Excellence lui propose de laisser six vaisseaux devant la York et de reprendre la mer avec le reste de la flotte. Voici sa réponse.

Il tendit un pli à l'amiral, qui le lut fébrilement à haute voix :

— *« Je ne saurais exprimer à Votre Excellence de quelle pénible inquiétude je suis travaillé depuis la réception de votre lettre. L'entreprise contre Yorktown, sous la protection de vos vaisseaux, nous donne une supériorité décisive de forces et de moyens. La prise de la garnison britannique est tellement importante qu'elle nous achemine vers la fin de la guerre. Mais si Votre Excellence sort de la baie, l'entrée en est ouverte aux secours dont l'ennemi tâchera à l'instant de profiter. Alors s'évanouira notre brillante perspective. Il en résultera pour nous la disgrâce et le parti de renoncer à une entreprise sur laquelle sont fondées les plus belles espérances des alliés, après des efforts et fatigues inexprimables ; et aussi la dispersion totale de l'armée. Je supplie Votre Excellence de considérer que si nous manquons l'occasion présente en sortant votre flotte de la position convenue, jamais l'avenir ne nous offrira une pareille opportunité de frapper un coup décisif. Les Anglais s'appliqueront alors sans relâche à fortifier leurs positions maritimes les plus importantes et l'espoir d'une paix honorable s'effondrera. La confiance que m'inspirent l'énergie de votre caractère et votre valeur de marin me laissent espérer que l'examen des conséquences dont serait suivi votre départ de la baie vous détermine à prendre tous les moyens possibles que pourra dicter le zèle pour les plus chers intérêts de notre cause commune. Le marquis de La Fayette vous exposera les détails de notre position. Sa franchise et ses talents lui donnent droit à votre confiance. »*

L'amiral se tut. Un silence angoissé pesa sur l'assistance. A nouveau, François-Joseph de Grasse sentit le poids de l'Histoire peser sur lui. Il se leva. Sa carrure immense dominait l'assistance. Il paraissait invincible.

— Messieurs, voici ma décision. Nous restons. Jusqu'à la capitulation britannique. Y a-t-il des oppositions ?

Il n'y en avait pas. L'unanimité de ses capitaines réconforta l'amiral. Il se tourna vers La Fayette.

— Monsieur, faites-le savoir au général Washington. Mais engagez-le à donner sans plus tarder l'assaut du camp retranché ennemi. Je l'y aiderai de toutes mes forces.

Le 26 septembre, le regroupement des armées achevait l'encerclement de la place forte. Grasse avait encore donné huit cents hommes de ses corps de marine, et des canonniers.

Deux jours plus tard, les alliés passaient à l'attaque du camp retranché, où Cornwallis s'accrochait à un terrain irrégulier truffé de défenses. La petite escadre de l'amiral Symonds embossée dans la York, devant la place forte, empêchait la flotte française de la canonner comme le souhaitait Bougainville.

Cornwallis disposait, on l'a vu, de sept mille soldats anglais réguliers, auxquels s'ajoutaient neuf mille Américains loyalistes de diverses colonies. Huit mille esclaves noirs, requis sur les plantations de Virginie, ne portaient pas les armes, mais travaillaient aux fortifications.

Face à ces seize mille soldats, Washington opposait quinze mille combattants, soutenus par la puissante artillerie apportée par Grasse et Barras : les légers canons mobiles inventés par le général de Gribeauval, les lourdes pièces de marine de 32 et 36, les énormes mortiers crachant des boulets explosifs.

Le 28 septembre, Washington lance enfin sa première attaque contre les défenses extérieures : dix redoutes et seize batteries portant soixante-cinq canons tenus par sept cents Anglais, qui sont promptement refoulés à l'intérieur de Yorktown, petit village de cinquante maisons avec un fort dominant la rivière York.

Leurs réserves de vivres permettaient aux Anglais de tenir encore six semaines, mais heureusement Grasse ne le savait pas. En fait, le général Cornwallis n'espérait plus son salut qu'en l'arrivée de l'amiral Thomas Graves transportant l'armée Clinton. Aussi multipliait-il les messages de détresse, que des cavaliers, rompant la nuit l'encerclement, lui portaient bride abattue : *« Seule une opération dirigée sur la York permettrait de nous sauver. Le salut de la place et de l'armée est par la mer. Si précaire que je dois vous signaler que la flotte et votre armée courent un grand risque en s'efforçant de nous sauver. »*

Devant ce péril mortel, ni le général Clinton, ni l'amiral Thomas Graves ne se dérobèrent. Les trois escadres anglaises réunies comptaient maintenant une trentaine de vaisseaux de ligne et huit frégates, ce qui la mettait à égalité avec la flotte française. En hâte, Clinton acheva d'embarquer à New York son armée, plus de six mille soldats, à bord de soixante-treize transports.

Tandis qu'ils s'apprêtent à faire voile vers la Chesapeake, le 9 octobre 1781, les batteries lourdes françaises ouvrent le feu sur le camp retranché et incendient le vaisseau *Charron*, mouillé dans la York. Le 14 octobre à 18 heures, l'assaut est donné. Viomesnil s'empare de la redoute gauche, et La Fayette de la redoute droite. La flotte anglaise, retardée par l'armée Clinton, n'a pas encore appareillé ! Les alliés sont déjà aux portes du camp retranché. Etouffé par le blocus, ayant épuisé ses stocks de nourriture, Cornwallis tente, le 16 octobre, de s'échapper par le nord en brisant l'encerclement. Cette ultime tentative se solde par un sanglant échec.

Il ne restait aux Anglais qu'à mourir ou à se rendre. Ils choisirent de déposer les armes, pour éviter l'assaut et les horreurs du pillage.

Le 17 octobre à 10 heures, un tambour anglais, précédé d'un drapeau blanc, apparut à un rempart de la place forte et demanda, au nom du général, l'ouverture de pourparlers. Dans un message, lord Cornwallis sollicitait un armistice et la nomination de représentants qui se réuniraient à Moore House pour rédiger les termes d'une capitulation honorable. En fait, espérant toujours l'arrivée de Clinton, il tentait de gagner du temps. Mais Washington ne lui accorda que vingt-quatre heures.

On ordonna un cessez-le-feu. Des propositions furent échangées, que le général en chef américain communiqua à l'amiral de Grasse en l'invitant à participer aux négociations : *« Je n'ai pas besoin d'ajouter combien je serais heureux, au nom de l'Amérique, de souhaiter la bienvenue à Votre Excellence sur notre rivage, et, en cette heureuse circonstance où les intérêts de la cause commune vous sont si redevables, je vous embrasse. »*

Alité, l'amiral répondit le soir même en laissant éclater sa joie, tout en s'excusant de ne pouvoir participer à cet événement historique, d'autant plus qu'il redoutait toujours une arrivée brutale de la flotte anglaise.

Le 19 octobre, à 11 heures, lord Cornwallis, général en chef de l'armée anglaise du sud, signait l'acte officiel de la capitulation. Les honneurs de la guerre lui étaient accordés.

Les Anglais sortirent de leurs fortifications et défilèrent entre deux lignes interminables, longues de deux mille mètres, formées par les troupes françaises et américaines face à face, l'arme au pied. A la tête des troupes alliées se tenaient, à cheval, les généraux Washington, La Fayette et Rochambeau, entourés de leurs états-majors.

Alléguant ou feignant une indisposition, lord Cornwallis s'était fait excuser. Il y avait vraiment de quoi être malade à en mourir, pour un général de cette qualité, de s'être ainsi fait prendre au piège, à la merci de Washington, qu'il avait pourchassé à travers l'Amérique pendant cinq années.

Lorsque le général O'Hara, qui représentait Cornwallis, arriva devant les chefs alliés, il dirigea son cheval vers Rochambeau, pour lui remettre l'épée du vaincu. Alors, le comte de Dumas, lieutenant général, adjoint de Rochambeau, intervint à la demande de son chef et, désignant le général Washington :

— Vous faites erreur, monsieur. Le commandant en chef de notre armée est sur votre droite.

Erreur volontaire des Anglais, pour bien marquer qu'ils se considéraient vaincus non par « des rebelles de leurs colonies d'Amérique », mais par une armée française régulière envoyée par Louis XVI.

L'épée fut tendue à Washington, qui désigna pour la recevoir le général Benjamin Lincoln, qui quelques années auparavant, à Charleston, avait dû rendre la sienne à Cornwallis. Sans rancune, Lincoln la restitua à son légitime propriétaire. Par ce geste diplomatique, les Américains ménageaient l'avenir et préparaient la réconciliation.

Cependant, le long défilé lamentable des soldats anglais se poursuivait, entre deux rangées de soldats américains et français silencieux, l'arme au pied. Suivant le protocole des honneurs militaires, les tambours rythmaient la marche des vaincus.

Quand les troupes de Cornwallis atteignirent le champ qu'entouraient des hussards français, elles jetèrent leurs armes à terre, mousquets, pistolets, sabres, épées, poignards et baïonnettes. Beaucoup d'officiers anglais pleuraient en ordonnant ce geste à leurs hommes. Le commandant des mercenaires allemands, von Seybothen, pleurait aussi. Un colonel anglais brisa son épée avant de la lancer à terre, puis il s'éloigna en cachant son visage entre ses mains.

L'amiral de Grasse était représenté à la cérémonie par le plus ancien de ses chefs d'escadre, le comte de Barras. Derrière le groupe d'officiers de marine, Gaël, mandaté pour écrire cette page d'Histoire, se faisait tout petit. Il tressaillit lorsque Barras apposa sa signature au bas des articles de la capitulation : *« En mon nom et celui du comte de Grasse. »*

Personne ne doutait, d'ailleurs, que seule l'action continue de Grasse et de ses marins avait permis une aussi inconcevable victoire, qui allait jeter la stupeur dans le camp anglais, jusqu'à Londres, et à travers le monde, habitué à voir l'Angleterre victorieuse sur tous les champs de bataille. Lorsque l'amiral Rodney, toujours à Londres, apprendra la funeste nouvelle, il s'écriera : « La France a remporté la plus grande victoire, et rien ne peut plus sauver nos colonies d'Amérique ! »

Cornwallis rendait à Washington 7 251 officiers et soldats, et 840 marins. On trouva par ailleurs dans les hôpitaux du camp retranché d'innombrables malades qui n'avaient pu participer à la capitulation. Des 8 000 esclaves noirs, beaucoup étaient morts pendant le siège, de maladie, de faim ou d'épuisement.

Les pertes humaines, eu égard à l'importance stratégique et politique de la bataille, étaient modérées : 156 morts chez les Anglais et près de 1 000 blessés ou malades ; 88 morts chez les alliés, dont 60 Français, et parmi eux le vaillant colonel de Saint-Simon. Mais les armées alliées et la flotte comptaient d'innombrables malades, 1 400 soldats et autant de marins, dont l'amiral de Grasse, qui, lui, ne pouvait pas se faire débarquer.

Le butin de guerre était énorme : Cornwallis remit 24 drapeaux, 214 canons, 8 mortiers, 7 320 armes individuelles et des munitions considérables, 457 chevaux et 60 bateaux de divers tonnages, que les Français laissèrent aux Américains pour constituer l'embryon de leur future US Navy. En fait, seules la famine et la perspective d'être écrasés par l'artillerie, sans espoir de secours, avaient provoqué la reddition.

Dans son ordre du jour du 20 octobre, Washington félicitait les armées françaises de mer et de terre, *« qui avaient rendu possible la présente victoire »*. Il félicitait spécialement l'amiral de Grasse et sa flotte, *« la plus puissante qu'on ait jamais vue en ces mers, commandée par un amiral dont l'heureuse fortune et les talents ont permis ces grands événements ».*

Pendant ce temps, que se passait-il à New York ?

Le 22 octobre, trois jours après la capitulation, l'imposante flotte de l'amiral Thomas Graves, transportant l'armée Clinton, appareillait enfin pour la Virginie. Si tout était perdu pour Cornwallis, une bataille navale décisive pouvait au moins sauver l'honneur et le moral des Anglais, et relancer la guerre en leur faveur. Mais il eût fallu à la tête de leur flotte un chef moins prudent, et d'aucuns regrettaient l'absence de Rodney, qui armait en Angleterre une escadre de dix-huit vaisseaux.

Peu avant d'atteindre la Chesapeake, sir Thomas Graves apprit par une frégate de liaison la capitulation de lord Cornwallis. Son moral déjà bas s'effondra, mais il ne se déroba pas et garda résolument le cap sur l'entrée de la Chesapeake.

La flotte française était toujours ancrée à quelques milles de là, dans la baie de Lynnhaven. Le 28 octobre, à bord de *la Ville de Paris*, un garde-marine fit irruption dans la chambre de l'amiral de Grasse, toujours cloué au lit par une forte fièvre.

— Amiral ! *La Concorde* signale : « Flotte ennemie en vue. »

— Combien de vaisseaux ?

— Plus de cent !

— Vous êtes fou, midship !

— Il doit s'agir des voiles, amiral. Des vaisseaux de haut bord, mais aussi des frégates et des transports de troupes.

Le major de la flotte et le capitaine de La Villéon entraient en coup de vent.

— *L'Aigrette* confirme le message de *la Concorde*, amiral ! Il y aurait vingt-sept vaisseaux de ligne. L'ennemi mouille en travers de la passe, devant le banc de Middle Ground. Quels sont vos ordres ?

— Appareiller immédiatement et se porter sur l'ennemi.

— Impossible ! s'écria le capitaine de pavillon.

— Nous l'avons déjà fait !

— Le vent souffle de l'est force 4 ! Il rend une sortie collective dangereuse, vent debout, avec risque de s'échouer sur le banc de sable, sous les canons de la flotte anglaise mouillée à l'ouvert de la passe.

— En effet, approuva le major. Et cette fois, l'amiral Graves ne renouvellera pas son erreur de nous laisser sortir et former notre ligne de bataille.

— Messieurs, voici mes ordres. Rappelez les équipages aux postes de combat et faites accélérer le réembarquement des marins et des soldats. Où en sommes-nous à ce sujet ?

— Sur nos deux mille hommes engagés à terre, plus de la moitié n'ont pas encore regagné le bord. Sans parler des canons et des mortiers.

— Accélérez ces mouvements.

— Les ordres sont donnés, amiral. Mais si nous voulons appareiller avec tous nos effectifs, il faudra compter plusieurs jours. On manque cruellement de chaloupes, occupées par l'armée.

— Si l'amiral Graves entre dans la Chesapeake et nous attaque, ce que je ferais à sa place, nous appareillerons en l'état et livrerons bataille !

Grasse se leva. Il semblait rajeuni. Même sa fièvre, qui lui échauffait la bile, doublait son agressivité. Enfilant sa robe de chambre, il passa dans la salle du conseil en criant :

— Trémeur ! J'ai un message urgent à vous dicter !

Le jeune écrivain parut aussitôt et s'assit à la table. Grasse dicta :

— Au général Washington, camp de Yorktown : *« Général, une flotte anglaise forte de vingt-sept vaisseaux de ligne et une multitude de transports de troupes mouillent entre les deux caps. S'ils restent là, je dois au pavillon de les en chasser et serais déjà parti si les vents n'eussent pas soufflé de l'est. Si l'ennemi se dérobe, je le regretterai. Toutefois, je resterai encore quelques jours dans la baie pour couvrir vos mouvements de troupes. Mais je prie Votre Excellence d'ordonner la plus grande célérité, car je ne puis vous donner que fort peu de temps. »*

Il fit hâter l'embarquement de ses hommes. Au fur et à mesure que chaque vaisseau aurait récupéré ses effectifs, il devrait se préparer à appareiller et à combattre. L'attente anxieuse commençait. Qu'allait faire l'amiral anglais ?

Mais deux jours plus tard, le 30 octobre, la flotte anglaise levait l'ancre et mettait cap au nord, ramenant à New York les troupes inutiles de Clinton. Le baroud d'honneur de l'amiral Graves était terminé.

Le 4 novembre 1781, l'armée navale française, comprenant les vingt-huit vaisseaux de ligne de la flotte de l'amiral de Grasse et les huit vaisseaux de Barras, appareillait pour les Antilles. Dès que le cap Henry eut été doublé, les vaisseaux se mirent sur quatre colonnes, respectivement commandées par Bougainville, Grasse, Monteil et Barras. Le vent frais venant joyeusement du nord-est gonflait les voiles et le cœur des marins, qui écoutaient, heureux, le souffle puissant de la brise dans la mâture.

A l'extrémité de la Chesapeake, devant la plage déserte de Lynnhaven, un cavalier américain arrêta son cheval écumant.

— Trop tard ! La flotte a appareillé.

Dans ses sacoches d'arçon se trouvait le dernier message de George Washington à l'amiral de Grasse :

« Je regrette, en raison du départ imminent de Votre Excellence, de ne pouvoir aller vous saluer en personne et

vous remercier des illustres services rendus à la cause commune. J'espère que vous vous souviendrez de moi et que vous m'écrirez.

« La manière triomphante avec laquelle Votre Excellence est restée maîtresse des mers d'Amérique et la gloire de la flotte française conduisent nos deux nations à voir en vous l'arbitre de la guerre. Pour l'intérêt général, et à titre personnel, je forme les vœux les plus ardents pour que la prochaine campagne soit engagée pour couronner toutes vos précédentes victoires.

« Je vous exprime de nouveau l'espoir que vous reviendrez sur ces côtes décider du sort de la guerre. Je prie enfin Votre Excellence d'accepter mes vœux ardents pour le rapide et parfait rétablissement de sa santé, et mes sentiments de sincère amitié. »

Sur le balcon de poupe de *la Ville de Paris,* l'amiral de Grasse contemplait la terre d'Amérique qui s'estompait à l'horizon, puis il consulta sa montre. Un sourire illumina son visage creusé par la maladie et les soucis.

Il ferma la fenêtre, traversa la chambre du conseil et se retrouva dans ses appartements privés.

Un autel était dressé, sobrement, devant lequel se trouvait l'aumônier du vaisseau, en vêtements liturgiques. A trois pas, rayonnant, Gaël Trémeur, dans son uniforme bleu marine d'écrivain du roi, et à ses côtés, très pâle mais aussi rayonnante, Marie-Galante. Les témoins (l'amiral et le capitaine de La Villéon) se placèrent derrière eux. L'aumônier commença :

— Gaël Trémeur, ici présent, voulez-vous, pardevant Dieu, prendre pour épouse Marie Goulwen...

17

La flotte française, après avoir essuyé une énorme tempête, entra à Fort-Royal de la Martinique le 25 novembre 1781, sous les acclamations de la population. Soleil, contrastes, senteurs de cannelle, de vanille et de rhum, beauté nonchalante des femmes, les marins croyaient rêver. Et l'amiral de Grasse pouvait être fier d'eux.

Les ancres crochaient à peine le fond que le gouverneur de Bouillé montait à bord de *la Ville de Paris* pour les congratuler.

— Quelles nouvelles d'Europe ? lui demanda Grasse.

— La capitulation de l'armée anglaise à Yorktown, précédée par la défaite navale de la Chesapeake, a retenti comme une bombe en Angleterre. Le mythe s'écroule d'une Albion maîtresse des mers et des continents coloniaux. Aux Indes-Orientales, les victoires du bailli de Suffren ne sont pas pour raffermir la confiance du peuple anglais, que l'entretien d'un immense armement naval et des corps expéditionnaires a pressuré, puis épuisé.

— Que va-t-il en résulter ?

— Sous la pression de l'opinion publique, le Parlement exerce auprès du roi George sa puissance nouvelle et prêche une réconciliation avec les Insurgents d'Amérique et la fin de la guerre européenne. Malgré la perte de Minorque et le siège de Gibraltar, le roi George s'obstine et menace d'abdiquer.

— Je connais les Anglais ! Jamais ils ne demanderont la paix sur une défaite aussi cuisante que celle que nous venons de leur infliger à Yorktown.

— Qu'en concluez-vous, amiral ?

— Puisque tout semble perdu pour eux en Amérique, ils vont tenter de prendre leur revanche aux Antilles.

— Alors, toujours la guerre ?

— Les Anglais ne viendront pas à une table de négociations sans rien dans les mains que la Jamaïque et quelques petites îles. Aussi, je m'attends à de nouveaux combats. Nous aurons bientôt tous les amiraux britanniques à la poursuite de nos escadres, dès que j'aurai remis le cap sur Saint-Domingue pour réaliser une jonction avec don Solano en vue de reconquérir la Jamaïque.

L'amiral de Grasse ne croyait pas si bien dire. A la tête de treize vaisseaux de ligne, l'amiral Rodney venait d'appareiller d'Angleterre. Il faisait voile vers les Antilles pour y renforcer l'escadre de l'amiral Hood. Celui-ci, détaché de la flotte de Graves, qui restait en Amérique, avait quitté ce pays derrière la flotte française le 11 novembre, avec dix-sept vaisseaux et trois frégates. La jonction de Rodney et de Hood aux Antilles donnerait aux Anglais, en ajoutant quelques unités demeurées aux Antilles, une flotte de trente-sept vaisseaux, de quoi affronter le vainqueur de la Chesapeake, qui serait bientôt contraint de se séparer d'une dizaine de vaisseaux pour assurer la protection des îles, très dispersées.

Pour contrecarrer cette force, Louis XVI ordonna d'envoyer des renforts. L'amiral de Guichen fit voile vers les Antilles avec une flotte de dix-neuf vaisseaux et un grand convoi. Ainsi s'engagea un chassé-croisé où il importait de tomber sur l'adversaire avant qu'il ait regroupé ses escadres.

Entre-temps, l'amiral de Grasse et ses officiers se réjouissaient à la lecture des témoignages de satisfaction qui affluaient d'Amérique.

Le 28 octobre, le Congrès des Etats-Unis avait voté des remerciements officiels à l'amiral de Grasse, *« pour l'habileté et la bravoure qu'il a déployées en attaquant et battant la flotte britannique à la hauteur de la Chesapeake, et pour le zèle et l'ardeur avec lesquels il a donné les secours et la protection les plus efficaces aux opérations des armées alliées en Virginie ».*

En outre, *« le Congrès invitait Sa Majesté très chrétienne à permettre au comte de Grasse d'accepter quatre pièces de canon, comme témoignage de sa reconnaissance ».*

Ce décret était adressé à l'amiral par le président du Congrès américain, avec ces mots : *« J'ajouterai seulement, monsieur, que votre nom sera à jamais cher au bon peuple de ces Etats aussi longtemps que la gratitude sera une vertu. Votre sagesse, votre attachement aux intérêts primordiaux de ce pays, l'accomplissement effectif des vœux de votre souverain, tout dans vos actes tend à vous faire aimer de nous et vous donne droit à tous les témoignages d'honneur qu'il nous est possible de vous conférer. »*

Chargé de faire des copies destinées à tous les vaisseaux de la flotte, que Grasse voulait associer à ses victoires, Gaël travaillait de l'aube à la mi-nuit. Puis arrivèrent des nouvelles de Versailles. Louis XVI, fier du succès de ses armes et des glorieuses campagnes, ordonnait à tous les évêques du royaume de célébrer un *Te Deum* dans les églises de France.

Ces heureux événements accaparaient l'amiral mais ne lui avaient pas fait oublier la petite héroïne de *l'Aigrette*. Il lui fit connaître ses intentions par le chirurgien :

— Il est temps pour vous de débarquer. La flotte va reprendre la mer pour la conquête des îles. Vous résiderez à Fort-Royal, dans une dépendance de la Maison du roi, sous la protection du gouverneur de Bouillé, jusqu'au départ d'un convoi escorté qui ira charger au Cap-Français de l'île Saint-Domingue. Là, comme l'amiral vous l'a promis, vous serez accueillie par son régisseur, dans sa plantation de Port-en-Paix.

Marie acquiesça en silence. Elle devait accoucher dans la dernière semaine d'avril 1782. Où serait Gaël à ce moment-là ? En France, selon toute vraisemblance. Les îles du Vent et la Jamaïque reconquises au cours de l'hiver, il serait temps pour la flotte de ramener en France le grand convoi et de renouveler à Brest les équipages, de radouber les vaisseaux, malmenés par une année de campagne et tant de combats !

Le même jour, l'amiral informa Gaël :

— Tu vas devoir dire adieu à ta femme ! Mais la séparation ne sera pas trop longue et, lorsque tu reviendras aux Antilles, tu seras le père d'un bel enfant !

— Oui, amiral, répondit Gaël qu'étranglait l'émotion. Comment pourrais-je vous exprimer toute notre reconnaissance ? Je ne sais pas ce que nous serions devenus sans vous !

— Tu auras l'occasion de le manifester lors de la campagne qui s'ouvre et qui sera très dure. Les Anglais, avides de revanche, ne nous lâcheront pas ! Ah ! j'ai une bonne nouvelle pour toi, Trémeur. Tu vas revoir ton ancien capitaine de *l'Intrépide*, et son fils, ton ami Olivier d'Escragnole.

— Ils sont donc revenus de France ?

— Non. Selon l'usage pour un capitaine qui a perdu son vaisseau, le marquis d'Escragnole devait effectivement retourner à Brest sur la première frégate de liaison. Mais le gouverneur de Bouillé, qui a manqué ici d'officiers pendant notre campagne de la Chesapeake, a pris sur lui de le garder. Il s'est distingué à la tête d'une petite escadre de frégates et d'un régiment de marine chargé de conquérir l'île Saint-Eustache. Une affaire rondement menée ! Surprise, la garnison anglaise de sept cents hommes s'est rendue, livrant l'île et un trésor de guerre de quatre millions de livres ! C'est deux fois le prix de notre malheureux *Intrépide.* Aussi, je compte lui donner le commandement provisoire d'un vaisseau dans ma flotte, dont plusieurs capitaines sont en mauvais état de santé à la suite des blessures reçues pendant les combats.

La rencontre entre Gaël, le capitaine d'Escragnole et son fils se déroula quelques jours plus tard dans une petite maison de campagne que le marquis avait louée à la Martinique. Olivier et Gaël tombèrent dans les bras l'un de l'autre. Le capitaine considéra avec émotion ces effusions, puis il annonça :

— Maintenant, Gaël, j'ai une importante et triste nouvelle pour toi. Elle concerne ton père.

— Est-il souffrant ?

— Il est mort.

Gaël eut un haut-le-corps. Le choc passé, un sentiment de profonde tristesse s'empara de lui. Certes, il n'avait jamais aimé ce père, avec lequel il ne se sentait aucune affinité, et qui n'avait eu de cesse de contrecarrer ses projets les plus chers. Mais c'était son père, et il croyait bien faire en incitant son fils à un mariage aristocratique.

Il ne s'attendait pas à la suite. Le marquis lui tendit un chiffon de papier taché, usé par la mer, à peine lisible. La fameuse lettre du premier clerc contenant les dernières volontés du notaire.

Gaël lut. La stupeur se peignit à nouveau sur son visage, puis le remords et la douleur. Il s'écria :

— J'espérais encore le convaincre ! Marie ne cessait de me harceler pour arriver à une conciliation : je lui succédais à l'étude ; il renonçait quant à lui à me faire épouser la personne de son choix. Et il acceptait Marie.

Le marquis d'Escragnole eut un sourire.

— Marie ! Marie-Galante !

— Vous la connaissez, capitaine ?

— Oui, Gaël. C'est ma fille naturelle !

La stupeur figea à nouveau le visage de Gaël. Il se demanda s'il ne rêvait pas. Le marquis ajouta :

— Marie est ma fille naturelle, fruit de ma jeunesse, née d'une relation avec Morgana Goulwen, quelques années après mon veuvage.

— Vous êtes donc ce père mythique dont Marie me parlait sans cesse, qu'elle ne connaissait pas, même de nom !

— Le mystère est fini, Gaël. J'ai l'intention de reconnaître Marie.

Olivier ajouta :

— Père m'a révélé le secret, le lendemain de l'explosion de *l'Intrépide*, en me montrant la lettre de l'étude Trémeur que tu as enfin en main, une lettre rescapée de deux naufrages, où Marie est nommément désignée. Nous hésitions à te la remettre, à cause de cette terrible menace, cette malédiction qui pesait sur vos têtes. On n'a pas pu se revoir : tu étais consigné à bord de *la Ville de Paris*, puis la flotte a pris la mer. Nous avons décidé d'attendre ton retour d'Amérique. Il faudra aussi consulter Marie.

— Marie-Galante !

Gaël eut un sourire. Tout lui paraissait merveilleusement simple, maintenant. La malédiction du notaire ne pouvait plus avoir d'effet, même *post mortem*, puisqu'il épousait une fille d'aristocrate ! Et il se réjouissait d'étonner à son tour le capitaine et son fils !

— Consulter Marie sera très facile. Elle est ici même, à Fort-Royal !

Le capitaine et son fils en restèrent interdits. Gaël enchaîna, comme la chose la plus naturelle du monde :

— Et c'est ma femme.

Olivier se jeta dans ses bras.

— Tu es donc doublement mon frère ! J'attendais ce jour avec impatience. Vous nous avez tous les deux devancés, et vous avez bien fait !

— Où s'est déroulé le mariage ? demanda le marquis, abasourdi.

— A bord de *la Ville de Paris*, au large de la Chesapeake, le 4 novembre, après la victoire de Yorktown, dans les appartements privés de l'amiral. Avec son capitaine de pavillon, ils furent nos témoins. L'aumônier royal a béni notre union.

Le marquis s'écria :

— Et maintenant, dis-moi où est Marie ! Il me tarde de la connaître !

La rencontre se déroula le lendemain dans le petit pavillon où le gouverneur de Bouillé avait installé Marie, servie par un vieux couple fidèle d'esclaves noirs, Anatole et Angélique Tiboubou.

Très ému, le capitaine, arrivé à cheval, avait tenu à être seul. Vêtu de son grand uniforme de capitaine de vaisseau, redingote bleue doublée d'écarlate, tricorne empanaché de plumes, il se fit annoncer comme « un vieil ami de Morgana Goulwen ».

Marie, intriguée, le reçut dans le petit salon et lui offrit un chocolat chaud, avec des friandises, spécialités du couple noir.

Mais c'est Marie que le marquis d'Escragnole dévorait des yeux. Comme elle ressemblait à sa mère ! Cette bouche sensuelle et ces admirables yeux gris-bleu, gris tourterelle, qui rappelaient le ciel de Brest ! Cependant, son abondante chevelure noire, qu'elle avait rassemblée en chignon, révélait le sang provençal ; et la finesse de ses traits portait la marque de son lignage aristocratique.

Un peu inquiète de cette attention soutenue, elle demanda :

— Donnez-moi des nouvelles de ma mère. Comment va-t-elle ?

— Je n'en sais pas plus que vous. J'ai pris la mer avant *l'Aigrette*. Je suppose qu'elle doit se faire du souci à propos de votre si brusque départ de Brest.

Marie sourit.

— Elle sait très bien pourquoi je suis partie !

— Oui. A cause de Gaël !

— Ah ! Vous connaissez aussi Gaël ?

— Je suis... j'étais son capitaine.

— Le marquis d'Escragnole !

Marie resta ébahie. Après son mariage, où le comte de Grasse était son témoin, elle recevait la visite du marquis en personne !

— Gaël m'a parlé de vous, capitaine. Il a pour vous une immense admiration. Et votre fils Olivier est pour lui comme un frère.

— Tu ne crois pas si bien dire, ma petite Marie !

Elle se dressa. En un éclair elle avait compris. En silence, éperdue de bonheur, elle contemplait ce beau visage marqué par les combats. Puis quelque chose se libéra dans son cœur. C'était comme la fin d'une attente qui durait depuis quinze ans. Tout ce qui lui avait manqué dans son enfance, soudain, lui était donné.

Elle se jeta dans ses bras.

— Père !

— Marie !

Puis tout tourna dans sa tête et elle perdit connaissance, terrassée d'émotion.

Quelques jours plus tard, le 2 janvier 1782, la flotte de l'amiral de Grasse appareillait pour livrer bataille à l'amiral Hood. Le marquis d'Escragnole commandait *le Superbe*, un vaisseau de 64, dans l'escadre d'avant-garde, et comptait bien faire oublier le drame de *l'Intrépide*. Mais surtout, son cœur chantait sur une seule note : Marie !

Et la guerre reprit, avec un acharnement insensé. Les Anglais, avides de revanche, prenaient tous les risques. Mais les Français s'emparèrent des îles Montserrat et Nevis, puis de Saint-Christophe, une île à laquelle tenait particulièrement le roi, car elle avait marqué le début de la colonisation française aux Antilles.

A la tête de vingt-deux vaisseaux seulement, l'amiral Samuel Hood fit voile de La Barbade et défia imprudemment l'amiral de Grasse. Le 24 janvier, les deux flottes se rangèrent en ligne de bataille, tous sabords béants. Pendant deux jours, les canons de marine tirèrent à boulets et mitraille.

Puis, s'inclinant devant la supériorité numérique des Français, les Anglais se dérobèrent, la nuit venue. Grasse avait perdu une occasion unique de détruire un adversaire, il est vrai beaucoup plus redoutable que Thomas Graves.

Le bruit courait avec insistance que l'amiral Rodney revenait d'Angleterre avec une escadre de treize vaisseaux. Réunis à la flotte de Hood, ils constitueraient une force capable de reprendre aux Français la maîtrise de la mer. Mais Grasse attendait lui aussi des renforts, conduits par un amiral prestigieux, le comte de Guichen.

Le 5 février, au mouillage de Saint-Eustache, on vit bientôt des voiles se profiler à l'horizon. Etait-ce Rodney ? Etait-ce Guichen ? C'était Guichen.

Mais les acclamations des équipages se muèrent en lamentations. Les mâtures et les coques étaient criblées d'impacts ; les voiles tombaient en lambeaux. *Le Triomphant* s'approcha et mouilla ses ancres au vent de *la Ville de Paris*. Un peu plus tard, un officier aux épaulettes de chef d'escadre montait avec difficulté à bord de *la Ville de Paris*.

— Monsieur de Vaudreuil, pour l'amour du ciel, que s'est-il passé ? s'écria Grasse, qui du haut de l'échelle de coupée avait reconnu l'adjoint de son ancien chef. Où est le comte de Guichen ?

— A Brest, à Londres ou au fond de la mer, amiral ! Par cent cinquante milles à l'ouest d'Ouessant nous avons été surpris par l'escadre anglaise de l'amiral Kempenfelt. Dix-neuf de nos bateaux marchands, mille soldats et cinq cents marins ont été capturés. Là-dessus, une effroyable tempête a achevé de disperser la flotte, dont une partie avait remis le cap sur la France. Le reste est là : deux vaisseaux. J'ai mis en sûreté cinq marchands à Fort-Royal.

— Cinq vaisseaux marchands sur cent cinquante ? Deux vaisseaux de guerre sur dix-neuf ? Comment un marin aussi éprouvé que monsieur de Guichen a-t-il pu se laisser surprendre ?

— Le convoi était trop étalé. Vous savez ce qu'il en coûte de faire traverser l'océan à un important convoi de vaisseaux marchands aux allures si différentes, aux capitaines indisciplinés ! L'attaque surprise des Anglais ne nous a pas permis de réagir.

Grasse se détourna, accablé. Il attendait avec impatience cette arrivée de Guichen, qui non seulement aurait apporté une supériorité écrasante sur les forces anglaises réunies, mais aussi l'aurait déchargé de la lourde responsabilité qu'il assumait depuis le début de la campagne. Plus ancien que lui, l'amiral de Guichen, qui avait été son chef lors de la première campagne des Antilles, en 1779, aurait pris le commandement. A présent, il lui fallait donc le conserver jusqu'au retour en France, malgré la fatigue, malgré la fièvre qui depuis des mois rongeait ce grand corps exténué.

L'amiral fit front et redressa la tête. Il devenait vital d'écraser la flotte de l'amiral Hood avant que Rodney ne lui amène des renforts.

Pour annoncer la naissance de Monseigneur le Dauphin, premier fils de Louis XVI, le canon de la flotte répondit aux batteries de Fort-Royal. Dans leurs atours surchargés datant du siècle de Louis XIV, les belles créoles se pâmèrent. Cette minute d'émotion passée, la foule élégante se rua sur les buffets décorés avec art des plus rares fleurs exotiques, étincelant de l'éclat des cristaux et de l'argenteric, où les mets les plus rares et les plus fins s'offraient dans une fastueuse abondance.

Les salons du palais du gouverneur de Fort-Royal avaient grande allure, décorés de palmes et de branches d'orangers. Dans la cour de l'hôtel, une table immense avait été dressée, protégée par une tente décorée elle aussi de feuillages. Là, sept cents invités se délectaient des mets les plus délicats offerts par le gouverneur. Des lampions multicolores jetaient sur ce spectacle un air de fête populaire, mais la richesse des toilettes et des bijoux témoignait que la haute société de la colonie était ici rassemblée tout entière. Un orchestre choisi jouait les œuvres du chevalier de Saint-Georges, un compositeur mulâtre de la Guadeloupe dont le talent, disait-on, égalait celui de Mozart.

Tandis que les invités festoyaient, François-Joseph de Grasse, un peu à l'écart dans l'un des salons, conservait un ombrageux mutisme. Que lui importait si ces réjouissances célébraient non ses victoires navales, mais la naissance de Monseigneur le Dauphin ! Il s'inquiétait surtout des manœuvres anglaises. Le gouverneur de Bouillé le rejoignit.

— Vous paraissez soucieux, mon cher amiral.

— Mon vieil adversaire, l'amiral Rodney, vient d'arriver à La Barbade avec treize vaisseaux de ligne. Hood l'a rejoint. Ensemble, ils forment une flotte homogène de trente-cinq vaisseaux de ligne, peut-être trente-sept.

— Mais vous êtes aussi puissant !

— En théorie. Nous allons appareiller pour Saint-Domingue avec une armée navale amoindrie par la tâche passive que m'impose la protection d'un convoi de cent cinquante vaisseaux marchands à travers la multitude des îles. L'Anglais attaquera, alors que nous nous défendrons. Ainsi limité, je n'aurai pas la mobilité de l'ennemi, qui choisira, pour déclencher la bataille, l'heure et le lieu qui lui seront favorables.

— En attendant, venez vous réconforter avec ce vin mousseux de Champagne !

Ils retournèrent dans la cour où se tenait le fastueux banquet.

Obsédé par l'avenir, l'amiral de Grasse poursuivit :

— Après nos victoires de la Chesapeake et de Yorktown, que Washington exploite avec talent, ceux que l'on appelle désormais les Etats-Unis d'Amérique irritent le roi d'Angleterre, qui n'accepte pas de lâcher ce fleuron de sa couronne. Pour qu'il cède, il lui faudrait préalablement une revanche, une victoire de prestige.

— Une victoire navale !

— Je le crains, monsieur le gouverneur ! Et c'est sur moi, sur mes marins, que retombe à nouveau tout le poids de la guerre !

— Que disent vos dernières instructions de Versailles ?

— Elles sont d'une précision et d'une simplicité remarquables. On reconnaît la griffe du marquis de Castries ! Le roi, satisfait de la campagne d'Amérique, m'ordonne de détruire la flotte de Hood avant qu'elle ait fait sa jonction avec celle de Rodney. Puis d'appareiller pour Saint-Domingue, car notre allié espagnol, l'amiral Solano, s'impatiente, on le comprend ! De nous emparer avec lui de la Jamaïque. Puis de faire route sur la France en escortant un convoi de cent cinquante vaisseaux marchands.

— Une consolation, amiral : on m'annonce que le capitaine de Genouilly va arriver à Fort-Royal avec un convoi de poudre et de boulets. Vous allez pouvoir remplir vos soutes.

L'amiral de Grasse détourna son regard et contempla rêveusement les belles créoles que ses officiers entraînaient dans un mouvement gracieux de rigodon. Puis il articula :

— Voici mon plan. J'appareillerai le 8 avril, si les vents restent favorables. Cap au nord, tout le problème sera alors de mener le convoi et la flotte, quelque deux cents bateaux, à travers le dédale des îles du Vent, en évitant la flotte anglaise, puisque Hood a fait sa jonction avec Rodney. A Saint-Domingue, je trouverai la flotte espagnole de don Solano. Même si nous échouons dans l'attaque contre la Jamaïque, Rodney ne pourra plus grand'chose contre de telles forces navales réunies. J'espère que je tiendrai debout jusque-là.

— Vous êtes épuisé par plus d'un an de campagne et de batailles victorieuses. On le serait à moins. Moi-même...

— J'ai supplié le roi de me remplacer. C'est pourquoi, accédant à ma demande, il m'avait envoyé monsieur de Guichen. Où est-il, maintenant ? Au fond de la mer, ou bien captif à Londres !

— Monsieur de Vaudreuil ne peut-il prendre le commandement de la flotte ? Ou monsieur de Bougainville ?

— Monsieur de Bougainville est un excellent marin, mais ce n'est pas un chef de guerre navale. C'est un colonel auquel le roi a confié une escadre. Monsieur de Vaudreuil pourrait assumer cette charge, mais, étant simple chef d'escadre et beaucoup plus jeune que l'amiral Solano, c'est ce dernier qui prendrait le commandement des deux flottes réunies. Et cela, le roi ne peut le supporter. Le commandement des forces combinées doit revenir à un Français. Nous supportons presque tout le poids de cette guerre. Il me faudra donc assumer.

— Où est la flotte de l'amiral Rodney ?

— Entre La Barbade, Antigua et Sainte-Lucie. Rodney est un adversaire autrement redoutable que Graves ! Hardi, sans préjugés, il n'a cure des règlements et usages du combat classique. On peut tout redouter de lui et il ne me lâchera pas.

— Il paraît qu'il est criblé de dettes et poursuivi à Londres par les huissiers.

— Il n'en est que plus redoutable sur mer, puisqu'il n'a plus rien à perdre à la cour ! Ses frégates surveillent nuit et jour notre mouillage. Pas un de nos vaisseaux ne sortira de cette rade sans qu'il en soit avisé deux heures plus tard. Et lorsque je me traînerai à deux nœuds, encombré par ce convoi disparate, il aura beau jeu de me rattraper et de manœuvrer avec l'avantage du vent ! Si je tente alors de regrouper mes vaisseaux de ligne, ce sera au détriment du convoi : Rodney n'en fera qu'une bouchée, sans me lâcher pour autant.

L'orchestre s'était tu. Les danseurs se séparaient après une révérence et regagnaient les tables surchargées de sucreries, de punch et de liqueurs.

— Regardez votre protégé ! dit le gouverneur en riant. Il est inconsolable d'avoir perdu sa bien-aimée !

En retrait, comme étranger à la fête bruyante, indifférent aux belles créoles qui le frôlaient avec provocation, Gaël Trémeur détourna son regard vers le fond du parc obscur où l'on devinait, derrière les bosquets, des couples qui s'y cachaient.

— Marie est donc partie ? demanda l'amiral.

— Oui, comme vous le souhaitiez. Je l'ai fait embarquer la semaine dernière pour Saint-Domingue, à bord d'une flûte rapide fortement armée, qui va charger au Cap-Français. A l'heure qu'il est, Marie... comment dois-je l'appeler ?

— Marie Goulwen d'Escragnole, ou Marie Trémeur, comme vous voulez.

— Une histoire incroyable ! Le capitaine d'Escragnole m'a tout raconté.

— Deux histoires d'amour, mon cher gouverneur ! Je vous remercie de ce que vous avez fait pour elle.

Grasse hésita.

— A l'heure qu'il est, Marie est donc installée dans ma plantation du Port-en-Paix, où elle mettra au monde son enfant. Et nous, où serons-nous ?

Un sombre pressentiment crispa les traits de son visage. Au plus haut de sa gloire, il se sentait épuisé, fini.

Un esclave noir passait, tenant un plateau de coupes de cristal. Le gouverneur prit l'une d'elles et la lui tendit.

— Buvez ce vin pétillant, cela vous remontera. Il nous arrive de France. C'est ce champagne mousseux dont on parle tant, inventé par ce moine bénédictin d'Epernay, dom Pérignon. Ah ! il n'y a que les moines pour savoir vivre !

Grasse vida la coupe d'un trait, prit congé du gouverneur, demanda son vestiaire et fit avancer son coupé. Au moment d'y monter, il aperçut Gaël qui sortait.

— Tu rentres à bord, Trémeur ? Tu ne vas pas t'amuser avec les autres ? Alors viens, profite de ma voiture.

Trente minutes plus tard, ils escaladaient l'échelle de coupée de *la Ville de Paris*. Gaël alla tendre son hamac dans le local des écrivains. Grasse se dirigea vers la chambre du conseil. Là, devant les cartes marines, il imagina les futures batailles. Il avait retrouvé toute sa vigueur.

18

Le 8 avril 1782, à l'aube, une animation intense bouleversait Fort-Royal. Les troupes de marine et les équipages avaient embarqué la veille, mais la rade était toujours sillonnée de centaines de canots amenant les officiers, sans parler des personnalités de la Martinique venues faire escorte à l'armée navale du comte de Grasse.

Sur un quai écarté, Gaël avait donné un dernier rendez-vous à Olivier d'Escragnole. Compte tenu de la bataille navale que l'on considérait comme imminente, ils ne savaient quand ils se reverraient.

— C'est certain maintenant, dit Olivier. Hood a fait sa jonction avec Rodney, qui a pris le commandement d'une flotte de cinquante bateaux, dont trente-sept vaisseaux de ligne. Nous n'en avons que trente-cinq, ayant laissé *le Saint-Esprit* en carénage. Et la supériorité anglaise ne se limite pas au nombre. Tous leurs vaisseaux sont doublés de cuivre et armés de caronades. Une vingtaine d'entre eux entrent en campagne, radoubés de frais, alors que nous traînons nos coques sales.

— On verra bien, dit Gaël, qui ne songeait qu'à Marie.

Elle devait accoucher dans une quinzaine de jours au Cap-Français, vers lequel se dirigeait la flotte. Avec un peu de chance, il y serait ! Puis, après l'attaque de la Jamaïque, Gaël ferait voile vers la France, où l'attendait le fantôme de son père.

— Gaël ! Tu es perdu dans tes rêves ! A quoi penses-tu ?

— A Marie-Galante !

Olivier sourit.

— J'y pensais aussi, mais il ne s'agit pas de la même !

— L'île ?

— Oui. Mon père m'a montré sur une carte l'itinéraire de la flotte. Dans deux ou trois jours nous longerons l'île mystérieuse !

— Ah ! l'île ! Le trésor du Vieux des Grèves, le mandala, le secret de la Fleur d'or !

— Gaël ! C'est sans doute notre dernière chance de les retrouver.

— Tu en as parlé à ton père ?

— Je n'ai pas osé. Il a tellement de soucis en ce moment ! Il ne rêve que d'effacer la perte de *l'Intrépide* par quelque grande action. J'ai peur pour lui.

— C'est vrai, Olivier. Nous avons Rodney à nos trousses. Alors, faut-il tirer un trait sur les trésors de Marie-Galante ?

— Qui sait ? Le hasard fait quelquefois tellement bien les choses ! N'as-tu pas retrouvé et épousé Marie ?

— Le hasard nous a déjà servis ! Mais il ne faut pas demander l'impossible.

— Gaël ! Depuis que tu es marié et que Marie attend un enfant, tu as changé. Tu es devenu... prudent !

— Peut-être...

— On dirait maintenant que tu as peur de cette île. Au fond, c'est plus simple pour toi d'aller en France récupérer ton héritage que de risquer un débarquement à Marie-Galante pour y poursuivre des rêves.

— L'important n'est pas mon héritage, ni l'or de Marie-Galante ! Ce qui m'inquiète, c'est le secret de la Fleur d'or.

— Cela t'inquiète, ou t'intéresse ?

— Les deux, Olivier.

— Un vieux grimoire chinois, sans doute illisible...

— Yvon Tadou en parlait avec ferveur et révérence, comme d'un trésor spirituel qu'on ne doit pas laisser perdre.

— Sans doute...

— On ne doit pas ! C'est toi qui as mis le doigt sur l'essentiel. Inconsciemment, je redeviens, ou plutôt je deviens *le fils du notaire* ! Et c'est cela que risque de bouleverser le secret de la Fleur d'or.

L'officier de détail du *Superbe* arrivait, suivi d'un marin portant un sac de courrier. Il fit signe au canot. Les deux garçons s'étreignirent et Olivier sauta dans l'embarcation.

— Pousse, les gars ! Avant partout ! Nage !

Gaël les regarda s'éloigner. Un pressentiment funeste lui pinça le cœur.

Le convoi puis l'armée navale du comte de Grasse appareillèrent de Fort-Royal. La longue ligne des vaisseaux de guerre s'étirait bien en ordre, chacun séparé d'une encablure. Derrière *la Ville de Paris*, battant pavillon du lieutenant général comte de Grasse, on apercevait, creusant les flots de son taillemer, son « matelot arrière », *le Languedoc*, appliqué à respecter l'alignement et la distance, puis derrière lui, mâtures confondues, *le Dauphin royal* et *le César*.

Laissant à tribord la ville de Saint-Pierre et la montagne Pelée, la flotte piqua au large, cap au nord quart nord-ouest. On vit alors une frégate inconnue qui filait toutes voiles dessus en direction de Sainte-Lucie, l'île voisine qui abritait la flotte anglaise. La suite ne se fit pas attendre. A 15 heures, la frégate *l'Astrée*, qui fermait la marche, signala : « Armée navale ennemie en vue courant largue tribord amures. »

La poursuite commençait. Grasse espérait profiter de la nuit pour s'échapper. Le soleil déclinait à l'horizon dans une apothéose lorsque Gaël, debout sur la dunette haute de *la Ville de Paris*, repéra la pointe Cacharou de l'île Dominique, qui défilait par tribord, avec ses masses montagneuses. On distinguait à quelques milles en avant une forêt de mâts, une confusion de voiles blanches et grises : le convoi marchand, cent cinquante vaisseaux de tous tonnages, qui avançait de son mieux en désordre à deux ou trois nœuds, cap sur Saint-Domingue.

Cependant, le vent tombait avec la nuit. La flotte de combat, poussée par les courants, rejoignit sous l'île Dominique, au droit de la pointe Crabière, le convoi encalminé. On apercevait, se détachant sur le ciel étoilé, la masse menaçante du mont Diablotin. Il fallait se sortir de là. Une fois doublé la Dominique, la flotte naviguerait dans le canal qui sépare les Saintes de Marie-Galante et y trouverait du vent.

Toute la nuit se passa en manœuvres compliquées, pour tenter d'utiliser les moindres risées et les courants. L'armée navale se trouvait alors en grand désordre, et dans le convoi régnait une confusion indescriptible. Parfois un souffle d'air poussait un vaisseau, qui laissait derrière lui, sur la mer immobile, un sillage phosphorescent. Puis tout retombait dans le calme, ponctué par les ordres des officiers, les coups de sifflet des maîtres de manœuvres, le grincement des poulies.

— Choquez l'écoute du grand foc ! Réglez les voiles d'étais !

Il fallait rester groupés pour présenter une ligne compacte à l'adversaire, et en même temps éviter les abordages.

LES ILES DU VENT
(Bataille des Saintes 1782)
N
LA GUADELOUPE
BASSE-TERRE
GRANDE-TERRE
Pointe-à-Pitre
Soufrière
1484
Basse-Terre
LA DÉSIRADE
CANAL DE MARIE-GALANTE
MARIE-GALANTE
C. du Diable
204
Fortin
C. Enragé
C. de Fer
CANAL DES SAINTES
ARCHIPEL DES SAINTES
Terre de Haut
Grand Ilet
Terre de Bas
BATAILLE DES SAINTES
CANAL DE LA DOMINIQUE
Cap Capucin
Morne du Diable
ILE DOMINIQUE
1446
Le Diablotin
Les Trois Pitons
1424
Pointe CACHAROU
Flotte de Grasse
MER DES CARAÏBES
ATLANTIQUE
0 2 4 6
LIEUES
0 5 10 15
MILLES MARINS
LA MARTINIQUE
Montagne Pelée
1397

Puis le vent tomba complètement alors que les bâtiments de guerre rejoignaient les vaisseaux marchands. Une effarante confusion s'ensuivit. Abordages, cris, jurons, vergues brisées, cordages enmêlés... *Le Caton* y laissa quelques espars.

Grasse parvint enfin à se dégager, bien décidé à demeurer à bonne distance de ces lourds marchands encombrants qui emportaient dans leurs flancs la fortune de milliers de personnes, la prospérité de bien des villes françaises.

Il plaça le convoi sous la protection rapprochée de deux vaisseaux et de trois frégates, forces suffisantes pour empêcher un coup de main. Si la flotte de Rodney engageait l'armée navale française, le convoi s'échapperait et gagnerait Saint-Domingue. Même si Grasse, amputé de ces deux vaisseaux, n'avait pas le dessus, le convoi prendrait assez d'avance pour ne plus être rattrapé. Du moins il l'espérait. Tout dépendrait des vents.

Doublant en fin de nuit le cap Capucin, pointe septentrionale de l'île Dominique, les vaisseaux les plus rapides s'engagèrent dans le canal de la Dominique, un bras de mer sous-venté qui sépare cette île de l'archipel des Saintes. Franchi ce dangereux passage, la flotte naviguerait en vue de la Guadeloupe, où, en cas de malheur, les vaisseaux trouveraient un abri sûr, en baie de Pointe-à-Pitre ou à Basse-Terre.

Au petit matin, un officier escalada les haubans du grand mât et scruta la mer. Droit devant, une côte presque plate se dessinait à l'horizon. Marie-Galante. Il se retourna. La frégate *Astrée*, qui éclairait l'arrière de l'armée navale, remontant au vent de la flotte, se dirigeait vers *la Ville de Paris*.

— Cela ne présage rien de bon ! murmurèrent les marins.

Vingt minutes plus tard, elle s'approcha à portée de voix du vaisseau amiral, dont l'énorme poupe la dominait de très haut. Sur la dunette, le capitaine de La Pérouse, un gueulard de bronze au poing, s'adressa à l'amiral, qui s'était avancé sur le deuxième balcon de poupe du trois-ponts :

— La flotte anglaise est en vue sur notre arrière, à une lieue !

— Combien de vaisseaux ? demanda Grasse.

— On ne distingue encore que le haut des mâts, mais ils sont nombreux. C'est certainement la flotte de Rodney.

— Où est le convoi ?

— *Derrière nous*, amiral !

— Vous voulez dire *devant* ?

— Derrière nous, masqué par la pointe du Capucin de l'île Dominique, empêtré avec notre escadre d'arrière-garde ! Encalminés. Ils risquent d'être accrochés par l'ennemi.

Tout allait se jouer maintenant. Grasse ordonna :

— Faites signal à l'armée navale : « Retardataires, forcez de voile. » Le reste de la flotte ralentira pour laisser le convoi prendre de l'avance.

Mais ralentir, c'était aussi permettre à Rodney de rattraper la flotte. Alors, il rectifia :

— Signalez au convoi d'aller mouiller à Basse-Terre de la Guadeloupe.

Gaël notait mot à mot ces ordres sur le livre des signaux, avec l'heure.

L'amiral de Grasse avait gagné son poste de commandement, devant la timonerie, à côté de l'officier de quart qui surveillait la route et les hommes de barre. Il avait auprès de lui le capitaine de Vaugiraud, major de la flotte, et le capitaine de vaisseau de La Villéon. Il demanda :

— Que dit le vent ?

— Toujours contraire, amiral. Une légère brise, irrégulière, souffle nord-nord-est.

— Cela ne facilitera pas le regroupement de la flotte.

Grasse se pencha par-dessus le bastingage. L'armée navale était exagérément étalée. L'avant-garde de Vaudreuil longeait de trop près l'archipel des Saintes. A l'arrière-garde, *l'Auguste* de Bougainville et *le Zélé* se trouvaient encore encalminés sous la Dominique. *Le Zélé*, que commandait le chevalier de Gras-Préville, un brave homme incompétent mais bien en cour, jouait le canard boiteux de la flotte. Les meilleurs éléments de son équipage avaient été récupérés à Brest par Suffren, sous le prétexte qu'il avait commandé auparavant ce vaisseau ! Alors, Grasse tenta le tout pour le tout :

— Pour l'armée navale : virer de bord pour rejoindre les retardataires ; manœuvrer pour se mettre en ligne de bataille et protéger le départ du convoi. Former la ligne de combat à une encablure l'un de l'autre. Soulignez au canon.

Le jour se levait. Grasse envoya un jeune officier jusqu'aux barres de perroquet. Il redescendit, haletant.

— Amiral, la flotte ennemie, toutes voiles dessus, nous rattrape. Son avant-garde se détache.

— Combien de vaisseaux ?

— Douze vaisseaux. Ils ont nettement pris de l'avance et se sont séparés du corps de bataille, qui semble encalminé sous la Dominique. Ils menacent *le Zélé* que remorque *l'Auguste*.

— Je reconnais bien là l'impétuosité de l'amiral Hood, qui commande sûrement l'avant-garde.

— Il faut en profiter, suggéra Vaugiraud. Attaquons-le tous ensemble !

— Pas pour le moment. Notre avant-garde suffira pour dégager nos deux retardataires. Que Vaudreuil se laisse porter par le vent et attaque ! Le reste de la flotte reprendra sa marche au nord-est.

Les signaux claquent aux drisses de *la Ville de Paris*.

Poussés par le vent arrière, l'avant-garde du marquis de Vaudreuil et deux vaisseaux du centre se portent sur l'avant-garde ennemie, toujours isolée de son corps de bataille. Les douze vaisseaux de Hood font aussitôt demi-tour pour rallier le gros de leur flotte, mais Vaudreuil les rattrape. Le combat semble inévitable. Pour les Français, une occasion inespérée !

Battant pavillon aux armes de France, lys royaux en poupe, en proue et en tête de mât, l'escadre d'avant-garde marche à l'ennemi. A la grand'vergue du *Triomphant* flotte le signal de combat. Dans les batteries résonnent les sons aigus des fifres et le roulement des tambours. De tous côtés les hommes se précipitent en bon ordre à leur poste de combat. Les canonniers, torse nu, s'enturbannent la tête de chiffons pour se protéger du bruit et des éclats de bois que les filets tendus entre les sabords ne suffiront pas à arrêter. Les officiers passent en courant pour inspecter les râteliers et guirlandes à boulets, bien garnis. Un mince filet de fumée s'élève des bailles à mèche lente des boutefeux. Les hunes se peuplent de gabiers qui assurent les vergues avec des garnitures et doublent leurs élingues de chanvre avec des chaînes. Empêtrés dans les enfléchures des haubans, les soldats de marine, uniforme blanc et parements bleus, tricorne de feutre galonné, se hissent péniblement, le long mousquet à l'épaule. A leurs côtés, les légers gabiers les encouragent, donnant la main pour monter les caisses de grenades.

Dans les profondeurs du vaisseau, près de la sainte-barbe, le passage des poudres s'organise et les mousses-gargoussiers, excités, s'y pressent et s'y bousculent. Autour des cambuses les hommes s'agglutinent, profitant de la distribution spéciale de rhum et de biscuits de mer. A l'infirmerie, le chirurgien et ses aides aiguisent leurs instruments avec une pierre à fusil huilée. Sur la dunette, les officiers, rasés et poudrés, la perruque bien plantée, ont ceint l'épée et arboré leurs croix.

Mais rien ne se déroule comme prévu. Les vents irréguliers ou inexistants ne permettent pas de manœuvrer. Les deux escadres adverses avancent hors de portée utile de canon, en deux lignes parallèles, et s'observent.

Enfin, à 10 heures, Vaudreuil parvint à portée de tir des Anglais et ouvrit le feu. Les deux lignes se rapprochaient inexorablement et, trente minutes plus tard, le feu devint général.

Le Pluton brise le mât de perroquet et la grand'-vergue du *Royal Oak*, qui sort de la ligne. Mâts ébranlés, *le Montagu* fait de même. *Le Warrior* a son mât de perroquet emporté par des boulets ramés. A bord d'un autre vaisseau anglais, *l'Alfred*, dont la mâture a souffert, le capitaine Baynes est tué sur la dunette. Les canonniers français visent haut pour dégréer l'adversaire qui, sous-venté, est contraint d'abandonner le combat. Les Anglais, étrillés, mettent alors en panne et culent, puis ils font demi-tour pour rejoindre Rodney, plus ou moins encalminé. Il est 14 heures lorsque cesse le feu, mais chacun a l'impression que l'engagement a duré une éternité. Les Français ont nettement l'avantage. Grasse ordonne :

— Signalez à la frégate *Cérès* d'aller dérouter le convoi, qui reprendra sa route sur Cap-Français. Maintenant, les Anglais ne le rattraperont pas.

Le major de la flotte suggéra :

— Ne pensez-vous pas, amiral, que nous devrions profiter de notre avantage et attaquer tous ensemble ?

— Pas maintenant, Vaugiraud. Rodney a rattrapé son retard et va rejoindre son avant-garde. N'oubliez pas qu'ils opposent trente-sept vaisseaux à nos trente-trois. Mes instructions ne m'enjoignent pas d'en découdre avec la flotte anglaise, mais de protéger d'abord le convoi et de le conduire à Saint-Domingue.

Je dois donc veiller à maintenir intacts mes vaisseaux, d'autant plus que la flotte devra se réserver pour attaquer bientôt la Jamaïque. Nous trouverons au Cap-Français les onze vaisseaux de don Solano. Avec nos deux vaisseaux détachés pour couvrir le convoi, nous alignerons alors quarante-six bâtiments et Rodney ne s'y frottera plus.

Autour de l'amiral et sur les dunettes, les plus jeunes officiers avides d'en découdre murmuraient devant cette victoire incomplète. Jakez de Plouarzel, qui comptait sur une action héroïque pour conquérir Adélaïde, était parmi les plus excités.

A 16 heures, les flottes adverses étaient toujours en vue l'une de l'autre, mais le convoi, objet des préoccupations de l'amiral, avait pu s'éloigner et entrait déjà dans le canal de Marie-Galante. Rodney, qui avait dû se séparer de l'un de ses vaisseaux, démâté, ne comptait plus que trente-six bâtiments de ligne.

— Quel est l'état de nos pertes ? demanda Grasse.

— Cent vingt-quatre hommes ont été tués, amiral. L'éclatement d'une pièce de 18 a fait onze morts et vingt-cinq blessés sur notre *Northumberland.* Un accident semblable a fait vingt-cinq victimes sur le *Caton* qui, démâté, demande du secours.

— L'Intendance de Brest aura à rendre compte de la qualité des poudres !

— Encalminé sous la Dominique, *le Zélé* a abordé *l'Auguste.*

Hors de combat, *le Caton,* sans consulter personne, se sépara de la flotte et fit voile vers la Guadeloupe. Compte tenu des deux vaisseaux attachés au convoi, la flotte française se trouvait réduite à trente-deux vaisseaux.

Avant que tombe la nuit, un officier d'état-major grimpa dans les barres de flèche, au ton du grand mât de *la Ville de Paris,* pour observer les forces adverses. Elles étaient parvenues à se regrouper et gardaient le contact, à huit milles. Rodney avait donc toujours l'intention d'en découdre et menaçait les trois vaisseaux retardataires.

Très peu, cette nuit, purent trouver le sommeil. Gaël s'étendit sur le pont, contemplant les étoiles. Chacun était bien conscient qu'un autre engagement, celui-là décisif, se préparait. Voyant diminuer sa chance de s'emparer du convoi, il ne restait à Rodney qu'à attaquer la flotte française. Son arrivée intacte à Saint-Domingue et sa jonction avec les forces espagnoles de don Solano signeraient la perte de la Jamaïque, dernière possession importante des Anglais aux Antilles. Si donc tout le jeu de l'amiral de Grasse consistait à éviter le combat en permettant au convoi de s'échapper, celui de Rodney, au contraire, le poussait à le déclencher dès que se présenterait une occasion favorable.

La nuit du 9 au 10 avril se passa en manœuvres compliquées à louvoyer entre la Dominique et les Saintes. Au matin, l'ennemi restait en vue à dix milles. Grasse continuait à l'observer en louvoyant. Faute de vent, le convoi, que l'on avait rattrapé, ne parvenait pas à s'échapper et Grasse devait le couvrir, ce qui retardait d'autant l'armée navale et permettait aux Anglais de s'approcher.

La journée se passa ainsi en évolutions dans le canal de la Dominique, dont on n'arrivait pas à sortir. Marie-Galante bouchait toujours l'horizon, sans que l'on parvienne à la doubler. Dans la nuit, *le Zélé* aborda *le Jason*. Haubans rompus, un mât menaçait de s'effondrer. Le vaisseau dut réduire d'un tiers sa toile. Encore plus mal en point, *le Zélé* fut pris en remorque par *le Magnanime*.

Au matin du 11 avril, la flotte française avait réussi à gagner au vent. La flotte anglaise était à peine visible à quatre lieues, l'espoir revenait. A midi, presque toute la flotte de Grasse avait doublé l'archipel des Saintes et l'on apercevait à tribord le vieux fort de Marie-Galante.

C'est alors que Rodney, voyant son adversaire lui échapper, joua le tout pour le tout. Abandonnant les règles traditionnelles du combat, il renonça à atteindre les Français en formation compacte.

— Rompez la ligne de bataille ! Chasse générale pour tous ! Sus aux Français !

Aussitôt, les vaisseaux les plus rapides de la flotte anglaise se détachent et gagnent de vitesse. Par cette manœuvre hardie, Rodney espère contraindre Grasse à accepter le combat. En effet, pour les Français, compte tenu du vent debout, tout vaisseau manquant à virer demeure en arrière et se voit détruit ou capturé par l'ennemi, sort qui semblait réservé aux deux éclopés et à leur remorqueur. Le moins mal en point, *le Jason*, reçut l'ordre de se dérouter sur Basse-Terre. Un deuxième vaisseau faisait donc défaut à Grasse.

Le sort du *Zélé*, toujours remorqué par *le Magnanime*, était pire. A 15 heures, l'ordre de chasse de Rodney amena les sept vaisseaux anglais les plus rapides à quelques encablures des deux traînards. *Le Zélé* et *le Magnanime* allaient-ils être capturés ? L'amiral de Grasse se tourna vers ses officiers.

— Faut-il se résoudre à les sacrifier ?

Les officiers restèrent silencieux. Grasse s'écria :

— Mieux vaut se battre que de continuer cette fuite honteuse ! Que toute l'armée navale vire de bord et se porte sur l'ennemi ! Nous acceptons le combat !

Les pavillons claquent aux drisses de *la Ville de Paris :* « Ralliement pour tous, virez de bord. » Il est 15 h 30. L'armée navale, qui a maintenant le vent portant, se met en ligne de file et se dirige vers l'ennemi. A 16 h 30, Grasse ordonne :

— Se préparer au combat.

Cependant, de nombreux marins, épuisés, se lamentaient :

— Nous perdons en quelques heures ce que nous avions gagné en trois jours !

Les vaisseaux de tête anglais étaient maintenant bien visibles. Se sentant menacés à leur tour, le corps de bataille de Rodney étant à plus de trois lieues, ils culèrent.

Ses retardataires ayant pu rallier, Grasse décida à 17 heures de refaire demi-tour pour éviter le combat :

— Se rallier à l'ordre de bataille bâbord amures dans l'ordre renversé.

Virant de bord avec ses deux vaisseaux retrouvés, Grasse, qui dans ce chassé-croisé dramatique l'emportait une fois de plus, reprit sa route contre le vent pour tenter d'échapper aux Anglais. Une troisième nuit infernale commençait.

Un vent d'orage ponctué de violentes risées souffle maintenant sur la mer contre les vaisseaux. Le chenal navigable entre les Saintes et la Dominique est si étroit qu'il les contraint à louvoyer deux ou trois fois par heure, pour tenter de le remonter. À bord des grands vaisseaux, l'orientation des vergues, arrêtées par les haubans, ne permet pas, comme sur les unités légères, de remonter le vent avec un angle de quarante-cinq degrés. L'avance est si faible qu'un virement de bord maladroit fait perdre la distance durement gagnée. La flotte n'avance qu'à deux ou trois nœuds, talonnée par les vaisseaux anglais dont on aperçoit dans l'obscurité les feux clairs.

Toutes les vingt minutes le sifflet du bosco rappelle les gabiers harassés dans la mâture, tandis que les hommes sur le pont halent sur les manœuvres pour changer l'orientation des vergues.

— Il faut réduire, amiral ! Nous allons casser du bois.

— Je ne réduirai pas. Les Anglais sont trop proches.

En marche normale, il y a longtemps que l'on aurait cargué les voiles hautes, perroquets et cacatois. L'alternative est angoissante. Si Rodney rattrape la flotte, il coupera au matin les divisions éparpillées. Mais cette nuit, tout vaisseau qui démâte perdra le tiers ou plus de sa vitesse, tombera sur la ligne anglaise et sera capturé ou coulé.

De nouveau, la responsabilité qu'il est seul à assumer pèse sur l'amiral de Grasse, dont le corps est miné par la fièvre. L'officier de quart attend les ordres.

— Serrez les cacatois. Mais faites-les larguer dès que mollira le vent.

Ce temps perturbé — calmes suivis de fortes risées orageuses — ne pouvait que présager de nouvelles catastrophes. Déjà deux vaisseaux perdus, et on ne pouvait plus compter sur ceux attachés au convoi. L'amiral calcula. Il alignait encore trente et un vaisseaux, mille sept cent soixante-dix canons, en comptant *le Zélé* qui suivait tant bien que mal après avoir largué sa remorque. Mais pourrait-il combattre ? Rodney disposait de trente-six vaisseaux, avec au moins deux mille sept cents canons, y compris les fameuses caronades. Il possédait quinze frégates pour répéter les signaux et remorquer tout vaisseau dégréé, contre neuf seulement aux Français.

— Je me battrai s'il le faut. Mais pas là, dans ce chenal maudit, où tout vaisseau avarié risque de s'échouer ou d'être pris par l'ennemi. On se battra dans la mer libre !

La mer libre... Si proche et pourtant si lointaine, à cause des vents contraires.

Les cloches de la flotte viennent de piquer 2 heures de la nuit. Soudain, un craquement effroyable retentit, suivi de plusieurs autres. A-t-on démâté ? Dans l'ébranlement, les marins de quart sur *la Ville de Paris* ont été précipités sur le pont, mais les hommes de barre n'ont pas lâché les roues énormes du gouvernail.

Le Zélé — encore lui ! — a abordé *la Ville de Paris*. Son mât de beaupré, qui pointe à l'avant, a violemment heurté le vaisseau amiral par le travers et s'est brisé net. N'étant plus soutenu par son étai, le mât de misaine du *Zélé*, tendu à craquer par le vent au près, s'effondre. La misaine se déchire dans des claquements furieux et le vent en emporte les lambeaux. Les deux vaisseaux tombent sous le vent et dérivent.

Le capitaine de La Villéon reprend le bateau en main. Le maître d'équipage et l'officier en second parcourent le bord pour constater les dégâts, heureusement limités : brigantine et perroquet de fougue déchirés. Il n'en est pas de même pour *le Zélé*, cette fois définitivement hors de combat.

— Que *la Ville de Paris* rejoigne immédiatement l'armée navale ! ordonne Grasse. Signalez à *l'Astrée* de prendre *le Zélé* en remorque et de le conduire à la Guadeloupe.

Pendant que *le Zélé* se dépêtre de l'enchevêtrement de voiles et d'espars, Grasse interpelle violemment son capitaine, le chevalier de Gras-Préville :

— Tout bâtiment ayant les amures à bâbord doit arriver, sans égard à l'ancienneté ! Je le sais bien, qu'il n'avance pas, ton vaisseau ! Qu'il gouverne mal, qu'il est jaloux ! Mais si vous appreniez votre métier, tas de soldats ! *Carogno de dréfounié !* crie-t-il encore à l'intention de la tempête.

Le vent emporte ces jurons provençaux.

« Le troisième vaisseau... » songe-t-il enfin, accablé.

A l'aube du 12 avril, la flotte française naviguait en désordre entre la Dominique et les Saintes sans arriver à les doubler. Et à l'avant Marie-Galante, la petite île ronde et mystérieuse qui fascinait Gaël, bouchait toujours l'horizon. A l'arrière, la flotte anglaise s'avançait en ligne de bataille à moins de deux lieues, réduisant peu à peu l'intervalle. Au grand mât du *flag ship* de l'avant-garde anglaise flottait maintenant le pavillon du contre-amiral Drake. Donc Hood, étrillé le 9 avril, avait été relégué à l'arrière-garde par Rodney. Mais de nouvelles difficultés surgissaient.

— *L'Astrée*, qui remorque *le Zélé*, signale qu'ils sont tombés sous le vent. L'ennemi menace de les rejoindre !

Montant sur le pont des pavillons, Grasse demanda sa longue-vue à Jakez de Plouarzel et la braqua vers l'arrière. Ce qu'il vit le glaça. L'amiral Rodney avait dépêché quatre vaisseaux vers *le Zélé* et *l'Astrée*.

— Quatre vaisseaux contre une frégate et un vaisseau démâté ! s'indigna-t-il. Signalez-leur de forcer de voile pour tenter de nous rallier.

— Peine perdue, amiral !

Mais Grasse n'abandonnera pas *le Zélé*. Il cessera de fuir et acceptera le combat. Il se tourna vers le major de l'armée navale.

— Qu'en pensez-vous, Vaugiraud ?

— Je pense, amiral, qu'on ne peut pas sacrifier la flotte pour sauver un seul vaisseau.

— Vous vous trompez, monsieur ! L'honneur des armes du roi et mon honneur ne me permettent pas de laisser prendre sous mes yeux un vaisseau hors d'état de se défendre. Et je n'augmenterai pas mon infériorité par une lâcheté. Quelle perte, quel découragement pour l'armée navale ! Quelle flétrissure pour le pavillon français ! Et quel amiral pourrait s'y résoudre ?

Le capitaine de La Villéon approuva.

— La manœuvre d'hier, qui a sauvé *le Zélé* et *le Magnanime*, démontre que le combat inégal n'est pas inévitable.

— Même s'il l'est, j'accepte de l'engager. Entre la certitude de perdre un vaisseau, et la perspective d'un combat où nous gardons nos chances, je choisis le combat. D'autre part, continuer à fuir expose notre arrière-garde à être rattrapée et isolée par l'adversaire. Il nous aurait ainsi un à un !

Ils redescendirent à la timonerie. Grasse se tourna vers l'officier des transmissions.

— Monsieur, faites signal à l'armée navale de se ranger dans l'ordre de bataille renversé bâbord amures, après avoir viré de bord tous ensemble, vent arrière. Cap au sud-ouest.

— Virer de bord ?

— J'ai bien dit « virer de bord » !

— A vos ordres, amiral !

Hissés par un garde-marine, les signaux montèrent à la corne d'artimon de *la Ville de Paris* et claquèrent à la vue de toute la flotte, provoquant le plus grand trouble.

Devant le revirement des Français, Rodney rappela ses quatre vaisseaux de tête. Les deux adversaires formèrent leur ligne de bataille. La ligne française était trop dispersée ; il aurait fallu que les vaisseaux de tête ralentissent leur marche.

Soudain le vent, qui depuis le matin soufflait de l'est, vira à l'ouest, favorisant la ligne française. La chance tournait-elle ?

— Resserrez la ligne de bataille ! Et branle-bas de combat ! ordonna Grasse.

Tous étaient dominés par l'imposante silhouette du chef, dont la grande écharpe de commandeur de Saint-Louis barrait le vaste torse. Il émanait à cet instant de l'amiral de Grasse une force communicative qui porterait les hommes les plus timorés à accomplir leur devoir au péril de leur vie.

La flotte avait viré de bord, « tous ensemble ». Au-delà des sillages, la côte basse de Marie-Galante disparut dans la brume de chaleur. On apercevait à l'avant tribord le Grand Ilet, une petite île rocheuse de l'archipel des Saintes. Des Noirs couraient en criant le long d'une crique. A bâbord se dressait, menaçant, le morne du Diable de l'île Dominique.

Gaël échangea un regard avec Jakez de Plouarzel. Le garde-marine tremblait de tous ses membres. L'écrivain murmura :

— Tu voulais te battre ? Nous y voilà !

19

En formation classique de combat, les deux flottes avançaient l'une vers l'autre, les vaisseaux en ligne de file séparés d'une encablure. La flotte française, trente vaisseaux de haut bord, divisée en trois escadres, respectivement l'arrière-garde commandée par Vaudreuil sur *le Triomphant*, le corps de bataille par l'amiral de Grasse et l'avant-garde par Bougainville à bord de *l'Auguste*, naviguait maintenant en ordre inversé. La flotte anglaise, trente-six vaisseaux, comptait aussi trois escadres, l'avant-garde de Drake à bord de *la Princess*, le corps de bataille de Rodney à bord du *Formidable* et l'arrière-garde de Hood à bord du *Barfleur*. Du convoi, on n'apercevait plus au nord-ouest que ses voiles hautes, perroquets et cacatois.

Rappel aux postes de combat ! On hisse le pavillon de l'amiral au pic d'artimon, la flamme d'escadre au mât de misaine et le guidon au grand mât. Les tambours battent le rassemblement. On protège les vergues avec des bourrelets, on les élingue avec des chaînes. Sur le pont, on déploie les filets anti-éclats. On distribue la poudre et les projectiles dans les râteliers et guirlandes des batteries. On allume les mèches des boutefeux, tirées de leur baril.

A 7 h 30, la division de tête, commandée par le comte de Bougainville, croise les plus avancés des vaisseaux de Rodney. Les Français ayant l'avantage du vent, les Anglais sont contraints de faire servir tribord amures et de porter au nord-ouest. Les deux flottes défilent l'une par le travers de l'autre, à petite allure. On a rentré les voiles hautes et les focs, ne gardant que les huniers et les basses voiles au bas ris.

Presque aussitôt, Grasse ordonne :

— Ouvrez le feu ! Visez haut, à démâter !

Les deux avant-gardes engagent aussitôt le combat. Les flancs des vaisseaux disparaissent derrière la fumée blanche striée d'éclairs, tandis que le fracas des canons emplit l'espace. Les premiers boulets, des volées de mille livres de fer, tombent à la mer en soulevant une muraille d'écume jusqu'à hauteur des mâts de hune. Puis, au fur et à mesure que la distance se réduit, ils s'écrasent en pleines coques, qui vibrent sous les coups. D'autres passent en ronflant au-dessus du pont, boulets énormes de 32 et de 36 livres. Se croisent aussi des boulets rouge feu chauffés à blanc ; des paquets de « chaînes », des boulets liés, des « fagots », cylindres de fer, des « grappes de raisin », paquets de billes enfermées dans un sac.

La fumée envahit les ponts et les batteries. Bientôt, on se foudroie sauvagement à portée de pistolet, à si courte distance que les adversaires s'entendent mutuellement crier les ordres et échangent des injures. Les caronades anglaises lâchent des bordées de mitraille. La bourre enflammée des canons s'envole et retombe sur les vaisseaux en y provoquant des débuts d'incendie, sur lesquels les hommes se ruent avec des seaux. Mais dans la mâture, les gabiers disposés dans les haubans et sur les vergues ont grand mal à les éteindre, tant il est difficile, à vingt mètres au-dessus du pont, de se défendre contre un ennemi aussi sournois.

De pleines bordées mortelles s'échangent sans discontinuer, hachant les gréements, déchirant les voiles, brisant mâts et vergues. Les plus gros boulets percent les murailles des vaisseaux aux coques de chêne épaisses d'un mètre. Par les nombreux sabords ménagés pour permettre aux canons de tirer, les ravages dans les batteries sont terribles. Le boulet emporte têtes et membres, il fracasse le bois dont les éclats criblent les marins au torse nu. De part et d'autre le tir est si rapide que les canons, malgré l'eau que l'on y déverse, restent brûlants. On dirait des bêtes sauvages suant, ruant furieusement à chaque départ de coup. A travers la fumée qui masque l'ennemi, les chefs de pièces tentent de repérer leurs cibles.

Perchés dans les hunes ou accrochés aux haubans, les soldats de marine se mousquettent entre eux et essayent de toucher les officiers sur la dunette, reconnaissables de loin à leur brillant uniforme, ou lancent des grenades. Sur les ponts les hommes tombent. On voit voler des têtes, des membres et des perruques d'officiers. Les salves de mitraille hachent à morceaux. Un crâne s'envole et va frapper un gabier en plein visage.

Excités par le combat et l'odeur grisante de la poudre, des hommes s'interpellent :

— Compagnons, c'est la plus furieuse mousqueterie que nous ayons jamais vue !

L'engagement ne dura que quinze minutes. Les deux avant-gardes, très éprouvées, s'éloignèrent l'une de l'autre. Malgré cet échange meurtrier, l'affaire semblait devoir tourner sans grande conséquence pour l'une ou l'autre flotte. Grasse n'en demandait pas davantage, puisque son but était avant tout de préserver sa flotte et de mettre à l'abri le convoi, selon les instructions du roi.

Peu à peu, sa route s'infléchissait au sud, mettant même l'avant-garde anglaise en danger d'être coupée. Quand l'avant-garde des Français arriva en face de l'arrière-garde britannique, les deux vaisseaux amiraux des corps de bataille se trouvèrent au même niveau et les tirs reprirent à distance, par intermittence. Avec leur lorgnette, les officiers français aperçurent, sur sa dunette du *Formidable*, l'amiral Rodney en personne, assis sur un fauteuil, souffrant visiblement de ses rhumatismes, mais parfaitement indifférent aux gros boulets qui passaient en ronflant.

— Que fait l'amiral Rodney ? demanda le major de l'escadre.

— Il suce des citrons ! répondit La Villéon. Puisse-t-il bientôt sucer la mer !

— Ne le mésestimez pas, dit l'amiral. Il passe pour l'un des meilleurs marins de la couronne. Il a servi sous Anson, Boscawen et Hawke.

— Mais pourquoi est-il contesté à la cour de Londres ? demanda Vaugiraud.

— Comme beaucoup d'aventuriers, la paix qui a suivi le traité de Paris l'avait laissé inemployé. Il avait quitté le service, mené grand train, il s'était endetté. Pour échapper à ses créanciers, il s'était réfugié... à Paris, où il a poursuivi ses excès, viveur et joueur impénitent. Au cours d'une réception, à demi ivre, il s'écria devant le général duc de Biron : « Si j'étais libre, j'aurais bientôt détruit les flottes de France et d'Espagne ! — Essayez, monsieur, répliqua le général. Vous êtes libre ! » Et il paya ses dettes !

— Générosité mal placée !

— Libéré de ses créanciers, Rodney rentra en Angleterre. Quand la guerre fut déclarée, il reçut le commandement d'une flotte. Il dégagea Gibraltar et détruisit une escadre espagnole. Et maintenant, il est là, face à nous !

Soudain, l'amiral de Grasse leva la tête et, vieille habitude de marin, flaira le vent.

— Que pensez-vous du vent, messieurs ?

Depuis quelque temps la brise, qui soufflait légère mais franche de l'est, hésitait, faisant faseyer par des risées irrégulières les lourdes voiles des vaisseaux.

— Un changement est à prévoir, dit l'officier de quart. L'alizé est cassé par un vent d'orage.

— C'est mon avis, reprit l'amiral. Aussi n'est-il que temps de virer de bord avant que l'initiative de la manœuvre ne passe à notre adversaire.

Le major de Vaugiraud sursauta.

— Votre Excellence veut tenter un virement de bord tous ensemble alors que nous sommes engagés avec l'ennemi ? Il aura beau jeu de canonner nos poupes et de nous prendre en enfilade quand nos vaisseaux ne pourront plus tirer.

Grasse secoua la tête.

— Si la manœuvre est promptement exécutée, elle ne prendra que quelques minutes, et l'adversaire, surpris, n'aura pas le temps d'en profiter. Si nous gardons ce cap, dans une heure la flotte anglaise tout entière sera entre le convoi et nous. Comment pourrons-nous alors le rejoindre pour le défendre ?

— En effet, approuva le capitaine de La Villéon. Il n'est pas prouvé que le convoi, qui a pu se heurter à des vents contraires, ne puisse être rattrapé par Rodney, dont les vaisseaux sont quatre fois plus rapides.

— Il y a aussi les ordres du roi, ajouta Grasse. L'article 1170 de l'ordonnance de 1765 prescrit à l'amiral « de faire approcher la ligne de l'ennemi autant qu'il le pourra pour le combattre à portée de mousquet et vergue à vergue ». Signalez à la flotte de virer de bord lof pour lof tous à la fois et de faire voile côte à côte à l'ennemi en poursuivant le feu en course parallèle.

En écrivant ces ordres sur le livre des signaux, Gaël nota : *8 h 15*.

Donc, au lieu de se croiser, manœuvre qui aurait pour effet de mettre la flotte anglaise entre le convoi et Grasse, celui-ci souhaitait renverser la marche de sa flotte, reprenant ainsi son ancienne position. Mais, naviguant alors de conserve, au même cap, les adversaires prolongeaient indéfiniment le combat.

— Savez-vous ce que je pense ? dit le major de la flotte, en obéissant à l'ordre de l'amiral. Cette manœuvre ne sera pas exécutée, car elle prolonge trop la bataille. Beaucoup de capitaines en ont assez de goûter les caronades des Anglais, qui ravagent ponts et dunettes, et dégréent les vaisseaux.

En effet, malgré l'ordre donné, la flotte continuait sa course vers l'ouest ! Donc *le Pluton* (capitaine d'Albert de Rions), vaisseau de queue, à qui revenait le premier l'exécution de la manœuvre, n'obéissait pas. L'un après l'autre, Anglais et Français continuaient à défiler par la contremarche, en se canonnant.

— Dans la fumée des combats, gronda Grasse, le capitaine de Rions peut-il n'avoir pas aperçu mes ordres battant clairs ?

— C'est possible, admit le major. Mais l'ordre de virer a été retransmis par la frégate répétitrice. D'ailleurs, voyez vous-même ! Le chef de l'escadre blanche et bleue, le marquis de Vaudreuil, répète l'ordre et l'appuie de plusieurs coups de canon.

Le capitaine du *Pluton* avait-il cru à une erreur ? De *l'Hercule* au *Magnifique*, on se battait à courte distance. Ou bien, refusant de déférer aux ordres, préférait-il abréger le combat en raison de l'état des vaisseaux, dont beaucoup, dégréés, se trouvaient incapables de virer de bord ? Le fait est qu'il ne vira pas, ni l'escadre derrière lui.

A bord du *Triomphant*, l'ordre de l'amiral avait aussi jeté le trouble dans les esprits.

— Quatre ou cinq vaisseaux seulement pourraient virer, observa le marquis de Vaudreuil. Les autres sont engagés de trop près avec l'ennemi. Virer tous ensemble provoquerait une rupture de la ligne de bataille. D'où il est placé, l'amiral de Grasse ne peut pas le voir.

Mais l'amiral voyait parfaitement. Comme s'il avait deviné l'objection de Vaudreuil, il répliqua :

— La distance entre les deux flottes est suffisante pour virer sans danger, puisque, si certains vaisseaux tirent, ils ne se mousquettent plus. Quant aux autres, ils sont hors de portée. Et, même dégréé, un vaisseau peut toujours virer de bord vent arrière.

Les prévisions de Grasse se réalisaient. Le vent halait de l'est au sud-est. Rodney, plus rapide, aurait beau jeu de se ruer à la poursuite du convoi, auquel il couperait la route de Cap-Français.

— Signalez à l'armée navale, ordonna Grasse, de virer vent arrière lof pour lof par la contremarche.

En écrivant l'ordre, Gaël ajouta : *8 h 50*.

Jakez de Plouarzel s'était approché de l'écrivain. Il expliqua :

— Dans la manœuvre précédemment prescrite, chaque vaisseau virant de bord sur lui-même sans se préoccuper de son voisin, le vaisseau de queue (*Pluton*) se serait trouvé en tête et ainsi de suite. Dans le second ordre, l'initiative revient au vaisseau de tête, *l'Hercule*, qui doit virer, suivi de toute la flotte dans son ordre de marche initial. La première manœuvre était plus rapide, mais dangereuse, chaque poupe étant exposée au tir d'enfilade du vaisseau ennemi lui faisant face. La seconde manœuvre sera très lente, et pendant longtemps la moitié de la flotte ne pourra tirer, puisque l'autre moitié se trouvera placée entre elle et l'ennemi. Mais elle est moins dangereuse pour chaque vaisseau en particulier, car la ligne de bataille reste compacte.

Grasse avait confiance en *l'Hercule*, que commandait le capitaine de La Clochetterie, qui s'était distingué en 1778 à bord de *la Belle Poule*, refusant de se rendre à l'escadre entière de l'amiral Keppel et mettant à mal le vaisseau venu l'arraisonner.

Les frégates répétitrices hissèrent l'aperçu, puis retransmirent le signal de l'amiral à toute la flotte.

Mais le capitaine de La Clochetterie n'avait cure d'exécuter les ordres de l'amiral s'ils n'étaient pas répétés par son chef d'escadre, le comte de Bougainville. Un capitaine qui eût agi autrement aurait risqué de voir sa carrière brisée. Grasse se tourna vers l'aspirant :

— Plouarzel ! Ma lunette numéro 3 ! Ah ! Bougainville n'obéit pas. Il ne répète pas mon ordre !

— Comme Vaudreuil, il redoute une manœuvre aussi hardie à portée de l'ennemi, dit Vaugiraud. Il ne souhaite pas poursuivre ce combat interminable par une marche parallèle, que seule la nuit arrêterait. Il n'est pas 9 heures du matin et son escadre subit déjà depuis deux heures le feu de l'ennemi.

Sur la dunette de *la Ville de Paris*, Grasse laissa retomber sa lorgnette.

— Dans une bataille, dit-il tristement, le jugement de l'amiral doit être suffisant pour prouver à la flotte que la manœuvre ordonnée est possible. Il n'y a pas d'autre manière de décider de l'opportunité de l'action. Dans le cas contraire, l'amiral est incapable d'obtenir un résultat pour son roi et la nation.

— Certes ! s'écria un jeune garde-marine. On n'est jamais trop proche de l'ennemi quand on souhaite l'engager. Et ce qui est possible pour le vaisseau de l'amiral l'est aussi pour les autres !

Gaël se retourna, surpris. Celui qui parlait avec tant d'assurance, c'était bien Jakez de Plouarzel. Toute peur effacée, ayant vu tomber trois aspirants à ses côtés, il avait retrouvé la force d'âme qui porte à mépriser le danger et la mort.

La cloche de la timonerie sonna 9 heures. Les craintes de Grasse se vérifiaient. Le vent sauta brusquement de quarante-cinq degrés de l'est au sud-est, masquant les vaisseaux de France. Obligés de changer d'amures, ils ne pouvaient plus garder leur place dans la ligne de bataille. En outre, les divisions du centre, qui subissaient le feu ennemi, étaient plus ou moins dégréées. De ce fait, la moitié de la flotte se trouvait retardée, par rapport à l'avant-garde, qui continuait à avancer à bonne allure. Ainsi, la ligne de bataille fut-elle rompue.

La ligne anglaise, qui avait désormais le vent en poupe, n'eut pas à subir ce désordre. A bord du *Formidable, flagship* de Rodney, sir Charles Douglas, capitaine de pavillon, observe avec attention les efforts des Français pour reformer la ligne de bataille. Affalé dans son fauteuil, Rodney souffre de ses rhumatismes. Il serait mieux dans son lit que sur le pont d'un vaisseau balayé par les boulets. Mais l'odeur enivrante de la poudre l'exalte. A propos de la bataille qui fait rage, il plaisante :

— Le thé est-il assez chaud, sir Charles ?

L'amiral a-t-il vu les brèches ouvertes chez les Français ? Le capitaine Douglas lui désigne du doigt la plus proche, sans rien dire. Le vieux marin secoue la tête.

— Non, sir Charles. Je ne veux pas briser ma ligne. *Je ne peux pas !* Les *Instructions de combat* me l'interdisent.

Mais l'officier insiste :

— Brisez la ligne, sir George, et je vous assure de la victoire ! Jamais on ne retrouvera l'occasion de couper ainsi la ligne adverse ! Ils sont dégréés, ils ne pourront pas manœuvrer !

— Rompre notre ligne de bataille ! Depuis vingt ans que je commande sur mer, je ne l'ai jamais fait !

— Au diable la sacro-sainte ligne de bataille et la tactique enseignée dans nos écoles de guerre ! La victoire appartient à celui qui, se jetant à l'improviste sur l'ennemi, désorganise sa défense !

Rodney se lève alors. Il sent que son heure est venue. Oubliant ses souffrances, il se voit investi d'une mission grandiose. Assez de batailles indécises ! En écrasant l'ennemi, sauver l'honneur de l'Angleterre, effacer les défaites de la Chesapeake. Avec sa longue-vue il scrute le vide béant laissé entre *le Glorieux* et *le*

Diadème. Un instant, son regard se pose sur *la Ville de Paris*, où il devine le désarroi de son adversaire, que ses lieutenants abandonnent. Cela, plus que tout le reste, détermine l'amiral anglais à tenter une action qui, si elle échoue, le conduira devant un conseil de guerre et peut-être lui vaudra les balles du peloton d'exécution, car un amiral qui rompt volontairement sa ligne de bataille et qui est battu par la suite ne mérite pas la clémence du roi.

— Allez-y, sir Charles ! Et que Dieu nous garde !

L'officier s'approche des hommes de barre.

— Attention, petits ! La barre au vent, toute ! Loffez !

Les timoniers le regardent avec stupeur, incrédulité, effroi. Rodney répète l'ordre. En même temps, l'officier de quart crie en direction du maître d'équipage, sur le pont principal :

— Aux bras bâbord derrière ! En ralingue, brassez !

S'inclinant sur les flots, *le Formidable*, suivi du *Namur*, du *Saint Alban*, du *Canada*, du *Repulse* et de *l'Ajax*, abat grand largue tribord amures, le cap droit sur la ligne française. Surpris par la manœuvre, les canonniers anglais cessent le feu. Puis l'ordre tombe des chefs canonniers :

— Chargez à mitraille ! Attendez pour tirer !

Rodney passe entre *le Glorieux* et *le Diadème*, si près de celui-ci que, sur le pont supérieur, on voit des canonniers stupéfaits s'enfuir en jetant éponges et boutefeux. Et son capitaine, le marquis de Montecler, se souvient de ce mot terrible de l'amiral d'Estaing : « Etonner, c'est presque avoir vaincu. »

— Ouvrez le feu ! Tir à volonté !

Alors, le pire se déchaîne. Des deux bords anglais, les terribles caronades de 68, crachant à bout portant des milliers de balles, ravagent les ponts français pris en enfilade, tuant marins et soldats, hachant les haubans. A travers la fumée, on ne distingue plus les mâts chancelants, les vergues rompues entraînant dans un bruit terrifiant les voilures déchiquetées. N'étant plus soutenus, le grand mât du *Glorieux* et son mât d'artimon s'abattent avec fracas, précipitant à la mer gabiers et mousquetaires installés dans les hunes et sur les vergues. Une indescriptible pagaille s'ensuit, provoquée par la ruée des bœufs affolés. Il ne reste à l'avant que le mât de misaine. On entend un cri dans sa hune :

— Gare dessous !

Le dernier mât s'effondre avec ses tonnes de vergues, de hunes, de voiles, de cordages et de poulies, couvrant le pont et le gaillard d'avant, masquant les canons, étouffant ou assommant les hommes. Ceux qui ont pu se dégager se ruent avec des haches et des couteaux, taillant dans les amas de toile et de cordage, jetant les débris à la mer, libérant les canons et les blessés.

On jette dix-huit morts à la mer, puis on s'efforce de récupérer le mât de perroquet pour tenter d'établir une misaine de fortune. En vain. Les volées anglaises frappent le pont du *Glorieux* en enfilade, dévastant toute sa longueur. Pour parfaire ce désastre, un boulet coupe net la hampe du pavillon royal.

— Clouez l'enseigne au tronçon du grand mât ! hurle le capitaine des Cars. Et doublez les charges des canons !

Puis il tombe mort, le corps criblé par la mitraille. Et *le Glorieux*, réduit à un ponton immobile sur la mer, pavillon en lambeaux flottant fièrement au tronçon du grand mât, continue de ses canons à défier les Anglais qui le cernent.

Rodney et son corps de bataille ont mis en panne. Ils mitraillent à bout portant le centre français décimé. A son tour, *le Sceptre* est entièrement dégréé, ses mâts ne tiennent plus que par miracle. Un à un, ses canons se taisent, servants fauchés. Au pied de la dunette, le capitaine Rigaud de Vaudreuil, frère du chef d'escadre, crie :

— Faites servir ces pièces ! A moi, le monde !

Quelques ombres hébétées et à demi sourdes s'avancent : gabiers, charpentiers, gros bras. Le cri familier fuse :

— Tous à vos pièces ! Embraquez le palan ! Amorcez ! En batterie. Pointez ! Feu !... Rechargez ! Refoulez, replacez au sabord ! Feu !

Le fracas des 18 livres se perd dans le grondement ininterrompu de la bataille, près de mille canons tirant à la fois.

Cependant, derrière les six vaisseaux qui ont suivi Rodney, que va faire *le Bedford*, de l'escadre Hood ? Sans recevoir d'ordre et avec un bel à-propos, le capitaine Affleck renouvelle la manœuvre de l'amiral en se jetant dans une autre brèche de la ligne française, entre *le César* et *le Dauphin royal*. La division d'arrière-garde britannique se lance alors tout entière à sa suite dans la brèche.

A l'avant-garde, devant *le Formidable, le Duke* effectue la même manœuvre et coupe tout seul la ligne française entre *le Réfléchi* et *le Magnanime*.

Sur la dunette de *la Ville de Paris*, Grasse voit se profiler le spectre du désastre. A l'interrogation angoissée de son état-major, il répond :

— Rien n'est perdu si la cohésion demeure dans l'armée navale. Elle est séparée en quatre groupes, mais si chacun fait son devoir, nous pouvons infliger à l'ennemi des pertes telles qu'il soit contraint de se retirer.

— En effet, ajoute La Villéon. Une vingtaine de vaisseaux anglais seulement ont suivi la manœuvre imprévue de Rodney. Les autres continuent à courir vent arrière et restent au loin, alors que nous pouvons encore nous concentrer.

— Bougainville virera vent arrière pour me rejoindre, il a le vent pour lui. Vaudreuil n'a qu'à continuer à remonter le vent pour tomber sur l'ennemi, avant que les seize vaisseaux de l'avant-garde anglaise aient le temps de virer de bord et de rallier.

Se tournant vers le major de la flotte, Grasse ordonne :

— Signalez d'attaquer tous ensemble en reformant la ligne de bataille. Et faites approcher davantage les frégates pour répéter.

Le signal monte, clair, aux drisses de *la Ville de Paris*. Mais que se passe-t-il ?

Soudain, les vents refusent. Un calme étrange, inquiétant, s'étend sur la mer. Les canons se sont tus car la fumée, que ne chasse plus le vent, bouche tout comme une brume épaisse. On plonge dans un autre monde, sans substance. Après l'énorme vacarme de la bataille, le silence pèse, menaçant, seulement troué par un coup isolé, ou par le claquement d'un mousquet.

Le temps passait. Y avait-il seulement un temps ? On vit le soldat de la timonerie tourner le sablier et piquer la cloche. Partout la fumée stagnait, irritant les yeux et les gorges.

Profitant de ce répit, le bosco et les maîtres de manœuvres s'avançaient sur le pont, les yeux levés, suivis d'une équipe de gabiers, leur désignant ici et là une poulie, une bouline à changer.

— Assurez l'attache de la grand'vergue ! Remplacez les drisses du petit hunier, les écoutes des focs !

Les gabiers escaladaient les haubans pour regréer mâts et vergues. De jeunes gardes-marine exaltés parcouraient la ligne d'artillerie, offrant spontanément leurs services, fût-ce au refouloir ou au palan, pour combler les vides autour des canons, que l'on remettait au sabord lorsqu'ils avaient été bousculés. Un va-et-vient continu de mousses et de novices excités allait de la batterie aux magasins à poudre, à la soute à boulets.

On les voyait surgir des écoutilles, certains avec un boulet de 32 livres, glissant parfois dans une flaque de sang, le boulet leur échappant alors comme une volaille vicieuse, et courant après pour le rattraper.

Pendant une heure les adversaires, dérivant lentement, resteront ainsi imbriqués les uns dans les autres sans se voir, sans même se deviner. On entendait parfois à quelques brasses des ordres hachés, lancés dans une langue étrangère. La mèche allumée du boutefeu au poing, cinq mille canonniers tenteront de percer l'écran de fumée, n'osant lâcher les bordées mortelles, de crainte de toucher l'un des leurs, s'attendant à tout instant à recevoir à bout portant la mitraille de l'adversaire qui les cherche.

Enfin, à 1 heure, la brise adonna, le voile de fumée se dissipa, découvrant aux adversaires stupéfaits le champ de bataille. L'amiral de Grasse et les vaisseaux des 4e et 5e divisions qui l'entouraient se trouvaient isolés au centre même de l'armée navale anglaise. *L'Hector, le César* et *le Glorieux*, désemparés, dérivant au vent, étaient sur le point d'être capturés. La flotte anglaise, presque intacte, conservait toute sa cohésion, donc l'initiative. L'escadre bleue de Bougainville se trouvait à deux milles au vent. L'escadre blanche et bleue du marquis de Vaudreuil à quatre milles sous le vent ! Tout semblait perdu pour Grasse.

Aussitôt, le feu reprit.

Cependant, Grasse se refusait à abandonner tout espoir. On avait mis à profit l'interruption du combat pour regréer, consolider les mâts et changer certaines voiles, approvisionner les canons.

— Signalez : « Ralliement général en toute occasion. »

Il ajouta quelques minutes plus tard :

— Ralliez l'armée navale à l'ordre de bataille bâbord amures dans l'ordre renversé.

Gaël nota les ordres et écrivit : *1 h 15.*

Le centre anglais s'acharnait à deux contre un sur le corps de bataille isolé. L'arrière-garde de Hood s'était jetée derrière les lignes et les prenait à revers. A nouveau, le roulement ininterrompu des canons les assourdit. Les Français rendaient un coup pour dix. Les flancs de leurs vaisseaux sous le vent se trouvaient noyés par une épaisse fumée striée par les coups de poignard des flammes rouges. Un nouveau péril approchait. Faisant force de voile vers la bataille après avoir viré de bord à quatre milles au nord, l'avant-garde de Drake approchait, toutes voiles dessus, pour participer à la curée. Mais compte tenu des faibles brises, elle n'atteindrait pas avant trois quarts d'heure la flotte française. Jusque-là, si chacun faisait son devoir, tout n'était pas perdu pour les Français. Grasse ordonna :

— Signalez au marquis de Vaudreuil de venir au vent tous à la fois !

Mais nul ne tint compte de ses ordres.

Désespéré, Grasse ordonna alors :

— Faites le signal de tenir le vent tous à la fois, ordre de bataille l'amure à bâbord dans l'ordre naturel !

Indifférent, Bougainville manœuvrait indépendamment depuis midi. Seul dans sa division, *le Souverain*, capitaine de Glandèves, comme Grasse chevalier de Malte, fit deux tentatives pour obéir aux signaux. Il y renonça dès qu'il se vit seul à les exécuter. Brave mais sans autorité, Bougainville n'imposa pas à ses capitaines le retournement qui eût peut-être sauvé la situation. Y songea-t-il seulement ? Durement éprouvés au début du combat, plusieurs de ses vaisseaux étaient incapables de se battre, comme *le Northumberland*, au demeurant à court de poudre. Son capitaine, le marquis de Saint-Cézaire, qui avait commandé *la Ville de Paris* à la Chesapeake, était mortellement blessé, tous ses officiers également hors de combat. Les caronades anglaises avaient fait de terribles dégâts.

La flotte française se trouvait en pleine confusion, qu'accentuait le vent soufflant en folles risées. Quatre vaisseaux au moins étaient hors de combat, démâtés, dégréés ou encerclés. Quelques canons tiraient encore, puis sous le feu croisé des caronades les survivants abandonnaient leurs pièces et couraient sur le pont, cherchant l'ouverture d'une écoutille pour se mettre à l'abri.

Si l'avant-garde de Bougainville avait quelques excuses, il n'en était pas de même de l'arrière-garde de Vaudreuil. Plusieurs vaisseaux s'échappaient vent arrière, ignorant les appels de l'amiral. Toutefois, Vaudreuil en personne sur son *Triomphant*, avec trois autres vaisseaux, se portait enfin au secours de l'amiral. Mais que pouvaient-ils faire contre la flotte anglaise tout entière lorsque Drake rallia Rodney ?

A 3 h 30, Grasse, environné d'ennemis, signale encore de venir au vent et de former la ligne de bataille en ordre naturel. En vain. Le combat fait rage autour de *la Ville de Paris*, sur laquelle s'acharnent les Anglais. *Le Triomphant* et *le Pluton* tentent inutilement de dégager le vaisseau amiral qui a son gréement haché, le gouvernail ébranlé. Privée de haubans et criblée de boulets, la mâture menace de s'effondrer. La coque fait eau, toutes les pompes en batterie s'efforcent de la refouler. Pris en enfilade par les caronades chargées à mitraille, le pont principal est couvert de blessés et de morts.

Debout au pied de la dunette, exposé au tir incessant de la mousqueterie anglaise qui le prend pour cible des hunes du *Formidable* et du *Barfleur*, indifférent au feu, semblant chercher la mort qui a déjà frappé plusieurs de ses officiers à ses côtés, l'amiral de Grasse assiste à l'agonie de son vaisseau. Seule la présence de ce géant dans son uniforme bleu et écarlate de lieutenant général soutient le moral des hommes et les empêche d'abandonner leur poste.

Les canons de *la Ville de Paris* continuent à tirer, des deux bords à la fois, sur l'ennemi qui la presse. Dans les batteries basses du trois-ponts, le spectacle est infernal. Torse nu, sanglant, la tête enturbannée de chiffons, les canonniers du vaisseau amiral se démènent dans la fumée épaisse autour de leurs canons. L'ennemi les encerclant de toute part, les chefs de pièces n'ont même plus à orienter le long tube, à modifier sa position avec l'anspect. Il leur suffit d'attendre le mouvement du roulis. Tous les coups font mouche et on met double charge de poudre, jusqu'à la gueule. Faute de personnel, les bailles de combat sont vides, les hommes au faubert ne peuvent même plus refroidir les canons.

Mais les Anglais rendent dix coups pour un. Leurs boulets se plantent dans l'épaisseur des murailles de chêne. D'autres pénètrent par les sabords ouverts, renversent les canons et font au milieu des servants de terribles carnages. Criblés d'éclats de bois, les hommes s'effondrent. Le sang coule à flots et se déverse en longues rigoles sinueuses que le sable n'absorbe plus. Il arrive même, tant l'ennemi est proche, que la bourre enflammée entre par le sabord et aveugle les hommes. Il faut alors lâcher le canon pour éteindre l'incendie qui menace d'embraser les gargousses de poudre qu'apportent les mousses encore valides. Les hommes se battent depuis neuf heures et n'ont pris aucune nourriture. Bientôt, les gargousses manquent et l'on se met à charger les canons « à la cuiller », c'est-à-dire à la pelle, en enfournant par la gueule la poudre en vrac, ce qui ôte toute précision au tir.

Des hunes, les soldats de marine tirent sur le vaisseau de Rodney, *le Formidable*, dont quatre-vingts bordées ont déjà haché les superstructures de *la Ville de Paris.* Ils y mettent la rage froide des désespérés, en déchirant avec les dents leurs cartouches.

Sur le gaillard, devant la timonerie, les canons de 18 livres ne tiraient plus que par intermittence et Grasse s'en inquiéta. On voyait les chefs de pièces s'agiter.

— Aux boulets ! Aux boulets ! Où sont passés ces satanés mousses ?

Gaël se tourna vers Grasse.

— Je peux y aller, amiral ?

Grasse approuva d'un signe de tête et Gaël, confiant le livre des signaux à Jakez de Plouarzel, se rua vers la pièce 4.

— Va à la soute ! lui cria le chef de pièce. Ramène des boulets de 18. Vite !

Gaël descendit en courant, dévala les échelles et traversa tour à tour les trois batteries et le faux-pont. Là, une impression d'apocalypse le saisit. La coque amplifiait le fracas des tirs de batterie. Et la mer transmettait le bruit des tirs ennemis. Tambour géant, le vaisseau vibrait à l'unisson sous les ébranlements des coups directs. Gaël reconnut le bruit strident de métal broyé d'un boulet écrasant un canon.

Dans la soute aux boulets, les commis distribuaient les projectiles aux hommes et aux mousses qui remontaient en courant. Le maître charpentier s'activait contre le bordage avec de la bourre, pour colmater une brèche par où l'eau giclait furieusement. Il interpella Gaël :

— Que se passe-t-il en haut ?

— Les Anglais ont mis la barre dessus ! Ils ont coupé notre ligne en ouvrant le feu des deux bords...

— Malédiction !

— Tous nos mâts sont déshaubanés. Heureusement, le vent est faible.

Un boulet sous chaque bras, Gaël remonta sur le pont et retrouva la pièce 4. On venait d'y mettre la dernière gargousse. Gaël tendit un boulet qu'un aide enfourna dans la gueule fumante de la pièce. Le chef aboyait :

— Le valet ! Refoulez ! En batterie ! Dégorgez !

La platine enlevée, apparut la lumière sur la culasse. Le chef enfourna rageusement son dégorgeoir et creva la gargousse de poudre.

— Amorcez !

L'étoupille fulminante introduite dans la lumière, il la refoula avec son épinglette, lança une poignée de poudre fine sur la culasse.

— Pointez !

La main ferme sur la poignée du coin de mire, il visa la dunette du plus proche vaisseau, un énorme trois-ponts qui les martelait à moins de cent mètres. A l'aide de l'anspect, il rectifia la position de son canon.

— Au boutefeu !

Le servant s'approcha, brandissant à bout de bras la tige de fer où grésillait la mèche.

— Feu !

Le boutefeu s'abattit sur la culasse, embrasant la poudre d'amorce. Explosion violente. Nuage de fumée. Odeur âcre de la poudre brûlée. Le canon recula violemment, retenu par ses bragues.

Gaël n'avait pas attendu pour redescendre à la soute. Dix ou vingt fois — il ne savait plus — il fit l'aller et retour, s'arrêtant une minute pour reprendre souffle, terrifié devant la vision de terreur qui régnait sur le pont. Ronflement des gros boulets qui passent au-dessus, achevant de déchirer ce qui reste de voiles. Sifflement aigu des « chaînes » et des « grappes de raisin », qui dégréent ce qui peut l'être encore. Boulets chaînés, boulets ramés, boîtes à mitraille, boudins de grosse toile pleine de ferraille, boîtes métalliques bourrées de balles de plomb, boulets rouges et autres « carcasses » incendiaires, tout ce que le génie malfaisant de l'homme avait inventé pour détruire son semblable se trouvait mis en œuvre par mille canons tirant tous à la fois.

Dans ce combat, le bruit, infernal, envahissant, dominait tout. Et plus le bruit devenait assourdissant, plus les hommes hurlaient : aboiements des chefs de pièces et des maîtres de manœuvres, cris des blessés, injures... Dans l'esprit ainsi martelé, le temps n'était plus le même. On perdait pied. Seul l'entraînement faisait accomplir le travail. Mais on voyait que les hommes, comme le vaisseau, arrivaient à la limite de leurs forces.

L'écouvillonneur de la pièce 8 nettoya mal l'âme du canon, qui explosa, tuant deux hommes, en blessant trois autres. Derrière la pièce 3, le mousse gargoussier oublia de s'effacer et le recul du canon le projeta au sol. Un marin le releva, meurtri. Bourru, presque tendre, il rassura l'enfant épouvanté. Un geste maternel, auparavant impensable à bord chez ces hommes rudes.

Sur le pont, la moitié des pièces de 18 tirait encore, mais il fallait cinq minutes au lieu de deux pour recharger. L'aussière du canon 5 cassa au recul, blessant trois hommes. Renversé, le canon demeura coincé « en vache » au pied du grand mât.

Au milieu de la folie des hommes, Gaël, comme pour implorer un secours extérieur, se tourna vers la mer. La fumée se dissipait lentement en dérivant. *La Ville de Paris* était entourée d'ennemis, c'était sans espoir. Sept vaisseaux anglais tiraient tous à la fois, et d'autres arrivaient à la curée. On voyait les jets de fumée ponctués d'éclairs sortir de leurs sabords enfumés. Cette fumée masquait parfois toute la coque et les bas mâts. On ne distinguait que les mâts de perroquet qui tremblaient sous le choc des départs de pièces.

Des volées entières de boulets bien groupés s'abattaient contre la carène du grand vaisseau agonisant, ou passaient au-dessus des mâts encore miraculeusement debout, voiles en lambeaux, cordages hachés, pendant, inutiles. On voyait certains boulets ricocher sur la mer, puis frapper le flanc. D'autres ricochaient jusqu'au bastingage, traversaient le pavois en écrasant le bois, crevant les hamacs rangés à la file. Leur course amortie, les projectiles rebondissaient sur le pont où ils roulaient, inoffensifs. Les marins se précipitaient et les saisissaient, encore chauds, comme vivants, pour les livrer aux gueules béantes de leurs propres pièces.

— C'est un 32 livres, et de qualité, fondu à l'arsenal de Portsmouth ! Gaël, porte-le à la première batterie de l'entrepont ! Ici, on n'en a rien à foutre, avec nos pièces de 18 !

Comme dans un cauchemar, Gaël s'exécuta. Serrant à deux mains l'énorme boule de fer, il plongea dans l'écoutille. Sur le « pont de gueules », on tirait encore avec quelques grosses pièces de 32 et de 36. L'atmosphère enfumée était irrespirable malgré tous les sabords ouverts, à bâbord comme à tribord, puisque l'on était environné d'ennemis. Des cris sauvages retentissaient :

— A la poudre ! Aux boulets !

Des hommes robustes — presque tous les mousses gargoussiers étaient maintenant hors de combat — apportaient de la soute des barils de poudre de quarante-cinq livres et la déversaient en vrac sur le pont, de la poudre à gros grains rouges ou blancs qu'un homme pelletait, enfournait dans la gueule brûlante. De la folie !

— Vérifiez ce palan, la poulie est coincée ! Yvon, où es-tu ?

L'homme, assoiffé, comme s'il n'avait pas bu de huit jours, plongeait sa tête dans la baille servant à refroidir le canon. Son faubert posé sur le côté, il buvait à même le baril, à s'en crever la panse.

Retournant dans la soute, Gaël choisit deux boulets de 18 bien sphériques, le moins rouillés possible, dans les derniers tirés du fond de la cale, le lest !

En remontant, il jeta un coup d'œil au passage dans la deuxième batterie. Une dizaine de canons de 24 tiraient par intermittence, servis par des gabiers, des soutiers, tous aussi peu compétents, dont les chefs de pièces devaient se contenter.

— Dame ! s'écria l'un d'eux, un Normand à la gueule rouge et réjouie, comme si ce feu de Dieu l'emplissait d'un bonheur sauvage. Sont loin de servir le canon aussi vite qu'ils larguent le petit hunier ! Bons hommes quand même !

Gaël vit un marin se saisir vivement d'un boutefeu allumé. La fumée était si épaisse dans l'entrepont que la braise pouvait à peine brûler. L'homme devait souffler dessus. Puis il fonça vers un canon, dont le pointeur fixait l'axe.

— Feu !

La pièce éructa un pétard dérisoire. On vit le boulet sortir de la gueule fumante et retomber piteusement à la mer, à dix mètres.

— Par tous les démons de Brocéliande ! Cette poudre est mouillée ! hurla le chef de pièce.

Puis il se tourna vers Gaël.

— Petit, tu m'as l'air plus futé que les autres. Livre tes boulets puis cours à la soute avant, la sainte-barbe du patron Beaumesnil. Soutire-lui quelques bonnes gargousses de 24, bien sèches, s'il lui en reste. Dis que c'est pour la Madone, et maître Torchebray, son pays !

Gaël livra ses boulets sur le pont et replongea dans les échelles. Saisi par le rythme infernal, angoissant, des pompes, il atteignit enfin la sainte-barbe, sanctuaire à peine éclairé par le fanal du puits, un lampion vitré à quatre mèches, protégé par un double vitrage et par un grillage de laiton. Les hommes préparaient l'*apprêté* dans le couroir de la soute. A sa demande, le patron Torchebray le rabroua :

— Des gargousses ? N'en ai plus ! Z'avez qu'à charger à la cuiller !

Il s'empara d'un baril de chêne cerclé, pesant cinquante livres, et à bout de bras le tendit à Gaël.

— Le chef de pièce Torchebray veut des gargousses ! Le tir est plus précis.

— T'as dit Torchebray ? Je préfère être à ma place qu'à la sienne !

Il plongea sous des planches et en tira deux gargousses, des boudins de belle toile de lin bourrée de poudre. Gaël s'en empara avec délicatesse comme s'il se fût agi de bébés jumeaux. Puis il remonta.

En débouchant sur l'entrepont, il se fit héler par les canonniers envieux.

— Mon boujaron de tafia contre tes gargousses, beau novice !

— Bas les pattes, crasse de meule ! C'est pour Torchebray !

— Dis plutôt pour les Anglais ! Pourvu qu'ils en prennent plein la gueule et qu'ils en crèvent !

Gaël livra ses précieuses gargousses et replongea dans la cale. Il en remonta avec deux projectiles de 18, qui lui semblaient maintenant peser le double. Il constata que les effectifs des canons s'étaient encore réduits. Des officiers, certains de l'état-major, couraient de pièce en pièce, aidant à mettre en batterie, prenant la place des canonniers qui tombaient, aussitôt emportés vers les fonds où opéraient le chirurgien et ses aides.

Mais bientôt il n'y eut plus personne pour les évacuer, ils gisaient ou se traînaient en geignant vers les écoutilles fermées, laissant sur le bois de longues traces sanglantes. Certains, qui essayaient de marcher, tombaient morts, vidés de leur sang.

La pièce 9 explosa. Deux tonnes de fer arrachées des aussières projetèrent des fragments de métal brûlant alentour, tuant ou blessant quatre servants. Hagard, le crâne à moitié scalpé, le chef de pièce ne pouvait que répéter :

— Vous l'avais bien dit, de refouler correctement ! Bourre enflammée restée dans la pièce... Mon chapeau ! Où est passé mon chapeau ?

Un homme valide s'approcha.

— Chef, faut descendre. Vous faire recoudre en bas...

— Laisse-moi, fils de pute, et retourne à ta pièce ! Assurez ce canon, vous autres ! Pourrait rouler sur le bord et tuer du monde !

Il se releva en chancelant, avisa Gaël qui tenait ses deux boulets.

— Suis-moi, petit ! Allons réarmer la pièce 10 !

Il repoussa du pied les cadavres des servants qui encombraient le pont.

— La poudre !

Gaël se jeta sur le pont et à mains nues ramassa la poudre qui s'écoulait au gré du roulis d'un baril renversé. Il la fourrait dans la gueule. Un rire nerveux, hystérique, le secouait. Deux gabiers passaient. On les récupéra.

— Au palan, gentilshommes ! Gaël, la bourre ! Refoule ! Plus fort, c'est pas ta sœur ! Le boulet ! Palanquez, vous autres ! La pièce au sabord !

Par habitude, il planta furieusement son dégorgeoir dans la lumière, puis le retira, pris d'un rire dément. Ce n'était pas la peine, puisque la poudre était chargée en vrac.

— Amorcez ! Au boutefeu ! Et que le diable vous...

Il n'y avait plus de boutefeu. Ils demeuraient tous là, stupides, vaincus par cette petite étincelle qui leur manquait, et qui bientôt s'éteindrait aussi dans leur tête et leur poitrine.

Le canon voisin, le numéro 11, venait d'être encloué par un boulet anglais. Son chef de pièce et l'équipe se ruèrent sur le 10.

— Nous prenons la suite, patron ! Descendez vous faire recoudre. Gaël, accompagne-le à l'amphithéâtre !

Dans l'infirmerie principale de *la Ville de Paris*, sous le troisième pont, à l'avant, l'« amphithéâtre », l'« amphi », l'enfer, régnait une atmosphère de fin du monde. Prévue pour quelques dizaines de malades, elle recevait sans arrêt les blessés que l'on descendait et qui encombraient ses abords avant d'être traités par le chirurgien et ses assistants. L'adjoint du maître chirurgien passait de corps en corps pour éliminer les cas sans espoir et faire de la place. A bord de ce vaisseau en perdition armé par mille deux cents hommes, quelques dizaines étaient encore sans blessure. Faire de la place à l'« amphi » était donc une question de vie ou de mort. Une douzaine de marins réquisitionnés en bas — aides-fourriers, manutentionnaires des cales —, trop heureux d'échapper à l'enfer mortel des batteries, emportaient les mourants après avis sans appel de l'homme de l'art. S'ils ne bougeaient plus, on les jetait à la mer. S'ils gémissaient encore, on les laissait mourir sur un tas de vieux cordages ou de toile à voile, pris en charge par l'aumônier, et on passait aux suivants.

Au centre de l'amphithéâtre, sur une grande table de bois, le maître chirurgien opérait, les manches de sa chemise de lin retroussées, du sang jusqu'aux coudes. La chaleur étant étouffante, il avait retiré sa redingote, passé un tablier blanc déjà maculé de sanies, jeté sa perruque au diable.

Un blessé était étendu, nu, attaché par des sangles de cuir. Outre de multiples blessures zébrant son corps criblé d'échardes de bois, sa main droite était broyée, magma de chair écrasée et d'os rompus. Le chirurgien serra le garrot. Le sang cessa de couler.

— La scie.

— Ne coupez pas, monsieur ! Que ferais-je sans ma main droite ?

— Tu préfères trépasser de la gangrène ? Il faut couper !

L'homme se débattait. Un aide lui mit dans la bouche le goulot d'un flacon de tafia. Le blessé, par habitude, se mit à téter. Il se calma. Le chirurgien en profita pour scier au-dessus du poignet. Rejetant le flacon, l'homme hurlait comme un porc qu'on égorge. Le chirurgien jeta la main coupée dans un seau.

— Mets-lui la tape en gueule, on ne s'entend plus, ici !

Un aide lui fourra une tresse de cuir dans la bouche. Le blessé étouffait, se débattait. Le chirurgien aboya :

— Le bac à brai !

L'aide saisit le petit chaudron de goudron maintenu en fusion sur un feu de braises, l'approcha, y plongea le moignon sanglant pour cautériser. Le blessé eut un ultime soubresaut et perdit connaissance.

— Bandez-le, enlevez-lui les échardes. Au suivant !

Gaël se retrouva nu sur la table d'opération. Comme il s'était évanoui à la vue de ce spectacle d'horreurs, on l'avait pris pour un blessé. Tout le monde, à bord de ce vaisseau, avait du sang sur les mains, les vêtements, le visage, les pieds, qui pataugeaient sur le sol imbibé.

— Qu'est-ce qu'il a ? Il n'a rien ! Commotion cérébrale ! On ne peut rien pour lui ! Au suivant !

Gaël reprit connaissance sur un tas de mourants. Il entendait les ébranlements monstrueux contre la coque, que frappaient sans relâche les boulets ennemis, alors que le vaisseau amiral ne pouvait plus se défendre, munitions épuisées, presque tous les hommes hors de combat. De l'eau giclait entre deux bordages. Il comprit que c'était la fin et aspira à la mort, à la paix, au silence. Puis il remua ses membres et se tâta. Il n'avait rien. Il était vivant. Vivant ! Fou, mais vivant !

Il pensa à Marie. A la douceur de ses yeux gris tourterelle. A ses petits seins d'albâtre. A sa longue chevelure noire. Cette vision le sauva. Il se dressa. Avisant dans un coin un tas de vêtements destinés à faire de la charpie, il en tira une culotte de soldat de marine, blanche, étrangement intacte au milieu de ce désastre, et l'enfila. Puis, lentement, il gravit les échelles et remonta sur le pont, couvert de morts et de blessés. Un carnage indescriptible.

Le pont était jonché d'éclats de bois, mélange d'affûts de canons, de vergues et de pavois, de baleinières écrasées avec des tas de hamacs arrachés de leurs filets. Quelques boulets roulaient en grondant sur le pont au gré du roulis, poursuivis par des hommes plus ou moins conscients. Des pièces d'artillerie désarrimées menaçaient de défoncer le bordage. Tout n'était que sabords brisés, canons démantelés, cloués, cordages inextricablement emmêlés, mâts vacillants avec des boulets incrustés en plein bois. Et quelques survivants, hébétés.

Deux ou trois canons tiraient encore. Devant l'une des dernières pièces, on cherchait du feu. L'air était embrasé ; ici et là de petits incendies s'allumaient, provoqués par de la bourre enflammée ; mais ici on n'avait plus de feu, la mèche du boutefeu s'était consumée et le baril de mèches était vide. Un officier passait.

— Avez-vous du feu, monsieur ?

L'officier sortit un briquet de sa poche, fit jaillir l'étincelle qui embrasa l'amadou. Il le posa sur la culasse. La poudre fulminante s'embrasa en lui brûlant les mains. Le coup partit.

— Palanquez ! Ecouvillonnez ! Rechargez ! hurla le chef de pièce.

— Il n'y a plus de poudre, chef.

Un tir à mitraille balaya le pont. Instinctivement, ils se jetèrent sur le sol. Des pièces de bois, des poulies, des boulines, des fragments de vergues tombaient sur le pont en blessant les hommes.

— Regardez la grand'vergue ! cria un marin. Elle ne tient plus que par ses chaînes !

— Et le mât ! Le mât ! Haubans et galhaubans hachés ! Il va nous écraser !

Les mâts tenaient encore parce que le vent, presque nul, n'exerçait plus aucune pression sur les voiles en lambeaux. Le gréement, les drisses, les écoutes pendaient, inutiles, et ce qui restait de toile ressemblait à de la dentelle.

Gaël se retourna vers la dunette pour y trouver un secours, un espoir. Debout face à l'enfer déchaîné, le bosco pleurait au spectacle de son vaisseau agonisant. Quelques pièces tiraient encore, servies par des fantômes. Mouillées, les charges de poudre refusaient une fois sur deux de s'allumer. Un ordre jaillit :

— Retirez la charge !

— Monsieur, le boulet refuse de sortir !

— Encore un boulet rouillé ! Tu seras puni ! Cent coups de garcette au passavant !

— Ce sont les derniers, monsieur. Ceux du lest.

Les tirs ayant presque cessé sur *la Ville de Paris*, un vaisseau anglais s'en approcha et se plaça sur l'avant. Il fit faseyer son grand et son petit hunier, masqua et stoppa là, doucement balancé, toute sa batterie bâbord presque intacte, quarante canons, prêts à tirer, comme s'il y avait encore quelque chose à fracasser, quelqu'un à massacrer ! Sur son gaillard d'avant, on voyait se masser le détachement d'abordage, soldats en tunique écarlate sur la culotte blanche, brandissant leur mousquet à baïonnette, sur le ventre le gargoussier ; marins armés de sabre, de hache d'abordage et de coutelas ; grenadiers portant giberne, officiers en redingote bleue, tenant l'épée d'une main, le pistolet de l'autre.

Avec ce qui lui restait de voilure, le foc, le clinfoc et un lambeau de hunier, *la Ville de Paris* tenta de présenter le flanc pour riposter, utilisant ses dernières pièces intactes. Les soldats des hunes avaient repris le tir au fusil boucanier. D'autres sortaient une dernière grenade de leur giberne.

Pressentant la fin, Gaël regagna la dunette pour se mettre à la disposition de l'amiral. Il entendit alors crier le capitaine de La Villéon, penché sur le porte-voix de la timonerie :

— Notre roue de gouvernail est démolie ! Vous gouvernez à la main, en bas ?

— Non, capitaine ! Le vaisseau ne gouverne plus ! Le safran de la barre franche est rompu, la tamisaille est bloquée !

Le charpentier s'approcha.

— Quatre pieds d'eau dans le puisard, capitaine. Il y a au moins sept brèches sous la flottaison. On s'efforce d'obturer. Il faut boucler les sabords de la première batterie. La mer va les atteindre. Les pompes étalent à peine. Il n'y a plus assez d'hommes aux pompes.

La Villéon grommela entre ses dents :

— Au moins, ils n'auront pas le bateau !

— Que dites-vous, capitaine ?

— Rien... Mettez des hommes aux pompes et faites boucler les sabords bas. Que les canonniers de la première batterie se replient sur la deuxième, où il y a plus de morts que de servants.

Devant les dalots, les pompes déversaient sur le pont une eau noire et visqueuse que les crépines aspiraient au fond de la cale, dans le puisard, et rejetaient à la mer, avec le sang des blessés.

Le soldat de service piqua trois coups à la cloche de la timonerie, un son grêle et fêlé.

— Quatre pieds et demi d'eau dans la sentine, et gagnant vite ! cria une voix par le tube acoustique.

C'était la fin. Quelques survivants continuaient à tirer. Les officiers d'état-major, leur bel uniforme en loques, écouvillonnaient. Le maître-coq brandissait un boutefeu. Le dernier mousse valide halait au palan d'une pièce de deux tonnes. Des valets d'officier tiraient au mousquet et même au tromblon, visant les hunes de l'ennemi comme on tire des ramiers.

Quand le dernier boulet fut tiré, on chargea avec n'importe quoi : des boulets ennemis d'un autre calibre, des bouts de fer qui traînaient, des poulies, des boulines, des outils !

En haut comme en bas, les munitions s'épuisent. Sur la dunette, Grasse, impassible au cœur de ce désastre, a reçu la nouvelle.

— Qu'on fonde mon argenterie, dit-il simplement.

Et bientôt les soldats de marine tirent sur l'ennemi à balles d'argent, tandis que dans les batteries on enfourne dans les derniers canons la vaisselle de l'amiral, prestigieux service timbré à ses armes. Puis il n'y eut plus rien et le tir cessa.

Bientôt 6 heures. La nuit approchait. De la mitraille frappa la grosse cloche du gaillard d'avant, qui gémit comme un être vivant frappé à mort. Gaël récupéra le cahier des signaux des mains de Plouarzel et lut le dernier ordre que le garde-marine avait inscrit : *« 5 heures. Ordre aux vaisseaux de former la ligne de bataille par ordre de vitesse. »*

— Personne n'a répondu ! s'écria Plouarzel avec désespoir. Même *la Couronne*, matelot arrière de l'amiral !

Il s'était enfui comme les autres, malgré les ordres spéciaux du roi : *« Sa Majesté ordonne aux capitaines des vaisseaux de penser plus à la défense du vaisseau amiral auquel ils sont attachés qu'à la protection de leur propre bateau, le roi préférant qu'ils coulent plutôt que d'abandonner l'amiral.* »

Encore debout au pied de la dunette, malgré une blessure dans le dos, Grasse, la rage au cœur, assistait avec désespoir au spectacle affreux de ses vaisseaux qui se rendaient : *l'Hector* et *le César. L'Ardent*, capitaine de Gouzillon, accablé par quatre vaisseaux, se rendait au *Belliqueux* et au *Prince William. Le Glorieux*, transformé en épave flottante, ayant perdu la moitié de son équipage et son capitaine, le vicomte des Cars, était pris en enfilade par toute l'escadre anglaise. Un simple lieutenant, Trogof de Kerlessi, prenant le commandement et refusant de cesser le combat, ranima le courage des marins. Remorqué par une frégate française qui s'était glissée au milieu des trois-ponts anglais qui la foudroyaient de haut, Trogof, se voyant sur le point d'être pris à l'abordage, avait lui-même d'un coup de hache tranché le câble qui le reliait à la frégate, pour lui permettre de s'échapper. Puis il fit assurer le pavillon cloué au tronçon du grand mât. Et ce vaisseau, qui méritait son nom, continua en dérivant à canonner des deux bords les vaisseaux anglais qui l'assaillaient de tous côtés, jusqu'à ce que, munitions épuisées, il fût contraint de se rendre.

— Que fait monsieur de Bougainville ? demanda Grasse.

— Il s'éloigne, amiral.

— Et monsieur de Vaudreuil ?

— Il s'éloigne aussi, amiral.

— Mes amis, nous sommes abandonnés, et entourés de partout. Notre malheur est inévitable...

On voyait sur les vaisseaux ennemis qui s'approchaient prudemment s'organiser l'abordage. Les tirs de boulets avaient cessé. Sur les fusées des vergues, des gabiers apprêtaient leurs grappins. Sur le pont, dans le parc et à la proue, des colosses se préparaient à lancer d'autres grappins frappés à des chaînes.

D'une voix hachée par l'émotion, Grasse poursuivit :

— Les ordonnances royales nous prescrivent de combattre jusqu'à la dernière extrémité. On ne se rend pas tant qu'il reste des munitions et des hommes valides. Même désemparé, un capitaine digne de ce nom doit se laisser aborder et combattre l'épée à la main en incendiant son vaisseau. Les plus vieux de nos chefs ont donné l'exemple. Court de La Bruyère à soixante-dix-neuf ans au cap Sicié ; le comte de Sade à soixante-dix ans, le bailli de Vattan à soixante-neuf. Et aussi ces officiers, jeunes ou vieux, amputés d'une jambe ou d'un bras, qui se sont fait attacher au mât et ont continué à commander jusqu'à ce que la mort les emporte.

La mort ! « Pourquoi la mort ne veut-elle pas de moi ? » se demandait-il avec désespoir. Puis il s'écria :

— Nous allons donc continuer seuls le combat pour satisfaire à notre honneur, à celui du vaisseau où le sort nous fixe et pour occuper les vaisseaux ennemis qui pourraient inquiéter la retraite de l'armée navale, puisque cette retraite m'est imposée !

— Les munitions font défaut, amiral. Il n'y a plus ni poudre, ni boulets.

— Il ne me reste donc d'autres moyens de ne pas rendre *la Ville de Paris* que celui de la couler !

Il hésita, ne pouvant se résoudre à se rendre. Il n'y avait pas de précédent, dans l'histoire de la marine française, d'un amiral se rendant avec son vaisseau ! Puis il acheva dans un souffle :

— Mais l'ordonnance de la marine ne m'en fait pas un devoir et je n'ai pas le droit de donner la mort aux survivants de mon brave équipage.

Il ne restait pas dix marins sans blessure à bord, et guère plus d'une centaine tenaient encore sur leurs jambes. Sur mille deux cents hommes ! On avait déjà dénombré quatre cents morts, plus que sur toute la flotte anglaise réunie, et six cents blessés graves, dont très peu avaient une chance de survivre. Le désespoir au cœur, le chef de l'armée navale se résolut à amener le pavillon, pour éviter les horreurs d'un assaut et un massacre inutile.

— Voulez-vous passer sur une frégate ? demanda le capitaine de La Villéon.

— Trop tard. Aucune frégate ne pourrait franchir le barrage de nos ennemis, dix vaisseaux susceptibles de la foudroyer avec plus de quatre cents canons à la fois. Je dois donc subir le sort de mon vaisseau et de mes derniers compagnons qui m'ont si héroïquement secondé durant cette terrible journée.

Il contempla avec désespoir le pont dévasté du vaisseau, privé de tous ses agrès, regréé sous le feu de l'ennemi et toujours dégréé, mâts entaillés, vacillants, voiles déchirées ou criblées, vergues brisées, mâts de perroquet effondrés autour des canons renversés, blessés hagards, exténués, au teint livide, ou gisant là où ils venaient de s'écrouler, foudroyés. La nuit tombait sur ce désastre. L'ennemi, espérant capturer le vaisseau avant qu'il ne coule, ne tirait plus que par intermittence, de la mitraille ou des balles de mousquet.

Grasse se tourna vers Gaël.

— Ecris, Trémeur, ce sera mon dernier rapport : *« Combattant depuis l'aube jusqu'à la nuit close,* la Ville de Paris *pouvait se rendre sans honte et sans reproche et je voulus la défendre encore. Mais, obligé de tenir tous les sabords ouverts pour faire feu de bâbord et de tribord, et de l'arrière, mes gargousses s'épuisèrent. Je ne pus ensuite faire recharger mes canons qu'à la cuillerée, à la seule lueur de mes fanaux, et j'eus la douleur de ne pouvoir jamais les garder allumés à cause de la fumée et de la double commotion. Alors, ne pouvant plus tirer un seul coup, canonné d'assez près pour perdre beaucoup de monde et en même temps d'assez loin pour ne plus pouvoir faire un usage efficace de ma mousqueterie, il fallut me rendre. »*

Il appela l'unique garde du pavillon encore presque indemne, Jakez de Plouarzel.

— Amène le pavillon royal, petit !

Le jeune aspirant, atteint au visage par un éclat à la joue qui lui avait ébranlé la mâchoire, monta jusqu'au pont des pavillons de la dunette, gardée par des morts. Comme dans un rêve, il s'avança vers la lisse de couronnement, dénoua la boucle de la drisse au taquet, puis il s'effondra sur le pont, fauché par une balle perdue tirée des hunes du plus proche vaisseau anglais. N'étant plus retenu, l'immense pavillon royal frappé aux armes de Paris s'affaissa le long de sa hampe et s'en vint recouvrir le corps de l'aspirant. Le feu cessa aussitôt. Un silence étrange, angoissant, s'étendit sur la mer.

Gaël s'approcha du comte de Grasse.

— Amiral, je vous demande la permission de quitter le bord. Le capitaine de La Villéon, qui a jeté lui-même à la mer les instructions royales, le code des signaux et les autres documents secrets, m'y a autorisé.

Hagard, Grasse le regarda sans comprendre. Gaël insista :

— L'archipel des Saintes est tout proche. Dans la nuit, j'ai une chance d'atteindre une île. Je dois m'occuper de Marie.

— Je comprends, Gaël. Tu ne peux plus me servir. Un amiral prisonnier n'a pas droit à un secrétaire. Et si tu veux tenter ta chance, cela vaut mieux que d'échouer prisonnier sur un ponton pourri mouillé sur la Tamise. Tu peux partir, maintenant.

— Amiral, que Dieu vous garde !

Déjà, Gaël s'éloignait. Il alla chercher sa flûte, puis il plongea dans les escaliers de la dunette, traversa la batterie haute et gagna la batterie basse de l'entrepont.

Là, il dut s'arrêter un instant tant il suffoquait. Le vaisseau s'enfonçant, on avait fermé les bas sabords, aussi la fumée des combats stagnait-elle dans l'immense espace. A la lueur d'un fanal, il apercevait les énormes pièces d'artillerie renversées, démantelées. Il trébuchait sur des corps sans vie. Une puissante odeur de poudre brûlée, de sang et d'entrailles montait du pont glissant. Il n'y avait plus ici âme qui vive.

Gaël avisa un sabord demeuré béant dont un dernier boulet anglais avait enfoncé le mantelet. Il escalada le canon et se pencha à l'extérieur. La mer était là, à moins de deux pieds en dessous. Il devait y avoir beaucoup d'eau dans les cales. On entendait le léger clapot contre la carène criblée de boulets. La nuit était venue brusquement, jetant un voile sur la mer où se jouaient encore des tragédies individuelles. Il allait plonger. Mais il s'arrêta, le temps de dire une prière. Ce qui le sauva.

Soudain il recula, horrifié. Des requins tournoyaient autour de l'épave, déchiquetant les hommes tombés à la mer lorsque les vergues s'étaient effondrées, ou refusant comme lui de se rendre. Certains, encore vivants, se débattaient dans les flots, tentant d'échapper aux dents acérées des squales qui les poursuivaient, les rattrapaient, happaient leurs membres et les broyaient dans leurs terribles mâchoires. Gaël entendait leurs appels de détresse et leurs hurlements de douleur.

Renonçant à atteindre une île à la nage, et sachant qu'il ne restait aucune embarcation intacte à bord, il allait remonter vers le pont pour se livrer aux Anglais, lorsqu'il aperçut, tout contre la carène, un petit radeau que des hommes avaient dû mettre à la mer, pour s'échapper comme lui à la faveur de la nuit. Avaient-ils renoncé par peur des requins ? Il le hala vers lui et sauta dessus, largua l'amarre qui le retenait le long du bord et saisit la grande pagaie qui s'y trouvait.

Puis il tenta de porter secours aux hommes qui se débattaient dans l'eau. Mais il était trop tard. Des corps déchiquetés flottaient alentour, sur lesquels les squales s'acharnaient, dans un éclaboussement d'écume et de sang. Alors, faisant force de rame, il se hâta de quitter ce carnage.

Après quelques brasses, il ne put s'empêcher de se retourner. Jetant vers *la Ville de Paris* un dernier regard, il vit le détachement anglais, envoyé par l'amiral Rodney pour recevoir la reddition de l'amiral de Grasse, escalader la muraille du grand vaisseau foudroyé. Parvenu sur le pont, l'officier anglais qui le conduisait s'arrêta, pétrifié, devant le terrible spectacle qu'il découvrait.

Entre le mât de misaine et le grand mât, à chaque pas on ensanglantait ses bottes. Un massacre ! Les porcs et les moutons qu'on n'avait pu descendre, parqués sur le pont, mêlaient leur sang et leurs membres à ceux des hommes. Le quatrième pont, à l'arrière, était aussi couvert de morts et de blessés. Grasse s'y tenait debout, entouré de trois officiers, tous blessés. Malgré sa contusion dans le dos, il était sauf, fait remarquable, car il avait été exposé pendant dix heures à un feu destructeur qui avait balayé ses officiers et ravagé à plusieurs reprises la dunette. Tête nue, visage blême, regard indomptable, il était à cet instant un objet de respect pour qui l'on éprouvait sollicitude et sympathie. Il ne se remettait pas de sa stupeur de voir en un temps aussi court ses vaisseaux pris, sa flotte défaite et lui-même prisonnier.

A la lueur des flammes du *Marseillais*, incendié par l'explosion d'un canon, et de l'incendie du *César*, allumé accidentellement par l'équipage de prise, qui dans ses libations avait mis le feu à un baril de rhum, Grasse tendit son épée à l'officier anglais qui venait de monter à bord. On entendait claquer au pic du mât d'artimon le pavillon en lambeaux de l'amiral, que pas un n'avait osé amener après le pavillon royal.

Une explosion effroyable ébranla la nuit. L'incendie du *César* avait atteint les soutes à poudre. Gaël vit une gigantesque fontaine de lumière orangée qui jaillissait vers le ciel, avec une colonne de fumée noire d'où retombaient des espars brisés, des poulies, des têtes et des corps désarticulés. Il pagaya de toutes ses forces pour s'éloigner du drame.

20

Epuisé, Gaël aborda peu avant l'aube au rivage du Grand Ilet, de l'archipel des Saintes. Ce rocher presque stérile n'était habité que par une poignée de pêcheurs, que l'énorme bataille avait épouvantés. Des boulets égarés étaient même tombés sur l'île. Le radeau s'échoua sur une grève et Gaël y demeura prostré, reprenant peu à peu ses forces.

Lorsque le soleil se leva, Gaël aperçut de nombreux vaisseaux anglais au mouillage des deux plus grandes îles voisines, Terre-de-Haut et Terre-de-Bas. Des nuées de gabiers réparaient fébrilement la mâture, hissaient des mâts, des vergues et des voiles de rechange, regréaient les vaisseaux après la terrible bataille.

Son cœur se serra lorsqu'il reconnut deux vaisseaux français capturés : *l'Ardent* et *l'Hector*. Mais il ne vit pas *la Ville de Paris*. Le vaisseau amiral, criblé de boulets, avait sans doute coulé pendant la nuit et il s'interrogea avec angoisse sur le sort de l'amiral et de ses compagnons.

Soudain, Gaël vit un jeune Noir occupé à récupérer des boulets à demi enfouis sur la grève. Sans doute espérait-il les vendre un bon prix ou toucher une prime de la marine du roi, car il les empilait devant sa paillote, édifiée en bordure de la grève, sous un unique cocotier.

Enfin il vit Gaël et se précipita vers lui, l'aida à débarquer. Il parlait un français très pur et non le dialecte créole. Sans demander d'explications, il le conduisit à sa paillote, le fit s'étendre sur sa paillasse d'algues sèches et sortit pour récupérer une noix de coco tombée de l'arbre. Il en perça la coque et en offrit le lait à Gaël. Puis il la fendit en deux pour lui en offrir la pulpe. Affamé, Gaël se jeta aussi sur le pain de cassave qu'il lui tendit, et le mâcha lentement en silence. Enfin, ils se regardèrent dans les yeux.

— Je m'appelle Gaël, marin du roi. Rescapé de cette bataille...

— Je m'appelle Ti Bambou. Pêcheur. Esclave affranchi de Marie-Galante.

Gaël sursauta. Mais il en avait déjà tellement vu que plus rien ne l'étonnait.

— Je dois me rendre justement à Marie-Galante, dit-il sur le ton du voyageur ordinaire qui entre dans un relais de poste.

Un sourire éclatant illumina le visage du jeune Noir.

— J'y suis né et toute ma famille y travaille, dans la plantation du marquis de Surmont, derrière le vieux fortin. Mes grands-parents ont planté les cannes, mes parents ont construit la sucrotte. J'ai joué avec les enfants du marquis. Avec eux j'ai appris le bon français, celui que l'on parle à Versailles ! Je suis devenu « un Nègre à talents » ! Mais je préfère pêcher aux Saintes.

— Comment as-tu été affranchi ?

— Quand j'avais treize ans, j'ai découvert un trésor caché sur le rivage nord de Marie-Galante.

Gaël frémit, mais se garda de l'interrompre.

— Il venait sans doute d'un brick pirate de jadis qui, après avoir caché un de ces trésors volés aux conquistadores, avait dû par la suite être capturé en mer ou coulé corps et biens. J'ai révélé la cachette au maître. C'est un homme juste. Il m'a aussitôt affranchi. J'ai travaillé deux ans pour un pêcheur des Saintes. Maintenant, je suis à mon compte après avoir creusé cette pirogue que tu vois échouée sur le sable, un gommier, dans la tradition de mes ancêtres africains.

Il ajouta, en montrant le tas de boulets :

— Cette bataille tombe bien. Le gouverneur des Saintes paye entre une et deux livres chaque boulet que nous rapportons, selon le poids.

— Tes parents sont-ils aussi affranchis ?

— Ils ne souhaitent pas l'être ! Ils sont vieux et incapables de survivre en dehors des sucrottes. Ils préfèrent demeurer de bons esclaves relativement bien nourris et soignés plutôt que des affranchis affamés !

— Et ils t'ont laissé partir ?

— J'étais pour eux un sujet de discorde, à cause de mes frères. Ils sont jaloux depuis que je suis devenu un Nègre à talents. Je parle trop bien le français des maîtres.

Il éclata de rire. Gaël observa que pas une seule question n'avait été posée sur la bataille. Et pourtant des milliers de coups de canon avaient été tirés, faisant des milliers de victimes. Il est vrai que depuis plus de cent ans les Blancs passaient leur temps à brûler de la poudre et à échanger des boulets et des balles aux Antilles ! Les indigènes ne s'en étonnaient plus. La folie des Blancs, associée à leur violence, sévissait depuis la nuit des temps, depuis ce jour lointain où un Génois monté sur une caravelle espagnole avait abordé aux îles en brandissant d'une main un crucifix et de l'autre une épée.

— Ecoute-moi, dit Gaël. Je suis un écrivain du roi, secrétaire particulier de l'amiral. Si tu m'aides, je pourrai moi aussi t'aider. Par exemple, à toucher une prime plus importante pour ces boulets et tous ceux que tu trouveras encore. Je connais le marquis de Téméricourt.

— Monsieur le gouverneur de Marie-Galante !

— Lui-même.

— Je dépends de lui pour que soit reconnu mon affranchissement !

— Que veux-tu dire ?

— Mon maître m'a libéré, mais ce geste généreux doit être ratifié par un document administratif : l'acte d'émancipation. Jusque-là, je ne suis qu'un Nègre « libre de savane », avec tous les risques que cela comporte, puisque, n'étant ni esclave, ni homme libre, n'importe qui peut me récupérer, même mon ancien maître. Tant que le gouverneur n'aura pas entériné mon émancipation, je reste d'ailleurs la propriété de mon maître, qui peut changer d'avis si bon lui semble.

— Peux-tu me conduire à Marie-Galante ?

— C'est facile. L'île se trouve à moins de cinq lieues en direction du levant. Ma pirogue a une bonne voile. C'est l'affaire de trois ou quatre heures, selon le vent. Mais si tu veux retrouver les gens du roi, il serait plus rapide, lorsque ces vaisseaux anglais seront partis, que je te conduise au bourg des Saintes : c'est le port principal de la grande île voisine, que tu vois là-bas, Terre-de-Haut. Un brick du roi y fait escale toutes les semaines.

— C'est à Marie-Galante que je veux aller, insista Gaël.

— Je comprends. Tu es l'ami de monsieur le gouverneur de Téméricourt et tu as hâte de le revoir.

— Avant de le voir, j'ai une mission à accomplir.

Les yeux du Noir brillaient de curiosité. Gaël poursuivit :

— Un de mes amis de France a connu un ermite de Marie-Galante, le père Chrysostome.

— Il est mort.

— Tu l'as connu ?

— Tout le monde le connaissait et l'aimait, dans l'île. Mon ami Makandal, dit Bois-Chèche, pêcheur à Marie-Galante, a été son serviteur. Il lui était très attaché, car l'ermite l'avait racheté, esclave, à la plantation Malassis, pour l'affranchir. Plus tard, par reconnaissance, il l'a servi dans les derniers mois de sa vie.

— J'aimerais le rencontrer.

Ti Bambou hésita, puis il avoua à voix basse :

— Il est aussi un peu sorcier !

— Tu veux dire un *hougan* ? Un prêtre vaudou ?

— Pas un hougan. Seulement un *hounguenikon*, l'assistant du prêtre vaudou. Makandal est un touche-à-tout. Baptisé par le père, il ne jure que par Jésus, Marie et Joseph, mais sans renier les génies, la magie blanche et noire de nos ancêtres. Il a vécu la transe, il a été chevauché par les esprits et il sait distinguer les bons et les mauvais *loas*, ceux qu'on appelle les *guédés*, les esprits de la mort.

Le lendemain, Gaël ayant repris des forces, la petite pirogue de Ti Bambou fendait la mer dans le canal des Saintes. Le passage était encore encombré de milliers d'épaves : tronçons de mâts et de vergues, voiles déchirées, tonneaux, barriques, mantelets de sabords et écoutilles, lisses de plat-bord. Ils virent même dériver une grande figure de proue presque intacte, un beau torse de femme nue dont le visage énigmatique souriait, tourné vers le ciel bleu. Mais il n'y avait plus un seul cadavre sur la mer. Les requins les avaient tous dévorés !

Pour éviter de se faire repérer par les Anglais, Gaël avait troqué sa culotte militaire contre un pagne de fibre végétale que lui avait donné Ti Bambou, avec une paire de sandales taillées dans du cuir de cochon sauvage.

La côte plate du rivage ouest de Marie-Galante apparut bientôt à l'horizon. Un bon vent d'ouest gonflait la voile. Les hautes mâtures des vaisseaux anglais s'estompaient derrière eux et Gaël respira plus librement. Puis il demanda négligemment :

— Ainsi, tu as découvert un trésor ?

— Oui. Il y a de nombreuses grottes dans le rivage calcaire de la côte océane. Mon maître m'avait envoyé pêcher dans l'anse de la Fontaine, où se reproduisent les plus belles langoustes. Une côte stérile, peu fréquentée, très dangereuse à cause des vents océaniques et des récifs. J'ai remarqué cette grotte au pied du cap de Fer.

Gaël respira. Donc, ce n'était pas la « sienne », située plus au nord. Ti Bambou poursuivit :

— Une énorme tempête avait soufflé la veille. Le sol de la grotte, qui n'est qu'à quelques pieds au-dessus du niveau le plus haut de la mer, avait été profondément retourné. J'ai aperçu un objet insolite. J'ai creusé le sable. C'était un vieux coffre en bois dur cerclé de fer. J'ai averti mon maître. Il l'a dégagé et ouvert en faisant sauter les serrures. Il y avait de l'or. Des piastres, des pistoles et surtout d'anciens objets de culte. Il a dit que cela venait d'une cache de pirates ou de boucaniers, qui habitaient l'ile au siècle dernier. Ce n'est pas la première fois qu'on en trouve dans cette île.

— Tu n'as pas pensé à ouvrir le coffre et à garder cet or ?

— Si j'étais retourné à la plantation avec une seule pièce d'or, on m'aurait demandé où je l'avais volée. Et si je n'avais pas répondu, on m'aurait menacé de me faire bouillir dans une marmite de mélasse comme un esclave marron, jusqu'à ce que je parle. En étant loyal avec mon maître, j'espérais gagner plus que de l'or : ma liberté !

Il hésita, puis il avoua dans un souffle :

— J'ai eu peur de cet or, aussi. A cause des *loas*.

— Les *loas* ? Tu en as parlé, déjà. Qu'est-ce que c'est ?

— Des génies, des esprits. Ces êtres invisibles règnent sur les îles. Plus que les Français !

— Les Nègres et les mulâtres ne sont-ils pas aussi soumis aux *loas* ?

— Nos rites vaudous savent les amadouer. C'est tout le problème des îles. Le père Chrysostome avait bien compris cela. C'est pourquoi il vivait en paix dans la grotte de la Magdeleine. Les *loas* le laissaient tranquille.

— Alors pourquoi avais-tu peur de cet or ?

— Les *loas* n'aiment pas que l'on touche à l'or des conquistadores. C'est un fait, l'or des galions porte malheur. Tout le monde sait cela ici, de Tobago à la Tortue.

Ils approchaient de l'île, cernée par une ceinture de récifs. Marie-Galante paraissait inabordable.

— Je connais le passage, dit le Noir.

Ils aperçurent une grande chaloupe, échouée sur un récif, la coque crevée. Ti Bambou approcha sa pirogue.

— C'est sûrement une embarcation de nos vaisseaux ! s'écria Gaël, bouleversé. Je ne suis donc pas le seul à m'être échappé !

— Le petit fortin est tout proche, dit le Noir. Il n'y a personne dans cette embarcation, ni sur le récif. Ces marins ont dû être recueillis par les gens de l'île, attirés sur le rivage par le bruit du canon. On a dû les conduire au fortin. Et je vais t'y conduire aussi.

Déjà, il manœuvrait habilement pour engager son esquif dans une passe étroite qui accédait à un plan d'eau abrité, l'anse des Cayes, où Gaël reconnut la petite estacade en bois. Il posa la main sur son bras.

— Je préférerais ne pas aller au fortin tout de suite. Après leur victoire, qui sait si les Anglais ne vont pas débarquer ici et emprisonner tous les militaires ? Et je t'ai dit que j'avais une mission à accomplir. Conduis-moi d'abord à la grotte de l'ermite.

Ti Bambou le regarda d'un air bizarre.

— Ah oui ! Le père Chrysostome ! Eh bien, je vais te conduire à sa grotte, la Magdeleine. Elle est déserte, et tu comprendras vite pourquoi. Puis j'irai chercher mon ami Makandal, qui te racontera les derniers moments de l'ermite.

— Merci, Ti Bambou ! Dès que la flotte anglaise se sera éloignée, je verrai le marquis de Téméricourt et je plaiderai ta cause. Le marquis signera ton acte d'émancipation et tu seras régulièrement affranchi au nom du roi.

Au lieu d'aborder l'anse des Cayes et le petit abri naturel, la pirogue mit cap à l'est. Aussitôt, Gaël reconnut les rivages qu'il avait parcourus un an auparavant avec Olivier à bord de la chaloupe de *l'Intrépide*. Ils doublèrent les caps de Fer et de Sable, et s'échouèrent sur la Grande Anse, un rivage creusé de petites criques.

— La plantation Malassis s'étend juste au-dessus, annonça Ti Bambou en débarquant. Là, on me dira où se trouve Makandal, car il leur vend chaque jour le produit de sa pêche. Mais auparavant, je vais te conduire à la grotte de la Magdeleine, à une lieue d'ici.

Après avoir attaché la pirogue au tronc abattu d'un cocotier, ils escaladèrent les rochers qui bordaient le rivage, et marchèrent sur le chemin côtier. Un orage menaçait. Ils pressèrent le pas. Puis Ti Bambou bifurqua à gauche et s'engagea sur une « trace », dans le lit étroit d'un torrent desséché qui creusait le flanc d'une colline.

Gaël reconnaissait le passage, presque recouvert par la végétation tropicale, d'où jaillissait parfois un cochon marron rendu à l'état sauvage, ou mâtiné de sanglier. Il n'y avait pas trace humaine alentour.

Ils atteignirent enfin la grotte, à l'accès envahi de lianes-serpents. Elle paraissait exactement dans l'état où Gaël l'avait visitée, avec son foyer de pierres noircies sur le sol de terre battue et le vieux coffre vide, encore ouvert, aux serrures rongées par la rouille.

— Attends-moi ici, dit Ti Bambou, visiblement pressé de déguerpir. Je vais chercher Makandal. Surtout, ne t'éloigne pas de la grotte.

Il disparut au bout de la « trace » et Gaël demeura seul.

La faune reprenait possession de l'espace. Une multitude d'oiseaux se perchaient alentour, perroquets et autres espèces aux cris discordants. Des serpents à l'affût, presque invisibles, se confondaient avec les lianes, bondissant parfois sur un oiseau ou sur un rat.

Gaël frissonna. La peur s'insinuait en lui, venue du côté obscur de son esprit, plongeant dans les origines. Il songea aux *loas*, aux *guédés* malfaisants qui n'aiment pas que l'on s'intéresse aux trésors perdus des conquistadores.

Un grognement sauvage le fit sursauter. Il se risqua sur le devant de la grotte et vit luire des petits yeux vifs entre deux ronciers. Le ciel sombre se chargeait de nuées humides bousculées par le vent du large. Un orage tropical se préparait. En ce cas, les sentiers de l'île seraient impraticables. Ce lourd battement d'ailes, était-ce un rapace en quête d'un rongeur, ou les *loas*, les génies aériens en route vers quelque cérémonie vaudoue dans les mornes déserts, prêts à chevaucher les *mambos*, les prêtresses du culte ?

Soudain, Gaël entendit un bruit de pas.

Deux ombres se dressèrent devant lui, l'une portant une lanterne et une macoute, la sacoche de feuilles de latanier des indigènes. C'étaient enfin Ti Bambou et son mystérieux compagnon, Makandal !

— J'ai eu du mal à le trouver ! s'exclama le pêcheur.

L'ancien esclave était petit mais très musclé, sans âge. Sur la peau de son visage d'un noir d'ébène ressortait le blanc éclatant des yeux. Une lueur plutôt inquiétante brillait au fond de ses prunelles. Il semblait être encore sous l'emprise du tafia, ou peut-être de plantes hallucinogènes. Il n'était vêtu que d'un pagne en fibres de latanier et portait un couteau à la ceinture.

— Tu as été l'esclave de l'ermite Chrysostome ? demanda Gaël sans autre préambule.

— Pas l'esclave, missié. Le père m'a racheté et affranchi. Je travaillais librement pour lui. Il me payait en partageant avec moi les offrandes que lui apportaient les planteurs de l'île.

— De quoi est-il mort ?

— Il était très âgé. Il avait décidé de mourir pour ne plus être à la charge de personne et il a choisi son heure. Il s'est éteint paisiblement. Je me souviens de ses derniers mots : *« Tenter de tout comprendre, c'est s'aventurer dans un désert inconnu. »* Puis il ajouta : *« Il suffit d'aimer. »*

— Tu as aussi connu Yvon Tadou, que l'on appelle le Vieux des Grèves ?

— Oui, missié. Il est mort.

Gaël s'étonna.

— Comment le sais-tu ?

Le visage du Noir se ferma. Gaël remarqua alors que Ti Bambou s'était discrètement éclipsé et cela lui sembla de mauvais augure. Seul avec cet inquiétant personnage, il éprouvait une peur indéfinissable.

A nouveau, des bruits étranges se faisaient entendre alentour, des piétinements, des froissements, des battements d'ailes, ponctués de petits cris aigus. Makandal articula :

— Qu'as-tu fait de ta flûte ?

Stupéfait, Gaël répondit :

— Je l'ai perdue après cette terrible bataille.

Le sorcier hocha la tête.

— Elle est restée sur ton radeau, sur la plage du Grand Ilet.

Puis il demanda, avec une pointe de mépris :

— Tu viens pour l'or, toi aussi ?

Gaël sursauta. Il se sentait en état d'infériorité devant ce Noir qui s'exprimait dans un français sans faute et usait d'un inquiétant don de double vue. Visiblement, il connaissait tous les sombres secrets de l'île. Gaël aurait voulu fuir. Mais l'orage menaçait et il se savait incapable de retrouver son chemin jusqu'au fortin. Il décida de jouer franc jeu.

— Pourquoi « moi aussi » ?

— Tu n'es pas le premier à t'intéresser à la grotte marine de Typhon le Rouge !

Gaël comprit qu'il devait faire son deuil du trésor du Vieux des Grèves. Mais curieusement, quelque chose en lui le poussait à ne pas renoncer.

— Tu es allé dans la grotte marine, Bois-Chèche ?

L'homme s'écria avec colère :

— Ne m'appelle pas Bois-Chèche ! C'était mon nom d'esclave. Je suis maintenant un homme libre et mon nom est Makandal. Celui que portaient mes ancêtres en Guinée, avant que les Blancs ne nous capturent.

— Ne te fâche pas, Makandal. Je ne voulais pas t'offenser, et je respecte tes ancêtres, nos frères d'Afrique. Maintenant, dis-moi. Pourquoi notre ami Ti Bambou s'est-il éclipsé ?

Un sourire contraint éclaira le visage du sorcier.

— Il a peur des *loas*. Depuis la mort de l'ermite, ils ont repris possession de la grotte. Elle est redevenue ce qu'elle a toujours été : un *caye-mystère*.

— Et toi, tu n'as pas peur ?

— Makandal n'a jamais peur !

Son visage tendu et le ton de sa voix exprimaient le contraire, mais Gaël n'insista pas. D'ailleurs, il ne croyait pas aux *loas*. Pas encore...

Le sorcier s'accroupit sur le sol et traça dans la poussière calcaire des signes incompréhensibles. Puis il s'enfonça dans une profonde méditation. Gaël attendait, immobile. Il se savait entièrement entre ses mains.

Le ciel s'était encore couvert. On aurait dit que la nuit était tombée. Makandal émergea de sa longue concentration. Son visage avait changé. Les traits lourds de l'ancien esclave avaient fait place à un être aérien au regard lumineux, bien qu'un peu égaré dans on ne savait quel espace visionnaire. Il alluma sa lanterne et articula :

— Je savais que tu viendrais. D'une certaine manière, je t'attendais.

— Je t'attendais aussi, dit Gaël.

Cette phrase était sortie de lui sans qu'il le veuille ni n'en comprenne le sens. *Le sens !* Ce mot avait éclaté en lui, comme palpable dans l'épaisseur lourde de la grotte. Il pensa au manuscrit de la Fleur d'or et au mandala.

Le sorcier lisait en lui comme dans un livre ouvert. Il s'écria :

— Le mandala ! Enfin, nous y voilà !

En un éclair, Gaël comprit qu'il n'y avait pas d'or dans la grotte marine. Il n'y en avait peut-être jamais eu. S'il y avait un trésor, ce ne pouvait être de l'or.

Le sorcier ajouta :

— Comme l'ermite, tu cherches le sens dans les grimoires ou le dessin d'un mandala...

Makandal s'était accroupi à nouveau sur le sol de la grotte. Une énorme chauve-souris heurta de son aile crochue la lanterne que le sorcier avait posée dans une excavation de la roche. Les ombres de la grotte se mirent à vaciller. Gaël demanda doucement :

— Quel est le Secret, Makandal ? Le vrai trésor ?

— Quelques-uns le cherchent dans les ténèbres de ce monde. Le trouveront-ils un jour ? Le père

Chrysostome l'avait approché au plus près. Il tournait autour du Secret comme cette chauve-souris autour de ma lanterne. Ainsi, il était fasciné par ces Evangiles que l'on dit *apocryphes*. Naturellement, vivant en Chine, il s'était aussi intéressé à la recherche de la connaissance suprême entreprise par des sages ou par des fous, le Tao, la Voie, avec le secret de la Fleur d'or, dont il récupéra un manuscrit. Il commença à le traduire, puis il sembla s'en désintéresser. Pour lui, il n'était plus urgent de savoir, puisqu'il allait tout savoir.

— Il pensait qu'il allait mourir ?

— Oui. Et il ne voulait pas compromettre son salut éternel. Dans la Genèse il y a cette vieille malédiction, ou mise en garde, cette histoire à laquelle les hommes ne prêtent pas assez attention : ne pas toucher au fruit défendu, à l'arbre de la connaissance du bien et du mal. Il est alors revenu au Christ comme un enfant, au seul mystère du Dieu incarné, Jésus. Le Christ connaissait le Secret, puisqu'il était le fils de Dieu.

— Mais le secret du Christ, c'est l'amour !

Ils demeurèrent longtemps silencieux. Dans la pénombre de la grotte, Gaël entendait la respiration un peu haletante de Makandal, et les battements de son propre cœur. La chauve-souris tournait toujours autour de la lanterne, dont la lumière la fascinait et l'effrayait à la fois, comme l'ermite l'avait été par le secret de la connaissance.

— Parle-moi tout de même du secret de la Fleur d'or.

— Tu poses trop de questions, Gaël Trémeur !

Makandal se redressa. Son visage avait retrouvé son masque sournois d'esclave nègre. Bois-Chèche, le petit aide-sorcier vaudou. L'air buté, il se leva et se dirigea vers la sortie de la grotte.

— *O m' pr' allé*[1] !

1. « Je m'en vais ! »

Il avait même retrouvé son parler créole, celui de ses parents esclaves.

Gaël se retrouva seul dans la grotte. Et brutalement, l'orage se déchaîna, une succession de coups de tonnerre et d'éclairs, suivis d'une pluie diluvienne. Puis tout se calma.

La chauve-souris géante s'était posée. Accrochée par ses griffes à la voûte, tête en bas, elle semblait dormir ; mais qui sait ? Au-dessus de Gaël, la lanterne brûlait ses dernières gouttes d'huile.

Soudain, il perçut en lui la voix du Vieux des Grèves : *« Ferme les yeux, et tu verras. »* Il sut que Makandal n'avait pas menti. Yvon Tadou était mort. Son esprit avait enfin trouvé le passage. Il vivait maintenant dans la lumière.

Gaël respira lentement et le calme se fit en lui. Peu à peu il se détachait. Enfin, il se sentit bien. Puis la joie le posséda et il s'y abandonna. Tout doucement, il s'étendit sur le sol et s'endormit.

Quelques heures plus tard, quand il rouvrit les yeux, la lanterne s'était éteinte. La chauve-souris avait repris son vol dans l'espace de la grotte, comme une sentinelle vigilante tourne autour des remparts. Gaël demeurait immobile, étendu sur le sol. Il entendit marcher, mais il n'avait pas peur. Il perçut comme le grattement d'un briquet et vit des étincelles.

La lumière revint. Makandal s'approcha de lui. Il avait apporté de l'huile et rallumé la lanterne avec un gros briquet qui devait avoir servi à un canonnier boutefeu.

— Je suis revenu, dit-il simplement. Le père Chrysostome ne t'aurait pas laissé seul, à bout de forces comme tu es. Je t'ai apporté du pain. Mange, puis je te conduirai au fortin.

— Merci, Makandal. Mais... pardonne-moi d'insister. Je voudrais, avant, que tu me dises si l'ermite t'a parlé du secret de la Fleur d'or.

— J'ai entendu prononcer ces mots.

— T'a-t-il montré ce vieux grimoire chinois qu'il avait rapporté de ses missions dans l'Empire Céleste ?

— Je l'ai vu travailler sur de vieux parchemins. Il traduisait une langue étrange faite de signes inconnus.

— Mais qu'en a-t-il appris ?

— Certains passages sont restés gravés dans ma mémoire, comme le fer rouge dans le bois du gommier. *« Les beautés des cieux et les merveilles des sphères les plus sublimes se trouvent toutes dans le cœur : là se concentre l'esprit ouvert et lucide. »*

— Pourquoi le cœur ?

— *« Voici le lieu de ta naissance. Retrouve la source intérieure au lieu même de son jaillissement. »*

— Est-ce donc là le Secret ?

— Le Secret, c'est de découvrir la porte étroite, d'entrer dans la grotte et de résider dans son cœur, dans ce qui est le plus intime à l'homme. Là, on découvre que *je est un autre.*

— Que veux-tu dire ?

— Prendre conscience que « je », mon moi secret, intime et immortel, est un autre. Puis retourner la lumière de la conscience pour qu'elle devienne consciente de sa propre source. Il n'y a pas d'autre secret : *devenir ce que l'on est.*

— Est-ce là tout ce que dit le manuscrit ?

— Il doit dire bien d'autres choses, mais je l'ignore.

— Qu'est devenu le manuscrit ? Yvon Tadou parlait d'une grotte marine. C'est pour cela que je suis venu.

— Là où il est maintenant, il n'a plus besoin du manuscrit. Il connaît le secret de la Fleur d'or. Et bien d'autres... Mais c'est vrai, la grotte marine existe.

— Tu y es allé ?

— Oui, puisque, après la mort de l'ermite et à sa demande, au premier équinoxe j'y ai déposé *le Secret de la Fleur d'or.*

— Yvon Tadou ne m'avait donc pas menti.

— Peut-être. Mais, n'ayant jamais pénétré dans la grotte, il ne pouvait savoir qu'aucun manuscrit n'y pourrait subsister, à cause de l'humidité. Seuls l'or incorruptible et des pierres précieuses volées aux conquistadores auraient pu y demeurer une éternité.

— L'or de Typhon le Rouge ? Tu l'as trouvé, Makandal ?

Le sorcier eut un sourire.

— S'il en était ainsi, serais-je ici à pêcher la langouste ?

— Peu importe l'or ! Mais pour le manuscrit, c'est dommage !

— Je ne crois pas que le père Chrysostome en aurait eu le moindre regret. Il voulait même détruire ce vieux grimoire. Il disait que le temps n'était pas encore venu de faire connaître aux hommes d'autres moyens de connaissance qui pourraient les troubler. Il répétait toujours que l'amour est le meilleur moyen de connaissance, que l'important, c'est d'aimer.

— Toujours le cœur !

— Il savait comprendre les autres, les aider, chacun selon son attente, ses besoins, sa culture. Oui, c'était vraiment un homme de Dieu, qui parlait de Dieu comme notre Père à tous. Pour lui, tout était dit dans l'Evangile du Christ. Ici, aux îles du Vent, comme en Chine, il venait aux autres pour les connaître, eux, leur langage, leurs croyances. Chez nous, il s'intéressait au vaudou, puis il cherchait ce qu'il pourrait nous apporter ou nous enlever : le bien, le mal ; il voyait dans le bien ce qui nous unissait.

— Merci, Makandal, d'être revenu, toi qui m'as parlé comme l'aurait fait le père Chrysostome pour élargir la grotte de mon cœur.

Alors, en silence, les yeux dans les yeux, ils rompirent et partagèrent le pain de cassave que Makandal avait apporté.

Puis ils se mirent en chemin, Makandal soutenant Gaël, envahi soudain par une immense lassitude, comme si tout le poids de ces journées terribles l'accablait. Ils marchèrent longtemps, griffés par les ronces et les fougères géantes, avant d'atteindre la Grande Anse, où Gaël s'effondra, terrassé d'épuisement.

Quand Gaël ouvrit les yeux, il se demanda où il était. La nuit venait. Une brise légère l'enveloppait comme une caresse, il avait l'impression de flotter. Que c'était bon, la vie ! Il observa l'orbe gracieux d'une hirondelle de mer qui tournait dans le ciel. Une voix rocailleuse à l'accent gascon le réveilla tout à fait :

— Il reprend connaissance !

Il se redressa. Makandal avait disparu. Gaël avait-il rêvé ? Il était couché au fond d'un canot-chaloupe, à côté d'un sous-officier moustachu qui tenait la barre. Quatre soldats souquaient ferme aux avirons.

— Au fortin ! cria le barreur. On ne trouvera plus maintenant de rescapés sur cette côte.

Puis il se pencha vers Gaël :

— Qui es-tu ?

— Gaël Trémeur, écrivain du roi à bord de *la Ville de Paris*.

— Le fameux vaisseau de l'amiral de Grasse ? A-t-il coulé ?

— Il a été capturé par les Anglais après un combat de dix heures. L'amiral est prisonnier.

— Malédiction ! Comment t'es-tu échappé ?

— J'ai pu me sauver sur un radeau. Il y avait des requins partout ! Les naufragés se débattaient en hurlant. La mer était rouge de sang !

Les yeux exorbités fixant l'horizon, Gaël tentait de mettre de l'ordre dans ses pensées. La bataille des Saintes, Ti Bambou, Makandal, la grotte, le secret de la Fleur d'or ! N'avait-il pas rêvé ?

Il s'affaissa au fond de la barque. Tout tournait dans sa tête meurtrie. Un instant, il s'abandonna au mouvement de la chaloupe et au rythme lent des nageurs, au frémissement de la mer, puis il sombra dans un profond sommeil.

Le sergent contempla avec pitié le rescapé de *la Ville de Paris*, son corps zébré d'écorchures. Il retira sa longue redingote blanche à parements bleus et l'en couvrit.

Une heure plus tard, le canot-chaloupe doublait le cap de Fer et pénétrait dans l'anse des Cayes, protégée par la longue ligne des récifs. Ils abordèrent au ponton de bois.

Gaël avait repris des forces. Il chemina aux côtés des soldats vers le fortin, où il rencontra dix marins, rescapés du naufrage du *César* : trois canonniers, deux gabiers, un timonier, un charpentier, un calfat, un mousse et un garde-marine, tous plus ou moins blessés et encore traumatisés par le combat.

Quelques jours plus tard, le brick du roi mouilla devant l'île. Les onze rescapés embarquèrent. Le voilier, poursuivant sa tournée des îles, mit le cap au nord, distribuant le courrier, prenant les messages, embarquant un malade, un blessé, délivrant ici et là de la poudre et des balles.

Le 24 avril 1782, Gaël Trémeur aborda l'île Saint-Domingue, au Cap-Français. Marie-Galante était au rendez-vous, tenant dans ses bras une petite fille belle comme les îles. On l'appela Françoise-Joséphine, en souvenir de l'amiral de Grasse.

21

« Alléluia », ex-« Morne-Gris », la plantation de Marie-Galante et de Gaël Trémeur, qui en avait hérité de son père, s'étendait à l'infini sur les hauteurs dominant la mer, à l'ouest de Cap-Français. Une allée de château bordée de palmiers royaux partait de la belle demeure de maître — la « grande case » — et descendait jusqu'à l'entrée du parc. Au-delà, le regard se perdait sur les plantations de canne à sucre, d'ananas et de bananiers, nappes ondoyantes vert tendre entre les collines bleutées. Des Noirs y travaillaient, tous coiffés du chapeau *bakoua* des affranchis. On entendait des chants, des sifflets et des rires. Quelque chose d'extraordinaire s'était passé. Là, plus de Nègres exténués, au regard vide, peinant et suant pour faire tourner les broyeurs, mais de grands moulins à vent bardés de courroies de cuir qui, la récolte venue, tournaient sans fin, tandis que les alambics de la distillerie voisine exhalaient d'odorants effluves de rhum.

Sous les hangars s'entassaient les boucauts de sucre et de mélasse, les barils de rhum et de tafia, des paniers caraïbes débordant de fruits aux chaudes saveurs des îles.

Sur la gauche s'étendaient les petits hameaux des travailleurs, cases neuves aux toits végétaux bien étanches, abritées du soleil par des palmiers-dattiers autour desquels bourdonnaient les abeilles. Des jeunes femmes s'activaient tout en surveillant leurs enfants qui jouaient auprès d'elles ou se baignaient nus dans un vaste bassin. Mulâtresses à la peau sauvée — presque blanche —, chabines blondes ou rousses au teint clair, quarteronnes au teint de mahogany, câpresses aux yeux de feu, pures Négresses d'Afrique à la peau sombre comme la nuit. Elles parlaient, chantaient, épanouies, délurées, sensuelles dans leurs jupes courtes bariolées, coiffées du fichu antillais, le mouchoir *calendé*, comparant entre elles, avec des rires sans fin, leurs colliers de pacotille.

Un chant créole s'éleva :

Bon Dieu qui fait soleil,
Qui clairé en nous en haut,
Qui soulevé la mer,
Qui fait l'orage gronder,
Goutez la liberté qui nan cœur à nous tous !

A l'ombre d'un bosquet d'hibiscus et de lauriers-roses, Gaël Trémeur contemplait avec bonheur ce spectacle d'harmonie et de fécondité. Puis son regard se porta avec amour sur Marie-Galante, occupée à guider les premiers pas de la petite Françoise-Joséphine, qui venait d'avoir huit mois.

On attendait Olivier d'Escragnole, qui arrivait de France. Sa frégate avait mouillé le matin même, ce 24 décembre 1782, dans la baie de Cap-Français, qui s'étendait au bas des collines de Saint-Domingue.

— Le voilà ! s'écria Marie en désignant un cavalier qui s'avançait au bout de la grande allée.

Confiant le bébé à sa nourrice, elle se porta à sa rencontre, suivie de Gaël.

Olivier mit pied à terre. Il avait changé. Plus mûr, plus sûr de lui après la mort tragique de son père à la bataille des Saintes, il revenait aux îles après avoir pris possession de ses domaines de Provence et fait reconnaître son titre de marquis. Marie et Gaël le serrèrent dans leurs bras, puis l'entraînèrent à l'ombre sous la véranda qui dominait tout le paysage, jusqu'à la mer.

— Donnez-moi vite des nouvelles de ma mère ! s'écria Marie-Galante en venant s'asseoir près de lui.

— Elle va très bien, ma petite sœur ! Tout au bonheur de venir vous rejoindre bientôt et de faire la connaissance de sa petite-fille ! Elle ne cessait de me faire raconter votre incroyable aventure. Nous avons passé de longues soirées ensemble à parler de vous et de votre avenir.

Tout en causant, Olivier ne se lassait pas de contempler le domaine.

— Ainsi, vous avez réussi à mettre vos projets en marche !

— Oui, dit Gaël. Tous ces esclaves, hommes, femmes, enfants, noirs et métis, deviendront libres un jour prochain. Et pas un ne quittera la plantation. Pas un seul. Parce que nous les considérons et les traitons déjà comme des êtres libres.

— Je me souviens, lorsque tu m'as fait visiter la plantation, à ton retour de France, après que le roi eut cassé le testament de maître Trémeur. Ce domaine, qui méritait son nom de Morne-Gris, était sinistre. Un bagne. Les esclaves, à peine couverts de haillons, se traînaient, appesantis par la chaleur, sous l'œil impitoyable des commandeurs armés de fouets. Des femmes, des enfants s'épuisaient à la tâche dans les champs ou les ateliers vétustes.

— Je me bats pour les affranchir, car il me faut obtenir l'acte d'émancipation du gouverneur, et ce n'est pas facile. Les propriétaires de l'île opposent une forte résistance. Je vois encore le défilé consterné des planteurs voisins, tous ces Békés imbus de leur supériorité, quand j'ai annoncé mon projet ! « Vous allez casser le rendement, ruiner la colonie ! Mais vous ne tiendrez pas trois mois ! Les Nègres sont paresseux de nature, ils refuseront de travailler et retourneront à l'état sauvage, comme ces marrons que nous traquons dans la montagne. »

— Comment tes esclaves ont-ils réagi ?

— Ces pauvres gens, à l'idée qu'on allait les payer pour travailler librement, ont eu peine à le croire. En attendant la décision du gouverneur, j'ai imposé ici des conditions de travail humaines et une nourriture plus abondante. Et pas de travail obligatoire pour les jeunes mères de famille, ni pour les enfants. Alors, les colons voisins attendent notre ruine. Mais Alléluia est déjà aujourd'hui la plantation la plus prospère de Saint-Domingue ! Il est vrai qu'elle est gérée par un excellent régisseur, qui entre dans nos vues.

— Comment as-tu réalisé ce miracle ?

— J'ai d'abord utilisé le capital que m'a rapporté la vente de l'étude de mon père, et tout ce dont j'ai hérité de lui. Il ne fallait pas lésiner. Rénovation des bâtiments, construction des moulins à vent pour les broyeurs, assainissement, rénovation des hameaux de travailleurs, canaux de dérivation de sources, etc. Il faudra aussi beaucoup d'argent pour avancer les salaires. Mais quelle récompense !

Gaël eut un rire de bonheur.

— Regarde-les travailler, Olivier ! Ils ont repris espoir ! Et quelle joie d'échanger entre nous un regard où l'on trouve autre chose que la servilité et la haine !

— C'est vrai. On croit rêver quand on a traversé les plantations voisines.

— Je ne veux pas que mon projet soit pris pour un rêve. C'est une orientation fondamentale. Le rendement des esclaves est détestable. Surmenés, déprimés, mal nourris et mal soignés, leur espérance de vie ne dépasse pas trente ans. Le planteur doit donc en racheter souvent, ce qui augmente ses coûts de production. Et le « bois d'ébène » est devenu hors de prix, jusqu'à cinq mille livres coloniales la tête ! Après avoir décimé les villages du littoral d'Afrique, les négriers doivent aujourd'hui s'enfoncer jusqu'à cent lieues à l'intérieur des terres. Le retour à travers la brousse ou la forêt leur fait perdre jusqu'à la moitié de leur « cheptel ». Donc, cet argent que j'économise, je le leur rendrai en salaires. Et comme ils travaillent déjà de bon cœur, le rendement se trouve doublé.

— Il suffisait d'y penser !

— En outre, ce salaire, je le leur verserai d'autant plus volontiers que je n'aurai plus à subvenir à leurs besoins ; ils le dépenseront sur place. On va monter une coopérative. Elle sera administrée par un Noir, et approvisionnée avec les produits fabriqués que j'importerai de France : textiles, outils, machines, meubles, vêtements, et tous ces menus objets ménagers et la verroterie qui font le bonheur des femmes. J'utiliserai ainsi les vaisseaux reconvertis que mon père armait comme négrier !

Un Noir vêtu d'un pantalon blanc et d'une chemise de fine toile s'approcha de Gaël pour lui faire signer des papiers.

— Olivier, je te présente mon ami Ti Bambou, l'un de mes contremaîtres. Il revient de loin !

— Ah ! le pêcheur des Saintes qui t'a ramené à Marie-Galante !

— Lui et ses deux frères sont libres aujourd'hui ; ils travaillent ici.

La petite Françoise-Joséphine avait grimpé sur les genoux d'Olivier, son parrain. Marie-Galante offrit un punch parfumé. La table croulait sous des pâtisseries antillaises et des fruits succulents.

— Et toi, Olivier, qu'est-ce que tu deviens ?

— Je suis le maître écrivain de cette belle frégate qui m'a amené de France. A notre retour à Brest, j'espère, avec l'appui de M. de Buffon, l'intendant du jardin du roi, auquel le comte de Bougainville, son ami, m'a présenté, participer à une expédition autour du monde pour compléter sa fabuleuse *Histoire naturelle*. Mais ce grand projet ne pourra être réalisé que si la paix est signée.

— Les préliminaires le sont déjà, dit Gaël.

— Oui. On prépare maintenant le traité de Versailles. Par ordre des rois de France, d'Espagne et d'Angleterre, tous les combats sur mer et sur terre ont cessé. Même les Hollandais ont mis bas les armes !

— Et l'indépendance a été accordée aux Etats-Unis d'Amérique ! Mais qu'est devenu l'amiral de Grasse ? On dit que son rôle a été décisif dans les pourparlers de paix.

— En effet. Après la tragique bataille des Saintes, qui a cependant permis au gros de la flotte et au précieux convoi de s'échapper, le comte de Grasse, emmené prisonnier à Londres, y a reçu un accueil triomphal. Les Anglais sont beaux joueurs, Gaël. Leur victoire navale aux Saintes a sauvé leur honneur et effacé le souvenir des défaites de la Chesapeake et de Yorktown. Ils peuvent maintenant négocier équitablement sans perdre la face. Et c'est Grasse qui a amorcé ce processus.

— Comment cela ?

— La réputation de notre amiral l'avait précédé à Londres, et surtout son héroïque résistance à bord de *la Ville de Paris*, dont tu as été le témoin. Libre sur parole, il s'est installé avec ses officiers au Royal Hotel, après avoir décliné l'offre du roi George III : une garde d'honneur et des appartements au palais royal de Saint James, avec serviteurs, toutes ses dépenses à la charge du gouvernement britannique ! La foule le suivait dans ses déplacements, acclamant *the valorous Frenchman*. Toute l'aristocratie anglaise se pressait à son hôtel et le roi lui-même l'a reçu, en présence de la famille royale et du gouvernement, lui restituant solennellement son épée prise par Rodney aux Saintes. Le fameux peintre Miller et d'autres artistes de renom sont venus faire son portrait. Toute la presse londonienne l'a couvert d'éloges.

— C'est incroyable ! La France et l'Angleterre se livrent une guerre à mort depuis quatre ans, et voilà notre héros malheureux mieux accueilli qu'un amiral anglais victorieux !

— Tu ne crois pas si bien dire, Gaël. Vingt jours après sa victoire aux Saintes, qui n'était pas encore connue à Londres, l'amiral Rodney recevait aux Antilles l'avis de sa destitution, signé du premier lord de l'Amirauté, sur ordre du nouveau gouvernement mécontent de ses services ! Londres a dû réparer cette énorme méprise. Aujourd'hui, Rodney est anobli, pair d'Angleterre et pensionné de la couronne !

— Tu ne m'as pas dit comment l'amiral de Grasse a été l'intermédiaire de la paix.

— Nos deux peuples et l'Espagne voulaient la paix. Après la réception à la cour, le ministre des Colonies, lord Shelburne, s'est entretenu avec Grasse. C'est alors que le premier projet de paix a été conçu. L'Angleterre accepte l'indépendance des treize colonies insurgées d'Amérique. Un dosage savant pour la possession des îles antillaises est proposé et toutes les nations jouissent désormais de la liberté du commerce, les routes maritimes étant ouvertes à tous les pavillons.

— Les Anglais ont accepté cela ?

— Oui. Le 12 août, Grasse, toujours libre sur parole, quittait l'Angleterre, investi d'une mission diplomatique capitale. Arrivé à Versailles, il communiquait à notre ministre des Affaires étrangères, le comte de Vergennes, les offres de paix proposées par le gouvernement anglais.

— Il a dû recevoir là encore un accueil triomphal.

— Pas du tout ! L'accueil a été glacial. Croyant Grasse mort, ses capitaines, dont certains ne l'avaient pas soutenu dans ce péril extrême, l'avaient injustement accablé, le rendant seul responsable de la défaite des Saintes. Une cabale mondaine s'était même élevée contre lui. La réception amicale du roi d'Angleterre était insupportable aux esprits jaloux et frivoles, d'autant plus qu'on rapportait que George III aurait dit à Grasse combien il lui serait agréable de le voir à nouveau commander une flotte !

— Et notre roi ? demanda Marie. Comment Louis XVI a-t-il accueilli le héros malheureux ?

— La rencontre a été difficile, ma petite sœur, par la faute de Grasse, d'ailleurs, intransigeant quant à son honneur bafoué. Au lieu d'attribuer la défaite aux conditions désastreuses du combat : le convoi, la fumée, les calmes succédant aux vents contraires, l'infériorité numérique, il a accablé Bougainville et les capitaines défaillants, produisant même des certificats de Rodney et de Hood ! Scandalisé, le roi se serait écrié : *« Vous aurez satisfaction et je réunirai le conseil de guerre qui fera la lumière sur ce terrible mystère ! Et je ferai un exemple en confirmant son jugement, quelque sévère puisse-t-il être. »* Voilà où on en est, Gaël.

— Mais alors, Grasse aura satisfaction ?

— On verra ce que décidera le tribunal militaire. En attendant, le scandale est énorme, le corps des officiers ébranlé. Heureusement, les pourparlers de paix ont réussi, Grasse étant l'intermédiaire entre les deux gouvernements. C'est cela, et surtout la bataille de la Chesapeake, que l'Histoire retiendra de lui.

— L'Histoire !

Gaël laissa courir son regard sur la pelouse où jouait Françoise-Joséphine, qui se roulait dans l'herbe avec une bande de négrillons de son âge. Il enchaîna :

— L'Histoire ! Le traité de Versailles va consacrer, avec la paix et la liberté des mers, l'indépendance américaine, événement capital des temps modernes. L'Amérique libre est le premier Etat européen hors d'Europe, le premier Etat libre du Nouveau Monde. Cette indépendance contient en germe la liberté de tous les pays jusqu'alors asservis !

— Que veux-tu dire, Gaël ?

— C'est une grande République qui voit le jour en Amérique ! Avec le retour en France des combattants des armées Rochambeau et La Fayette, et les marins de l'amiral de Grasse, les bases de la liberté et de la démocratie, idées françaises révolutionnaires véhiculées par nos philosophes, ont pris corps avec la Constitution américaine. Ce n'est plus une utopie, mais une réalité vivante !

— Tu restes fidèle à tes idées, Gaël, et tu vas les mettre en œuvre ici même en affranchissant tous tes esclaves. Demain, peut-être, en France, une république, ou du moins une monarchie constitutionnelle à l'anglaise mettra fin aux abus des privilèges.

Marie éclata de rire.

— C'est vous qui parlez ainsi, jeune marquis d'Escragnole ?

— Peu importe ce titre ! Quant aux domaines de Provence hérités de mon père, je les reçois comme une charge et non un pouvoir. Et je les céderais volontiers contre un ordre de mission comme en reçut un jour Philibert Commerson, parti explorer le monde sur une frégate de M. de Bougainville, avec une équipe de naturalistes !

Marie s'éloignait, portant le bébé, qui voulait dormir. Gaël se pencha vers Olivier.

— Tu as l'air inquiet. Que se passe-t-il donc en France ?

— Oh ! beaucoup de choses ! Les frères Montgolfier vont construire à Annonay un ballon gonflé d'air chaud avec lequel ils espèrent s'élever dans le ciel. Le marquis de Jouffroy d'Abbans a construit, lui, un bateau nommé *le Pyroscaphe*, uniquement propulsé à la vapeur ! Il compte le faire naviguer l'été prochain sur la Saône, à

Lyon. Mais je plaisante et il n'y a pas de quoi. Pour être présenté au roi, je suis allé à la cour. Les nouvelles sont mauvaises. L'Etat est acculé à la faillite. La dette publique dépasse un milliard de livres, dont le tiers est immédiatement exigible. Le seul paiement des intérêts absorbe la moitié des recettes de l'Etat.

— Mais d'où vient ce gouffre financier ?

— En partie de la guerre d'Amérique. Elle a coûté deux milliards de livres au Trésor royal !

— L'Etat ne peut-il plus emprunter ?

— Il est criblé de dettes. Plus personne ne se risquera à lui accorder de nouvelles avances.

— Faire des économies ?

— La cour de Versailles ruine le pays. Deux mille parasites et seize mille personnes pour le seul service du roi et de sa famille ! Les deux mille courtisans se disputent charges et pensions. J'en suis revenu écœuré. La cour est le tombeau de la nation ! Il faudra lever de nouveaux impôts.

— Les impôts sont déjà écrasants. Mon père ne cessait de s'en plaindre à l'étude.

— Et le mien, Gaël ! En province, les intendants royaux pillent le pays. Mais qui paye ? Partout des exemptions, des privilèges ! Le haut clergé et la grande noblesse, un pour cent de la population, accaparent tous les pouvoirs et se partagent les biens avec la haute bourgeoisie, qui refuse désormais de se laisser pressurer. La misère du peuple est extrême. Sur vingt-cinq millions de Français, on compte plus de vingt millions de paysans écrasés de charges, qui vivent dans la hantise de la disette. Partout une administration compliquée, tatillonne, une justice et une fiscalité inégalitaires, arbitraires...

— Mais que va-t-il se passer ?

— On parle de convoquer les états généraux, d'élire des députés représentatifs de la nation, pour mettre de l'ordre, établir la justice pour tous et faire lever des impôts. Mais n'est-il pas trop tard ? Le roi acceptera-t-il de renoncer à son pouvoir absolu de droit divin ? Les privilégiés voudront-ils partager ? Tous les aristocrates, heureusement, ne sont pas aveuglés. La faillite financière fait le lit des idées révolutionnaires, auxquelles se rallient même des aristocrates éclairés, comme le marquis de Condorcet, le marquis de La Fayette, le baron de Turgot, ou monsieur d'Alembert. Le roi aura-t-il le désir et le courage d'imposer les réformes nécessaires, comme cela se fait en Angleterre ? C'est là tout le problème.

Ils demeurèrent longtemps silencieux. Enfin, Gaël demanda :

— Et maintenant, si nous parlions de ton père ? Sa mort a porté un coup terrible à Marie. A peine l'avait-elle connu qu'il lui a été enlevé ! Tu ne nous as jamais raconté sa fin tragique.

— Il est tombé sur la dunette de son vaisseau, après dix heures de combats meurtriers, comme le brave capitaine de Saint-Cézaire sur *le Northumberland.* J'avais supplié mon père de ne pas revêtir son grand uniforme de capitaine de vaisseau. Lorsque l'ennemi s'est rapproché, il a été pris pour cible par tous les tireurs d'élite disposés dans les hunes. Une balle de mousquet lui a percé le cœur. Il est tombé sans un cri. J'étais à ses côtés. Ses derniers mots ont été : « Marie-Galante ! » Et il aurait tellement voulu voir cette petite fille qu'elle t'a donnée !

— J'espère qu'elle ouvre une ère de paix pour tous les peuples, et la libération des esclaves. Nous vivons sur une poudrière, Olivier ! Il n'y a pas qu'en France !

— Oui. Puisse au moins ton exemple s'étendre à toutes ces îles !

— J'espère qu'il n'est pas trop tard, Olivier. Cinq cent mille esclaves à Saint-Domingue, pour seulement trente mille métis affranchis. Et dans la montagne, dix mille Nègres marrons affamés, traqués, réduits au désespoir ! Face à cette masse exclue ou asservie, cinquante mille petits Blancs et cinq mille grands Blancs békés, bourgeois et nobles créoles, défendus par quelques régiments de soldats du roi... mal payés !

Le soir tombait. Les Noirs quittaient les plantations et retournaient en chantant à leurs cases. La distillerie se vidait. Une odeur de rhum et de cannelle flottait dans l'air, une odeur de bonheur fragile, qui dépendait désormais de la sagesse incertaine des hommes.

Soudain, Olivier désigna un jeune garçon qui passait. Ses mains n'avaient plus de doigts !

— Que lui est-il arrivé ?

— C'est Olifant, le mousse poudrier de *l'Intrépide*, mutilé à la bataille de la Martinique.

— Oui, je me souviens ! Il portait une gargousse de poudre. Un boulet anglais la lui a arrachée, avec ses doigts !

— Nous l'avons adopté. Il n'avait plus de famille en France.

Ils demeurèrent longtemps silencieux. Enfin, Gaël demanda :

— As-tu des nouvelles du Vieux des Grèves ? On m'a dit qu'il était mort.

— Il est mort, Gaël. Mais là où il est, nous savons qu'il vit !

— Makandal ne s'était donc pas trompé.

Olivier ouvrit sa redingote et tira de la poche intérieure un épais parchemin.

— Tiens, il est à toi ! Je l'ai rapporté de la grève de Porstein, où une vieille coque retournée, abandonnée, achève de pourrir.

— Le mandala chrétien !

Gaël le contempla longuement. Puis il saisit sa flûte, cet instrument fragile que Ti Bambou lui avait ramené du Grand Ilet, et joua quelques légères mesures de Mozart. De la maison, Marie accourait vers lui en riant, et la fraîche cascade de ses rires semblait défier le temps et l'espace.

ANNEXE

Mesures

LONGUEURS

Pouce : 2,7 centimètres.
Pied : 0,3248 mètre (12 pouces).
Brasse : 1,624 mètre (5 pieds).
Encablure : 195 mètres.
Mille marin : 1 852 mètres.
Lieue marine : 5 556 mètres (3 milles).
Lieue de terre : 4 400 mètres.

POIDS

Tonneau poids : 2 000 livres (1 livre = 489,5 grammes). Déplacement d'un vaisseau : poids du volume d'eau qu'il déplace, soit son chargement et le poids du vaisseau.

VOLUMES

Tonneau d'arrimage : 42 pieds cubes.
Pinte : 93 centilitres.
Un tonneau de jauge = 2 000 livres poids ou 4 barriques de vin de bordeaux de 913 litres.

MONNAIE

En 1781, la livre tournois vaut environ 0,15 gramme d'or fin. Un louis d'or pèse 9 grammes. Un ouvrier ou un matelot gagnent 20 livres par mois. Un officier supérieur ou un clerc de notaire, 200 livres. La livre tournois 1781 vaut environ 40 francs 1999 (soit 6,15 euros).

REMERCIEMENTS

Je remercie tous ceux qui m'ont aidé pour la documentation et les corrections de ce livre.

Le comte Deydier de Pierrefeu, président du musée Amiral-de-Grasse, à Grasse ; le regretté duc de Castries, de l'Académie française, président des Cincinnati de France ; le musée de la Marine à Paris, les archives de la Marine à Vincennes, les villes de Grasse et de Bar-sur-Loup, les associations France/Etats-Unis.

Mes amis Bernard Desthieux, Arlette Bertoni, Madeleine de Traversay-Chatenet et Guillemette de Grasse-Beauvillé.

Mes amis antillais : Dante Lancade et Véronique Blombo, de l'hôtel *la Cohoba* à Marie-Galante ; Max Rippon, de Petit-Bourg, auteur d'une excellente *Histoire de Marie-Galante*, dont je recommande la lecture (Archi-Editions, 97112 Grand-Bourg).

Les lecteurs intrigués par la Fleur d'or liront avec profit *le Secret de la Fleur d'or* (Ed. Pocket, collection « l'Age d'être », 1995), texte qui inspira C.G. Jung et à travers lui la psychologie et la spiritualité occidentales.

Je remercie enfin affectueusement, pour leur patience incomparable et leurs conseils, ma femme Yvette, ainsi que mon éditrice et amie Jeannine Balland.

DU MÊME AUTEUR

(Avec la collaboration d'Yvette Antier)

HISTOIRE

AUX PRESSES DE LA CITÉ, coll. Jeannine Balland :

Les Convois de Mourmansk (1981 et 1992. Presses Pocket 1982).
La Bataille de Malte (1982).
La Bataille des Philippines (1985).
L'Aventure kamikaze (1986).
Pearl Harbor (1988).
Le Drame de Mers el-Kébir (1990).
La flotte se saborde (1992).

CHEZ D'AUTRES ÉDITEURS :

Histoire maritime

L'Amiral de Grasse, héros de l'indépendance américaine (Plon 1965, EMOM 1971, Rombaldi 1974, Ouest-France 1991).
Grandes Heures de la marine (Pierre Waleffe 1967).

Les Porte-Avions et la Maîtrise des mers (R. Laffont 1967).

Histoire mondiale du sous-marin (R. Laffont 1968).

Histoire maritime de la Première Guerre mondiale. Avec Paul Chack (France-Empire 1971. Réédition en album 1992).

Marins de Provence et du Languedoc (Aubanel 1977).

Les Sous-Mariniers (J. Grancher 1977. Club « Pour vous », Hachette 1978. EMOM/Ouest-France 1994).

Au temps des voiliers long-courriers (France-Empire 1979. Ancre de marine 1991).

Les Combattants de la guerre sous-marine 1939-1945 (Vernoy 1979).

Les Sous-Mariniers des temps héroïques (Vernoy 1980).

Les Combattants de la guerre maritime 1914-1918 (Vernoy 1980).

Au temps des premiers paquebots à vapeur (France-Empire 1982. L'ancre de marine 1995).

Histoire de l'aviation navale (Ed. de la Cité/Ouest-France 1983). Album.

L'Aventure héroïque des sous-marins français (EMOM 1984. Ouest-France 1992).

Le Porte-Avions Clemenceau (Ed. Ouest-France 1984).

Le Sabordage de la flotte française à Toulon (Ed. de la Cité 1986 et 1987. Ed. Ouest-France 1991). Album.

Grandes Heures de la course au large (Perrin 1988).

Histoire régionale

Le Comté de Nice (France-Empire 1970, 1979, 1992).

La Côte d'Azur, ombres et lumières (France-Empire 1972).

Les Iles de Lérins (Solar 1974 et 1979).

Grandes Heures des îles de Lérins (Perrin 1975. Editions de May 1988).
Histoires d'amour de la Côte d'Azur (Presses de la Cité 1976).

BIOGRAPHIES

L'Amiral de Grasse (Voir « histoire maritime »).
Marthe Robin (Voir « spiritualité »).
Alexis Carrel, la tentation de l'absolu (Ed. du Rocher 1994).
Charles de Foucauld (Voir « spiritualité »).
La Vie de Jean Guitton (Perrin 1999).

ROMANS

ROMANS HISTORIQUES (coll. Jeannine Balland aux Presses de la Cité).
Autant en apporte la mer (Presses de la Cité 1993. Sélection du livre du Reader's Digest 1995. Editions VDB 1995. Pocket 1996).
La Croisade des Innocents (Presses de la Cité 1996, VDB 1997).

ROMANS MARITIMES
Les Prisonniers de l'horizon (France-Empire 1971. *Femmes d'aujourd'hui 1972.* L'Ancre de marine 1991).
Les Seigneurs de la mer (France-Empire 1976. L'Ancre de marine 1992).
Opération avion sous-marin (France-Empire 1980).

ROMANS MARITIMES POUR LA JEUNESSE
Mission dangereuse (Robert Laffont, coll. « Plein vent » 1968).
La Meute silencieuse (Robert Laffont, coll. « Plein vent » 1969).

Les Evadés de l'horizon (Hachette, Bibliothèque Verte 1973).
La Plus Belle Course transatlantique (Hachette, Bibliothèque Verte 1978).

SPIRITUALITÉ

Carrel cet inconnu (Ed. SOS 1973).
Lérins, l'île sainte de la Côte d'Azur (Editions SOS 1973 et 1988)
Le Pèlerinage retrouvé (Le Centurion 1979). Préface de Jean Guitton.
La Soif de Dieu (Le Cerf 1981).
L'Appel de Dieu (Le Cerf 1982).
Marthe Robin, le voyage immobile (Perrin 1991, nouvelle édition 1999. France-Loisirs 1992. Ed. J'ai lu 1996. Préface de Jean Guitton).
Les Pouvoirs mystérieux de la foi (Perrin 1992. GLM 1993. Pocket 1994). Avec Jean Guitton.
Charles de Foucauld (Perrin 1997, GLM 1997).
Le Livre de la sagesse et des vertus retrouvées (Perrin 1998, GLM 1998). Avec Jean Guitton.
Enquête sur le mysticisme féminin (Perrin 2000).

OUVRAGES COLLECTIFS

Histoire de la marine, de Daniel Costelle (TF1 1978 et Ed. Larousse 1979).
Grand Quid illustré de D. et M. Frémy (Robert Laffont 1981).
Le Drame de 40, de Jean Cau (Paris-Match et Ed. Filipacchi 1991).

DANS LA MÊME COLLECTION

Jean Anglade
Un parrain de cendre
Le Jardin de Mercure
Y a pas d'bon Dieu
La Soupe à la fourchette
Un lit d'aubépine
La Bête et le Bon Dieu (essai)
La Maîtresse au piquet
Le Saintier
Le Grillon vert
La Fille aux orages
Sylvie Anne
Mélie de Sept-Vents
Le Secret des chênes
Jean-Jacques Antier
Autant en apporte la mer
La Croisade des Innocents
Marie-Paul Armand
La Poussière des corons
La Courée
tome I *La Courée*
tome II *Louise*
tome III *Benoît*
La Maîtresse d'école
La Cense aux alouettes
Nouvelles du Nord
L'Enfance perdue
Edouard Axelrad
Au fil du fleuve
Erwan Bergot
Les Marches vers la gloire
Sud lointain
tome I *Le Courrier de Saigon*
tome II *La Rivière des parfums*
tome III *Le Maître de Bao-Tan*
Rendez-vous à Vera-Cruz
Mourir au Laos
Annie Bruel
La Colline des contrebandiers
Le Mas des oliviers
Les Géants de pierre
Marie-Marseille
Michel Caffier
Le Hameau des mirabelliers
La Péniche Saint-Nicolas
Jean-Pierre Chabrol
La Banquise
Didier Cornaille
Les Labours d'hiver
Les Terres abandonnées
La Croix de Fourche
Etrangers à la terre
L'Héritage de Ludovic Grollier
Georges Coulonges
Les Terres gelées
La Fête des écoles
La Madelon de l'an 40
L'Enfant sous les étoiles
Les Flammes de la Liberté
Ma communale avait raison
Les blés deviennent paille
Yves Courrière
Les Aubarède
Anne Courtillé
Les Dames de Clermont
Florine
Dieu le veult
Les Messieurs de Clermont
L'Arbre des dames
Alain Denis
Sans les honneurs de la guerre
Alain Dubos
Les Seigneurs de la haute lande
La Palombe noire
La Sève et la Cendre
Alain Gandy
Adieu capitaine
Quand la Légion écrivait sa légende
Un sombre été à Chaluzac
L'Enigme de Ravejouls
Les Frères Delgayroux
Michel Hérubel
La Maison Gelder
La Falaise bleue

Denis Humbert
La Malvialle
Un si joli village
La Rouvraie
La Dent du loup
L'Arbre à poules
Les Demi-Frères
Michel Jeury
Au cabaret des oiseaux
Louis-Jacques Liandier
Les Gens de Bois-sur-Lyre
Jean-Paul Malaval
Le Domaine de Rocheveyre
Jean Markale
Notre-Dame de la Nuit
Dominique Marny
A l'ombre des amandiers
Du côté de Pondichéry
Henry Noullet
Sur la piste de Samrang
La Falourde
La Destalounade
Bonencontre
Michel Peyramaure
Les Tambours sauvages
Pacifique Sud
Louisiana
Frédéric Pons
Les Troupeaux du diable
Claude Riffaud
Mékong Palace
La Crique de l'or
Rêve de Siam
Jean Rosset
Vir'vent
Les Derniers Porteurs de terre
Annie Sanerot-Degroote
La Kermesse du diable
Le Cœur en Flandre
L'Oubliée de Salperwick
Jean Siccardi
Le Bois des Malines
Jean-Claude Sordelli
La Dernière Saison
Jean-Michel Thibaux
La Bastide blanche
Le Secret de Magali
La Fille de la garrigue
Le Roman de Cléopâtre
La Colère du mistral
L'Homme qui habillait les mariées
Violaine Vanoyeke
Les Schuller
Le Serment des 4 rivières
Brigitte Varel
Un village pourtant si tranquille
Les Yeux de Manon
Emma
Colette Vlérick
La Fille du goémonier
Le Brodeur de Pont-l'Abbé

Cet ouvrage a été composé par
Nord Compo (Villeneuve-d'Ascq)
et imprimé par **Bussière Camedan Imprimeries**
à Saint-Amand-Montrond (Cher),
pour le compte des Presses de la Cité

Achevé d'imprimer le 5 janvier 2000

N° d'Edit. : 6788. - N° d'Imp. : 000023/1.
Dépôt légal : janvier 2000.

Imprimé en France